2

나쁜 시녀들

자야 장편소설

아시아

차 례

11

내연녀

왕궁이 발칵 뒤집혔다. 연회에 이어 국왕과 무혈 제독의 등장, 거기에 해방군의 시위까지. 사람들의 반응도 제각각이었다. 당장이라도 전쟁이 일어날 것처럼 벌벌 떠는 자가 있는가 하면, 오늘이 오르테가의 멸망 기념일이냐며 웃고 떠드는 자도 있었다.

그중 가장 큰 화를 입은 건 우습게도 친제국파의 우두머리인 마조람 후작이었다. 무혈 제독이 친제국파인 1왕자 파벌의 연회장에 가지 않은 것도 모자라, 국왕까지 샤트린의 곁에서 움직이지 않았다. 심지어 제독에게 최대한 우호적인 이미지를 심어줘야 하는 중요한 날에 해방군이 기습적인 시위까지 벌여댔으니, 사람들은 친제국파가 있어봤자 무슨 소용이냐고 물었다. 그들도 결국엔 하는 일은 하나도 없이 입으로만 떠드는 귀족일 뿐이라고 비난했다.

1왕자의 기분은 바닥을 쳤다.

귀족들이 샤트린을 버리고 자신의 연회장으로 몰려온 것까지는 좋았다. 시종을 보내 건방진 여동생을 조롱한 것도 유치하지만 썩 나쁘지 않은 생각이라고 여겼다. 시종이 뺨을 맞고 돌아왔어도 괜찮았다. 그런데 그 귀족들이 철새 떼처럼 연회장을 빠져나가 샤트린에게 갔다.

카루스 란케아 때문이었다. 황제의 기사 따위가 뭐가 그렇게 대단하다고 이 난리인지, 1왕자는 만난 적도 없는 그에게 자존심이 상했다. 그렇다 보니 이번 연회를 기획한 크리스틴이 그의 화풀이 대상이 되었다.

"나가."

"전하, 드릴 말씀이 있어요. 중요한 얘기예요."

"나가라고 했어."

"이렇게 감정적으로 나설 일이 아니에요. 일단 해결책부터 생각해야죠. 도대체 왜 이렇게 어린애처럼 구시는 거…….

"크리스틴 마조람!"

1왕자의 고함이 그의 궁을 쩌렁쩌렁 울렸다.

"이제는 네가 나를 가르치려 드느냐? 마조람의 딸은 왕자를 어린애라고 불러도 되는 존재인가? 귀족들이 너를 공주처럼 떠받드니까 진짜 왕족이라도 된 것 같나? 말해 봐, 크리스틴. 네가 바실리보다 나은 게 뭐가 있는지!"

크리스틴의 얼굴빛도 그리 좋지만은 않았다. 그녀는 심한 모욕을 당한 기분이었다. 아버지나 어머니, 심지어는 가문의 원로들도 그녀를 이렇게 대하지는 않았다.

"……물러가보겠습니다."

"당분간 왕궁에 발을 들이지 마라. 내가 부를 때까지는."

크리스틴이 입술을 깨물고 몸을 돌렸다. 궁 밖으로 나가는 그녀의 얼굴이 창백했다.

밖에서 기다리고 있던 추종자들이 달려와 크리스틴에게 무슨 일이냐며, 괜찮냐고 호들갑을 떨었다. 크리스틴은 애써 고개를 저었지만 떨리는 손과 굳은 표정을 숨길 수는 없었다.

한시라도 빨리 궁에서 벗어나고 싶었던 크리스틴이 저택으로 돌아가기 위해 걸음을 옮기려는 순간, 그녀를 달래던 가신 가문의 자제가 먼 곳을 가리키며 말했다.

"어, 저기 그 평민 계집 아냐?"

"그러네요. 그 건방진 시녀."

평민 계집. 건방진 시녀.

크리스틴은 곧바로 율리아를 떠올렸다. 그녀는 고개를 홱 들어 올리고 추종자들이 가리키는 방향을 바라보았다. 1 왕자궁 밖, 중앙 정원으로 가는 길목에 율리아가 서 있었다. 거리가 멀어서 지난번처럼 표정을 읽을 수는 없었다. 율리아는 느긋한 속도로 두 명의 시녀와 함께 걷고 있었는데, 크리스틴의 시선을 느낀 건지 갑자기 걸음을 멈추고 이쪽을 바라보았다.

시선이 마주친 것 같은 기분이 들었다.

율리아는 웃었을까. 입꼬리를 한쪽만 올리고, 얼굴 가득 비웃음을 머금었을까. 크리스틴은 그러리라고 생각했다. 이게 이성적인 판단이 아니라는 걸 알면서도 어쩐지 그럴 것 같다는 생각이 들었다. 율리아는 아무것도 하지 않았는데, 이번에도 패자는 자신이었다. 열등감이 들끓어 이성을 마비시켰다. 해결책부터 생각해야 하는데 아무것도 떠오르지 않았다.

레위시아 왕자궁에서도 이번 연회에 관한 이야기가 한창이었다. 카루스의 등장으로 생각지도 못했던 이득을 챙긴 레위시아는 기분이 아주 좋아 보였다. 그에겐 마조람의 위기가 곧 축제였다.

"진짜 우스운 일이지. 그렇게 오랜 세월 동안 친제국파의 상징이었는데, 막상 제국의 진짜 권력자가 나타나니까 아무것도 못 하고 구경만 했다는 게."

레위시아의 말엔 감출 수 없는 웃음기가 섞여 있었다. 코코가 턱을 괴고 말했다.

"해방군은 알고 있을까요? 지금까지 그들의 활동은 반제국파가 아니라, 친제국파에게 도움이 되어 왔다는 걸. 그런데 이번에 처음으로 그 반대의 결과를 낳았죠."

해방군의 존재는 마조람 후작에게 장작과도 같았다. 그들이 불쑥 튀어나와 사람들을 화들짝 놀라게 하면, 제국의 눈치를 볼 수밖에 없는 오르테가는 친제국파에 힘을 실어주었다. 해방군이 정말 오르테가의 독립을 원하는 자들이라면 무척 분노해야 마땅한 이야기였다.

한데 이번에는 달랐다. 해방군은 바이칸의 신임 제독이 국왕의 딸과 처음 만나는 날 시위를 벌였고, 오르테가에 그런 일이 일어나길 바라는 사람은 아무도 없었다.

이건 마조람과 친제국파에서 마땅히 막았어야 하는 일이었다. 우습게도 사람들은 반제국파가 아니라 친제국파를 욕했다. 도대체 그동안 뭘 한 거냐고, 해방군이 활동한 지도 꽤 오래됐는데 그동안 손가락 빨면서 구경만 했냐고 비난했다.

"난 마조람 후작이 어떻게 나올지 벌써 기대돼."

"저도요."

대화를 이어가던 레위시아와 코코가 동시에 율리아를 바라보았다. 알렉사도 코코를 따라 그녀를 바라보았다. 마조람 후작이 어떻게 나올지 '우리 율리아'라면 예측할 수 있다. 그런 믿음이 담긴 시선이었다.

율리아가 어색하게 웃으면서 말했다.

"결혼시키겠죠."

"누구랑 누구를?"

"1왕자 전하와 크리스틴이요."

"뭐어?!"

레위시아가 벌떡 일어났다가 다시 앉았다. 그러곤 말도 안 된다는 얼굴로 입을 벌렸다가 닫고, 다시 벌렸다가 닫았다. 코코가 하, 기막힌 웃음을 터뜨리며 말했다.

"그래…… 아직 자식이 하나씩 남아 있었지."

"진짜 싫다……."

레위시아가 앓는 소리를 내며 엎드렸다. 언젠가는 그렇게 될지도 모른다고 생각은 하고 있었지만, 막상 그 일이 진짜로 일어난다고 하자 소름이 끼쳤다.

"그 두 사람의 결혼이라니, 세상은 곧 멸망할 거야. 오르테가에서 제일 더러운 가문의 딸과 제일 지저분한 왕가의 아들이 결혼이라니. 추접스럽고 역겨워. 코코, 우리 멀리 도망가서 살까? 너랑 나랑 같이 율리아랑 알렉사 데리고, 저 먼 남부의 섬을 하나 사서 우리끼리 살자."

"무슨 끔찍한 소리를 하고 있어요? 도망치려면 혼자 가세요. 우리는 싸우기로 했으니까."

"왜 내 시녀들은 이렇게 하나 같이 겁이 없을까."

레위시아가 다시 앓는 소리를 내며 엎드렸다. 율리아는 그를 안쓰럽다는 얼굴로 바라보고 있었는데, 코코와 알렉사가 양쪽에서 레위시아의 팔을 잡고 다시 일으켜 세웠다.

코코가 냉정하게 말했다.

"결혼은 효과적이에요. 역사 속 권력자들이 왜 그렇게 결혼을 많이 하고, 자식들까지 이용해서 혈연을 맺어왔는지 알잖아요."

"알지."

"마조람의 권력을 공고하게 하면서 친제국파의 결속을 다지고, 왕가와 마조람의 동맹을 단단하게 하는 가장 쉬운 방법이에요. 원래는 바실리와 샤트린 공주님이 대상이었는데, 이제는 불가능해졌으니까요."

"하…… 역시 돌파구는 그것뿐인가."

이들이 아는 걸 마조람 후작이라고 모를 리가 없다. 후작은 오래전부터 바실리를 샤트린 공주와 결혼시켜서 왕의 딸과 가문의 후계자를 한데 엮는 그림을 그려왔다.

그가 얼마나 긴 세월 동안 그 일을 바라왔는지 안다면, 바실리는 그렇게 충동적으로 샤트린에게 파혼 선언을 할 수 없었을 것이다.

'뭐, 어차피 이제 다 틀렸지.'

율리아의 입에서 작은 과자가 바사삭 소리를 내며 부서졌다.

'남은 건 크리스틴과 1왕자를 결혼시키는 건데, 그러려면 후작은 후계자를 다시 세워야 해.'

왕비는 가문의 후계자가 될 수 없다. 두 사람의 결혼은 1왕자가 왕위 후계에서 물러나거나, 크리스틴이 작위 승계를 포기해야 한다는 결과를 불러올 것이다. 1왕자가 왕위를 양보할 리 없으니, 결국 희생되는 건 크리스틴이었다. 마조람 후작도 그렇게 명령하리라.

'바실리한테 한 번쯤은 고맙다고 할걸 그랬나.'

그가 저지른 실수가 구르고 굴러 이토록 큰 눈덩이가 될 줄 누가 알았으랴. 율리아는 손가락에 묻은 설탕 가루를 냅킨으로 닦아내며 만족스럽게 웃었다.

오늘은 심란해서 공부할 기분이 아니라는 레위시아를 어르고 달래서 제왕학 수업까지 마치고 방으로 돌아온 율리아는 트루디가 받아놓은 목욕물에 몸을 담갔다.

"온도는 괜찮으세요? 입욕제 향기는 어때요?"

"좋아."

"제가 등 밀어드릴게요!"

트루디는 요즘 율리아에게 잘 보이고 싶어서 안달이 나 있었다. 하이에나에게 그녀의 명령을 전달했을 때는 꼼짝없이 죽게 될 줄 알았는데, 어찌 된 일인지 진짜 아무 일도 일어나지 않았기 때문이다.

모든 게 율리아의 말대로였다.

트루디는 눈치가 빠르고 감이 뛰어났다. 그녀의 본능이 율리아에게 잘 보여야 한다고 말하고 있었다.

"하녀들도 오늘 연회에서 있었던 일로 시끄러워요. 제국에서 오신 분이야 뭐, 잘 모르지만……."

"그래?"

"1왕자궁에서 일하는 하녀가 그러는데요. 거기 전하께서 엄청 화가 났대요. 마조람 후작가의 아가씨께 나가라고 막 소리를 지르고, 당분간 왕궁에 발을 들이지 말라고 했대요."

하녀들의 눈과 귀는 왕궁 어디에나 있다. 율리아는 또 한 번 그 사실을 되새기며, 트루디에게 물었다.

"공주님은 어떻대?"

"어휴, 말도 마세요. 공주궁은 완전히 축제 분위기래요. 샤틀린 공주님이 시녀님들한테 선물이라면서 보석함을 열고, 가까운 귀족들한테는 밤새도록 놀다 가라고 귀빈실을 열어줬다고."

"그렇구나."

율리아는 트루디의 이야기를 잘 들어주고 있었으나, 그다지 큰 흥미를 보이지는 않았다. 당연한 일이었다. 트루디가 물어오는 소식들은 율리아가 이미 알고 있거나, 그러리라 예상했던 것뿐이었으니까.

율리아가 심드렁해지자 마음이 조급해진 트루디가 빠르게 말을 이었다.

"1왕자궁에서 일하는 하녀들도 참 불쌍해요. 1왕자 전하께서 기분이 나쁠 때마다 모두 궁 밖으로 쫓겨난다고 들었거든요."

"쫓겨난다고?"

율리아가 작은 흥미를 보였다. 그러자 신이 난 트루디가 주워들은 이야기를 두서없이 늘어놓았다.

"일찍 쉬러 갈 수 있으니까 좋은 거 아니야? 이렇게 물었거든요. 그런데 다음 날 일을 두 배로 해야 한다는 거예요."

"안됐네."

"1왕자 전하는 사생활을 굉장히 중요하게 생각해서, 낯선 사람은 사적인 공간에 발도 못 들이게 한대요. 진짜 믿을 수 있는 하녀나, 오래 일한 하녀한테만 맡긴다나요. 다들 그렇게 되고 싶어 안달이에요."

"봉급을 많이 주나 보다."

"네, 두 배나 된대요. 일은 절반인데 봉급이 두 배라고, 어찌나 부러워하던지."

트루디가 헤헤 웃었다. 율리아가 자신의 이야기에 귀를 기울여주니 마음이 놓였다. 이 평민 시녀님은 쓸모 있는 사람에게는 관대한 편인 것 같다. 트루디는 그렇게 생각하면서 어떻게든 왕궁에 친한 사람을 많이 만들어 이런저런 소문을 주워 모았다.

"고마워, 트루디."

율리아가 목욕을 마치고 몸을 일으켰다. 그녀는 트루디가 욕실을 정리하는 동안 몸을 말리고 잠옷으로 갈아입었다. 그러곤 욕실 정리를 끝내고 돌아온 트루디에게 작은 주머니를 하나 내밀었다.

"가져가."

"이, 이, 이게 뭐예요?"

트루디가 화들짝 놀라 물었다. 율리아는 알면서 뭘 묻느냐는 얼굴로 말했다.

"금화."

"이건 왜 주시는데요? 설마 절 내쫓으시려고요? 아, 안 돼요. 시녀님, 저 이제 진짜 시녀님 편이에요. 아직 궁내부 관리님한테는 보고도 안 했고, 그때가 되면 시녀님이 시키는 대로 말할 생각이었어요."

트루디가 애절하게 매달렸다. 율리아가 내민 금화 주머니를 거절하며, 이런 건 안 줘도 되니까 쫓아내지 말라고 애원했다. 율리아가 한숨을 내쉬며 말했다.

"무슨 소리를 하는 거야. 이건 수고비야."

"네?"

머뭇거리던 트루디가 진짜냐고 물었다. 율리아는 고개를 두 번 끄덕여주었다.

트루디의 눈동자에 탐욕의 빛이 스멀스멀 차올랐다.

율리아는 이렇게 욕망에 충실한 사람을 싫어하지 않았다. 인간은 단순할수록 매력적이었다. 그런 생각을 하면서, 율리아가 트루디에게 말했다.

"일을 잘하면 두 배로 줄 거고."

트루디가 손가락을 꾸물거리며 율리아가 내민 금화 주머니를 받아갔다. 그녀는 두 손으로 꼭 잡고 주머니 밖에서 느껴지는 금화의 감촉으로 대략적인 액수를 확인했다. 그러곤 율리아에게 상체를 내밀고 살짝 상기된 얼굴로 물었다.

"시녀님, 제가 뭘 어떻게 하면 될까요?"

"어떤 사람하고 친해졌으면 좋겠어."

"그런 건 일도 아니에요! 말씀만 하세요. 상대가 누구건, 꼭 친구가 되어 보일게요. 깍쟁이한테는 추종자가 되어주고, 외로워하는 사람한테는 보모처럼 굴 수 있어요."

역시 쓸만한 아이다. 율리아가 만족스럽게 고개를 끄덕였다.

"궁내부 하급관리 중에 1왕자궁 정원 담당이 있어. 젊고 예쁘장한 부인인데, 결혼하자마자 남편이 도망을 쳐서 혼자 살고 있을 거고."

"이름은 모르세요?"

"이름까진 모르겠어. 그래도 찾을 수 있겠지?"

"그럼요. 맡겨만 주세요. 언제까지 보고드리면 될까요?"

"너무 서두르지 마. 의심받지 않도록."

"네, 시녀님!"

트루디가 두 손으로 금화 주머니를 꼭 잡고 대답했다.

비장한 얼굴을 하고 방 밖으로 나가는 트루디의 뒷모습을 보며, 율리아는 국왕을 꼭 닮은 1왕자의 얼굴을 떠올렸다.

━━◆•◆━━

"하찮은 평민 주제에 감히 누굴 가르치려 들어?"

짜증 섞인 고함과 함께 손찌검이 날아왔다.

이놈의 인간들은 왜 이렇게 자신만 보면 평민 계집, 하찮은 평민 이러면서 때리지 못해 안달인가. 율리아는 얼굴에 떠오른 경멸을 굳이 숨기지 않았다. 맞는 건 괜찮았다. 불구가 되거나 죽지만 않는다면야, 매질도 당해줄 수 있다.

삶을 반복하면서 이런 식으로 맞았던 걸 세어보면 수십 번은 된다. 채찍질을 당한 적도, 고문을 당한 적도 있었다. 그러다 보니 이제는 단순히 상대가 미운 게 아니라, 한심하고 혐오스러웠다.

그렇게 생각하며 어디 한번 때려보라는 듯 고개를 치켜들었는데, 누가 뒤에서 긴 팔을 뻗어 상대의 손목을 홱 잡아챘다.

"아아아악!"

율리아를 때리려던 건 크리스틴의 추종자 중 하나인 가신 가문의 자제였다. 율리아는 왕궁을 거닐다 그를 우연히 마주쳤고, 대놓고 시비를 걸어오는 그에게 '이러고 다니는 걸 크리스틴이 알면 좋아할 것 같으냐'고 되물었을 뿐이었다.

"놔, 놓으라고! 으아아악!"

그가 고통에 몸부림치며 비명을 질렀다. 붉게 달아올랐던 얼굴이 희게 질려가고 있었다. 율리아는 그녀의 뒤에서 갑자기 나타나 남자의 손목을 잡아챈 알렉사에게 부드럽게 말했다.

"부러뜨리면 안 돼요."

"왜 안 됩니까?"

"귀족과 귀족 사이에 일어난 폭행 사건이기 때문에, 상해가 큰 쪽이 피해자가 될 가능성이 있어요."

"저자는 율리아를 때리려고 했습니다."

"저는 평민이잖아요. 맞아도 어쩔 수 없어요."

알렉사가 입을 꾹 다물었다. 아래로 한껏 처진 눈꺼풀이 살짝 떨렸다. 감정 표현이 서툰 알렉사는 가끔 이런 식으로 기분을 드러내곤 했는데, 율리아는 지금 그녀가 몹시 분노하고 있다는 걸 알았다.

"제발…… 놔."

남자는 이제 애원하고 있었다. 알렉사에게 잡힌 그의 손목은 희고, 붉고 아주 난리였다. 이러다 정말로 부러뜨릴 기세라서, 율리아가 알렉사에게 다시 말했다.

"놔주세요, 알렉사. 저는 괜찮아요."

"명예 결투를 하면 됩니다."

"네?"

"코코에게 들었습니다. 귀족과 시비가 붙었을 때는 낯짝에 철썩 소리가 나도록 장갑을 집어 던지고, 대전사가 아닌 진짜 결투를 신청하라고요. 그럼 십중팔구 꽁지가 빠지도록 도망칠 거라면서……."

코코가 좋은 걸 가르쳤구나. 율리아가 한숨을 내쉬었다. 그러곤 남자의 팔목을 움켜쥔 알렉사의 팔을 부드럽게 잡아당겼다.

"저 때문에 이러지 마세요."

정말 싫지만 어쩔 수 없이 놓아준다는 얼굴로 알렉사가 손에서 힘을 풀었다. 율리아를 때리려던 남자는 끄으으, 소리를 내면서 뒷걸음질로 도망쳤다.

보복하겠지. 상관없었다. 어차피 한동안 크리스틴을 상대하게 될 테니, 그 애의 추종자들이 무슨 짓을 하건 두 배로 갚아주면 된다.

왕자궁으로 돌아왔더니 코코가 웬 편지를 손에 들고 심각한 얼굴로 그걸 읽고 있었다. 무슨 나쁜 소식이라도 있는 건가 싶어, 율리아가 서둘러 코코에게 다가갔다.

"코코? 무슨 일 있어요?"

"어머, 시…… 제기랄! 깜짝이야!"

"왜 욕을 하고 그래요?"

"놀랐잖아! 그렇게 갑자기 나타나면 어떻게 하니?"

코코가 꽥 소리를 질렀다. 그러곤 들고 있던 편지를 박박 찢기 시작했다. 율리아의 눈동자가 가늘어졌다. 그녀는 코코의 손에서 조각조각 난 편지를 빼앗았다.

"이게 뭔데 그래요? 내가 보면 안 되는 거예요?"

"내놔!"

"수신인이 저네요."

율리아가 중얼거렸다. 그녀는 코코가 찢어 놓은 편지를 눈으로 훑으며 테이블 위에 종이를 올려놓고 손가락으로 방향을 잡았다. 조각

난 편지가 순식간에 원래의 모습을 되찾았다.

"안 보는 게 나아."

"도대체 뭔데 그래요."

"내가 너 괴롭히려고 그랬겠어? 쓸데없는 편지니까 내 선에서 처리하려고 그러는 거지! 너는 그걸 꼭 그렇게 맞춰가면서 읽어야겠니?"

"크리스틴이네."

율리아가 혼잣말로 중얼거렸다.

그건 크리스틴이 율리아에게 보낸 편지였다. 왜 자신을 만나주지 않느냐며 할 말이 있다는 게 주된 내용이었는데, 크리스틴치고는 어투가 격했다. 아마도 잔뜩 화가 난 채 쓴 편지인 것 같았다.

"이거 몇 번째 편지예요?"

"뭘 물어보니. 너도 내가 그 계집애 편지 다 찢어버리는 거 알고 있었으면서."

코코가 질린 얼굴을 하고 의자에 털썩 주저앉았다.

"아직도 보내는 줄은 몰랐어요. 지난번에 후작 부인이 다녀갔으니까 포기했다고 생각했는데."

"만날 거야?"

코코가 걱정스레 물었다. 알렉사도 그건 좋은 생각이 아닌 것 같다면서, 굳이 만날 필요가 있느냐고 물었다. 율리아는 두 사람을 차례대로 쳐다보고 살짝 웃었다.

"안 만나요."

"진짜지?"

"네, 저는 크리스틴에게 아무것도 기대하는 게 없거든요. 그런 건 오래전에 다 포기했어요."

크리스틴 마조람은 적이다. 추억이나 그리움이 아니다. 친구라는 말로도 부를 수 없다. 그건 우정에 대한 모독이다.

세 번째 삶이었다. 멀리 도망가서 혼자 살면 행복해질 수 있을 거라는 생각에 오르테가를 벗어나 바이칸 제국까지 달아났던 율리아는, 하이에나들이 의뢰를 포기하지 않고 계속해서 자신을 추적하고 있다는 사실을 알았다.

아무리 먼 곳으로 도망쳐도 소용없었다. 숨으면 찾아내고, 달아나면 쫓아왔다. 그들은 무슨 일이 있어도 율리아를 죽인 뒤에 그녀의 머리를 마조람에게 바칠 생각이었다.

그래서 편지를 썼다. 크리스틴에게. 울면서 쓰고, 또 썼다.

[크리스틴, 제발 한 번만 살려줘. 우리 비밀은 죽을 때까지 아무에게도 말하지 않을게. 너희 가족 근처엔 얼씬도 하지 않을 거야. 내가 네 친구라고 했잖아. 신분은 달라도, 나처럼 대화가 잘 통하는 친구는 없다고 했잖아. 이렇게 빌게. 살려줘. 제발 살려줘.]

크리스틴은 답장하지 않았다. 몇 번이나 빌고 애원했지만 소용없었다.

[이름을 바꾸고, 출신도 바꿀게. 평생 얼굴을 가리고 다니라고 해도 그럴 수 있어. 바이칸 북부의 산골 마을로 가서 떠돌이 약초꾼이 되어도 괜찮아. 그냥 멀리 떠나서 살 수 있게 해줘. 하이에

나들이 날 죽이지 않게 해줘. 크리스틴, 정말 날 친구라고 생각했다면……]

잘못한 것도 없으면서 빌었다. 살려만 달라고. 너희 가족의 눈에 띄지 않고, 귀에 들리지도 않게 사라지겠다고. 없는 사람처럼 숨어 살 거라고 맹세했다.

율리아를 놓쳤던 하이에나들이 몇 번이나 그 편지를 단서로 그녀를 추적해왔다는 건 나중에서야 알았다. 일꾼과 강제로 결혼시켜서 가문에 충성하도록 만들자는 의견을 낸 것도. 귀족이 되고 싶어하는 애니까, 가신 가문의 귀족에게 첩으로 넘기는 것 정도는 괜찮을 것 같다고 말한 사람도.

모두 크리스틴이었다.

—·•·—

율리아가 크리스틴의 편지를 쓰레기통에 처박았을 때, 크리스틴은 마조람 후작 부부와 이른 저녁을 함께하고 있었다.

크리스틴은 해방군은 어떻게 단속할 예정인지, 남부 함대 신임 제독이라는 카루스 란케아는 어떤 인물인지 그게 너무나 궁금했다.

"국왕 전하와는 이야기해보셨어요? 뭐라고 말씀하시던가요?"

"해방군 진압에 왕실 기사단을 동원할 거라고 하셨다."

"정보가 없잖아요. 이번에도 왕궁 앞에서 기습 시위까지 했는데, 그들의 정체와 은거지를 아는 사람이 없어요. 대책반을 조직해서라도 추적해야 한다고 생각해요."

"식사나 마저 해라."

"들어보세요. 신임 제독이 어떤 사람인지 파악하기 전에는 최대한 조심해야 하잖아요. 일단 1왕자 전하께 이 일을 맡겨보시고, 제가 뒤에서 그분을 도와드리면……."

"크리스틴."

마조람 후작이 부드럽게 딸의 이름을 불렀다. 그는 꽤 피곤해 보였다. 실종된 아들 바실리를 찾기 위해 동분서주하면서 왕가와의 관계를 동시에 보살펴야 했기에, 몸이 두 개라도 모자랄 지경이었다.

"원래 그 일은 바실리에게 맡길 생각이었단다."

"바실리…… 오빠에게요?"

"그래. 샤트린 공주과 약혼식부터 치른 뒤에 해방군을 토벌하고 나면, 바실리가 왕가의 사위로 자리매김하는데 유리할 테니까."

샐러드를 뒤적거리던 크리스틴의 포크가 현저히 느려졌다. 그녀는 표정을 일그러뜨리지 않으려고 노력하면서 아버지의 말에 귀 기울였다.

"한데 일이 꼬여도 한참 꼬였어. 샤트린 공주가 저토록 드러내놓고 우리 가문을 적대시한다면, 우리로서는 공주를 포기하고…… 1왕자 전하와 가족이 되는 수밖에."

"네?"

"크리스틴, 네게는 잘된 일일지도 모르겠구나."

"다행이라뇨?"

"왕비가 될 수 있잖으냐."

마조람 후작은 진심이었다. 딸의 자존심이 문드러지는 것도 모른 채, 너라도 있어서 다행이라고 말했다.

"아무리 좋은 가문의 남자와 결혼해도 왕가의 주인과 비교할 수는 없지."

"그게 무슨 말씀이세요?"

크리스틴이 다시 물었다. 못 알아들어서 그런 게 아니라, 되묻는 것 말고는 달리 할 말이 없어서였다. 그녀는 들고 있던 포크를 내려놓고, 아버지인 후작을 똑바로 바라보았다.

"내일 국왕 전하를 찾아뵐 거란다. 너와 1왕자 전하의 약혼 말이다. 조금 급하게라도 약혼식부터 치르는 게 좋겠지."

마조람 후작은 더는 시간을 끌지 않으려는 게 분명했다. 두 사람의 약혼식을 치른 뒤에 해방군 문제를 해결하고, 그다음엔 곧바로 결혼식 날짜를 잡자고 했다.

크리스틴이 두 눈을 질끈 감았다. 화가 나서 눈앞이 캄캄해졌지만, 그녀는 언성을 높이지 않으려고 무진 애를 썼다.

"아버지, 저는…… 제가 가문의 후계자가 된 줄 알았는데요."

"바실리가 없었다면 당연히 그랬을 거란다."

"오빠를 찾으셨어요?"

"아직 소식이 없어. 그래도 제 발로 걸어 나갔으니 분명 오래 지나지 않아 돌아올 거다. 네 오빠는 가문 밖에서 혼자 살 수 있는 녀석이 아니야."

"오빠가 돌아오지 않으면요?"

크리스틴이 대놓고 물었다. 말없이 식사를 이어가던 후작 부인이 고개를 들고 딸을 물끄러미 바라보았다.

"아버지, 만약에 말이에요. 오빠가 돌아오지 않으면 제가 후계자가 되어야 하잖아요? 둘 중 하나는 가주가 되어야 하는데, 제가 왕자님과 결혼해버리면…….'"

그때 후작 부인이 부드럽게 말을 잘랐다.

"크리스틴, 꼭 바실리가 돌아오지 않길 바라는 것처럼 보이는구나."

정곡을 찔린 크리스틴이 입을 꾹 다물었다. 후작 부인은 그런 딸을 다정하게 바라보면서 타이르듯 말했다.

"엄마는 너를 믿어. 크리스틴, 너는 한 번도 엄마를 실망케 한 적이 없지."

"네…… 어머니."

"가문을 위해서 네가 어떻게 해야 하는지 잘 생각해보렴. 너는 바실리와는 다르니까, 잘 처신할 수 있을 거야."

가문을 위해서. 후작 부인의 그 말은 크리스틴에게 자랑이자 족쇄였다. 그녀는 뜨겁게 차오르는 울분을 꾸역꾸역 짓누르며 간신히 고개를 끄덕였다. 바실리와 똑같은 짓을 할 수는 없었다. 자신은 그렇게 생각 없는 철부지가 아니었다.

크리스틴은 그렇게 되뇌며 자신을 억눌렀다.

왕궁은 비밀이 없는 곳이었다. 다음 날 오후가 되자마자 마조람 후작이 국왕을 만나 1왕자와 크리스틴을 맺어주기로 약속했다는 소문이 돌았다. 사람들은 마조람 후작의 탐욕이 하늘을 찌른다며 혀를 내둘렀다. 아들을 공주와 짝짓지 못하게 되니까, 이번에는 딸을 왕자에게 보내려 하다니.

놀라운 건 국왕의 반응이었다.

"후작은 약혼식을 최대한 빨리 치르자고 말했는데, 부왕께서 해방군 토벌이 우선이라면서 천천히 진행하자고 했대."

레위시아가 어머니를 만나러 갔다가 주워들은 이야기를 전해주었
다. 말하는 레위시아도, 듣는 코코도 의외라는 반응이었다.

"우리 생각보다 더 기분 나쁘셨던 모양이야. 나는 바실리가 그렇게
위대한 녀석인 줄 몰랐다고. 마조람 후작과 부왕의 사이를 멀어지게
하다니."

"후작의 반응은 어땠는데요?"

"곧바로 왕비를 만나러 갔다고 하던데? 부왕을 설득하는 것보다
왕비와 1왕자의 마음을 붙잡아두는 게 우선이라고 생각했나 봐."

레위시아가 허리에 넓은 리본을 두르며 말했다. 그는 짙은 푸른색
드레스에 검은 리본과 화려한 숄, 그리고 짙은 주홍색 모자를 쓰고 있
었다.

"코코, 나 살이 좀 빠졌나?"

"리본을 그렇게 꽉 졸라매면 누구나 허리가 가늘어 보여요."

"안 졸라맸어!"

"뭔 소리예요. 숨도 못 쉬게 생겼는데."

코코가 콧방귀를 뀌며 비웃었다. 레위시아는 아까부터 그의 얼굴
에 화장품을 바르느라 여념이 없는 율리아에게 도움을 요청했다.

"율리아, 나 리본 좀 다시 매줄래."

"네, 전하."

율리아가 웃으며 레위시아의 허리에서 리본을 풀어냈다. 그러곤
그의 뒤로 돌아가 허리를 끌어안다시피 바짝 붙어서 리본을 둘렀다.
레위시아가 고개를 홱 들어 올리면서 헛기침을 내뱉었다. 그의 귓불
이 불그스레했다. 율리아는 아무 생각 없이 리본을 예쁘게 매듭짓는

데만 정신이 팔려 있는데, 레위시아는 그녀의 손가락이 허리에 닿을 때마다 몸을 움찔 떨었다.

"오늘은 맥스웰이 모시러 올 거예요. 전에 갔던 사교 클럽으로 가셔서 해방군과 신임 제독에 관한 이야기에 귀를 기울이세요. 지금 오르테가 전체가 다 그 이야기로 떠들썩하니까, 이번에는 쓸만한 정보를 건질 수 있을 거예요."

"그러길 바라야지."

"혹시 거기서 마조람 후작가의 가신 가문 자제나 크리스틴의 추종자들을 마주치거든, 맥스웰을 시켜서 그들에게 적당히 말을 흘리세요."

"뭐라고?"

"1왕자의 여성 편력에 대해서요."

리본 매듭을 완성한 율리아가 레위시아의 허리에서 손을 뗐다.

"1왕자가 여성 편력이 심했었나? 그냥 평범했던 것 같은데……."

"애인이 있어요."

"그래, 애인이…… 뭐? 애인이 있어?"

레위시아가 펄쩍 뛰었다. 코코의 입에서도 나지막이 욕설이 흘러나왔다. 율리아는 두 사람의 반응에도 아랑곳하지 않고, 하던 말을 계속했다.

"크리스틴에게 이 사실을 흘리는 건 어렵지 않은 일이에요. 하지만 우리가 의심받는 일은 없어야 하니까요. 맥스웰을 통해서 추종자들이 전달케 하고, 크리스틴이 1왕자를 직접 조사하게 만들어야죠."

"두 사람의 결혼을 엎을 셈이야?"

"결혼하거나 말거나 상관없어요."

"그러면 왜."

"전하, 바실리와 샤트린 공주님처럼 1왕자와 크리스틴의 사이가 멀어진다면 어떨까요."

"그야 당연히…… 축제를 벌여야지."

"그렇게 해드릴게요."

율리아가 자신 있게 말했다.

━ • ◆ • ━

트루디는 자신의 역할을 충실히 해냈다. 과연 율리아가 처음부터 쓸만한 아이라고 판단한 하녀였다.

트루디는 궁내부 하급관리 중에서 1왕자궁의 정원을 관리한다는 여자를 찾았다. 나이는 20대 후반, 얼굴은 에쁜장한데 평판은 좋지 않은 여자였다. 몰락 가문의 외동딸이었던 그녀는 결혼 전부터 부유한 귀족만 골라서 만났다. 그러다 더 돈 많은 자가 나타나면 만나던 남자를 헌신짝 버리듯 버렸다. 그렇게 몇 년 동안 연애만 하다가 부유한 자작가의 아들과 결혼했는데, 그 가문이 망해버리고 말았다. 빚만 잔뜩 남긴 채 도망가버린 남편 때문에 사치를 즐길 수 없게 되자, 여자는 곧바로 왕궁에 일자리를 구했다.

"율리아 시녀님."

밤늦은 시각, 왕자궁 응접실에 트루디가 나타났다. 레위시아를 기다리느라 잠들지 않고 있던 율리아는 트루디에게 안으로 들어오라고 손짓했다.

응접실엔 율리아 혼자가 아니었다. 트루디가 왕자궁에서 제일 무서워하는 시녀, 코코가 창가에 앉아서 책을 읽고 있었다. 알렉사는 일찍 잠드는 편이라 보이지 않았다. 쭈뼛거리면서 율리아의 곁으로 가는 트루디를 보며, 코코가 피식 웃었다.

"트루디, 무슨 일이야?"

율리아가 물었다. 트루디는 머뭇거리면서 코코의 눈치를 보았다. 그러자 율리아가 안심하라는 듯 의자를 권하며 말했다.

"코코한테는 비밀 같은 거 없어도 되니까, 말해봐."

"저…… 말씀하신 여자를 찾았어요."

"그래?"

율리아가 먹으려던 과자를 도로 내려놓았다. 그녀의 얼굴에 짙은 음영이 드리워졌다. 코코 때문에 긴장한 트루디가 두서없이 말을 늘어놓았다.

"친해지는 건 어렵지 않았어요. 궁내부 여자 관리들 사이에서 따돌림을 당하고 있더라고요. 저는 하녀니까, 시중을 좀 들어줬더니 굉장히 좋아했어요. 집이 가난해서 한동안 하녀를 들일 수가 없었대요."

율리아는 말없이 트루디의 말을 경청했고, 코코는 읽던 책을 마저 읽었다.

"그런데 가난한 사람치고는 차림새가 조금 이상했어요. 드레스는 수수한데 신발은 최고급이고, 손가락에 반지가 많더라고요. 화장도 그렇고, 머리도 최신 유행이었어요."

"직접 한 게 아니지?"

"어떻게 아셨어요? 매일 아침 번화가에 나가서 화장을 받고 온대요. 장식용 가발도 그렇고, 진짜 비싸 보였어요."

뻔하디뻔한 이야기였다. 그 여자에겐 왕궁 안에 돈 많은 애인이 있는 것이다. 트루디도 그렇게 생각했는지, 여자가 누구와 만나는지 그걸 집중적으로 캐물었다고 했다.

"절대 말 안 해주더라고요."

"그렇겠지."

율리아는 그럴 줄 알았다고 말했다. 그렇게 쉬이 털어놓을 수 있는 상대가 아니다. 트루디가 거기까지 알아온 것만 해도 대단한 거였다. 그때 책을 읽는 줄로만 알았던 코코가 트루디에게 말을 걸었다.

"내일 만나서 이렇게 얘기해."

"네, 네?"

"1왕자 전하께서 크리스틴 마조람 영애와 결혼한다더라. 왕궁에 큰 연회가 열릴 텐데, 궁내부는 한가해서 좋겠다. 나도 궁내부로 옮겨 달라고 졸라봐야겠다. 이렇게."

그렇게 말해야 하는 이유가 뭔지, 어떤 대답을 유도해야 하는 건지, 트루디는 하나도 묻지 않았다. 그저 코코의 붉은 눈을 바라보며 겁먹은 얼굴로 정신없이 고개를 끄덕일 뿐이었다.

— • ◆ • —

오르테가는 며칠간 조용했다. 그러나 수면이 고요해 보인다고 해서 물속까지 평화로운 건 아니었다.

남부 함대에 신임 제독이 부임했다는 사실이 알려지면서 이전의 사령관이 비자금을 착복했다는 소문이 돌았다. 그에 더해 신임 제독이 국왕을 처음 방문한 날 해방군이 시위를 벌이자, 걱정이 많은 사람들 사이에서 혹시 전쟁이 일어나는 게 아니냐는 말까지 튀어나왔다.

오르테가 남부 해상에 파견된 신임 제독이 하필이면 그 유명한 무혈 제독 카루스 란케아였기 때문에, 금방 사그라들 줄 알았던 전쟁론은 꾸준히 힘을 얻어 퍼져 나갔다. 국왕은 어떻게든 카루스와 우호적인 관계를 맺으려 애썼고, 마조람 후작은 한걸음 떨어진 곳에서 그를 관찰했다.

크리스틴과 1왕자를 결혼시키려는 후작과 샤트린 공주를 카루스에게 소개하려는 국왕. 귀족들은 둘 중 하나만 성공해도 위태로운 오르테가에 든든한 동아줄이 되리라고 믿었다.

1왕자는 크리스틴과의 결혼에 꽤 적극적이었다. 그는 오르테가의 귀족 가문 여식 중, 자신과 결혼할 만큼 괜찮은 상대가 크리스틴 마조람밖에 없다고 판단했다. 결혼 이야기가 나오자마자 1왕자가 직접 몸을 움직여 크리스틴을 찾았다. 정말 중요한 행사가 아니고서야 왕궁 밖으로는 잘 나가지 않는 그로서는 대단한 시도였다.

"마조람 저택은 정말 오랜만에 오는군. 크리스틴, 그대가 궁에 오지 않으니까 너무 허전했어. 내 사과를 받아주겠나?"

그는 크리스틴에게 지난번에는 미안했다며, 서운했다면 화를 풀라고 다정하게 말했다. 1왕자궁의 시녀들이 하루 내내 만든 꽃 장식이 크리스틴의 방을 가득 채웠다. 가득 채우고도 남아 복도까지 죽 늘어섰다. 그날 오르테가에서 가장 아름다운 꽃은 모두 크리스틴의 방을 장식하고 있는 것만 같았다.

"그대처럼 아름다운 여자를 만나러 오는데 빈손으로 올 수는 없잖아. 시녀들이 애썼으니 궁에 오거든 칭찬이라도 해줘."

꽃과 선물, 다정한 말까지. 크리스틴은 1왕자에게 기꺼이 손을 내밀었다. 정략적인 결혼이었지만 서로 좋아하게 된다면 금상첨화일 것이다. 그녀는 정말로 그렇게 생각했다.

"우리는 완벽한 부부가 될 거야."

"고맙습니다, 전하."

새침한 표정은 평소와 다를 바 없었지만, 크리스틴의 얼굴은 약간 상기되어 있었다. 발갛게 물든 뺨에 스물한 살다운 순진함이 묻어났다.

가문의 귀한 아가씨로만 살아온 크리스틴에겐 연애 경험이 없었다. 그녀는 1왕자의 달콤한 말과 다정한 태도의 본질을 꿰뚫어보지 못했다. 그가 하는 말은 모두 틀에 박혀 있으며 다정한 태도는 가식일 뿐이라는 걸, 전혀 알지 못했다.

"크리스틴, 손을 주겠어?"

1왕자가 크리스틴의 손끝을 잡고 부드럽게 문지르더니, 손가락을 얽어 깍지를 꼈다. 그뿐 아니었다. 크리스틴이 다른 사람들의 시선을 신경 쓰자 깍지를 끼는 대신 그녀의 손을 팔에 얹고, 그 위를 자신의 손으로 덮었다.

1왕자의 행동은 너무나 자연스러워 크리스틴에게 냉정하게 생각할 여유를 주지 않았다. 그는 마치 그렇게 하는 게 너무나 당연한 것처럼 굴었다.

"오늘 저녁은 내 궁에서 먹지. 그대가 좋아하는 음식에 대해 시녀들이 물어볼 거야."

"오늘이요?"

"그래, 크리스틴. 선약이라도 있었나?"

선약이 있어도 갈 수 있을 리가 없다. 상대는 1왕자, 미래의 왕이다. 크리스틴은 얼떨결에 고개를 저으며 선약 같은 건 없다고, 초대해주셔서 고맙다는 말을 입에 담았다.

"지금까지 그대는 내 조력자였지. 그때는 그대가 딱딱한 사람이라고 생각했었는데, 다시 보니 귀여운 매력이 있어. 크리스틴, 앞으로는 이 모습으로 내게 오도록 해."

귀엽다니. 크리스틴의 뺨이 더욱 붉게 달아올랐다. 부모님을 제외하면 지금까지 그녀를 그런 식으로 칭찬해준 사람은 없었다. 심장이 평소보다 빠르게 뛰었다.

1왕자가 크리스틴 마조람에게 왕자비의 자리를 약속하고, 그녀를 위해 매일 다른 꽃을 바친다는 소문이 퍼졌다. 크리스틴은 매일 그의 궁에서 저녁을 먹는다고 했다. 사람들은 1왕자의 낭만적인 면모를 칭찬했다. 국왕을 닮았다고도 했다. 꽃을 보내는 건 시녀들이 하는 일이고, 만찬을 준비하는 건 요리사의 몫이었으나, 찬사의 말은 모두 1왕자의 것이었다.

율리아는 그 모든 걸 차갑게 식은 눈으로 바라보았다.

세상이 아무리 요동쳐도 그녀의 머릿속만은 얼어붙은 바다처럼 정적이었다. 율리아는 왕국이 격동의 소용돌이에 다가가는 걸 냉정한 시선으로 바라보았다. 세상을 바꿀 수 없다면 사람을 바꾸면 된다. 적의 힘이 강해 상대할 수 없다면 적의 팔다리를 자르면 되고, 적의 수가 많아 싸우기 어렵다면 하나씩 천천히 제거하면 된다.

크리스틴 마조람.

한때는 신분 차이를 떠나 마음을 나누었다고 믿었던 친구. 사회의 규범이나 제도 따위는 어른들의 사정이라 외면하던 사춘기 시절, 순진했던 두 사람은 영원한 우정을 맹세하기도 했다. 부모보다 친구가 중요했던 시기였다. 얼마나 철없는 짓인 줄도 모른 채 우리는 영원할 거라고, 이야기 속 영웅들처럼 의리를 지키며 살겠다고 약속했다.

"네가 어떻게 나한테 그럴 수가 있어!"

"율리아, 너 대체 왜 이래? 내가 무슨 짓을 했다고 이러는 거야? 하이에나를 보낸 건 내 부모님이지 내가 아니야. 널 버린 건 우리 오빠지 내가 아니야! 순진한 네가 오빠의 감언이설에 속은 게 잘못 아냐? 내가 뭘 했다고 이래!"

"날 너희 가문의 남자에게 팔아넘기려고 했잖아."

"너…… 귀족이 되고 싶다고 했잖아."

"늙은 귀족의 첩이 되어서, 귀족이 되라고? 그게 귀족이라고? 네가 생각하는 나는, 고작 그 정도였다고?"

"평민이 귀족이 되려면 그 방법뿐이야. 냉정하게 생각해. 네가 만약 결혼해서 아이를 낳는다면, 그 아이들은 제대로 된 귀족 대우를 받을 거고."

"개수작 부리지 마. 넌 내가 죽길 바랐어. 4년 동안이나 대리 시험을 쳐준 걸 들키고 싶지 않아서, 브레웨 훈장을 빼앗길까 봐 두려워서, 고작 그런 이유로 내가 죽길 바랐잖아!"

"말조심해, 율리아."

"너나 조심해, 크리스틴. 난 이제 밖으로 나가자마자 만나는 모든 사람에게 말할 거야. 내가 바로 브레웨 훈장의 진짜 주인이라고. 크리스틴 마조람이 신분으로 협박해서 대리 시험을 쳐줄 수밖에 없었다고. 마조람의 딸은 위선자이며 살인자라고!"

"닥쳐!"

"그걸 들키기 싫어서 친구였던 날 죽이려고 했으니까."

"그 입…… 다물어, 율리아. 내가 너를 정말 어떻게 하기 전에."

"그것도 협박이라고 하는 거니? 네 오빠처럼 날 감금해두고 죽이거나, 네 부모처럼 암살자라도 보내야 하는 거 아니야? 크리스틴, 정신 차려. 그 정도론 날 막을 수 없어."

율리아는 그때 이미 네 번을 살고 있었다. 죽고, 또 죽었던 그녀는 악의와 독기만 남은 채 크리스틴을 몰아붙였다.

"마조람의 가주가 되고 싶다고 했지? 먼저 태어났다는 이유로 후계자가 된 네 오빠 말고, 능력 있고 책임감 있는 네가 마조람 후작이 되어야 한댔지? 그래, 그건 네 말이 맞아."

"율리아."

"네가 딱 어울려. 비겁한 거짓말쟁이, 사기꾼에 살인자. 바실리는 멍청하고 이기적이지만 너처럼 야비하지는 않거든."

"말 함부로 하지 마. 평민인 네가 뭘 알아? 내가 얼마나 노력했는데, 얼마나 인내했는데!"

"내가 모르면 누가 알아. 크리스틴 마조람의 4년 업적은 다 내 것인데."

"율리아 아르테. 너 정말……."

"내가 막을 거야. 네가 가주는커녕 후계자도 되지 못하게 할 거야. 너는 아무것도 되지 못한 채 이름뿐인 귀족으로 남겠지. 네 손으로 이룬 건 아무것도 없어서, 사람들은 크리스틴 마조람을 후작가의 공주님으로만 기억할 거야."

"착각하지 마. 넌 아무 힘이 없어, 율리아. 내 부모님의 명령 한

마디면 벌레보다 가볍게 짓밟을 수 있는 게 평민인 네 목숨이야."

"어디 한번 너도 그 벌레한테 죽어봐."

그날 크리스틴은 율리아의 눈동자에서 뭔가를 읽었다.

율리아를 어떻게든 설득해서 싸움을 멈추고 가문에 붙잡아두려 했던 크리스틴은, 잠깐의 망설임을 버리고 바깥을 향해 고함을 질렀다. 병사를 불러서 율리아를 잡아 감옥에 가두라고 소리쳤다.

네 번째 삶이었다. 율리아는 그렇게 쉽게 당하지 않았다. 그녀는 멀리 달아났고, 오르테가에 크리스틴과 마조람이 브레웨 아카데미에서 저지른 비리를 폭로했다. 귀족 사회가 발칵 뒤집혔다. 브레웨 아카데미는 말할 것도 없었다. 마조람 후작이 오르테가에서 아무리 드높은 권력을 가진 자라고 해도 아카데미의 이름이 더럽혀진 이상, 크리스틴이 가져간 브레웨 훈장을 내버려둘 수는 없는 일이었다.

끈질긴 조사가 있었다. 크리스틴은 4년 동안 치렀던 시험을 다시 치러야만 했다. 모든 시험지와 과제, 논문을 검수당했다. 필적 감정은 물론이거니와, 가르쳤던 교수들까지 총동원된 검증이었다.

크리스틴이 받았던 브레웨 훈장은 아카데미에 회수되었다.

크리스틴은 수치스러워했다. 참을 수 없는 모욕이라고 생각했다. 그래서 그녀는 아버지인 마조람 후작을 졸랐다. 율리아를 죽여달라고, 흔적도 없이 사라지게 해달라고 울부짖었다.

마조람의 사랑받던 공주님이 우울증에 걸려 칩거에 들어간 뒤, 후작은 하이에나들을 불러 이렇게 지시했다. 율리아 아르테와 그 주변 사람, 그녀의 도주를 돕는 모든 사람을 다 죽여 없애라고. 율리아가 살았던 보육원을 불태우고, 율리아와 함께 자란 고아들을 찾아내어 가장 잔인한 방법으로 처리하라고 했다.

본보기였다.

네 번째 삶, 율리아는 크리스틴을 폐인으로 만드는 데는 성공했으나 분노한 후작에 의해 잔인하게 살해되었다. 도망쳐도, 숨어도 소용없었다. 그녀를 안쓰럽게 여겼던 고마운 사람들이 모두 죽어나가는 걸 보면서, 율리아의 마음도 고통스럽게 죽어갔다.

'그러니까 크리스틴, 나는 아홉 번째를 사는 지금도 너와 네 가문을 용서할 수가 없는 거야.'

똑같이 갚아줄 것이다. 지금 당장 크리스틴을 평민으로 끌어내릴 수는 없겠지만, 자신이 겪었던 불행을 최대한 비슷하게 겪게 하리라.

율리아의 눈이 차갑게 가라앉았다. 언뜻 보면 분노도 격정도 없이 그저 초록으로 뒤덮인 바다 같았다. 하지만 그 안에 도사리고 있는 건 무시무시한 괴물, 먼바다의 레비아탄이었다.

━ ◆ ◆ ◆ ━

며칠간 암행에 적극적이던 레위시아가 드디어 유의미한 소식을 물어왔다.

"율리아!"

그는 왕자궁으로 돌아오자마자 맥스웰을 내보내고, 자신의 방에서 드레스를 벗어 던지며 율리아를 찾았다.

"전하? 오늘은 평소보다 더 늦으셨네요."

조금 있으면 해가 뜰 것이다. 코코와 알렉시스는 진작 잠들었다. 왕자가 돌아오는 소리에 눈을 뜬 율리아가 잠옷 위에 가운을 걸치고 레위시아의 방에 들어왔다. 복도에 아무도 없다는 걸 확인한 레위시아가 율리아의 팔을 잡고 가까이 끌어당겼다. 그러곤 그녀의 귓가에 속삭였다.

"크리스틴 마조람이 1왕자의 여성 편력을 조사하기 시작했어. 영애의 추종자들이 주축이 되어서 그의 과거를 캐묻고 다니더라고."

드디어 시작했구나. 율리아가 살짝 웃었다. 조금 이른 감이 있지만 괜찮았다.

"그래서 찾았대요?"

"여자가 많긴 한데, 크리스틴 마조람이 신경 써야 할 만큼 특별한 관계의 여자는 아직 찾지 못했다고 했어. 사귀다가 흐지부지된 여자가 몇 명, 정부 삼아 만났던 여자가 또 몇 명."

여기까지는 평범했다. 권력 가문의 아들 중에 그 정도 과거도 없는 자는 찾기 힘들 것이다. 레위시아도 그게 두 사람의 결혼에 별다른 장애가 되지는 않을 것 같다고 생각했다고 했다.

"그런데 오늘 사고가 터졌어."

"1왕자의 연인이라고 주장하는 여자가 나타났나요?"

"1왕자의 숨겨둔 연인이…… 뭐야. 너 어떻게 알았어?"

레위시아가 소름 끼친다며 팔뚝을 벅벅 문질렀다. 그는 율리아를 신기하다는 듯 이리저리 훑어보다가 은근슬쩍 물었다.

"알고 있었어?"

"궁내부 하급관리 중에 1왕자 전하께서 총애하는 여자가 있다는 것 정도만 알고 있었어요. 혹시나 하는 마음에 제 하녀에게 알아보라고 시켰고, 운 좋게 누군지 알아냈죠."

"그 여자가 크리스틴 마조람에게 사람을 보냈어."

"설마……."

"1왕자와 헤어지는 조건으로 거액의 돈을 달라고 했대."

역시나. 율리아가 짧은 웃음과 함께 한숨을 흘렸다. 레위시아는 도저히 이해할 수 없다는 얼굴로 암행 내내 참았던 말들을 쏟아냈다.

"도대체 뭐 하는 여자야? 간이 배 밖으로 나왔대? 마조람 후작가가 그렇게 우습나? 1왕자한테 가서 헤어져줄 테니 돈을 달라고 해도 목숨이 위험할 판국에, 마조람 후작가의 금지옥엽을 협박해?"

"전하."

"조만간 왕궁에서 시체 하나 치우게 생겼어. 1왕자는 알고 있을까? 저 때문에 사람 하나가 죽게 생겼다는 걸. 같은 아버지를 둔 형제이지만, 정말 정나미 떨어지는 놈이야."

"크리스틴은 돈을 주지 않을 거예요."

"당연하지! 어마어마한 거액을 불렀다는데, 마조람 후작 정도 되면 그 돈을 주느니 죽여 없애는 게 싸게 먹힌다는 걸 알겠지."

"그게 아니라…… 돈을 주면 지는 거라고, 그렇게 생각할 거예요. 크리스틴은."

레위시아는 이번에도 도저히 이해할 수 없다는 얼굴이었다.

"이게 무슨 결투야? 아무리 사랑 없는 결혼이라고 해도 남녀 사이에 이기고 지는 게 어디 있어."

"있어요. 크리스틴은 1왕자의 숨겨둔 연인을 적으로 여길 거예요."

"이건 결혼이 아니라 계약이잖아. 그런데도 질투를 한다고?"

"남녀 사이잖아요. 크리스틴은 이런 일에 면역이 없어요. 우리는 그 애가 스물한 살이라는 걸 기억해야 해요. 그 애는 1왕자가 아니라 그 여자를 더 미워할 거예요. 자신의 선택이 틀렸다는 걸 인정하는 게 싫거든요."

그러는 너도 스물한 살이면서.

레위시아는 속으로만 그렇게 중얼거리며 율리아에게 물었다.

"사랑이 없어도 그게 가능해?"

"그럼요."

어쩌면 사랑 비슷한 감정이 이미 생겼을지도 모른다. 사랑까지는 아니더라도 호감과 설렘의 중간쯤. 그것만으로도 충분했다. 게다가 크리스틴에게는 훌륭한 변명거리가 있었다.

"모든 건 가문을 위한 일이라고 되뇌고 있을 거예요. 자신은 바실리와 다르다면서, 그렇게 생각 없는 철부지가 아니라고 말하겠죠."

"맙소사."

가발을 떼어내던 레위시아가 낮은 신음을 흘렸다. 최근 왕궁에는 하나만 터져도 시끌시끌할 일이 연달아 일어나, 사람들은 둘만 모여도 수군대기 일쑤였다.

하루가 지났다. 왕궁 전체가 어수선했다. 레위시아의 2왕자궁도 예외는 아니었다. 하녀들이 일하다 말고 모여서 자꾸 수군거리자, 코코가 짜증을 내며 언성을 높였다.

"야! 그냥 대놓고 얘기해. 너희가 무슨 얘기하는지 다 아는데, 숨는 게 무슨 의미가 있어? 차라리 우리 앞에서 대놓고 말해! 비둘기처럼 구구거리니까 더 귀를 기울이게 되잖아!"

"아이, 시녀님도…… 저희가 언제 그랬어요."

"다 내 옆으로 와! 어디서 뭘 주워들었는지 몰라도 여기 와서 하나씩 다 얘기해. 모른다고 하면 화낼 거야."

"이미 화내고 계시면서……."

코코의 눈썹이 하늘 높은 줄 모르고 치솟았다. 하녀들은 꿍얼거리면서도 그런 코코가 무서웠는지 그녀의 곁으로 다가와 억지로 입을 열었다.

"1왕자궁 시녀님들이 크리스틴 마조람 영애를 별로 안 좋아한다는 얘기를 들었어요."

"샤트린 공주님이 연회를 또 열려고 했다가 왕비님께 혼났대요."

"1왕자 전하께서 마조람 영애한테 키스했대요. 온실이었다는데, 목격한 사람이 많더라고요. 영애께서…… 망가진 인형처럼 굳어 있었다고."

코코가 마시던 차를 콱 소리 나게 내려놓았다. 그러곤 맞은편에 나란히 앉아 있는 율리아와 알렉사를 바라보았다. 율리아는 하녀들의 이야기를 주의 깊게 들으면서도 별다른 반응을 보이지 않았고, 알렉사는 아예 듣고 있질 않았다.

"뭐 그렇게 대단히 재밌는 얘기도 아니잖아. 왕궁에 이런 난리가 난 게 하루 이틀이야? 이제 남의 일에 관심 그만 갖고, 가서 너희 할 일이나 해."

"네, 코코 시녀님."

하녀들이 가슴을 쓸어내리며 이리저리 흩어졌다. 물론 코코가 없는 곳에서 또 수군거리겠지만, 그것까지 뭐라고 할 수는 없었다.

하녀들이 모두 돌아가고 난 뒤, 코코가 율리아에게 말을 걸었다.

"트루디는 뭐래?"

"음…… 우리 생각보다 훨씬 대단한 여자예요. 자기 자신을 내연녀라고 불렀대요."

"내연녀?"

코코가 고개를 갸웃했다. 보통은 그런 상황이면 자신이 왕자의 진정한 사랑이며, 뒤늦게 나타난 크리스틴을 두 번째라고 공격해야 맞지 않나. 율리아가 슬쩍 웃더니 트루디가 한 말을 코코에게 그대로 전해주었다.

"'30만 금화 정도면 깨끗하게 헤어져줄 수 있고, 50만 금화면 아예 다른 나라로 꺼져줄 수 있어. 서로 좋은 일이지. 난 부유하고 자유롭게 살게 될 거고, 마조람 영애는 내연녀를 처리한 뒤에 왕자 전하의 유일한 아내가 될 수 있고.'"

"미친것."

"내연녀도 놀라운데, 아내라는 말을 쓴 건 더 놀라웠어요. 크리스틴이 돈을 주지 않으면 1왕자 전하에게 아내가 둘이 될 거라고 경고하는 말이었으니까요."

"사랑했을까?"

"제가 보기엔……."

율리아의 입에서 한없이 냉정한 평가가 쏟아졌다.

"그런 걸 사랑이라고 부른다면 세상은 시궁창이나 다를 바가 없어요. 저는 사랑을 믿지 않지만, 부정하지는 않거든요? 누군가는 어딘가에서 아름다운 사랑을 하겠죠. 그런데 저 사람들은 아닌 것 같아요."

"누군가는 어딘가에서."

율리아의 말을 따라 한 코코가 피식 웃었다. 그러곤 관심 없어 보이는 알렉사에게 물었다.

"애, 꼬마야. 너는 언제쯤 첫사랑 같은 걸 해볼 거니?"

"그게 무슨 말씀입니까?"

알렉사가 고개를 한쪽으로 기울이고 갸웃하며 말했다.

"연애라면 몇 번 해봤습니다. 용병 짓도 매일 매 순간 바쁜 건 아니거든요. 그러다 보니 심심한 용병들끼리 돌아가면서 연애 짓도 많이합니다. 그리고 저는 꼬마가 아니에요. 코코보다 훨씬 크죠."

"뭐? 그게 진짜야? 연애를 해봤다고? 몇 번이나?"

"네, 제가 바람을 피우는 바람에 계속 차였지만요."

"뭐어? 심지어 네가…… 내가 지금 무슨 얘길 듣고 있는 거야."

"연애 이야기 중이었습니까? 진작 말씀하시지. 제가 드릴 수 있는 조언은 이게 전부입니다."

"뭔데?"

"그놈이 그놈이다."

알렉사의 입에서 할머니 같은 말이 튀어나왔다. 코코는 이걸 웃어야 할지, 울어야 할지 모르겠다는 얼굴이었다. 내내 무표정을 유지하던 율리아가 갑자기 고개를 푹 숙이더니 더는 참지 못하고 웃음을 터뜨렸다.

━ ◆ ∙ ∙ ◆ ━

트루디는 율리아의 하녀가 된 걸 행운이라고 생각하지 않았다.

궁내부 관리의 첩자 짓을 하게 된 것까지는 괜찮았다. 하지만 이왕 첩자가 될 거라면 왕족이나 귀족 정도는 되어야지, 자신과 하나 다를 것 없는 평민의 수발을 들어야 한다는 게 자존심 상했다.

처음엔 왕자궁에서 성실하게 인맥을 쌓아 율리아의 전속 하녀가 될 생각이었다. 일하는 것도, 하녀들과 잘 지내는 것도 자신 있었다. 그런데 왕자궁에 들어가자마자 율리아에게 정체를 들킨 것도 모자라, 역으로 감시를 당하는 처지에 놓이고 말았다.

트루디는 율리아에게 잘 보여야겠다고 결심했다. 물론 거기엔 그녀가 던져준 금화 주머니가 가장 큰 역할을 했다. 궁내부 관리는 보상에 인색한 편이었는데 율리아는 그렇지 않았다.

두 번째는 코코 때문이었다.

코코는 율리아가 없을 때 트루디를 따로 불러냈다. 그러곤 만약 율리아를 배신하거나 허튼 마음을 먹는다면, 살아 있는 걸 후회하게 해주겠다는 말로 트루디를 협박했다. 오르테가 왕궁에서 가장 무섭다는 악마 시녀의 말이었다. 첩자로 들어온 것도 들킨 마당에 다른 선택지가 있을 리가 없었다. 트루디는 코코 앞에서 율리아에게 충성하겠다고 세 번이나 반복해서 말했다.

"율리아 시녀님, 이번에는 가서 뭐라고 할까요? 제가 마조람 영애에 대한 정보를 물어다 준 뒤부터 그 여자가 저를 완전히 신뢰하고 있거든요. 돈을 받게 되면 저한테도 조금 떼어 준다면서, 벌써 부자가 된 것처럼 말하고 있어요."

"글쎄…… 뭐라고 하는 게 좋을까."

율리아가 작은 빗으로 긴 머리카락을 빗어 내렸다. 늘 수수한 크림색 드레스만 고집하던 그녀였는데, 오늘따라 은근히 우아한 멋이 느껴지는 옷을 입고 있었다.

코코처럼 드러내놓고 화려한 장식을 매달진 않았으나, 과하지 않은 레이스와 자수가 멋스러웠다. 소매는 살짝 부풀린 모양이었고, 가슴 앞에서부터 자잘하게 들어간 주름이 치마 끝까지 이어져 고급스러워 보였다. 윤기 있게 빛나는 초콜릿색 머리카락을 또 한차례 빗어 내린 율리아가 함께 있던 코코에게 물었다.

"코코는 크리스틴이 그 여자를 죽이리라고 생각해요?"

"응."

"진짜요?"

"걔가 아니라, 걔들 가문이 죽이겠지. 만약 그것도 아니라면 1왕자의 측근이 죽이거나."

"어느 쪽이건 결국은 죽는 결말이네요."

율리아가 들고 있던 빗으로 턱을 톡톡 두드렸다.

이전 삶에서도 마찬가지였다. 1왕자에겐 숨겨둔 연인이 있었고, 그 여자는 왕가의 혼약이 진행되기 시작하면 언제나 거액의 돈을 요구했다. 그 상대가 크리스틴일 때도 있었고, 다른 대귀족의 딸일 때도 있었다. 1왕자의 결혼 상대는 몇 번 바뀌었으나, 그의 연인은 늘 비참한 죽음을 맞이했다.

"트루디."

"네, 시녀님! 말씀하세요."

"가서 이렇게 말해. 마조람 후작가에서 당신을 죽여 없애려 할 거라고. 돈을 주는 것보다 죽이는 편이 비밀을 지키기 쉬우니까."

"그럼 그 여자가 포기하고 도망칠까요?"

그렇지 않을 것이다. 율리아가 고개를 저었다.

"내게 붙었던 하이에나가 이번에는 그 여자를 노릴 거야. 궁내부에 마조람의 끄나풀이 있으니까, 그를 통해 동선을 파악하겠지."

"좋은 사람은 아니지만…… 그렇게 죽다니 안됐어요."

트루디가 힘없이 중얼거렸다. 우스운 말이었다. 하이에나의 편에서 율리아의 암살을 도왔던 주제에, 꼭 개과천선이라도 한 사람처럼 남을 걱정하다니.

율리아는 신기한 생물을 바라보듯 트루디를 쳐다보았다.

━ ◆ ◆ ◆ ━

"크리스틴 마조람이에요."

궁내부에 크리스틴이 나타났다. 궁내부 관리들은 크리스틴에게 굽신거리면서 말 한마디라도 더 건네보려 애썼다.

마조람 후작가의 영향력도 대단했지만, 그녀는 장차 왕비가 될지도 모르는 사람이었다.

"밖으로 나와요."

크리스틴의 목적은 1왕자의 연인을 만나는 것이었다. 자신을 '내 연녀'라고 정의한 여자는 크리스틴을 따라 궁내부에서 멀리 떨어진 정원으로 갔다.

"돈을 주러 오셨나요? 영애께서 직접 오실 줄은 몰랐는데요."

여자가 생긋 웃으며 말했다. 크리스틴은 굳은 얼굴로 그녀를 바라보았다. 크리스틴보다 훨씬 나이가 많아 보이는 여자였다. 관리이다 보니 딱딱하고 수수한 드레스를 입고 있었는데도 굴곡진 몸매가 은근히 드러나 아름다웠다. 처진 눈에 도톰한 입술, 둥근 코와 이마는 그녀를 나이보다 앳되어 보이게 했다. 특히 매력적인 건 여자의 목소리였다. 느릿느릿 노래하는 것 같은 저음이 귀를 간질이듯 울렸다.

"돈 같은 건 주지 않을 거예요."

"그럼 왜 찾아오셨어요?"

여자가 실망한 기색을 대놓고 드러내며 묻자, 크리스틴이 선언하듯 말했다.

"오르테가에서 떠나요. 그렇게 큰돈은 줄 수 없지만 최소한의 정착금 정도는 보내줄 수 있어요. 당신도 여기 남아서 험한 일을 당하느니, 멀리 떠나서 편안하고 자유롭게 사는 게 좋잖아요."

"그걸 왜 영애가 정해요? 저는 오르테가가 좋아요. 왕궁에서 일하는 것도 좋고, 여긴 제 연인이 있는 곳이니까요."

여자는 자신만만했다. 바로 전날에도 1왕자의 침대 위에 누워 있던 건 자신이었기 때문이다. 크리스틴이 마조람의 금지옥엽인 건 알지만 한 남자를 사이에 두고서는 그녀에겐 적수조차 되지 못할 어린애였다.

"이건…… 부탁이 아니에요. 떠나요. 나도 이 상황이 불편하니까."

"저도 부탁이 아니었어요. 돈을 주기 싫으면 안 줘도 돼요."

"이봐요."

"영애, 충고 하나 할까요? 남자는 자신을 통제하려는 여자를 싫어해요. 왕자 전하는 언젠가는 왕이 되시겠지만, 침대 위에서는 평범한 한 사람의 남자일 뿐이랍니다."

웃음기 섞인 목소리에 가르치듯 조롱 섞인 말투. 여자는 크리스틴을 놀리면서 극도의 쾌감을 느끼고 있었다.

크리스틴은 아무 말도 하지 않았다. 화를 내는 건 귀족답지 못하다고 생각했다. 그래서 화를 참고 그냥 뒤돌아섰다. 자존심이 상해 속이 문드러졌다. 자신은 늘 이성적인 사람이라고 생각했는데, 불쑥불쑥 치솟는 끈적끈적한 감정이 머릿속을 가득 채웠다. 머리에 심장이 가득 찬 기분이었다.

그날 1왕자가 저녁 만찬을 마치고 크리스틴의 입술에 키스하려 했지만, 그녀는 굳은 얼굴로 그를 밀어냈다.

트루디는 그 소식을 하루가 지나기도 전에 율리아에게 가져왔다.

"엄청 신나 있던데요. 마조람 영애가 1왕자님이랑 파혼할지도 모르겠다면서…… 이러다 자기가 왕자비 되는 거 아니냐고 헛소리를 하고 있어요."

"일찍 죽고 싶은가 보네."

율리아도 혀를 내두를 정도로 겁이 없는 여자였다. 도대체 뭘 믿고 그러는 건가 싶었다. 1왕자가 어떤 감언이설을 늘어놓았기에, 그의 사랑이 영원할 거라고 믿는 건가. 율리아는 이제 여자의 목숨이 경각에 달렸다고 판단했다.

"음식을 조심하라고 해. 후작 부인은 독을 잘 쓰거든. 이렇게까지 알려주는데도 계속 그렇게 함부로 행동한다면…… 그땐 나도 방법이 없어."

"걱정하지 마세요, 시녀님. 제가 잘 말해볼게요!"

걱정은 무슨. 율리아의 입술 사이로 바람 새는 소리가 흘러나왔다.

트루디가 여자를 뭐라고 설득했는지는 몰랐다. 다만 워낙 자연스럽게 호들갑을 잘 떠는 아이이니 알아서 잘했으리라 믿었다.

이틀이 더 지난 뒤, 궁내부에서 제공하는 여자의 식사에서 독이 검출되었다. 다행히 여자는 속이 좋지 않다는 이유로 음식을 싸서 들고 다녔다. 그녀는 먹지 않은 음식은 매일 쓰레기통에 버렸는데, 그 음식을 주워 먹은 동물들이 모두 주둥이에서 누런 거품을 흘리며 죽어버렸다.

여자는 그제야 두려움을 느끼고 생각을 바꾸었다.

요구했던 30만 금화를 20만으로, 또 이틀 뒤에는 10만으로 내렸다. 그런데도 크리스틴이 요지부동으로 응답하지 않자, 이제는 1왕자에게 매달렸다.

"날 사랑한다고 했잖아요. 지금까지 만났던 여자들은 전부 목석같아서 재미없었다고, 진짜 사랑이 뭔지 알게 됐다고 했잖아요!"

"그만해. 갑자기 왜 이러는 거야? 내가 언제 그대에게 헤어지자는 말이라도 했어?"

"누가 날 죽이려고 한단 말이에요. 마조람 영애가 틀림없어요. 너무 무서워요. 여기 계속 있다간 전하의 내연녀라고 손가락질만 당하다가 죽고 말 거예요!"

"피해망상이라고 했잖아. 이제 여름이야. 쓰레기통에서 상한 음식을 먹은 거겠지."

"전하! 제발요!"

"너야말로 날 사랑한다면서 왜 자꾸 돈을 요구하는 거야?"

1왕자가 결국 화를 냈다. 그는 다정한 연인이었지만 오만한 왕족이기도 했다.

"어서 돌아가. 곧 약혼식 전야제가 있어. 네가 나랑 있으면 여러 사람이 불편해지잖아."

"지금 날 쫓아내는 거예요? 내가 전하한테 그 정도밖에 안 돼요? 크리스틴 그 어린 계집애가 그렇게 대단해요?"

"그럼 네가 내 아내라도 될 수 있을 줄 알았어?"

1왕자가 기가 막힌다는 듯 웃으며 물었다.

"정신 차려. 나보다 나이도 많으면서, 그렇게 순진한 사람 아니잖아. 그동안 서로 즐겼으니 된 거 아냐?"

"어떻게……."

"내 방에서 장식용 보석이 하나씩 사라지는 것도 네 짓인 걸 모를 줄 알았나? 하는 짓이 귀여워서 봐주고 있었더니, 왜 그래. 너무 지나치잖아."

"전하, 잠깐만요."

"나가. 그래도 내 여자였는데, 병사를 부르고 싶지는 않으니까."

여자는 그렇게 쫓겨났다. 욕심이 지나쳐 돈을 받긴커녕 1왕자에게도 버림받을 것 같았다. 이렇게 된 이상, 마지막 방법을 쓰는 수밖에 없었다.

◄ • • • ►

1왕자와 크리스틴의 약혼식 날짜가 발표되는 날, 왕비의 궁에서 전야제가 열렸다. 왕족과 그 왕족의 시녀들, 그리고 혼약을 맺는 가문과 그 가신들을 초대해서 약소하게 즐기는 연회였다.

이날은 어쩐 일인지 율리아가 연회에 가겠다고 먼저 말했다. 다른 날 같았으면 자신은 평민이니 왕자궁에 남아 있겠다고 했을 텐데, 신기한 일이었다.

전야제라고는 해도 가문이 가문이다 보니, 사람이 많았다. 율리아는 연회장 구석에 서서 되도록 눈에 띄지 않으려 노력하며 분위기를 살폈다.

'지금쯤 터뜨려야 하는데.'

1왕자의 연인은 여러 가지로 대단한 여자였다. 그녀는 절대 빈손으로 떠날 사람이 아니었다.

1왕자가 크리스틴의 손을 잡고 이곳저곳을 돌아다니며 인사를 받고 있었다. 약혼식은 치러지지도 않았는데, 벌써 부부가 된 것 같은 모양새였다.

'왔군.'

율리아의 시선이 연회장 입구에 고정되었다.

1왕자의 연인이 잔뜩 긴장한 얼굴로 나타났다. 여자를 먼저 발견한 건 얄궂게도 크리스틴이었다. 그녀가 굳은 얼굴로 여자를 바라보자, 1왕자가 왜 그러냐고 묻다가 함께 얼굴을 굳혔다. 그러곤 서둘러서 여자에게 다가가 낮은 소리로 윽박질렀다.

"이게 무슨 짓이야. 감옥에라도 가둬야 말을 들을 건가?"

"전하."

"쥐도 새도 모르게 죽고 싶어?"

"저 임신했어요."

"……뭐?"

"임신했어요."

여자가 그렇게 말했다.

목소리가 컸다. 그곳에 있던 모든 사람이 여자를 바라보고 있었다. 하지만 단 한 사람, 율리아의 시선은 크리스틴의 얼굴에 못 박혀 있었다. 흰 얼굴이 새파랗게 변했다. 사람들이 핏기 없는 얼굴을 왜 종잇장이라고 표현하는지 알 것 같았다. 크리스틴의 얼굴에서 시간이 멈췄다. 경악하며 부릅뜬 두 눈과 살짝 벌어진 입술, 그건 분노가 아니라 허망함이었다.

여자의 임신 선언으로 침묵에 휩싸여 있던 연회장이 삽시간에 소란스러워졌다. 충격에 빠진 귀족들이 언성을 높이고 있었다.

1왕자는 크리스틴의 손을 놓고 여자에게 다가갔다. 그러곤 그녀의 어깨를 쥐고 몇 번이나 다시 물었다. 진짜냐고, 거짓말하는 거 아니냐고, 정말 왕족을 잉태했느냐고 물었다.

"정말이에요. 돈만 조금 쥐여주면 멀리 떠나서 혼자 키울 생각이었는데…… 전하, 이래도 나를 쥐도 새도 모르게 죽이시려고요?"

여자가 원망스레 물었다.

1왕자는 아무 말도 하지 못한 채 그에게 기대는 여자를 품에 안았다. 어떻게 해야 할지 몰랐다. 그로서는 방법이 없었다.

크리스틴은 1왕자가 사라져 텅 비어버린 자신의 옆자리를 망연자실한 얼굴로 바라보았다.

"괜찮아요. 진정하세요, 영애. 임신했다 한들…… 어차피 정부의 아이예요. 진짜 왕족으로 인정받을 수 없다고요. 영애, 괜찮아요? 크리스틴!"

"믿을 수가 없군요! 아무리 왕자 전하를 놓치기 싫었다고 한들, 어떻게 이런 자리에서 말할 수가 있는지. 믿을 수 없이 뻔뻔한 여자입니다."

크리스틴의 추종자들이 그녀의 주위를 에워싸고 위로 비슷한 말을 늘어놓았다. 물론 그녀의 귀에는 아무 소리도 들리지 않았다. 지독한 무력감이 온몸을 짓눌렀다. 할 수 있는 게 없었다.

이성적으로 생각하면야 추종자들의 말이 옳았다. 저 여자는 왕자의 정부일 뿐이고, 정부의 아이는 진정한 왕족으로 인정받을 수 없었다.

　레위시아 오르테가를 보라. 애첩의 아들로 태어나 가까스로 왕족의 지위를 얻었으나, 오르테가에 그가 왕위 후계권을 가졌다고 생각하는 사람은 거의 없었다. 그러니까 왕자비는 크리스틴 한 사람일 것이다. 1왕자가 왕이 되면, 왕비도 그녀 한 사람일 것이다.

　"일단 진정하고 여기서 나가죠. 어서 저택으로 돌아가서 이 일을 후작님과 상의해보세요. 아무래도 저 여자가 쉽게 물러나지는 않을 것 같으니."

　"영애, 괜찮아요?"

　크리스틴은 자신을 부축하는 추종자들의 손에 몸을 맡겼다. 다리에 힘이 들어가질 않았다. 그 한 걸음을 떼는 게 이렇게 어려운 일인 줄 몰랐다. 여자는 1왕자의 품에 안기다시피 기대어 이쪽을 노려보고 있었다.

　'집으로 돌아가자. 일단 하루 정도는 푹 자고 싶어. 그런 뒤에 아버지와 상의하고, 어머니께 도움을 구해야겠어. 두 분이 어떻게든 해주실 거야. 저 여자를 죽이거나, 아이를 없애서라도.'

　여기까지 생각한 크리스틴이 문득 걸음을 멈추었다.

　'내가 지금 무슨 생각을 한 거야? 죽이다니, 누구를?'

　멀리 쫓아내고 싶어서 협박을 하긴 했다. 하지만 소문처럼 음식에 독을 타거나 하진 않았다. 크리스틴은 평생 자신을 정의로운 사람이라고 믿고 살았다.

　어머니인 후작 부인이 몰래 손을 쓴 건가 의심이 되긴 했다. 하지만 굳이 확인해보진 않았다. 어머니에겐 어머니의 방식이 있으니까. 간섭하고 싶지 않았다. 그게 비겁한 변명이라는 것도 알고 있었다.

'율리아.'

갑자기 율리아의 얼굴이 떠올랐다. 이유는 알 수 없었다. 율리아의 그 고요한 눈동자. 원망이나 슬픔조차 느껴지지 않았던, 오직 분노와 경멸뿐이던 그 눈동자.

고개를 푹 숙이고 있던 크리스틴이 갑자기 머리를 처들었다. 그러곤 빠르게 주위를 두리번거리며 누군가를 찾았다. 추종자들이 왜 그러냐고 물어도 대답하지 않았다. 크리스틴은 본능적으로 율리아를 찾았고, 멀리 입구 쪽에서 레위시아 2왕자와 함께 서 있는 그녀를 발견했다.

'율리아!'

눈이 마주쳤다. 율리아는 처음부터 크리스틴만을 보고 있었다. 그렇게 애써 찾았는데 시선을 오래 마주하고 있을 수가 없었다. 율리아 앞에선 언제나 그랬다. 마치 겹겹이 둘러놓은 성벽 너머의 자신을 속속들이 주시당하는 기분이었다.

갖은 변명과 자기합리화도 소용없었다.

지독한 혐오감이 밀려왔다. 자기 자신에 대한 혐오감이었다. 대리시험을 치렀을 때도, 과제를 베껴 썼을 때도, 필체를 연습할 때도, 아카데미 귀족들에게 따돌림당하는 율리아를 보며 짜릿한 우월감을 느꼈을 때도.

크리스틴은 자신이 역겨웠다.

'너야?'

크리스틴이 눈으로 물었다. 율리아는 대답하지 않았다. 그녀를 비웃지도 않았다. 그저 멀리서 지켜보고 있을 따름이었다.

'네가 한 짓이 아니란 걸 아는데, 왜 꼭 네가 한 짓처럼 느껴지는 걸

까.'

혼란스러운 가운데서도 율리아만을 바라보던 크리스틴은 추종자들의 손에 이끌려 연회장 밖으로 걸어 나갔다.

밤인데도 바람이 미지근했다. 습기 머금은 바람이 불어와 머리카락에 달라붙었다. 한껏 꾸민 자신이 바보 같이 느껴졌다. 크리스틴은 화려한 머리 장식을 쥐어뜯듯 떼어냈다.

그 순간 그녀에게 섬광 같은 깨달음이 찾아왔다.

바실리를 사랑했으나 처참히 배신당했고, 신분 때문에 싸울 수조차 없었던 율리아. 샤트린 공주라는 엄청난 상대에게 밀려 죽음으로 희생될 뻔했던 율리아.

1왕자와의 완벽한 결혼을 꿈꿨으나 처참하게 실패했고, 왕족이라는 신분 때문에 그와 싸울 수 없는 자신. 왕자에게 임신한 내연녀가 있다는 사실을 알게 된 뒤에도 가문을 먼저 생각해야 하는 자신.

뭐가 달라.

발끝에서부터 새카만 어둠이 자랐다. 크리스틴은 움직일 수 없었다. 끈적거리는 어둠이 그녀의 몸을 타고 올라와 심장으로, 머리로, 끝내는 영혼에 닿았다.

절망이라는 어둠이었다.

네 기분이 이랬었구나. 율리아 아르테. 너도 이렇게 절망했었구나. 억울하고 분하고, 믿을 수 없이 끔찍한 기분이었겠구나.

"어쩔 수 없어."

크리스틴이 중얼거렸다.

"그래도 난 어쩔 수 없어."

'정말 어쩔 수 없어?'

어디선가 율리아의 목소리가 들리는 것 같았다. 그 차갑고 담담한 목소리가 귓가에 파고들었다.

'아무것도 하지 못하고 주저앉을 거야? 이번에도 또 너희 부모가 시키는 대로 얌전히 기다리다 보면, 그들이 알아서 네 손에 승리를 가져다줄 것 같아? 그렇게 사니까 좋아? 네가 말하던 귀족의 정의가 그거야?'

아니야. 아니야.

'왕자에게 임신한 내연녀가 있다는 것도 어쩔 수 없는 일이고, 가문을 위해서는 어쩔 수 없는 일이고, 네가 할 수 있는 게 없는 것도 어쩔 수 없는 일이고.'

그럼 나보고 뭘 어쩌라는 건데.

"너보다 네 오빠가 나아. 그 자식은 그래도 달아날 용기는 있었는데."

율리아의 목소리가 진짜로 들렸다. 연회장을 빠져나가던 크리스틴이 고개를 번쩍 들어 올리고 뒤를 돌아보았다. 그녀를 스쳐 지나가는 많은 사람 중, 율리아와 닮은 뒷모습이 있었다. 하지만 그게 진짜 율리아인지는 알 길이 없었다.

그날, 집으로 돌아간 크리스틴이 이를 악물고 말했다.

"1왕자 전하와 결혼하지 않겠어요."

"뭐?"

마조람 후작은 못 들을 말을 들었다는 얼굴이었다. 그는 몇 번이나 물었다. 지금 뭐라고 했냐고, 다시 말해보라고 재촉했다.

"1왕자와 결혼하지 않겠다고요. 왕비 같은 건 되지 않겠다고요!"

"크리스틴! 제정신이냐? 너까지 왜 이러는 거야!"

후작이 버럭 소리를 질렀다. 딸을 애지중지하는 그로서는 처음 있는 일이었다. 크리스틴도 아버지가 저에게 고함을 지를 줄은 몰랐는지, 어깨를 흠칫거렸다.

"너 설마 사랑하는 사람과 결혼하겠다느니…… 그런 철없는 소리를 하려는 건 아니겠지?"

하지만 그녀는 이를 꽉 깨물고 후작보다 더 크게 소리를 지르기 시작했다.

"저도 알아요! 귀족의 결혼에 사랑은 걸림돌이 될 뿐이란 거! 결혼이란 가문과 가문의 계약이기 때문에 서로 손해가 없도록 처음부터 잘 조율해야 한다는 것도요! 그리고 이 결혼이 왕가보다는 우리 가문에 이득이라는 것도 알아요!"

"그렇게 잘 아는 애가 왜 이러는 거야! 설마 그 내연녀 때문이냐? 크리스틴, 왕족에게 그 정도 흠은 아무것도 아닌 걸 알지 않니."

"그게 아니에요."

"아이는 사생아로 기록될 거다. 네가 걱정할 일이 아니야."

"저는 가주가 되고 싶어요!"

크리스틴이 울먹이며 소리쳤다. 왕궁 연회장 그 많은 사람 앞에서도 끝내 눈물을 보이지 않았던 그녀가 가슴을 들썩거리며 울었다.

"바실리 오빠보다 제가 더 영리하잖아요. 아카데미에 들어가서 죽도록 공부한 것도 오빠가 아니라 저잖아요. 가문 어르신들도 제가 오빠보다 더 쓸만한 애라고, 마조람의 보물이라고 말씀하셨잖아요!"

"애야, 크리스틴."

"왕비 말고 가주가 되고 싶어요. 내연녀한테 휘둘리기나 하는 한심한 왕자의 보모가 아니라! 마조람의 수호자가 되고 싶다고요!"

"가주는 영리하다고 할 수 있는 게 아니야."

후작의 얼굴에 주름이 깊었다. 그는 뭐라고 말해야 할지 모르겠다는 얼굴이었다. 다른 사람은 몰라도, 크리스틴을 아끼는 그의 마음만은 진심이었다.

"마조람은…… 아주 많은 사람의 욕망을 짊어지고 있어."

"저도 할 수 있어요. 책임감이라면 도망쳐버린 오빠보다 제가 나아요."

"닳고 닳아야만 버틸 수 있어. 가주는 그런 자만이 할 수 있단다."

"저도……."

그때까지 부녀의 대화를 가만히 듣고만 있던 후작 부인이 갑자기 말을 꺼냈다.

"너는 너무 순진해, 크리스틴."

그녀는 우아한 자세로 앉아 냅킨으로 입가를 닦아내더니, 크리스틴에게 다정한 미소를 내보이며 말했다.

"넌 고작 그 평민 계집아이 하나 제대로 통제하지 못해서 자기혐오에 빠질 만큼 마음이 약한 애야. 내연녀가 있는 걸 알았으면 그 여자가 사고 치기 전에 죽여 없앴어야지. 가주가 되려면 그보다 더 잔인한 명령을 하루에도 수십 번씩 내릴 수 있어야 해."

"저도 할 수 있어요."

"아니, 넌 못 해. 엄마는 네가 평안하고 행복하게 살길 바라. 그리고 왕의 아내가 뭐 어때서. 지금 왕과 왕비를 보렴."

"어머니."

"권력이란 동색이 아니야. 네 눈엔 왕이 권력을 다 가지고 있고, 왕비는 뒷방에서 심심하게 사는 것처럼 보이겠지. 하지만 그렇지 않단다. 왕과 왕비는 다른 색의 권력을 가졌을 뿐이야.”

“기어이 저를 왕비로 만들고 싶으세요? 오늘 그 사달을 겪고도 …….”

“국왕도 애첩이 있지.”

후작 부인이 대수롭지 않게 말했다.

“게다가 아들도 있고.”

“어머니!”

“하지만 그들은 아무것도 하지 못해. 왕의 사랑을 등에 업고도 평생 침전에 갇혀 살아갈 뿐이야. 크리스틴, 네 눈엔 레위시아 오르테가가 왕족으로 보이니? 내 눈엔 단순히 왕궁 거주자일 뿐인데.”

“달라요. 레위시아 전하에겐…….”

율리아가 있다. 그렇게 말하려던 크리스틴이 재빨리 말을 삼켰다. 부모님 앞에서는 자존심이 상해서 도저히 율리아의 이름을 꺼내놓을 수가 없었다.

후작 부인은 그런 딸을 귀엽다는 듯 바라보았다.

“그 내연녀가 그렇게 신경 쓰인다면 엄마가 처리해주마.”

“……네?”

“흔적도 없이 사라지게 해줄게. 사랑하는 내 딸, 그러니까 이제 투정은 그만 부리렴. 오늘은 조금 실망이구나.”

죽이겠다는 말이에요? 크리스틴은 그렇게 묻고 싶었다. 하지만 후작 부인의 입에서 ‘실망’이라는 단어가 흘러나온 순간, 그녀는 아무 말도 할 수가 없었다.

여름이 시작되던 날 오르테가 해안에 강한 태풍이 찾아왔다. 뱃사람들의 경고에 귀 기울인 자들은 피해를 덜 입었으나, 그렇지 않았던 자들은 큰 손해를 보았다. 배가 부서지고 집에 물이 새는 건 다반사였고, 집채만 한 파도에 휩쓸려 실종됐다는 사람도 종종 나왔다.

비와 바람만으로도 너무 무서운 게 태풍인데, 이번에는 바다까지 심상치 않았다. 철새들의 움직임을 읽을 수 있는 늙은 뱃사람들만이 해일을 걱정했다.

"율리아 아니었으면, 어휴."

남부 함대는 태풍이 닥치기 전부터 안전한 해안가에 배를 대고 만반의 대비를 갖추었다. 모두 카루스의 명령이었다. 병사들은 태풍이 금세 물러가리라고 보았으나, 바바슬로프를 중심으로 율리아의 말을 철석같이 믿는 기사들이 단호하게 고개를 저었다.

"해일이 닥칠 거다."

바바슬로프가 중얼거렸다.

그의 말을 믿는 병사는 하나도 없었다. 그들 중에는 오르테가 남부 해상에 파견된 지 10년이 넘은 자도 있었다. 태풍은 종종 왔지만, 군함이 부서질까 봐 걱정해야 할 만큼 큰 해일이 닥친 적은 없다고 웃었다.

"복덩이가 거짓말했을 리 없어."

카루스는 율리아에 대한 바바슬로프의 맹목적인 신뢰가 우습다고 생각하면서도 그녀의 말에 따라 태풍에 대비했고, 남부 함대는 무혈 제독의 선견지명 덕에 무사히 태풍을 넘길 수 있었다.

전쟁터와 다를 바 없는 해안가와는 달리, 오르테가 왕궁에서는 화려한 연회가 한창이었다.

왕위 후계자가 될 거라 모두가 믿어 의심치 않는 1왕자와 마조람의 금지옥엽 크리스틴의 약혼식이 시작되었다.

1왕자의 손을 잡고 연회장 안으로 들어서는 크리스틴은 성녀처럼 꾸민 모습이었다. 길고 투명한 베일이 귀 뒤에서 시작돼 발끝까지 떨어지고, 머리엔 보석을 깎아 만든 화관을 썼다. 감탄과 경탄이 이어졌다. 크리스틴의 선택을 이해할 수 없다며 비웃고 비난하던 귀족들도 이 순간만은 숨을 죽인 채 두 사람이 입장하는 모습을 바라보았다.

레위시아 2왕자궁의 시녀들만이 시큰둥한 얼굴로 나지막이 대화를 주고받았다.

알렉사가 물었다.

"저 여자가 크리스틴 마조람입니까?"

"드레스 좀 봐. 미쳤네."

코코가 고개를 끄덕여 긍정하더니, 흥 코웃음을 쳤다.

결혼식도 아니고 대관식도 아닌데 너무 과하다는 것이다. 특히 1왕자는 맡겨놓은 왕관을 가지러 나온 것 같은 차림새라, 조금 떨어진 곳에 서 있던 샤트린과 공주궁의 시녀들에게까지 비웃음을 샀다.

두 사람을 가장 신나게 비난할 것 같았던 레위시아는 식이 시작되던 순간부터 내내 굳은 표정이었다. 그의 시선은 1왕자와 국왕에게 향한 채 돌아올 줄을 몰랐다. 레위시아의 뒤쪽에 서 있던 코코가 그에게 가까이 다가가 물었다.

"전하, 정신 차리세요."

"응?"

"마실 거라도 갖다드려요?"

레위시아는 그제야 1왕자에게서 시선을 거두어 코코를 바라보았다. 그는 본래 읽기 쉬운 편인 사람이었는데 이날따라 속을 알 수가 없었다. 안개 긴 바다처럼 가깝고도 멀어 보이는 그의 눈을 응시하며, 코코가 말했다.

"크리스틴은 왕비 전하가 아니에요. 1왕자는 국왕 전하가 아니고요. 너무 깊게 생각하지 마세요. 남의 불행을 내 것인 양 간접 체험하지 말라고요."

"어떻게 알았어?"

"네?"

"내 마음 말이야. 어떻게 읽었냐고."

레위시아가 코코에게 고개를 살짝 숙이곤 그녀의 귓가에 속삭이듯 물었다. 코코가 어깨를 으쓱하더니 턱짓으로 율리아를 가리켰다.

"어떻게 알았겠어요. 우리 궁에 신기하게 눈치 빠른 애가 하나 있잖아요. 전하께서 신경 쓰시는 것 같으니 말조심하자고 하더라고요."

"그래?"

"그 여자가 임신했다고 말했을 때부터 계속 기분이 안 좋으셨잖아요. 전하를 걱정하는 사람이라면 바보라도 알 수 있는 일이에요."

코코가 더는 할 말 없다는 듯 몸을 돌렸다. 레위시아는 코코에게 걱정하지 말라는 듯 대충 웃어넘겼다.

약혼식이 본격적으로 시작되었다. 국왕 부부가 긴 축사를 읽고, 마조람 후작 부부가 유리 상자에 담긴 예물을 가져왔다. 귀족들은 고상한 태도로 축하 인사를 건넸다. 이날은 오르테가 왕국 역사에 세기의 약혼으로 기록될, 왕가와 마조람이 혈연으로 하나가 되는 날이었다.

'본래라면 바실리와 샤트린 공주가 이 자리에 있었겠지만.'

율리아의 눈이 시리게 빛났다. 심장은 차갑게 가라앉고, 시야는 선명하게 밝아졌다.

'바실리를 나락으로 떨어뜨렸다고 해서 내 복수가 끝난 줄 알았다면 크게 착각한 거야. 나는 아홉 번째를 살고 있고, 그건 시작에 불과했으니까.'

이제 또 하나를 마무리 지을 때가 되었다. 이후의 일이야 크리스틴이 어떻게 나오느냐에 따라 달라지겠지만, 여기까지는 계획했던 것과 한 치도 다르지 않았다.

'네 차례야, 크리스틴.'

사건은 시끄럽지 않게 시작되었다. 약혼식장에 뒤늦게 도착한 귀족들이 은근슬쩍 크리스틴과 마조람 후작 부부를 손가락질하며 말했다.

"그거 들었소? 브레웨 아카데미에서 졸업생들의 성적에 대해 대대적인 조사를 벌일 거라고 하던데."

"그게 무슨 소리예요?"

"성적이 조작됐다고 하더군. 대리 시험은 물론이거니와, 논문과 과제까지 바꿔치기했다고."

"세상에! 도대체 누가 그런 파렴치한 짓을 했대요?"

"마조람 후작 영애가······."

수군거림은 웅성거림으로 변하고, 곧 여기저기서 경악성이 터져 나왔다. 귀족들의 입에서 하녀들의 입으로, 시종들의 입에서 왕족의 귀로. 밀폐된 식장 안에서 소문은 삽시간에 퍼져나갔다.

"졸업생들이 단체로 고발한 거라 누가 신고자인지 모른대. 아카데

미가 발칵 뒤집혔어. 어디서 구했는지 논문에 과제, 필기 노트까지
…… 증거가 수두룩하게 제출되었대."

"영리한 평민을 협박해서 대리 시험을 치르게 했대. 평민이 무슨
힘이 있었겠어? 시키는 대로 하면 학비를 대준다거나, 생활비를 보태
주거나 그랬겠지."

"미쳤어. 그럼 뭐야. 4년 동안 수석 했다며? 천재라며? 졸업 시험
에서 실수만 안 했어도 브레웨 훈장을 빼앗기지 않을 거라고 했잖
아?"

"다 거짓말이었던 거지."

귀족들의 시선이 까칠하게 변했다. 마조람 후작가를 향한 존경심
이라는 것도 결국은 겉치레일 뿐, 그 근원은 질투에 가까웠다.

크리스틴 마조람이 실은 그렇게 영리하지 않았고, 힘없는 평민을
협박해서 대신 시험을 치르게 했다는 사실이 알려지자마자, 그녀를
향한 귀족들의 시선이 손바닥 뒤집듯 부정적으로 바뀌었다.

"1왕자 전하께서는…… 알고 계신 건가?"

"모르시겠지."

"알아야 하는 거 아니에요? 누가 가서 은밀하게라도 전달해봐요."

부정적인 감정은 전염이 빠르고, 남의 불행은 중독성이 있다. 연회
장을 가득 채우고 있던 귀족들이 드러내놓고 웅성거리기 시작하자,
분위기가 달라졌음을 눈치챈 크리스틴이 불안한 듯 주위를 돌아보
았다.

"무슨…… 무슨 일이에요?"

"이 발칙한 것들이 감히 왕족의 행사에서 소란을 피워?"

1왕자가 짜증을 냈다. 그는 자신의 측근을 손짓으로 불러 무슨 일

이냐고 물었고, 이내 브레웨 아카데미에서 심사 여하에 따라 크리스틴의 졸업생 자격을 취소할 수도 있다는 사실을 알게 되었다.

"뭐야?"

잘못 들은 줄 알았다. 1왕자는 몇 번이나 되물었다. 나중엔 다른 사람을 불러 확인해보기까지 했다. 하지만 사실이었다. 브레웨 아카데미에서 크리스틴의 부정행위가 수면 위로 떠오르자, 학장을 중심으로 조사 위원회가 소집되었다.

말도 안 돼. 크리스틴은 무너져내렸다.

악몽이 실현되었다. 시험지에 처음으로 율리아의 이름을 적어 냈던 날부터 지금까지 집요하게 이어져온 악몽이었다. 언젠가 들킬지도 모른다는 불안감, 율리아가 폭로할지도 모른다는 두려움, 그러면 자신은 두 번 다시 고개를 들고 다닐 수 없게 되리라. 그런 생각을 할때마다 미칠 것만 같았다. 그래서 율리아를 죽이기 위해 하이에나가 추적을 시작했다고 했을 때, 그토록 짜릿한 안도감을 느꼈던 것이다.

1왕자가 짜증스레 물었다.

"크리스틴, 저 말이 사실이야? 네가 부정행위를 저질러서 졸업 자격이 취소된다잖아?"

"왜, 왜…… 왜 갑자기? 그게 무슨 말이에요? 취소하다니, 누구 마음대로 그런 걸 결정해요? 내가 뭘 잘못했는데?"

"크리스틴."

"다시 말해봐요. 뭔가 잘못된 걸 거예요. 어디서 그런 거짓 소문을 주워듣고 와서! 남의 약혼식을 망쳐요!"

"크리스틴, 진정해."

크리스틴이 버럭 소리를 질렀다. 그녀는 지금 눈에 뵈는 게 없는 상태였다.

"내가 지금 진정하게 생겼어요?!"

그러자 1왕자가 싸늘한 얼굴로 그녀를 윽박질렀다.

"크리스틴 마조람! 지금 누구에게 소리를 지르는 거야."

"전하……."

"지금 누구보다 황당한 사람은 나라는 걸 알아둬. 브레웨 훈장의 주인이 될 거라고 해서 곁에 뒀는데, 훈장은커녕 학위까지 거짓이었다고? 하! 이 약혼의 피해자는 네가 아니라 나야. 후작만 아니었다면 애초에……."

너와 약혼하지 않았을 것이다. 크리스틴은 1왕자가 얼버무린 뒤의 말까지 모두 알아들었다. 참았던 눈물이 흘러내렸다. 21년 인생, 그녀에게 최고의 자랑이었던 것들이 물거품처럼 사라지고 있었다.

12
한 여자를 위해 왕이 되겠다는 남자

"율리아 아르테―!"

크리스틴의 찢어지는 비명이 약혼식장을 뒤흔들었다. 위태롭고 절박한 비명이었다. 깜짝 놀란 사람들의 시선이 그녀에게 모여들었다. 늘 새침하게 도도하던 얼굴이 추하게 일그러지는 것도 모른 채, 크리스틴은 미친 사람처럼 고함을 질렀다.

"어서 이리 나와! 네가 한 짓일 걸 내가 모를 줄 알아!"

그녀의 목소리가 어찌나 큰지, 곁에 있던 1왕자가 깜짝 놀라서 뒷걸음질을 쳤다. 그는 크리스틴의 눈이 광기에 젖어 있다는 사실을 깨닫자마자 그녀를 말리는 걸 포기하고 재빨리 왕비와 국왕이 있는 곳으로 달아났다.

"율리아! 율리아, 다 너 때문이야! 전부 네가 한 짓이야! 너 따위가 감히……!"

크리스틴은 저가 무슨 말을 하고 있는지도 모르는 것 같았다. 당황한 마조람 후작이 딸을 진정시키려 애썼지만, 그녀는 베일을 쥐어뜯어 손에 쥐고는 두 눈을 희번덕거렸다. 크리스틴의 눈이 약혼식장을 샅샅이 뒤지고 있었다.

율리아는 그 모든 장면을 감상하듯 바라보았다. 배 속 깊은 곳에서 뜨끈한 기운이 올라왔다. 차게 식은 손가락에 미지근하게 피가 돌았다. 먹은 것도 없는데 배부른 느낌이 들었다. 그래, 네가 이렇게 되길 바랐다.

'크리스틴, 너는 누구보다 속이 시커먼 아이잖아. 그게 네 본모습이잖아. 그동안 왜 그렇게 착한 척, 정의로운 척, 고상한 척한 거야.'

크리스틴이 율리아의 이름을 부를수록 사람들의 관심도 늘어났다. 웅성거리는 소리도 덩달아 커졌다.

"도대체 율리아가 누구야?"

그게 누구이기에 후작 영애를 이렇게 만들었나. 둘 사이에 무슨 일이 있었던 건가. 크리스틴의 부정을 고발한 건 아카데미인데, 왜 율리아 아르테를 원망하는가.

"혹시 그 평민 아니야?"

"누구?"

"브레웨 훈장! 레위시아 왕자님께 시녀가 되고 싶다고 말했던 여자 말이야!"

귀족들이 율리아를 찾기 시작했다. 율리아를 찾으려면 레위시아를 찾아야 한다. 그는 국왕과 왕비 곁에 있지 않았다. 국왕 부부와 1왕자, 샤트린은 한데 모여 있는데 레위시아는 그들과 멀리 떨어진 귀족들 사이에 서 있었다.

"율리아, 궁으로 돌아가십시오. 아무래도 그러는 편이 좋을 것 같습니다."

알렉사가 몸으로 율리아를 가렸다. 걱정 가득한 그녀의 목소리에 율리아가 살짝 웃으며 고개를 가로저었다.

"괜찮아요."

"알렉사 말대로 하는 게 좋을 것 같은데."

레위시아도 알렉사의 말을 거들었다. 그런데 코코가 단호하게 두 사람을 막아섰다.

"내버려둬요. 이번에는 진짜 괜찮으니까."

"코코?"

"괜찮아요. 율리아는 아무것도 잘못하지 않았고, 그걸 여기 있는 사람이 다 알아요. 죄를 지은 건 마조람 후작과 크리스틴 저 계집애잖아. 율리아는 숨을 필요 없어요. 그렇지?"

"네."

"고개 들어. 허리 펴고."

그러니까 크리스틴이 발광하면 할수록, 제 무덤을 제가 파는 격이 될 것이다.

레위시아와 알렉사가 율리아의 얼굴을 내려다보았다. 코코의 말대로 율리아는 조금도 불안해하지 않는 기색이었다. 오히려 눈꼬리에 미묘한 만족감이 묻어나 있어, 그걸 본 두 사람이 긴장했던 어깨를 늘어뜨렸다.

레위시아가 물었다.

"정말 괜찮겠어?"

귀족들의 시선이 전부 이쪽으로 쏠려 있었다. 레위시아는 그들의 비틀린 관심이 율리아를 다치게 할까 봐 걱정했다.

율리아가 레위시아의 뒤에서 옆으로 한 걸음 걸어 나왔다. 그녀는 숨거나 도망가지 않고 당당하게 얼굴을 드러냈다. 진한 갈색 머리카락에 녹색 눈, 앳된 얼굴에 단정한 자세, 나이를 가늠할 수 없을 만큼 깊은 눈빛. 오르테가의 귀족들이 모두 그녀를 바라보았다.

율리아도 그들을 보았다. 아무리 노력해도 닿을 수 없었던 저 높은 곳에 사는 사람들. 귀족으로 태어난 자와 평민으로 태어난 자는 왜 그렇게까지 다를 수밖에 없는가. 크리스틴과 자신을 비교할 때마다 그게 참 불만이었는데, 이제는 그 질문에 대답할 수 있었다.

귀족이라고 다 마조람 같은 쓰레기가 아니고, 평민이라고 다 정직하고 선하지 않다는 것. 문제는 신분이 아니라 인간이고, 그렇다면 나도 너희와 다르지 않다. 율리아는 그렇게 생각했다.

"율리아!"

크리스틴이 마침내 율리아를 발견했다.

"거기 있었구나."

귀족들이 숨을 죽였다.

마조람의 금지옥엽이 저 평민 시녀를 어떻게 처리할 것인가. 그걸 지켜보는 1왕자와 2왕자는 어떤 반응을 보일 것인가. 장차 왕비가 될지도 모르는 여자가 약혼식에서 이런 식으로 난동을 부린 과거가 있던가. 이것은 오르테가 왕실 역사에 길이 남을 추문이 아닌가.

"네가…… 한 짓이지, 네가! 네가 그랬잖아. 내가 미워서! 날 질투해서!"

두 사람의 거리가 순식간에 가까워졌다. 크리스틴은 만류하는 마조람 후작을 뿌리치고 달리다시피 걸어서 율리아 앞에 섰다. 그녀의 두 눈이 붉었다. 여름의 첫날인데, 크리스틴은 한겨울처럼 덜덜 떨리는 몸을 주체하지 못해 비틀거렸다.

"원하는 건 다 해줬잖아. 내 아버지가, 우리 가문이…… 너한테 못 해준 게 뭔데! 넌 도대체 뭐가 그렇게 불만이야!"

말하자면 끝도 없는 이야기였다. 그래도 율리아는 침묵을 지켰다. 이건 흥분하는 사람이 패배하는 싸움이었다. 그녀는 왕궁 시녀답게 단정한 자세로 서서, 크리스틴이 발광하는 걸 지켜보았다.

약혼식이 엉망이었다. 이제 이 연회는 절대 재개될 수 없다.

"은혜를 갚진 못할망정 배신을 해? 우리가 너한테 얼마나 잘해줬는데! 그러고도 네가 사람이야? 대답해, 율리아 아르테!"

크리스틴은 무너져 내렸다. 발광하고 윽박지르기를 한참, 마지막이 되어서야 지친 크리스틴의 입에서 진심이 흘러나왔다.

"내가, 내가 얼마나 너를 이기고 싶었는데……."

내내 침묵하던 율리아가 그제야 입을 뗐다.

"보기 흉하네요, 아가씨."

"뭐?"

"저는 아무 짓도 하지 않았어요."

담담하게 조롱하는 말투와 흔들림 없는 눈빛. 율리아는 크리스틴을 똑바로 바라보았다.

"잘못을 저지른 건 아가씨지, 제가 아니잖아요. 알면서 왜 이러세요."

크리스틴이 부들부들 떨었다. 그녀의 눈동자에 가득 차 있던 물기도 위태롭게 흔들렸다.

"저는 고발하지 않았어요. 제가 한 거라곤 정직하게 시험을 쳐서 브레웨 훈장을 받은 것뿐이에요. 그게 그렇게 갖고 싶었으면, 더 열심히 공부하시지."

율리아는 이제 참지 않았다. 판을 짤 때는 신중해야 하지만, 상대가 불에 타올라 무너질 때는 기름을 부어줘야 한다.

"약혼식이 엉망이 됐네요."

"너……."

"그래도 축하해요. 곧 왕자비가 되실 텐데."

율리아의 얼굴에 미소가 번졌다. 아주 천천히, 진심을 가득 담아 웃었다. 그 미소는 크리스틴이 본능적으로 쥐고 있던 마지막 인내심마저 툭 끊어버렸다.

"감히 네가!"

크리스틴은 지금까지 누군가에게 직접 폭력을 써본 적이 없었다. 후작 부부가 누군가를 '처리'하라고 명령할 때는 그게 상대의 죽음을 뜻한다는 걸 알면서도 애써 못 들은 척했다. 그러면 죄책감을 느끼지 않을 수 있었다.

크리스틴 마조람은 후작가의 공주님이었고, 예쁘고 좋은 것들에 둘러싸여 살았다. 화가 나면 울고 떼를 썼다. 그러면 후작 부부가 알아서 상대를 '처리'해주었다. 그건 부모님이 자신을 위해 한 일이지, 직접 손을 쓴 건 아니니까 제 죄가 아니라고 여겼다.

철썩!

크리스틴이 있는 힘껏 손을 휘둘렀다. 그녀는 온몸을 비틀거리면서 손바닥으로 친 건지, 주먹으로 친 건지도 모르게 마구 손을 내둘렀다. 귀족들이 새파랗게 질린 얼굴로 비명을 삼키고 있었다.

"네가……."

한데 이상했다. 율리아가 이렇게 키가 컸나. 분명 드레스를 입고 있었는데, 왜 남성용 예복을 입은 사람이 눈앞에 있는 건가.

크리스틴이 정신을 차린 건 그 후의 일이었다.

"세상에! 전하, 괜찮으세요?!"

코코가 찢어질 듯 큰 소리로 말했다. 율리아가 다급한 얼굴로 웬 남자의 얼굴을 살피고 있었다. 이상했다. 크리스틴이 때린 건 율리아인데, 앞에서 얼굴을 감싸 쥐고 있는 건 다른 사람이었다.

연회장이 충격으로 가득 찼다. 귀족들이 입을 틀어막은 채 크리스틴을 노려보고 있었다. 뒤에서 후작 부부가 달려와 크리스틴의 팔을 잡아당겼다.

누군가 중얼거렸다.

"세상에…… 마조람 영애가 왕자 전하를 때렸어."

크리스틴은 그제야 저가 때린 사람의 얼굴을 제대로 볼 수 있었다.

레위시아 오르테가였다.

■━◆◆◆━■

레위시아가 율리아를 대신해 손찌검을 당했다.

코코는 괜찮으니 율리아가 알아서 하게 내버려두라고 했지만, 그는 도저히 그렇게 할 수가 없었다. 크리스틴 마조람은 완전히 이성을 잃은 상태였다. 난동을 부리는 것으로 끝나지 않으리란 건 누가 봐도 알 수 있는 일이었다. 그래서 율리아를 잡아당겨 뒤로 보내고, 자신이 앞으로 나섰다. 본능적인 행동이었다. 레위시아도 자신이 왜 그런 행동을 했는지 논리적으로 설명하지 못했다. 그냥 저절로 몸이 움직였다. 크리스틴이 손을 들어 올리는 순간 그의 머릿속엔 율리아를 보호해야겠다는 생각밖에 없었다.

왕국이 발칵 뒤집혔다.

충격적인 사건이 쌓이고 쌓여 풍선 터지듯이 터진 느낌이었다.

바깥에선 미친 듯이 태풍이 불고 있고, 브레웨 아카데미 교수들은 크리스틴 마조람의 졸업 자격을 시험하기 위한 검증에 들어갔고, 왕궁 안에선 1왕자의 약혼식이 난장판이 된 데 대한 책임론이 불거졌다.

그에 더해 크리스틴이 감히 왕족의 얼굴을 후려쳤으니, 왕실 모독이라는 말까지 흘러나왔다. 아무리 마조람 후작이라도 이번 일을 두리뭉실하게 넘길 수는 없었다.

"여러 사람이 앓아누웠어."

"네?"

"국왕은 이 일을 어떻게 수습해야 할지 몰라서 앓아누웠고, 왕비는 왕자비 간택을 취소하라는 귀족들의 성화를 못 이겨서 앓아누웠고, 1왕자는 크리스틴이 감히 제 얼굴에 먹칠했다고 앓아누웠고."

왕자궁 응접실에 코코의 목소리가 울려 퍼졌다. 평소보다 톤이 더 높았다.

"마조람 후작 부부는 국왕 부부를 달래려다 저택으로 돌아가지 못하고 왕궁에서 앓아누웠고, 크리스틴 그 계집애는 후작 저택에 앓아누운 채로 감금되었고."

알렉사가 의아해하며 물었다.

"그 정도면 양호한 거 아닙니까? 앓아누워야 할 사람들이 앓아누웠다는 느낌인데요."

"그게 끝이겠니? 크리스틴의 졸업 논문을 심사했던 교수들은 마조람 후작한테 받아먹은 돈을 뱉어야 할지 말아야 할지 몰라서 앓아누웠고, 학장은 감히 신성한 상아탑에 이런 일이 일어났다고 노발대발하다가 화병으로 앓아누웠고."

이게 고작 한 사람 때문에 일어난 일이라니.

말하는 코코의 목소리가 갈수록 높아지더니 결국 더는 참지 못하고 웃음이 흘러나왔다. 코코는 아주 재밌어죽겠다면서, 최근 들어 어제처럼 깊은 잠을 잔 날이 없다고 흥얼거렸다.

"세상이 조금 살만해졌어."

오늘따라 구름 낀 하늘도 예뻤다.

이날 크리스틴 마조람이 율리아 아르테의 논문을 베꼈다는 증거들이 세간에 공개되었다. 졸업 논문뿐만이 아니었다. 4년 동안 크리스틴의 성적을 책임졌던 과제까지 전부, 그녀가 아닌 다른 사람이 치열하게 공부하고 연구했던 흔적이 남아 있었다.

그건 모두 어느 용감한 익명의 제보자가 제출한 것이었다. 그러자 두 사람과 함께 아카데미를 다녔던 학생들이 앞다투어 증거와 증언을 쏟아냈다.

이쯤 되자 대리 시험도 모자라 과제와 논문까지 베껴 쓴 크리스틴을 향한 브레웨 아카데미 졸업생들의 분노가 어마어마했다.

"그자들이 딱히 정의로워서가 아니라, 평생 자랑으로 삼았던 제 모교가 똥통이 되는 게 자존심 상해서 들고 일어나는 거겠지. 어차피 마조람 후작을 제대로 물고 늘어지는 놈은 없겠지만."

"음."

듣다 보니 여러 사람이 앓아눕긴 했다. 알렉사가 고개를 주억거리다 코코에게 물었다.

"율리아와 왕자님은요?"

아침부터 두 사람이 보이질 않았다.

약혼식이 흐지부지된 뒤, 레위시아는 시녀들의 손에 이끌려 자신의 궁으로 돌아왔다. 그의 아름다운 얼굴에 긴 손톱자국이 남은 걸 본 율리아는 당황해서 어쩔 줄을 몰랐다. 큰 상처가 아니니 흉터는 남지 않을 거라고 의사가 말했지만, 그녀는 레위시아의 얼굴을 볼 때마다 무거운 한숨을 내쉬었다.

"왕자님은 샤트린 공주님의 궁에 불려갔고, 율리아는 아직 자고 있어."

"잔다고요? 율리아가 이 시간까지 자는 걸 본 적이 없는데……."

알렉사가 걱정스레 율리아의 방이 있는 방향을 바라보았다. 찾아가서 괜찮은지 물어보고 싶었지만, 피곤한 사람을 깨우게 될까 봐 그러지 못했다.

"코코."

"왜 그러니?"

"율리아는 마조람 후작가에 복수하기 위해 왕자궁에 들어온 거라고 했잖습니까."

알렉사는 그동안 율리아에 대해 많은 것을 알게 된 상태였다. 은혜를 갚고자 왕자궁에 들어왔으니 그녀에 대해 알아야만 했다. 그래서 율리아가 있을 때는 그녀를 따라다녔고, 그렇지 않을 때는 코코를 따라다니며 율리아에 관해 물었다. 코코가 긍정의 의미로 고개를 끄덕였다.

"맞아. 나와 레위시아 전하는 마조람 후작가를 원수로 여기니까. 아군을 잘 골랐다고 봐야지."

"율리아는 코코와 왕자 전하가 그런 원한을 갖고 있다는 걸 어떻게 알았을까요."

"그건……."

잘 모른다. 코코도 율리아에게 궁금한 점이 많았다. 하지만 뭔가를 묻기만 하면 자꾸 그 애의 슬픈 과거가 튀어나와, 입이 떨어지지 않을 때가 많았다.

"어디서 주워들었겠지. 아카데미엔 죄다 귀족들뿐인데, 누가 떠들었는지 알 게 뭐야."

"제가 부모님의 빚을 갚기 위해 노예처럼 용병 짓을 하고 있다는 건 또 어떻게 알았을까요."

"그건……."

그것도 잘 모른다. 코코는 율리아에게 알렉사의 이야기를 듣자마자 앞뒤 잴 것 없이 상인연합으로 달려가 일을 해결하기 바빴다.

"그러게. 어떻게 알았지? 네 이야기에 대해 아는 사람이 많니? 고리대금업자가 입이 가벼워?"

"아뇨. 그들도 철저히 숨겼을 겁니다. 귀족의 딸을 그런 식으로 부려먹고 있다는 게 알려져서 좋을 게 없으니까."

"네 이야기를 떠들고 다닐만한, 친하게 지내던 용병이 있었다거나. 소문이란 건 이리저리 흐르기만 하지, 고이지 않으니까."

"제 부모님 이야기는 연인이었던 자에게도 한 적 없습니다."

"그러고 보니…… 율리아가 그런 말을 한 적이 있어."

"뭐라고 했는데요?"

"널 우연히 만난 적이 있다고. 생명의 은인이라고 하던데."

코코가 알렉사를 데려오기 전에 율리아와 나눴던 대화를 떠올렸다. 그런데 알렉사는 금시초문이라는 얼굴이었다.

"저는 율리아를 그때 처음 봤습니다. 생명의 은인이라니…… 제가
요? 그 반대가 아니고요?"

"뭐야."

걘 그럼 널 어떻게 안 거야. 불행한 사연을 수집하는 취미라도 있는
거야 뭐야. 코코가 그렇게 우물거리자, 알렉사가 두 눈을 무겁게 내리
깔고 말했다.

"율리아는 비밀이 많은 것 같아요."

"걘 자기 얘기를 더럽게 안 해."

"물어보셨습니까?"

"딱히."

"왜요?"

"하고 싶은 얘기면 하겠지. 하기 싫은 얘기를 군이 캐내서 알아야
만 친구가 되는 건 아니잖아. 물론 개는 너무 말을 안 해서 짜증 나긴
하지만."

"그런 생각이 들어요. 율리아는 말입니다. 힘들고 슬픈 일은 혼자
알려고 하고, 코코와 제게는 그 반대의 말만 하는 게 아닐까."

꼭 미련을 남기지 않으려고 발악하는 사람처럼.

언젠가 물거품이 되어 사라질 거라던 율리아의 말이 떠올라, 코코
가 무거운 한숨을 내쉬었다. 그러곤 깊이 생각에 잠겨 있는 알렉사에
게 물었다.

"너도 개가 불쌍하다고 생각하니?"

"아니요. 대단하다고 생각합니다."

"뭐?"

알렉사의 입에서 생각지도 못했던 대답이 흘러나왔다. 대단하다니. 코코가 붉은 눈을 동그랗게 뜨고 그녀를 빤히 바라보았다.

알렉사는 율리아가 보육원에서 착취당하며 자랐고, 마조람 후작가의 후원에 묶여 노예처럼 살다가 바실리와 크리스틴에게 엄청난 배신까지 당했다는 걸 모두 들어 알고 있었다. 단순히 이용만 당하다가 버림받은 게 아니라, 몇 번이나 죽을 뻔했다는 것도 알고 있었다.

그런데도 안 불쌍하다고? 코코가 다시 물어보았다.

"안 불쌍해? 진짜?"

"아무도 없이 혼자서 그 많은 불행을 딛고 일어선 거잖아요. 심지어 절 구원하기까지 했어요. 그런 사람을 왜 불쌍하다고 합니까. 율리아는 대단한 겁니다."

"그렇구나."

코코가 살짝 웃었다. 새초롬한 얼굴에 따스한 미소가 스치듯 지나갔다.

"대단한 거였네."

그걸 그렇게 생각해 주는 너도 대단한 아이라고, 코코는 속으로 조용히 되뇌었다.

율리아가 깊이 잠들어 있는 사이, 레위시아는 또 샤트린의 궁에 불려가 있었다. 이런 날은 그냥 좀 내버려두면 좋을 텐데. 아무리 투덜거려도 그녀는 요지부동이었다.

샤트린은 레위시아를 제 앞에 앉혀놓고 입술을 잘근잘근 물어뜯었다. 당장 튀어오라고 부를 때는 언제고, 왜 아무 말도 하지 않느냐는 그의 질문에도 대답하지 않았다. 답답해진 레위시아가 먼저 입을 열었다.

"너 그러다 입에서 피난다."

"레위시아."

"사람을 불렀으면 말을 해."

"율리아 나한테 넘겨."

"뭐?"

레위시아의 목소리가 살짝 갈라져서 나왔다. 그는 못 들을 말을 들은 사람처럼 짜증스레 되물었다.

"뭔 소리야. 율리아 이름이 네 입에서 왜 나와. 할 말이라는 게 이거야?"

"내 시녀로 들일 테니까 이쪽으로 보내라고. 못 알아들은 척하지 마. 어제 그 사달을 보고도 그래?"

레위시아가 입을 꾹 다물었다.

"넌 걔를 지킬 수 없어."

샤트린은 그게 정해진 사실인 것처럼 말했다. 레위시아는 절대 율리아를 지킬 수 없다며, 조만간 둘 다 크게 다칠 거라고 단정 지었다. 울컥했지만, 반박할 수 없었다. 레위시아 오르테가는 측근 시녀 하나지키지 못할 만큼 영향력이 부족한 왕족이었다. 그의 어머니는 평생왕의 사랑을 받았고 아들까지 낳았으나, 아내로 인정받지 못했다.

레위시아가 맞잡은 두 손에 힘을 줬다.

"네가 걱정할 일은 아니야."

샤트린이 왜 이렇게 율리아를 물고 늘어지는지 안다. 그녀가 부른다던 말을 들었을 때부터 예상했다. 처지를 바꿔 자신이 샤트린의 입장이었어도, 분명 같은 선택을 했을 것이다.

"나한테 넘겨."

샤트린이 진지하게 말했다. 그녀답지 않게 분위기가 심각했다.

"내 궁으로 데려와서 측근 시녀로 삼을 거야. 수습 시녀가 아니라, 측근 시녀. 알아들었지? 그러면 마조람 후작도 그 애를 함부로 건드릴 수 없을 거고."

"괜찮아."

"괜찮지 않아. 지금 당장이야 마조람 후작이 아버지와 어머니를 달래고, 귀족들을 포섭하고, 아카데미 일을 수습하느라 바쁘겠지. 그런데 그걸 다 끝내고 나면? 어떻게 할 것 같은데?"

율리아를 처리할 것이다.

"쥐도 새도 모르게 죽여 없앨 거야. 마조람 후작이 우리 왕국에서 얼마나 큰 영향력을 가진 사람인지, 너도 알고 나도 알아. 마조람은 하나의 가문이 아니야. 세력이라고, 레위시아."

"그 정도는 나도 알아."

"율리아가 도망칠 수 있을 것 같아? 반항? 웃기지 말라 그래. 그 애가 바실리와 크리스틴한테 그동안 억울한 일을 많이 겪어왔다는 건 알겠는데, 발악은 그쯤 해두고 몸을 사려야 할 때야."

샤트린의 말이 길어질수록 레위시아의 마음도 혼잡해졌다. 그는 결국 율리아가 절대 원하지 않을 것 같은 해결책을 입에 담았다.

"당분간 멀리 가 있으라고 하면……."

그러곤 금세 후회했다.

"아니, 아니야. 그런 걸 원할 리 없지."

"그래, 그 방법은 틀렸어. 도망치면 당연히 쫓아가겠지. 여론은 크리스틴 그 계집애한테 유리한 쪽으로 바뀔 거고."

그래서 샤트린은 자신이 직접 율리아의 방패가 되어주겠다고 말했다.

"난 할 수 있어. 마조람 후작이 아무리 대단한 권력자라고 해도 하나뿐인 공주가 애지중지하는 시녀를 손대진 못하겠지. 율리아가 내 시녀가 된다면 수단과 방법을 가리지 않고 3년 안에 그 애를 귀족으로 만들어 보이겠어."

레위시아의 입에서 마른 숨이 길게 흘러나왔다. 어쩌면 샤트린은 그렇게 할 수 있을지도 모른다. 여기서 율리아를 놓아주고 공주궁의 시녀가 되어 살 수 있게 해 주는 것이 진정 그녀를 위하는 결정일 수도 있다. 거기까지 생각한 레위시아가 샤트린을 똑바로 바라보며 물었다.

"하나만 대답해줘."

"뭔데."

"마조람 후작이 1왕자를 버리고 너를 다음 대의 국왕으로 선택한다면, 그래도 율리아를 지킬 거야?"

"그게 무슨……."

말도 안 되는 소리냐고 물으려던 샤트린이 입을 다물었다. 그녀의 붉은 입술이 살짝 떨렸다.

마조람 후작과 그의 세력이 1왕자를 버리고 샤트린을 지지한다면 그녀가 왕이 되는 건 시간문제였다. 이렇게 힘들게 싸울 필요도 없었다. 지금 1왕자가 그러는 것처럼 거만하게 앉아서 입에 넣어주는 권력을 야금야금 받아먹기만 하면 된다. 바실리의 일이 꽤씸하고 짜증나긴 하지만, 그게 왕좌에 비할 바는 못 된다.

샤트린은 대답하지 못했다. 레위시아가 허탈하게 웃었다.

"대답해, 샤트린."

"레위시아."

"대답하라고."

"못 해. 왕좌와 시녀 하나, 둘 중 하나를 고르라는 말이잖아. 너 같으면 거기서 시녀를 고르겠어? 왜 그런 극단적인 질문을 하는 거야?"

"난 율리아를 택할 거니까."

레위시아는 망설이지 않았다. 왕좌와 율리아 둘 중 하나라면 당연히 율리아였다. 샤트린은 그의 말을 어린애 투정이라고 여겼다.

"너야 왕좌에 욕심이 없으니까 그런 말을 하는 거겠지. 어릴 때부터 그랬잖아. 왕이 되느니 떠돌이 소금 장수가 되겠다고. 너와 내가 같아?"

"뭐가 달라."

"레위시아!"

"왕이 되지 못하면 죽을 게 뻔하다는 점에서 비슷하잖아. 아, 다르긴 한가. 나는 처참하게 살해당할 거고, 너는 그래도 유폐되거나 타국에 팔리거나, 뭐 그렇게 되려나."

절박하다는 점에서는 레위시아가 우위였다. 그는 샤트린이 화를 내리라고 생각했다. 그런데 그녀는 당황한 얼굴이었다.

"뭐야, 너? 그걸 알면서도 율리아를 택하겠다는 거야? 고작 시녀 한 명일 뿐인데, 그 애를 목숨을 걸고 지키겠다고? 너 지금 네가 무슨 말을 하고 있는지 알기는 하니?"

"샤트린, 내 말은……."

"차라리 나한테 보내기 싫다고 말해."

"싫어."

물이 쏟아지듯 진심이 흘러나왔다. 레위시아가 더는 할 말 없다며 의자 등받이에 몸을 기댔다. 샤트린이 레위시아를 안쓰럽다는 듯 바라보고 있었다.

"레위시아, 오기 부리지 마."

그녀의 목소리가 부드러웠다. 언뜻 다정하게 들리기도 했다.

레위시아가 왕자궁으로 돌아간 뒤, 샤트린은 시녀들이 권하는 간식에 손도 대지 않은 채 깊은 생각에 빠져 있었다. 꼭 바쁜 꿈을 꾸는 사람처럼 눈꺼풀이 조였다가 풀리기를 반복했다. 공주가 무슨 생각을 하는지 궁금했던 시녀들이 호기심을 이기지 못하고 조심스레 입술을 뗐다.

"공주님, 고민 있으세요?"

"고민?"

"아까부터 계속 아무 말씀도 없으시고…… 혹시 2왕자 전하 때문인가요?"

레위시아 때문인가? 샤트린이 자신에게 반문해보았다.

"아니."

아니었다. 그녀는 율리아 아르테를 생각하고 있었다.

평민 주제에, 대귀족 가문의 영애를 한순간에 나락으로 떨어뜨린 장본인. 그 거대한 약혼식장을 개인적인 복수극의 무대로 만들어버린 여자.

아무것도 안 했던 말은 아마 거짓일 것이다. 아카데미에 크리스틴의 부정행위를 고발한 건 어느 익명의 제보자라고 밝혀졌지만, 그가 제출한 증거는 모두 율리아 아르테가 어릴 때부터 종이가 닳도록 공부했던 책과 노트였다.

"내 시녀로 삼아야겠어."

샤트린이 중얼거렸다.

브레웨 훈장의 주인이 그렇게 대단한 거였나. 그녀는 아카데미 졸업식에 참석하지 않았던 걸 후회하고 있었다. 그때 레위시아가 아닌 자신이 그 자리에 있었다면, 율리아 아르테는 지금쯤 공주궁의 시녀가 되어 있을 텐데. 욕심이 났다. 그 얌전해 보이는 평민 시녀가 자신의 곁에서 야망을 키우는 모습이 보고 싶었다. 상상만 해도 심장이 짜릿했다. 왕좌에 앉은 자신과 그 곁을 지키는 평민 시녀라니.

"율리아 아르테가 뭘 좋아하는지 알아내."

"전하, 율리아 시녀요?"

"돈을 좋아하면 뇌물을 쥐여주고, 땅을 좋아하면 집을 사 줘. 귀족이 되고 싶어한다면 수단과 방법을 가리지 말고 귀족으로 만들어줘야겠어."

전쟁에 나가 공을 세우거나 왕족의 목숨이라도 구해주지 않는 한, 평민이 귀족이 될 수는 없었다. 귀족 남자와 결혼하는 방법도 있었지만 그건 제대로 된 작위라고 할 수 없었다. 샤트린은 편법을 떠올렸다.

"돈으로 살 수 있는 작위가 있는지 알아봐. 몰락한 귀족 중에 자식이 없는 가문이 있는지도 알아봐. 양녀로 들이면 되겠지. 그것도 아니면, 타국의 귀족 작위라도 괜찮아."

"알아보겠습니다."

"친하게 지내면서 잘 구슬려봐. 레위시아는 힘이 없어서 할 수 없지만, 나는 다르다는 걸 너희가 알려줘."

율리아를 손에 넣으면 마조람 후작을 상대할 때 조금이나마 우위에 설 수 있다. 적어도 크리스틴 마조람이 세간의 비난을 받는 동안에는 그 평민 시녀에게 명분이 있었다. 게다가 뜻밖의 사실까지 알았으니.

"레위시아가 목숨을 걸고 지키겠다고 했어."

샤트린은 즐거워하고 있었다. 그녀의 얼굴에 숨길 수 없는 기쁨이 자리 잡았다.

"율리아를 손에 넣으면 레위시아는 절대 날 배신하지 못해."

그 아이는 보석이다. 어쩌면 무기일 수도 있다.

보잘것없는 평민 하나가 고요했던 왕궁에 파란을 일으키고 있었다.

⮞ ∙ ◆ ∙ ⮜

율리아는 늦게까지 잠을 갔다. 어쩐지 너무 졸려서 정신을 차릴 수가 없었다. 크리스틴이 무너지는 모습을 눈앞에서 봤기 때문일까. 복수가 아무리 허무하다고 해도 그 짜릿한 쾌감만은 누구도 부정할 수 없으리라. 그렇게 죽은 사람처럼 긴 잠을 자고 일어났더니 이미 저녁이었다.

코코가 잔뜩 흥분한 얼굴로 약혼식 이후 하루 동안 왕궁에 얼마나 많은 일이 일어났는지 알려주었다.

"국왕 전하가 귀족들의 알현을 전부 거절했어. 침전에서 한 걸음도 나오지 않았다나. 마조람 후작이 집으로 돌아가지 않고 계속 만나달라고 요청을 넣고 있는데, 얼굴조차 보여주지 않았대. 지난번에는 왕의 부름을 후작이 계속 무시하더니, 이제 반대가 됐어."

귀족들은 왕이 일부러 후작을 만나주지 않는 거라고 입을 모았다. 일을 해결하기에 앞서, 후작에게 느꼈던 괘씸함을 갚아주려 한다는 것이다.

"또 있어. 1왕자궁에서 흘러나온 얘기인데, 거기 시녀들이 마조람 영애를 싫어하다 못해 끔찍하게 여기기 시작했다고 하더라고."

그냥 싫어하는 정도라면 괜찮았을 텐데, 아예 왕자비가 되지 못하게 꿍꿍이를 짜는 지경에 이르렀다.

"1왕자를 졸졸 쫓아다니면서 순서대로 크리스틴을 욕한대. 오르테가 역사에 그런 비리를 저지르고도 왕자비가 된 사람이 있었느냐면서, 얼굴을 들고 다닐 수가 없다고 징징거리고."

1왕자는 귀가 얇다. 그리고 그의 시녀들은 오르테가 최고의 가문에서 뽑아 올린 영애들이다. 이러다 정말 이 약혼까지 파탄 나는 거 아니냐면서, 코코가 깔깔 웃었다.

"그렇다고 임신한 애인을 왕자비로 들일 것도 아니잖아요?"

"미쳤니? 그 여자는 임신했다고 말한 순간 왕궁에 감금 확정이야."

"그 편이 나아요. 왕궁 밖으로 나가면 어떻게 될지 우리 모두 알잖아요."

1왕자는 그 여자를 지킬 수 없다. 왕비도 그 사실을 알기에 그 여자를 왕궁에 가두려는 것이리라. 내연녀의 존재로 잠시나마 후작가에 기울었던 권력의 추가 크리스틴 때문에 왕가 쪽으로 확고하게 기울었다. 코코가 그 사실을 지적하며 이죽거렸다.

"우리 국왕 전하, 기분 좋으시겠네."

"그러게요. 침전에서 남몰래 춤이라도 추고 계신 건 아닐지."

"아무리 탄탄한 동맹 관계라 해도 파고 들어갈 틈은 있지."

국왕은 후작과의 관계에서 주도권을 되찾았다. 화가 나서 앓아누웠다고 전해졌지만, 이불을 뒤집어쓴 채 웃음을 질질 흘리고 있을지도 모르는 일이다.

율리아가 이간질이라 명명했던 작전, 그 목적지가 한층 가까워졌다. 자식들이 서로를 원수처럼 여기는데 부모가 아예 아무렇지 않을 수는 없었다.

알렉사가 율리아에게 물었다.

"정말 그 약혼은 취소되는 겁니까? 그러면 앞으로 왕가와 후작가가 혈연으로 맺어지는 일은 없겠네요?"

오르테가의 모든 귀족이 그걸 궁금해하느라 밤잠을 설쳤으리라. 율리아와 코코가 짧게 시선을 마주치곤 거의 동시에 고개를 저었다.

"약혼식은 취소되었어도 약혼은 유지될 거예요."

"그 지경이 되고도 말입니까?"

"두 사람의 의견은 중요하지 않으니까요. 귀족들의 반응이 중요한 것도 아니고. 마조람 후작이 국왕에게 뭘 내놓느냐에 따라 조금 다르긴 하겠지만, 아마 주도권을 왕가에 빼앗기는 수준에서 약혼은 성사될 거로 보여요."

율리아의 말에 코코가 동의한다며 고개를 끄덕였다.

"맞아. 만약 자식을 맺어주지 못하게 되면 자기들이 이혼을 해서라도 가족이 되려고 할걸. 어쩌면 기르는 개라도 짝지어주려고 할지도 몰라."

대단한 집착이었다. 알렉사는 이왕 일이 이렇게 된 거, 파혼까지 했으면 일이 더 재밌어졌을 것 같다고 아쉬워했다.

그날 밤 율리아는 트루디에게서 레위시아가 자신을 부른다는 소리를 들었다.

"전하께서?"

"네, 호위 기사님이 밖에서 기다리고 있어요."

밖으로 나갔더니 정말로 레위시아의 호위 기사가 그녀를 기다리고 있었다. 율리아가 살짝 묵례하자, 그가 조심스레 속삭였다.

"밖으로 나갈 예정이신 듯합니다. 외출 준비를 마치고 복도로 나오세요."

그냥 왕자궁 안에서 봐도 될 텐데, 아무래도 은밀하게 할 이야기가 있는 모양이었다. 율리아는 의아했지만 반문하지 않고 그대로 안으로 들어가 평범한 외출복으로 갈아입었다. 그러곤 얇은 장갑을 끼고 모자를 썼다.

레위시아는 마차 안에서 율리아를 기다리고 있었다. 준비를 마친 그녀가 호위 기사의 안내에 따라 마차에 올랐다.

"전하, 무슨 일……."

레위시아는 드레스를 입고 있었다. 아주 강렬한 색감의 보라색 드레스였다. 우아한 향수 냄새가 마차 안에 가득했다. 코코가 선물이라며 던져준 검은 레이스 부채까지 한 손에 든 레위시아가 놀라는 율리아의 얼굴을 보고 피식 웃었다.

"나랑 데이트할래?"

"어디 가시게요?"

"바다 보러."

"이 날씨에요?"

태풍이 많이 잦아들었다 해도 아직 날씨가 궂었다. 바람이 세서 흥흉한 소리가 들렸다. 율리아도 모자가 바람에 날아갈까 봐 끈으로 단단히 묶고 나온 참이었다.

"이 날씨에만 볼 수 있는 게 있다고 들었거든."

레위시아가 신호하자 마차가 천천히 움직이기 시작했다. 그는 맞은편에 단정하게 앉아 있는 율리아를 물끄러미 바라보다 뜬금없이 말을 걸었다.

"태풍 때문에 사나워진 바다를 보고 싶은 사람의 마음이 어떨게?"

수수께끼인가. 율리아의 얼굴이 순식간에 진지해졌다. 눈앞에 문제가 놓이면 답을 찾아야 직성이 풀리는 그녀다운 표정이었다.

레위시아는 속으로만 웃으면서 율리아의 얼굴을 구경했다.

"혼란스러울 것 같아요."

"혼란스럽고?"

"심란하고 복잡하고…… 자신의 힘으로 어떻게 할 수 없는 상황에 빠져 무력감을 느낄 것도 같고요. 전하, 태풍 부는 바다에 가보신 적 있나요?"

"처음이야."

"저는 그랬어요."

정답 같은 건 없는 문제였는데, 율리아는 기어이 정답을 찾아내고 말았다. 레위시아의 심정이 딱 그랬다. 그는 바다에 도착하기도 전에 바다를 본 기분이었다.

부채를 만지작거리던 레위시아가 다시 물었다.

"너는 무슨 일 때문에 그런 심정이었는지 물어보면 대답해줄 거야?"

"너무 많아서 뭘 말씀드려야 할지……."

"너처럼 완벽한 애가 그렇게 무력하게 느껴지는 날이 많았다고?"

셀 수 없이 많았다. 하지만 전부 레위시아에게는 말할 수 없는 것들뿐이었다. 자신이 아홉 번째를 살고 있다는 말을 왕자에게 어떻게 털어놓는단 말인가. 율리아가 흐릿한 미소를 짓고 입을 다물어버리자, 레위시아가 속삭이듯 물었다.

"넌 왜 날 선택했어, 율리아?"

"네?"

"왜 하필 내 시녀가 되기로 했냐고 묻는 거야. 1왕자도 있고, 샤트린도 있잖아. 브레웨 훈장의 주인이면 측근 시녀까진 아니어도 수습 시녀 정도는 될 수 있었을 텐데."

"전하께서 마조람 후작을 싫어하시기 때문에……."

"그걸로는 다 설명할 수가 없어. 네 복수를 완성하려면 권력이 필요한데, 나는 왕궁에서 가장 보잘것없잖아. 왜 나였어? 혹시 그 졸업 식장에 나타난 왕족이 나 하나라서 우연히 그렇게 된 건가?"

이것도 대답할 수 없는 질문이었다. 지난 삶에서 코코와 했던 약속이었으니까. 율리아가 이번에도 입을 다물자, 레위시아가 허탈하게 웃었다.

"넌 나한테 비밀이 많네."

"전하, 죄송해요."

"사과를 받으려고 한 말이 아니야. 강요할 생각도 없고. 네가 날 못 미더워하는 것도 당연하고."

"그렇지 않아요."

"그래도 이건 대답할 수 있겠지."

레위시아가 마지막으로 물었다.

"율리아, 너는 내가 정말로 왕이 될 수 있으리라고 생각해?"

말끝으로 가면서 그의 목소리가 살짝 떨렸다. 의연하게 묻고 싶었는데 그러지 못했다. 레위시아는 질문을 꺼내놓고 금세 후회하는 얼굴이었다. 지금까지는 율리아의 얼굴을 잘 바라보고 있었는데, 뒤늦게 눈을 마주치지 못하고 시선을 떨궜다.

율리아가 그에게 되물었다.

"왕이 되고 싶으세요?"

"내가 먼저 물었잖아."

"저는 전하께 거짓말하고 싶지 않아요."

"불가능할 거라고 말하고 싶은 거라면……."

"전하께서 진심으로 왕이 되려 한다면 왕좌에 앉으실 것이고, 그렇지 않다면 실패할 거라는 말이었어요."

말장난 같지만 그게 진심이었다. 율리아는 거짓을 말하지 않았다. 비록 이번 삶에서 실패하더라도 다음, 그다음 삶에서 성공하면 된다는 계산이 깔려 있기도 했다.

레위시아는 계속 혼란스러워하고 있었다. 그는 아버지를 경멸하는 자식이었고, 왕좌를 업신여기는 왕족이었다. 그래서 그 자리에 오르기 위해 목숨을 걸고 싸워야 하는 자신의 운명을 오랫동안 저주해 왔다.

마조람 후작이라는 공동의 적이 있지 않았다면 오래전에 포기했을 것이다. 그의 곁에 코코가 굳건하게 버티고 있지 않았다면, 어느 날 빈손으로 왕궁을 빠져나가 가장 먼저 뭍을 떠나는 배에 몸을 실었을 것이다.

마차 밖에서 바람이 세게 불었다. 레위시아는 바닷가에 도착할 때까지 입을 열지 않았다. 율리아도 그에게 무슨 생각을 하고 있냐고 캐묻지 않았다.

따끔따끔한 긴장감을 품고 달리던 마차가 마침내 인적 없는 바닷가에 도착했을 때, 레위시아가 먼저 마차에서 내렸다.

"아⋯⋯."

그의 입에서 의미를 알 수 없는 신음이 흘러나왔다.

바다가 짐승이 되어 미쳐 날뛰고 있었다. 피부가 아플 만큼 센 바람이 불었다. 밤사이 태풍이 물러갔다고 들었는데, 태풍의 끝자락에 짐승이 남았다.

레위시아가 휘청거리자 호위 기사가 그의 손을 잡으려 손을 내밀었다. 그러나 그는 고개를 저어 거부하곤 마차에서 내리는 율리아에게 직접 손을 내밀었다.

"드레스 입고 있으니까 손잡고 걸어도 아무도 뭐라고 안 하겠지?"

"저 혼자 걸을 수 있어요, 전하."

"그래, 그렇게 말할 것 같더라."

레위시아는 율리아가 마차에서 내릴 때만 살짝 잡아주고 손을 거두었다. 그러곤 위험하다고 경고하는 호위 기사의 말에 따라 해안가에 가까이 다가가지 않고 멀찌감치 서서 바다를 구경했다.

두 사람의 드레스가 펄럭거리며 요란한 소리를 냈다. 율리아는 그가 왜 드레스를 입고 바깥에 나왔는지 궁금했다.

"전하, 설마 오늘도 암행 나가시려고요?"

"그래야지. 어제 그런 일이 있었는데."

귀족들이 모여 온갖 추문을 떠들어대고 있을 것이다. 그중에서도 가장 자극적이고 비밀스러운 이야기를 꺼내는 자가 주목받을 것이기에, 이럴 때일수록 감춰진 정보가 드러나기 마련이다.

"조심하세요."

"걱정하지 마. 맥스웰에겐 클럽 앞에서 만나자고 했어."

레위시아는 집채만 하게 솟아올랐다가 굉음을 내며 부서지는 파도를 홀린 듯이 바라보았다. 파도가 무엇이든 집어삼킬 것처럼 무시무시한 입질을 해댔다. 뱃사람들이 강한 바람이 불 때마다 파도를 보고 왜 짐승의 아가리를 닮았다고 말하는지 알 것 같았다.

"율리아."

"네, 전하."

"샤트린이 너를 공주궁의 측근 시녀로 데려가고 싶어해."

레위시아는 담담하게 털어놓았다. 율리아는 대답하지 않고 번쩍 고개를 들어 그의 표정을 살폈다. 그런데 짙은 화장 때문인지, 레위시아의 속내를 읽기 어려웠다.

"마조람 후작에게서 지켜주는 것뿐만 아니라, 수단과 방법을 가리지 않고 3년 안에 너를 귀족으로 만들어주겠다고도 했지."

"전하."

"나는 할 수 없는 일들을 샤트린은 할 수 있어."

그러니까 공주궁으로 가도 된다. 네가 원한다면 그래도 된다. 레위시아의 말은 그런 뜻인 것 같았다.

복수를 위해서도 그렇게 하는 편이 좋았다. 샤트린은 단순하고 욕심이 많아 율리아가 다루기에도 좋았다. 국왕 부부의 사랑받는 딸이기도 하니, 마조람 후작과 왕가를 이간질하기에도 적격일 것이다. 샤트린이 왕위 후계자가 된다면 귀족들도 크게 반대하지 않으리라. 공주는 왕비의 딸이니까.

하지만 레위시아는 달랐다. 그는 왕가의 가축이었다. 가진 거라곤 왕자라는 이름뿐, 아무리 사납게 입질을 해도 목줄에 묶여 좀처럼 자유로울 수 없는 짐승과 같았다.

"아무리 생각해도 너를 놓아주는 게 너를 위한 일이라는 걸 부정할 수가 없어."

성난 파도가 위협적으로 몸을 일으켰다가 땅에 닿지 못하고 모래 위에서 허물어졌다. 그러곤 미련만 잔뜩 남기고 바닷속으로 순식간에 빨려 들어갔다. 그렇게 아무 의미 없는 시도만 계속하면서 와르르 와르르 부서지기만 했다.

레위시아는 자신이 저 파도를 닮았다고 생각했다.

태어나 처음으로 갖고 싶은 사람이 눈앞에 있는데, 끊임없이 밀려오기만 하고 닿지는 못한다. 욕심은 저렇게 크고 거친데, 끝내는 원래 있던 곳으로 돌아가 흔적도 없이 사라지고 만다.

"바다에 오길 잘했네."

레위시아가 하하 웃었다.

말하지 않아도 안다. 그의 마음을 꺼내어 보여주면 율리아는 사라질 것이다. 물거품처럼 사라져 영원히 소식조차 알 수 없게 되리라. 그러니까 감춰야만 했다. 그녀가 절대 알지 못하게 깊은 바닷속에 묻어놓아야 한다. 혼자 앓는 사랑. 세상 사람들이 다 한 번씩은 해본다는 그것. 그게 뭐 별건가. 말하지 않고, 티 내지 않고, 감추면 되는 거 아닌가.

율리아가 말했다.

"전하, 저는 샤트린 공주님의 궁으로 가지 않아요."

이유가 있고 목적이 있어서 하는 말이겠지만, 그래도 기뻤다. 그녀가 왕자궁에 남아 매일 얼굴을 볼 수만 있다면 그걸로 만족할 수 있을 것 같았다. 레위시아가 이번에도 하하 웃었다.

"거절했어."

그것도 '싫어'라는 단호한 말로 거절했다. 샤트린은 레위시아의 마음을 눈치챘을지도 모른다. 상관없었다. 레위시아는 율리아에게 할 말을 미리 준비해놓고 있었다.

"나는 왕이 될 거야."

레위시아가 웃었다. 날카로워 보이는 미소였다. 능글거릴 줄만 알았지, 순한 편이던 그의 눈빛에 날이 섰다. 칼을 잡아야 한다면 잡을 것이고, 방패를 들어야 한다면 그렇게 하겠다. 적을 산처럼 쌓아두고 그 위에 앉으리라. 살아남기 위해서. 살아남아서, 물거품처럼 사라지겠다는 여자를 이 땅에 붙잡아두기 위해서. 세상 사람이 다 비웃어도 어쩔 수 없다. 자신은 비틀리고 무너진 사람이니까. 그런 부모에게서 태어났으니까.

짐승처럼 울부짖는 바다를 보며, 레위시아가 율리아에게 말했다.

"널 놓아줄 수 없어."

너는 나를 왕으로 만들어줄 사람이니까.

율리아는 알겠다고 대답하려고 했다. 고개를 끄덕이려고도 했다. 그런데 어쩐지 몸이 굳어 움직일 수가 없었다. 왕이 되겠다고 굳게 결심한 그에게 칭찬의 말이라도 건네야 하는데, 입이 떨어지질 않았다. 이상했다. 그의 눈빛을 읽을 수가 없었다. 왕자가 낯설었다.

민심이 흉흉했다.

태풍 피해 복구가 우선이어야 하는데, 1왕자의 약혼식에서 일어난 사건 때문에 충격에 빠져 움직이지 않는 왕궁 때문이었다.

부두엔 반파된 고깃배들이 널려 있고, 거리엔 실종된 가족을 찾아 헤매는 사람들의 울음이 끊이질 않았다. 이번 태풍은 오르테가에 닥친 커다란 재난이었다. 노련한 뱃사람들이 여러 번 경고했으나 오랫동안 이 정도로 심한 재난이 닥치지 않아 사람들이 안일해진 탓이 컸다. 태풍만으로도 충분히 위협적인데, 해일까지 일어나니 손을 쓸 수가 없었다.

길 잃은 분노가 높은 곳을 향해 치솟았다.

"티타니아, 오늘은 기분이 좋지 않아 보이네."

밤새 귀족들과 어울리다 돌아가려는 레위시아를 한 청년이 붙잡았다. 그는 티타니아로 분장한 레위시아와 꽤 자주 어울렸던 남자였다. 맥스웰이 넉살 좋게 웃으며 머리를 숙였다.

"저희 아가씨께서 바람 소리 때문에 잠을 설치셔서 그렇습니다. 몸도 약하신 분이 불면증까지 있어서…… 아무래도 의사를 부르는 게 좋을 것 같죠?"

"하긴, 태풍이 엄청나긴 했지. 그럴 땐 독한 술을 한잔하는 게 좋아. 잠이 잘 오거든. 어쩌면 하루가 날아갈 수도 있지만."

"하하. 그렇지요."

맥스웰이 맞장구를 치고, 레위시아도 피식 웃으며 슬쩍 고개를 끄덕였다.

티타니아는 웃음이 귀했다. 청년은 헤어지기 전에 그녀에게서 미소를 끌어냈다는 자부심에 한껏 기분이 좋아졌다. 그가 바짝 다가와 은밀하게 속삭였다.

"다음엔 우리 클럽으로 초대할게. 아주 재밌는 사람이 많아. 당신은 타국에서 왔다고 했지? 그러면 어울리기도 좋을 거야."

초대를 받은 레위시아가 맥스웰을 바라보았다. 그러곤 느리게 눈을 한 번 깜박였다.

맥스웰이 어허허 웃더니 청년에게 말했다.

"아가씨께서 생각해보겠다고 하십니다."

"거절하는 거야?"

"그럴 리가 있겠습니까. 아시다시피 저희 아가씨께서 말씀을 자유로이 하실 수가 없으니 하는 말이지요. 초대하신 분께 누가 될까 걱정하시는 거겠죠."

"나야말로 그럴 리가 있나! 티타니아를 데려가면 다들 날 부러워할걸? 꼭 말하지 않아도 괜찮아. 당신은 이야기를 잘 들어주는 사람이고, 난 그런 사람이 좋아."

맥스웰이 넉살 좋게 웃으며 청년에게 인사했다.

"아가씨께서 감동하신 듯하네요. 오르테가엔 좋은 분들이 많아 다행입니다."

그러곤 그와 인사를 나눈 뒤 대기시켜 놓은 마차에 올랐다.

마차가 출발한 뒤, 문이 꼭 닫혔다는 걸 두 번이나 확인한 맥스웰이 레위시아에게 말했다.

"저 자식이 그 자식입니다. 술만 취하면 무능한 왕가를 욕하고, 해방군을 두둔하는 놈이죠. 그런데 저놈의 집안은 모두 친제국파거든요? 왕자님도 아시지요?"

레위시아가 잠긴 목을 가다듬으며 대답했다.

"알아. 부모가 알면 화병으로 쓰러지겠군."

"한 번 거절했으니 다음엔 초대에 응하기로 하지요. 해방군과 어울리는 놈이 참석하는 은밀한 모임이라면 우리도 가봐야 하지 않겠습니까. 율리아 시녀님께는 제가 잘 말씀드리겠습니다."

"아냐. 내가 말하지."

"예?"

맥스웰이 의외라는 얼굴로 레위시아를 바라보았다. 이런 자잘한 보고는 아랫사람이 하기 마련인데, 왕자가 직접 하겠다고 하니 놀라웠다.

"자네도 바쁠 텐데 가까이에 있는 내가 하는 게 낫잖아. 일찍 들어가서 쉬어."

"그…… 생각해주셔서 고맙습니다. 왕자님."

"별걸 다."

레위시아는 맥스웰과 잘 지내는 편이었다. 둘 다 친화력이 좋은 성격이라 가능했다.

물론 레위시아는 맥스웰이 카루스 란케아의 부하라는 걸 몰랐고, 맥스웰은 레위시아가 왕위를 노리고 있다는 걸 몰랐다.

"그럼 오늘은 이만 물러가겠습니다. 다음 외출 때 뵙지요."

"고생 많았어."

맥스웰은 레위시아가 왕자궁으로 무사히 들어가는 것까지 확인한 뒤에 왕궁을 빠져나왔다.

율리아를 잠깐 보고 나오고 싶었지만, 시간이 애매해서 관뒀다. 그들이 아무리 한배를 탄 사이라고는 해도 이렇게 이른 새벽에 기별도 없이 방문하는 건 실례라는 생각이 들었다. 그래서 그는 카루스를 찾아갔다.

카루스와 그의 부하들은 전의 사령관이 쓰던 관저에 머무르고 있었다. 그곳은 손봐야 할 곳이 거의 없을 만큼 넓고 호사스러운 저택이었다. 바이칸의 지휘관들은 대부분 요새나 성에 사는데, 오르테가는 그렇지 않았다. 이 나라가 정복 전쟁을 피하면서 얼마나 평화롭게 살았는지 곳곳에서 느껴졌다.

여름이라 일찍 해가 떴다. 이틀 동안 잠 한숨 자지 않고 태풍 피해 복구에 힘을 썼던 카루스는 드물게 늦잠을 자고 있었다. 그런 그의 방에 맥스웰이 쳐들어왔다.

"대장! 아니, 제독님! 카루스 님!"

카루스가 번쩍 눈을 떴다가 맥스웰의 얼굴을 확인하고는 날카로운 눈매를 콱 찡그렸다.

"나가."

"보고드려야 할 일이 산더미입니다. 저 이래 봬도 바쁜 몸이라고요."

맥스웰이 능글거리며 침대를 향해 다가왔다. 카루스는 헝클어진 머리카락을 거칠게 쓸어 올리며 간신히 몸을 일으켰다.

"짧게 말해."

"남부 함대 피해 복구가 끝났다고 합니다. 우리야 뭐, 율리아 시녀님 덕에 이틀 만에 출정 가능한 상태가 되었는데…… 문제는 오르테가입니다. 해군은 말할 것도 없고, 상선에 어선까지…… 부두에서 폭동이 일어나지 않는 게 이상할 정도예요."

"그걸 왜 네가 보고해."

"라고 바바슬로프가 말했습니다."

맥스웰이 히죽 웃었다. 그는 카루스가 자신을 창밖으로 집어 던질지도 모른다는 생각을 하면서도 깐족거리기를 멈추지 않았다.

"레위시아 2왕자가 젊은 귀족들의 더러운 그림자 속으로 잘 파고들었습니다. 암행이라기에 왕자님 소꿉놀이에 어울려주라는 건 줄 알았는데, 의외로 눈치가 빠르고 연기를 잘합니다. 왕족은 왕족이던데요. 피는 못 속이나 봐요."

"태생이 그런 사람일 수도 있고, 후천적으로 그렇게 자랐을 수도 있지."

2왕자는 전자인가 후자인가. 아마도 두 가지 경우에 모두 해당하지 않을까. 맥스웰은 레위시아의 진짜 무기는 왕족이라는 신분이 아니라 그의 아름다운 외모일 거라고 떠들어댔다. 성별을 떠나 그의 외모는 모든 사람의 시선을 빼앗고 마음을 홀리는 재주가 있었다.

침대를 빠져나온 카루스가 의자에 아무렇게나 걸쳐놓은 셔츠를 찾아 입었다. 그는 레위시아에게 별다른 관심이 없었기에, 맥스웰이 하는 말을 한 귀로 듣고 한 귀로 흘렸다.

"율리아 시녀님이 그동안 마조람 후작의 딸에게 실력을 착취당해 왔다는 게 들통났습니다. 그게 하필이면 1왕자와의 약혼식장에서 알려졌대요. 그래서 약혼식은 취소되고, 왕궁 전체가 충격에 빠져 있다고 합니다."

"그렇군."

"잘했죠?"

맥스웰이 또 히죽 웃었다. 이번에는 카루스도 피식 웃으며 고개를 끄덕였다.

"잘했다."

그 일이 하필이면 크리스틴과 1왕자의 약혼식이 치러지는 도중에 알려진 건 전적으로 카루스와 맥스웰의 작품이었다.

율리아가 살던 보육원 공부방을 뒤져 그녀의 노트를 전부 빼돌리는 데 성공한 맥스웰은 익명의 제보자가 되어 아카데미의 문을 두드렸고, 카루스는 사람을 풀어 그 소식이 약혼식 날 왕궁에 흘러들도록 유도했다.

"율리아 시녀님은 이제 우리 편이니까요. 최선을 다해야죠. 가만, 그러면…… 우리도 2왕자 레위시아 오르테가가 권력을 쥘 수 있도록 도와야 하는 겁니까?"

"그 문제는 율리아와 상의해봐야지."

카루스는 오르테가 왕궁에서 일어나는 일에 대해 잘 몰랐다. 그는 이 작은 나라의 왕족들이 얼마나 지저분하게 얽혀 있는지 관심이 없었다. 그래서 그 안에 있는 율리아의 존재가 무척 중요했다.

맥스웰이 카루스의 어깨에 망토를 고정해주며 말했다.

"태풍에 대비하게 해줬으니 선물이라도 보내시죠."

"선물?"

"꽃이나 보석이나 뭐, 그런 거 말입니다. 율리아 시녀님은 왠지 현찰을 더 좋아하실 것 같기도 하고. 그러고 보니 전에 드렸던 금화는 다 쓰셨으려나."

돈은 넘치도록 많았다. 전의 사령관이 착복했던 비자금이 고스란히 카루스의 손에 남아 있기 때문이었다. 그에 더해 해적의 금화까지 빼앗았으니 양이 어마어마했다.

카루스는 그 돈이 모두 자신의 것이라고 여기지 않았다. 율리아의 정보가 없었다면 불가능했을 일이기에, 그녀에게 다 줘도 아깝지 않다고 생각했다.

"어릴 때 가난하게 살았으니까 돈 주면 좋아하시겠죠? 보육원은 멀끔하던데, 애들은 죄다 비쩍 말랐더라고요. 굶지 않으려고 도둑질을 했다니, 뭐⋯⋯."

"원장은 만나봤어?"

"당연하지요. 그런데 율리아 시녀님을 굉장히 두려워하는 것 같았습니다. 원래는 그런 애가 아니었는데 하루아침에 변해버렸다고 했어요. 꼭 유령이라도 뒤집어쓴 것 같다고, 얼굴만 같은 다른 사람이라고 생각하던데요."

"다른 사람이라."

카루스는 그럴 법하다고 생각했다. 원장은 삶을 반복하기 이전의 율리아만 알고 있었을 테니까. 그녀의 말이 모두 사실이라면 원장의 그 태도는 당연한 일이었다.

"어릴 때 일에 대해선 물어봤고?"

"그게, 음."

맥스웰이 더듬거리며 말을 골랐다. 카루스가 왜 그러냐며 그를 노려보았다.

"오르테가 국법상 해적은 사형이거든요. 죄수들의 시체는 바다에 버린다는데, 그 과정에서 굶주린 애들이 주머니를 털곤 했답니다."

카루스의 얼굴이 희미하게 일그러졌다.

"열두 살이었나. 보석을 훔친 적이 있대요. 크고 아름다워서 누가 봐도 값비싼 물건이었다는데, 원장이 빼앗으려고 하는 찰나에 경비병들이 들이닥친 모양입니다. 그런데 율리아 시녀님이 그걸 냅다 삼켰대요."

"그래서?"

"당연히 나쁜 어른들은 수단과 방법을 가리지 않고 강탈하려 했겠죠. 그런데 그게 사탕처럼 녹아서 사라졌다고, 혀에 닿자마자 흔적도 없이 사라졌다고 우겼다고 합니다."

"말도 안 되는 소리를……."

거기까지 말하던 카루스가 돌연 입을 다물었다.

맥스웰은 그의 의견에 동의한다며 고개를 주억거리더니 하하 웃었다.

"어린애를 한 달 동안 감옥에 가둬놓고 보석을 토해내라고 때렸는데, 끝내 아무것도 나오지 않았답니다. 애초에 주인이 없는 물건이라 기록으로 남지 않았던 것 같고요."

분위기가 도도해서 귀하게만 자랐을 것 같은 여자가 과거를 캐면 캘수록 안쓰러운 사연만 나왔다. 맥스웰은 카루스보다 더 정이 없는 편이었는데, 율리아 시녀님을 바라볼 때면 자꾸 뭐라도 더 해주고 싶은 마음이 든다고 중얼거렸다.

"맥스웰, 율리아에게 연락을 넣어."

"예? 밖으로 나오라고 할까요?"

"아니, 내가 데리러 가겠다고."

일과를 마친 뒤에 저녁을 함께하면 될 것 같다.

카루스는 식사할 때 장소나 사람을 가리지 않고 음식에 집중하는 편이었다. 그런데 유독 율리아와 함께일 때는 음식이 아니라 상대에게 집중하게 되었다. 그녀가 그 얌전해 보이는 얼굴로 생각보다 많은 양의 음식을 해치울 때는 저도 모르게 뚫어지게 바라보곤 했다.

하루를 시작하러 방을 떠나는 카루스의 발걸음이 성급했다. 그가 긴 다리로 성큼성큼 걸어 복도에 나타나자, 그의 부하들이 반갑게 아침 인사를 건넸다.

율리아는 저녁을 함께 먹자는 카루스의 연락을 받고 코코에게 외출 허락을 받았다.

"어디 나가려고? 너 혼자서 그렇게 돌아다니다가 또 하이에나라도 마주치면 어떻게 하려고 그러니."

"하이에나는 이제 저를 노리지 않을 거예요. 마조람 후작이 다른 곳에 다시 의뢰를 넣는다면 모르겠지만. 당장은 후작도 발등에 떨어진 불을 끄느라 정신없을걸요."

"나 참, 갈 데도 없는 애가 웬 외출이 이렇게 잦아?"

"후원자님이 데리러 오기로 했어요."

코코는 뭔가 마음에 안 드는 얼굴이었다. 외출 준비까지 완벽하게 마친 율리아를 위아래로 훑어보면서 쯧쯧 혀를 찼다.

"코코, 제가 밖에 나가는 게 싫어요?"

"싫어."

"왜요."

"네가 없으면 레위시아 왕자님이랑 알렉사가 엄마 잃은 오리 새끼처럼 꽥꽥거리면서 널 찾는단 말이야. 그러면 두 사람은 결국 내 차지가 되고, 나는 팔자에도 없는 다정한 보모 노릇을 하게 되고……."

"에이, 다정하지는 않은 것 같은데."

"야!"

"다녀올게요. 올 때 맛있는 거 사 들고 올까요?"

"됐어. 외박할 거면 미리 말하고 나가."

외박까진 하지 않을 것 같다. 그래도 혹시 모르니 기다리지 말라고 는 말해두었다. 코코는 남자 만나러 나가는 거냐고 비아냥거렸고, 율 리아는 천연덕스러운 얼굴로 어떻게 알았느냐고 맞받아쳤다.

그렇게 인사를 끝내고 밖으로 나가려는데, 마침 왕자궁 안으로 들 어오는 레위시아와 마주쳤다.

"어디 가?"

"어서 오세요, 전하. 저는 저녁 약속이 있어요."

"그래? 남자 만나러 가나 봐?"

"어쩜 코코랑 똑같은 소릴 하세요?"

"같은 취급 하지 마. 기분 나빠."

레위시아가 눈썹을 확 찌푸렸다. 율리아는 그에게 후원자와 저녁 약속이 있어 늦을 것 같다고 말했다.

"다녀올게요."

이러다 알렉사까지 마주치면 약속에 늦을 수도 있었다. 율리아는 레위시아를 뒤로하고 종종걸음으로 왕자궁을 나섰다. 맥스웰의 마차 가 입구에서 그녀를 기다렸다. 율리아가 마차 가까이 다가가자, 문이 열리면서 한 남자가 손을 내밀었다.

카루스였다.

율리아가 그를 보고 살짝 웃었다. 데리러 오겠다더니 진짜였냐고 묻기도 했다. 카루스는 그럼 거짓말이라 생각했냐고 되물었다.

레위시아는 왕자궁 입구에 서서 그 모습을 바라보았다. 마차 문에 가려져 카루스의 얼굴은 보이지 않았다. 하지만 그가 젊은 남자이고, 율리아의 부유한 후원자라는 건 알고 있었다. 율리아는 미소가 귀한 편이었는데, 남자의 손을 잡고 마차에 오르는 내내 그녀의 입가에 미소가 끊이지 않았다.

가슴에 파도가 쳤다. 사납게 일어섰다가 속절없이 부서져 사라지기를 반복했다.

이러다 물거품이 되어 사라지는 건 내가 아닐까. 레위시아는 그런 생각을 하며 뒤돌아섰다.

13
나와 함께 끝까지 가요

"사절단이 도착했다고요?"

카루스와 함께 식사하던 율리아가 물었다. 처음엔 둘이었는데, 바바슬로프가 끼어들어 어느새 셋이었다. 그는 카루스와 식사하면 체할 것 같다고 투덜거리면서도 셋 중에서 제일 많은 양의 음식을 해치웠다.

"얼마 전에 국경을 넘었다고 들었으니까 일주일 안에 도착할 거야. 전령이나 보내고 끝낼 줄 알았는데, 황제 폐하도 무슨 생각이신지. 정식 사절을 보냈대."

바바슬로프가 기사들에게 들은 이야기를 율리아에게 해주고 있었다. 심각한 얼굴로 그의 이야기를 듣던 율리아가 이번에는 카루스에게 물었다.

"사절단 대표가 누군데요?"

"블라이스 백작."

"황비의 측근이네요?"

카루스가 한쪽 눈썹을 쓱 들어 올렸다가 다시 내렸다. 이제는 율리아가 뭘 알고 있어도 놀라지 않으리라고 생각했는데, 그녀가 오르테가를 넘어 바이칸의 귀족에 대해서도 자세히 알고 있다는 걸 알게 되니 가만히 있을 수가 없었다.

"블라이스 백작이 누군지 알아?"

"데네브라 황비의 측근이라고 들었어요. 정복국가 포로였는데, 황비의 눈에 들어 엄청난 속도로 출세한 인물이라고."

바바슬로프가 입술로 부르르 바람을 내뱉으며 욕을 했다. 카루스가 노려보는 바람에 금세 입을 다물긴 했지만, 그가 블라이스 백작을 싫어한다는 사실은 충분히 알 수 있었다.

카루스는 율리아에게 어떻게 그런 걸 아느냐고 묻지 않았다. 그는 율리아의 말을 믿어보려 노력하겠다고 말했다. 그것만으로도 충분했던 율리아는 블라이스 백작에 관한 정보를 늘어놓는 대신, 카루스에게 도움이 될만한 이야기를 하기로 했다.

"국왕이 초대한다고 하지 않던가요?"

"환영하는 의미로 연회를 열겠다고 하더군."

"그 전에 한번 만나보시는 것도 좋을 것 같아요."

"어째서?"

"국왕에게 겁을 주세요. 황제가 오르테가를 침략할지도 모른다고. 보호 동맹이란 어중간한 상태로 놔두는 것보단 이제라도 정복해서 바이칸의 식민지로 만들어버리는 게 낫지 않을까 고민하고 있다고, 그렇게 말하세요."

카루스는 율리아에게 그럴 수는 없다고 말했다. 황제에게 맹세한 기사로서, 그분의 마음을 거짓으로 떠벌릴 수는 없다고 했다. 하지만 율리아는 그게 거짓이 아니라고 믿었다.

"거짓이 아닌 걸 알잖아요. 오르테가의 귀족이라면 어린애도 다 아는 사실인데요. 국왕도 머리로는 알고 있지만 수긍하지 못해서 여태 외면하고 살았고요. 그러니까 상기시켜주세요."

"그렇게 해서 얻을 수 있는 게 뭐지?"

"왕이 카루스 님께 의지하게 만드는 거예요."

블라이스는 불쾌한 등장을 할 게 뻔하다. 황제가 그를 사절단 대표로 임명한 데에는 그럴만한 이유가 있었다. 블라이스 백작은 바이칸 제국에서도 악명이 높을 만큼 잔혹한 쾌락주의자였다. 오르테가를 시험대에 올리기에 최적의 인물인 것이다.

국왕은 블라이스 백작에게 온갖 수모와 모욕을 겪게 될 것이다. 그때 카루스가 뒤에서 은밀하게 국왕을 도와주며 블라이스와 대립각을 세운다면 어떨까.

"국왕은 마조람 후작이 아니라, 카루스 님의 손을 잡으려고 하겠죠."

카루스 란케아는 바이칸 황제의 두 번째 기사이니까 친제국파 따위가 아무리 발악해봤자 그 한 사람만 못하다. 그러니 그렇게 하면 왕가와 마조람 사이를 멀어지게 만들면서 카루스에게 더 많은 영향력을 쥐여줄 수 있다고, 율리아가 말했다.

식사를 마친 후엔 함께 차를 마셨다. 카루스는 작은 잔에 담긴 차를 냉수 마시듯 벌컥벌컥 들이켜는 바바슬로프를 보고 말했다.

"왜 계속 여기 있는 거냐."

"예? 저 여기 있으면 안 됩니까?"

"안 될 건 없는데, 이유는 좀 알고 싶어."

"율리아가 체할까 봐…….."

이게 무슨 소리인가. 카루스가 이번에는 율리아를 바라보았다. 그녀의 입가에 짓궂은 미소가 떠올라 있었다.

"바바슬로프가 전에 그랬어요. 카루스 님이랑 겸상하면 체한다고요."

"네가?"

카루스가 기가 막힌다는 얼굴로 웃음을 흘렸다. 그러곤 바바슬로프에게 꺼지라는 말로 짧은 명령을 내렸다.

"당장 꺼져."

"가지 말라고 하셔도 갈 겁니다."

바바슬로프가 자리에서 일어나 율리아의 머리를 쓰다듬었다. 꼭 어린 여동생을 대하는 것처럼 다정한 손길이었다. 율리아는 그의 손을 잡고 살짝 흔들면서 푹 쉬라는 인사를 건넸다. 카루스는 두 사람의 모습을 아니꼽다는 얼굴로 노려보고 있었다.

"넌 타인에게 벽이 높은 편인데 유독 바바슬로프 저놈에겐 관대하네."

"그렇게 보여요?"

"그렇게 보여."

"카루스 님한테는 더 관대한 것 같은데요."

율리아가 웃으면서 대답했다. 오늘따라 유독 웃음이 많은 그녀였다. 카루스와 손을 잡는 데 성공했을 뿐만 아니라 그가 자신을 믿어주려 노력한다는 걸 알게 된 뒤부터는, 꼭 이전 생의 코코와 함께일 때처럼 마음이 부풀었다.

"물어보고 싶은 게 있어."

"말씀하세요."

"네 이전 생의 나는 어떤 선택을 했는지 듣고 싶은데."

카루스는 율리아가 저주에 걸려 있다는 걸 믿겠다고 결심한 이상, 그녀의 기억에만 남은 이야기를 알아야겠다고 생각했다.

"너를 믿느냐고 묻는다면 그렇다고 대답하긴 어려워. 그래도 듣고 싶다고 말하면, 거절할 건가?"

"아뇨."

율리아가 고개를 저었다.

"안 그래도 꼭 들려드리고 싶은 이야기가 있어요."

그가 한 걸음 다가왔으니, 이제 자신이 두 걸음 다가갈 차례였다. 찻잔을 내려놓은 율리아가 몰래 심호흡하며 카루스를 정면으로 응시했다.

"카루스 님, 당신은 황제를 배신했어요."

그의 검은 눈이 깊었다. 카루스는 율리아의 말에 곧바로 대답하지 않고, 잠시 생각에 빠졌다.

카루스 란케아는 바이칸의 황제에게 둘도 없는 충신이었다. 황제에게 자식이 하나 더 있다면 그건 카루스일 거라는 이야기가 나돌았을 정도였다. 황제의 뜻이 향하는 곳엔 언제나 카루스가 있었다. 그가 황제의 두 번째 기사라는 칭호를 받은 것도 그런 이유였다.

그러나 카루스는 황제를 배신했다. 율리아가 너무 일찍 죽었던 초반의 몇 번을 제외하고, 카루스는 그녀의 과거에서 매번 황제를 배신했다.

"시기의 차이는 있었지만 늘 같았어요."

"티타니아에서 내 부하들이 모두 죽었다더니, 그 일 때문인가?"

"그것까진 알지 못해요. 제가 아는 건 그 이후 당신의 행보예요."

"들려줘. 알고 싶군."

카루스의 눈빛이 어두웠다. 낮게 가라앉은 목소리에 숨길 수 없는 날카로움이 느껴졌다.

그는 문을 열고 밖으로 나가 부하들에게 주위를 물리라고 명령했다. 그러곤 창문까지 모두 닫은 뒤에야 율리아 앞에 앉았다.

찻잔에 물 따르는 소리까지 선명하게 들릴 만큼 조용해진 뒤에야 율리아가 입을 열었다.

"산맥에서 부하들이 모두 죽은 뒤, 당신은 황제의 명령을 어기고 곧바로 제국으로 돌아갔어요. 리바이어던 기사단과 함께 복수자가 되어 데네브라 황비와 맞섰죠. 긴 싸움이었고, 황제는 당신에게서 많은 것을 빼앗았어요."

작위와 재산, 권리까지. 황제는 카루스에게 복수를 그만두지 않으면 네 모든 것을 빼앗겠다고 경고했다. 카루스는 율리아가 말하는 동안 그녀를 방해하지 않았다. 그저 묵묵히 앉아서 그녀의 말을 들었다.

"당신의 영웅담은 더럽혀졌어요. 사람들은 카루스 란케아에 대해 이렇게 말하곤 했어요. 늙은 황제 몰래 황비와 정을 통하더니, 그 황비마저 버린 배신자라고요."

대륙에서 가장 고귀한 자들의 추문은 순식간에 퍼졌다. 카루스 란케아는 언제부터인가 무혈 제독이 아니라 배신자, 혹은 복수자라고 불렸다.

"복수에는 성공했어요."

데네브라 황비는 결국 카루스의 손에 죽었다.

"그때까지 두 사람의 전쟁을 부추기며 이득만 취하던 황제는 그제야 분노를 드러냈고, 당신을 오르테가 남부 함대의 제독으로 임명했어요. 유배였죠. 황제의 두 번째 기사라는 이름도, 리바이어던 함대의 지휘관이란 자리도 모두 빼앗긴 뒤였어요."

그때 카루스의 곁에 남은 건 끈질기게 살아남은 리바이어던 기사단뿐이었다.

"그게 언제지?"

"내년 봄에 일어날 일이었어요."

카루스가 눈을 길게 감았다가 떴다. 율리아는 그가 생각을 정리할 수 있게 잠시 기다렸다가 다시 입을 열었다.

"모두에게 불행이었어요. 황제만 이득을 본 싸움이었죠."

"나는 순순히 황제의 명에 따라 남부 함대의 제독이 되었나?"

"처음에는 그런 줄 알았어요."

카루스 란케아는 복수자였다. 율리아는 그 사실을 단 한 번도 잊어본 적이 없었다. 게다가 배포가 컸다. 그는 평범한 사람이라면 상상조차 못 했을 일을 꾸몄다.

"당신은 남부를 통일하려고 했어요."

"뭐?"

"오르테가와 남부 해안 세력, 그리고 제국에 반기를 든 모든 국가를 통합해서 연합을 만들려고 했어요."

"성공했어?"

"몰라요. 언제나 제가 먼저 죽었거든요."

율리아가 살짝 웃었다. 그녀 역시 그게 못내 궁금했다. 자신이 죽은 뒤에 카루스 란케아는 정말 제국을 상대로 반기를 들었나. 남부 연합이라는 거대한 짐승을 키우는 데 성공했을까.

"오르테가의 역사는 매번 조금씩 달라졌는데, 당신은 항상 같았어요."

"왜 내게 접근하지 않았지?"

"너무 멀었거든요."

당신은 내게 너무 먼 사람이었다. 매번 내 목숨을 살려주었지만, 그 추운 산속에 나를 두고 떠난 사람이기도 했다.

"처음엔 살고 싶은 마음에 당신을 떠올릴 여유가 없었어요. 하이에나에게 세 번이나 죽은 뒤에는 복수에 미쳐서 시야가 좁아졌죠. 제 세상에는 저와 마조람 후작뿐이었어요. 그를 죽일 생각에 세상 돌아가는 일에는 관심조차 없었어요."

"이해해."

"그래도 여덟 번째는 꽤 오래 살았어요. 당신은 남부에서 가장 무서운 존재가 되었고, 저는 복수에 거의 성공할 뻔했고요."

"왜 실패했지?"

카루스가 물었다. 그는 율리아가 그렇게 여러 번 실패했다는 걸 믿을 수 없었다. 하지만 그때는 그럴 수밖에 없었다. 율리아는 당시의 일을 떠올리며, 공허하게 웃었다.

"마조람 후작이 당신과 손을 잡았거든요."

오르테가는 내전 중이었다. 후작은 그때 남부의 거물이 된 카루스를 찾아가 머리를 숙였다. 카루스는 남부를 통일해 제국에 맞설 생각이었기에, 그가 내민 손을 기꺼이 잡았다.

"무너뜨릴 수 있었는데."

율리아의 얼굴이 창백하게 흔들렸다. 그렇게 여러 번의 삶을 살고도 여전히 온몸이 떨릴 만큼 분하고 억울했다.

"사형당했어요."

죽는 순간은 언제나 머릿속에 선명하게 남았다. 중앙광장이었다. 왕국에 내란을 일으키고 폭동을 유도한 죄로, 율리아는 세 번의 사형을 선고받았다.

"죽은 뒤에도 무덤을 남기지 말고, 율리아 아르테라는 이름이 기록되지 않게 하라는 명령이었어요."

그래서 세 번의 사형이라고 불렀다.

카루스는 뭐라고 말해야 할지 몰랐다. 이마에 드리워진 머리카락을 거칠게 쓸어 올리면서, 그가 무거운 한숨을 내쉬었다.

"너는 어떻게……."

"그때 맹세했어요. 다시 시작하게 되면 이번에는 내가 당신의 손을 잡아야겠다고요."

"그런 일을 겪고도 내 손을 잡을 수가 있지?"

두 사람의 입에서 거의 동시에 말이 튀어나왔다. 율리아는 카루스가 그런 걸 물어볼 줄은 몰랐다는 얼굴로 그를 바라보았다.

"어떻게 당신의 손을 잡지 않을 수가 있어요?"

"내가 원망스럽지 않았어?"

"제가 어떻게 당신을 원망해요. 카루스 님은 매번 저를 살려주시는데요."

"그건……."

정말 우연이었다. 이전 생의 카루스에게는 아마 기억으로 남지도 않았을 것이다. 율리아는 그걸 알면서도 그 순간을 잊지 않고 계속 되새겼다.

"이번 삶에서는 제가 당신의 손을 잡았으니까, 또 한 가지 불행을 미리 피한 셈이에요."

"이번 삶에서는."

카루스가 그녀의 말을 가만히 따라서 했다.

이쯤 되자 위화감조차 느껴지지 않았다. 티타니아 산맥에서 마주쳤던 자들은 정말로 카루스와 그의 부하들을 죽이려고 했다. 그들은 숙련된 레인저 부대였고, 데네브라 황비의 명령을 받고 기습을 준비하고 있었다.

만약 그때 부하들이 모두 죽었다면 카루스는 황제의 명령을 거부하고 발길을 돌려 제국으로 돌아갔으리라. 확실했다. 데네브라 황비와 그녀의 수족을 모두 제거하고 복수를 완성할 때까지 멈추지 않았을 것이다.

"네 말이 맞아."

카루스가 중얼거렸다.

"황제는 나를 완전히 신임하지 않는다."

실은 아무도 믿지 않는다. 황제는 그런 사람이었다.

"바이칸에 영웅은 황제 한 사람으로 족해요. 황제는 카루스 님의 명성이 더럽혀지길 원해요. 당신이 실수하고 무능해질수록 당신을 신임할 거예요."

카루스가 웃음을 터뜨렸다. 무능하고 모자란 부하일수록 신임할 거라니. 그가 황제의 지독한 의심병에 대해 알고 있지 않았다면 절대 믿지 않을 이야기였다.

율리아는 카루스가 웃음을 멈추기만을 말없이 기다렸다. 그런데 그가 그녀에게 바짝 다가와 이렇게 말했다.

"다음 삶이란 건 없어."

"……네?"

"이번이 마지막인 것처럼 살아라. 불행을 한 가지 피했으니 다음 삶을 기약하는 게 아니라, 평범한 사람처럼 죽은 뒤엔 아무것도 남지 않고 그저 끝이라는 생각으로 살아."

율리아는 대답하지 않았다. 그건 세 번 죽었을 때부터 그녀에게 불가능해진 일이었다. 카루스는 그렇게 어려운 걸 요구하고 있었다.

"우리는 그렇게 살고 있으니까."

"카루스 님."

"네가 삶을 반복하고 있다고 해서, 다른 사람까지 소모하면서 살지 말라는 말이다."

숨이 콱 막혔다. 다른 사람을 소모하다니. 아니라고 말하고 싶은데 차마 입이 떨어지지 않았다.

"그렇게 죽고, 죽고…… 또 죽고. 배신당하고 버려지고. 자신을 학대하지 않으면 버틸 수 없었겠지."

카루스의 목소리가 무거웠다. 그는 부드럽게 말하려고 애썼지만, 불쑥불쑥 치솟는 격정을 다 감추지는 못했다. 카루스의 감정이 낯설었다. 그는 자신의 불행했던 과거에 대해 말하고 있는 게 아니었다. 그는 오직 율리아를 생각했다.

"나는 네 말을 믿기로 했어. 그게 무슨 뜻인 줄 알아?"

"저는……."

"네가 가여워서 참을 수가 없다는 말이야."

쇳소리가 섞인 목소리였다. 카루스는 말재주 없는 자신을 탓하듯 거친 한숨을 내쉬었다. 그러곤 아까부터 피가 통하지 않을 만큼 꽉 붙잡고 있는 율리아의 손을 힘주어 풀어냈다. 그녀는 자신이 긴장하고 있다는 사실을 눈치채지 못할 만큼 긴장하고 있었다.

"너를 믿어."

그의 목소리가 단단했다. 이제는 의심 섞인 명령조가 아니었다. 믿어보려고 노력하겠다는 말도 아니었다. 그가 자신을 믿는다고 했다. 이전 삶의 코코처럼.

손가락 끝에 닿은 온기가 간지러웠다. 경련하듯 살짝 손을 떨었던 율리아가 카루스의 손을 덥석 잡았다. 크고 거친 손에 그녀에게 없는 온기가 가득했다. 죽지도 살지도 못한 채 그저 살아가고 있을 뿐인 자신과 매 순간 뜨겁게 투쟁하며 살아온 그의 온도 차였다.

너무 부러웠다. 너무 억울했다. 나는 도대체 뭘 잘못했기에 이토록 고통스럽게 삶을 반복하고 있는가. 차라리 첫 번째 삶에서 눈 속에 파묻혀 얼어 죽었으면 좋았을 텐데. 아니면 두 번째에서라도. 혹은 세 번째라도 좋으니까.

죽어서 쉴 수 있었다면 얼마나 좋았을까.

그러면 이렇게 증오와 집착만 남아 미쳐서 살아가지 않아도 되었을 텐데. 아무것도 느끼지 않고, 아무것도 생각하지 않고, 아무도 아프게 하지 않았을 텐데. 매번 나를 살려주는 당신에게 감사하지만, 매번 나를 살려주는 당신을 증오한 적도 많다는 걸.

어떻게 말할까.

율리아는 왈칵 쏟아지려는 눈물을 꾸역꾸역 참았다. 그러곤 꽉 잠긴 목소리로 그에게 말했다.

"고맙습니다."

—■ • ◆ • ■—

그로부터 정확히 일주일이 지났다.

자정을 넘긴 시각이었다. 어둠에 잠긴 오르테가 중앙광장에 수십 대의 전투 마차가 나타났다. 철갑을 두른 말들이 거친 숨을 내뱉으며 달리고, 굉음과 함께 등장한 그들을 바라보며 행인들이 겁먹은 얼굴로 뒷걸음질 쳤다.

"멈춰! 여기서 멈춰라!"

선두에서 달리던 기수가 말의 속도를 늦추더니 한 마차에 다가와 말했다.

"사절께 보고드립니다."

마차 안에는 바이칸 제국의 황제가 오르테가에 보내는 사절이 자리하고 있었다. 그는 기수의 목소리를 듣고도 한참 동안 대답하지 않다가, 부관의 재촉을 받은 뒤에야 느긋하게 문을 열었다.

"무슨 일이지."

"앞에 오르테가 왕궁이 보입니다. 이대로 진격하실 겁니까?"

보고하는 기수의 목소리에 즐거움이 가득했다. 사절은 기사들의 예우를 당연하게 받으며 마차에서 내렸다. 그는 몸에 딱 달라붙는 붉은 코트를 입은 잘생긴 남자였다. 처진 눈꼬리에 짙은 화장, 코트 사이로 드러난 육감적인 몸에서 짙은 사향이 흘러나왔다.

데네브라 황비의 오른팔이라 불리는 블라이스 백작. 그는 황제의 대리인 자격으로 남쪽 변방 오르테가 왕국에 도착했다.

"시골이로군."

블라이스 백작은 중앙광장 따위는 눈에 들어오지도 않는다는 얼굴로 곧장 왕궁이 있는 방향을 바라보았다.

"짠 내 섞인 바람이 불어."

백작이 마차 밖으로 나오자 굉음을 내던 전투 마차들이 조용해졌다.

"촌스러운 냄새지."

그가 중얼거렸다. 초콜릿을 채운 듯 진득한 눈동자에 실낱같은 흥미가 깃들었다가, 이내 흔적도 없이 사라졌다.

"기수가 진격 명령을 기다리고 있습니다."

기사들이 다시 보고를 올렸다.

블라이스 백작은 오르테가 왕궁을 향해 고정된 시선을 거두지 않은 채, 무심하게 말했다.

"어이 덩치들, 우리는 정복 전쟁을 하러 온 게 아니야."

"그렇습니까?"

"이미 정복된 나라에 진격이란 말은 어울리지 않지."

그의 말에 몇몇 기사들이 흉흉한 웃음을 흘렸다. 백작은 다시 마차 안으로 들어가 문을 닫으며 감정 없는 말투로 명령했다.

"마중 나오는 자가 왕이면 들어가고, 그렇지 않으면 멈춰."

"알겠습니다."

"나는 폐하의 대리인이다. 속국의 왕은 나를 맞이할 때 감히 두 발로 서 있어서는 안 될 것이야."

"옳으신 말씀입니다."

자정도 지난 새벽, 바이칸 제국의 황제가 보낸 사절이 오르테가 왕궁에 도착했다.

황비 데네브라의 오른팔이자 정부라 소문난 블라이스 백작은 왕궁 입구에 버티고 서서 왕의 마중을 요구했다. 두 손과 발이 모두 땅에 닿아 있어야만 마중으로 인정하겠다는, 실로 오만한 명령과 함께였다.

이것은 바이칸 제국의 황제가 속국에 대한 지배력을 강화하기 위해 시작한 굴욕적인 행사였으며, 아직 제국에 반감을 품고 있는 오르테가의 일부 귀족들에게 던진 경고이기도 했다.

사절 방문과 무혈 제독에 대한 소문으로 온 왕궁이 들썩거릴 때, 2왕자궁은 그 풍파로부터 유일하게 소외되어 있었다. 왕국의 권력자들이 레위시아 오르테가를 진짜 왕족으로 인정하지 않기 때문이었다.

율리아는 트루디가 챙겨준 부드러운 빵과 차가운 우유를 손에 들고 침대에 눕듯이 기대앉았다.

"야, 율리아."

그런데 코코가 그녀의 평화를 단번에 깨뜨리며 나타났다.

"둔한 건지, 대담한 건지. 온 나라가 이리 들썩, 저리 들썩 난리인데 빵이 목으로 넘어가니?"

"안 넘어갈 건 뭐예요. 전쟁이 나고 사람이 죽어도 빵은 먹어야죠."

"그건…… 그래."

코코가 피식 웃더니 율리아에게 가까이 다가와 손을 내밀었다.

"일어나. 구경이나 하러 가게."

"네?"

"알렉사는 일찍 잠들어서 깨우기 좀 그래. 너라도 일어나."

"구경이라니, 그게 무슨 소리예요?"

"사절이 도착했대. 왕궁이 온통 난리야. 소문 무성한 황비의 정부를 눈앞에서 볼 기회라고!"

코코는 바이칸 제국의 황가에 관심이 많았다. 그래서 황실의 실세라는 데네브라 황비의 정부이자, 황제의 대리인 자격으로 오르테가에 방문한 블라이스 백작에 대해서도 대충 알고 있었다.

"적국의 포로였고, 천출 사생아였는데, 잘생긴 얼굴 하나로 황비의 마음을 사로잡아서 단번에 백작위를 계승한 남자라며."

"코코, 지금 자정도 넘었어요. 그리고 우리가 정문 앞에 도착할 때쯤이면 사절을 귀빈 궁으로 모시고도 남았겠죠."

"아냐, 멍청하긴."

코코가 입술을 비죽이며 웃었다.

"왕이 마중 나와서 네 발로 엎드릴 때까지 움직이지 않겠다고 했대. 지금 바이칸의 전투 마차들이 왕궁 입구를 막고 있어."

"네?"

율리아가 우물거리던 입을 우뚝 멈추고 코코를 바라보았다.

"넌 구경하고 싶지 않아? 우리 국왕 전하가 얼마나 겁에 질린 얼굴로 달려 나올지."

코코가 진짜 보고 싶은 건 황비의 정부라는 블라이스 백작의 얼굴일까, 아니면 네 발로 마중 나오는 왕의 모습일까. 율리아는 차마 그것까진 묻지 못한 채 코코를 따라 밖으로 나갔다.

왕자궁은 왕궁 입구에서 꽤 가까운 위치에 있었다. 두 사람은 마차를 타지 않고도 산책하듯 걸어서 정문이 보이는 곳으로 왔다.

"이게 바로 명당이지."

코코가 어깨를 으쓱이며 말했다. 두 사람은 왕궁에서 가장 지대가 높아 정문이 바로 내려다보이는 작은 언덕으로 올라갔다. 캄캄한 밤이라 들킬 걱정은 하지 않아도 되었다.

코코가 까치발을 들고 블라이스 백작을 구경하기 위해 애쓰고 있을 때, 율리아가 조용히 중얼거렸다.

"왜 저렇게 사람이 많지."

"왜긴? 제국에서 사절이 왔으니까 그렇지. 이놈이나 저놈이나 구경하고 싶지 않겠니?"

"그게 아니라, 정문 앞을 가로막고 서 있는 사람이 많아요."

율리아가 손가락으로 정문을 가리켰다. 유난히 횃불이 많이 모여 있는 곳이라, 코코도 어렵지 않게 찾을 수 있었다.

"벌써 마중 나왔나? 근데 분위기가 왜 저래?"

오르테가는 20년 전 국왕의 항복 선언 이후 곧바로 바이칸 제국의 군사적 지배를 받게 되었고, 국왕은 황제가 보낸 사절을 극진히 대접할 의무가 있었다. 그런데 지금 정문 앞을 가로막고 서 있는 한 무리의 청년들에게선 환대는커녕 당장 칼이라도 빼 들 것 같은 분노가 느껴졌다.

"코코, 저 사람들 누구예요?"

"누구? 안 보여."

"자세히 좀 봐요."

"이게 진짜."

코코는 짜증을 내면서도 궁금하긴 했던지, 발판까지 끌어다놓고 그 위에 올라서서 고개를 내밀었다. 그러다 갑자기 율리아의 어깨를 콱 움켜쥐었다.

"숙여."

"왜 그래요?"

"숙이라고!"

코코가 율리아를 붙잡고 몸을 낮췄다. 조금 전까지만 해도 재밌는 구경거리가 났다면서 흥미로 가득하던 코코의 얼굴이 딱딱하게 굳어 있었다.

"우리 그냥 돌아가자."

아무래도 심상치 않은 일이 벌어진 모양이었다. 코코는 율리아에게 왕자궁으로 돌아가자고 말했지만, 율리아는 그럴 생각이 전혀 없었다. 중요한 일이 벌어지고 있는 거라면 반드시 알아야만 했다.

그녀가 겪었던 과거에서는 단 한 번도 블라이스 백작이 사절이 되어 오르테가를 방문한 일이 없었다. 애초에 그는 카루스 란케아가 티타니아에서 죽은 부하들의 복수에 성공했을 때, 가장 먼저 숙청된 자였다. 이건 과거에 일어나지 않았던 일이다. 그렇기에 율리아는 단 하나의 단서도 놓치지 않으려 마음먹었다.

"전 안 돌아가요."

"이 미친것아. 우리 이러다 큰일 나! 저 사람들 해방군이란 말이야."

"네?"

율리아가 깜짝 놀라 되물었다.

여기서 해방군이 왜 튀어나온단 말인가.

"요새 좀 조용해졌나 싶었는데, 황제의 사절이 온다고 하니까 또 어디서 튀어나왔나 보다."

"먼저 들어가요. 저는 끝까지 보고 갈 테니까."

"여기서 누가 칼이라도 뽑아 들면 진짜 전쟁이 일어날 수도 있어. 넌 진짜 무서운 게 없니?"

전쟁이라면 과거에 몇 번 겪었다.

하지만 그건 꽤 먼 미래의 일이었다.

"전쟁은 일어나지 않아요. 지금 오르테가에 감히 제국에 반기를 들 만큼 용감한 왕족이 있을 것 같아요?"

율리아가 되묻자, 코코가 멈칫하더니 그건 그렇다며 한숨을 내쉬었다. 그때 왕궁 입구에서 황제의 사절을 막아서고 있던 해방군 중 하나가 큰소리로 외쳤다.

"바이칸의 개새끼들아! 한 걸음도 들어갈 수 없다! 오르테가는 독립 왕국이야!"

시간이 시간이다 보니 주위가 고요했다. 그래서 그 해방군 전사의 목소리가 왕궁 앞을 우렁우렁 울리고도 남았다.

"물러서지 않으면 베겠다."

제국군 사이에서 한 남자가 걸어 나왔다. 블라이스 백작을 호위하던 기사였다. 그러자 해방군 전사가 더욱 분개하며 소리쳤다.

"너희가 그러고도 기사란 말이냐! 어찌 약자를 죽이고 괴롭히면서 명예를 논하는가! 너희는 기사가 아니야! 살인자, 약탈자라 불러야 한다! 대륙을 통일하겠다는 너희 황제의 정복 전쟁은 끔찍한 대량 학살로 기록될 것이다!"

가슴 절절한 분노가 느껴지는 외침이었다. 그들 중엔 귀족도 있었고, 학생도 있었다. 무기에 익숙해 보이는 자도 있었고, 칼을 쥐는 것조차 어설프고 버거워 보이는 자도 있었다.

"천하에 무도한 놈들! 우리가 너희를 목숨으로 막을 것이다!"

"당장 꺼져라! 오르테가는 오르테가의 것이야!"

이쯤 되자 블라이스 백작도 더는 참아주기 어려웠다. 그가 한 걸음 뒤로 물러서며 손짓하자, 제국군 기사들이 무기에 손을 댔다. 왕궁 입구를 지키는 오르테가의 병사들은 이러지도 저러지도 못한 채 그저 조금이라도 빨리 왕이 나타나 이 상황을 해결해주기만을 바랐다.

긴장의 끈이 끊어질 듯 팽팽했다. 모두가 심각하게 상황을 주시하는 그때, 블라이스 백작만은 혼자 웃고 있었다.

"다 죽고 싶은가 봐."

백작이 웃음을 참기가 어렵다는 듯, 어깨를 들썩거렸다.

"감히 황제 폐하께 반기를 들다니. 건방진 게 아니라, 무식한 거라고 해야 하나? 이봐, 너희들. 잘 들어. 우리는 이 쪼그만 나라를 풀 한 포기 남기지 않고 짓밟을 수도 있었어."

백작이 하는 말에는 거짓이 없었다. 율리아도 그가 틀린 말을 하고 있다고는 생각하지 않았다.

"어쩔 수 없지. 왕이 나올 때까지 한 놈씩 죽여라."

백작이 품에서 화려한 인장을 꺼내 들었다. 황제의 사절에게만 주어지는 특별한 인장이었다.

"한번 싸워보지도 않고 항복한 겁쟁이들이라고 들었는데, 어디 한번 볼까. 주둥이만 살아 있는 놈들인지, 아니면 진짜 배짱인지."

바이칸의 기사들이 칼을 뽑아 들어 올렸다. 시퍼런 칼날이 차가운 빛을 머금었다. 모두가 숨을 죽였다. 깨지기 직전의 유리처럼 불안한 기운이 사방으로 퍼져나갔다. 그 압박을 견디지 못한 해방군이 먼저 움직였다.

"놈의 사지를 찢어라!"

그들은 한꺼번에 블라이스 백작을 향해 움직였다. 제국군 기사들도, 왕궁의 병사들도 모두 무기를 꺼내 들었다.

국왕은 그때 나타났다.

"국왕 전하!"

화려한 중년의 남자가 빠르고 우아하게 걸었다. 왕은 병사들을 헤치고 앞으로 걸어 나가 정문 앞에 바로 섰다. 그러곤 황제가 보낸 사절 앞에 한 치의 망설임도 없이 무릎을 꿇었다.

"황제 폐하 만세!"

왕이 먼저 외치자, 왕의 뒤를 따르던 수십 명의 보좌진과 시녀들이 모두 바닥에 엎드려 머리를 조아렸다.

"바이칸 제국 만세!"

왕국의 병사들도 마찬가지였다. 그들도 모두 무기를 내려놓고 무릎을 꿇었다. 인간의 파도였다. 전투 마차를 타고 나타난 황제의 사절 앞에 오르테가는 잘 길들인 개처럼 엎드렸다.

"미욱한 신하가 폐하의 부름을 받고 왔습니다. 오르테가는 위대한 제국의 작은 이웃으로서, 영원히 충성스러운 벗이 되겠노라 약속합니다."

왕은 꼭 미리 준비라도 한 것처럼 자연스레 말했다. 극진하다 못해 비굴한 환대였다. 왕의 두 손은 흙바닥을 짚고 있었으며, 왕의 무릎은 땅에 완전히 밀착되어 그를 더욱 작아 보이게 만들었다. 둥글게 구부러진 등에서 속국 국왕의 두려움이 엿보였다. 율리아와 코코는 할 말을 잃은 채 그 장면을 노려보았다. 오르테가의 독립을 부르짖으며 달려 나왔던 해방군도 마찬가지였다.

전의는 사라졌다. 왕의 무릎이 땅에 닿은 순간, 그들은 벌건 눈을 하고 그 자리에 서서 침통한 신음을 삼키는 수밖에 할 수 있는 일이 없었다. 블라이스 백작은 지극히 만족스러운 얼굴로 국왕을 내려다보았다.

"옳은 왕이십니다."

그의 목소리엔 가벼운 웃음기마저 묻어나 있었다. 왕이 병사들을 향해 소리쳤다.

"뭣들 하느냐. 감히 황제 폐하를 욕보인 자들이다. 이 자리에서 전부 목을 쳐라!"

제국을 증오하는 해방군은 제국에 충성하는 왕에게 적과 다를 바 없었다.

"저, 전하…… 그것은."

당황한 병사들이 주춤거리며 해방군을 바라보았다. 아무리 무모하게 군다고 해도, 그들도 결국은 오르테가의 백성이었다. 그런데 왕의 입에서 그들을 처형하라는 명령이 떨어지자 병사들은 어찌할 바를 몰랐다. 분노한 해방군이 이번에는 국왕을 향해 소리쳤다.

"국왕! 당신이 그러고도 오르테가의 왕이란 말인가!"

"놔라! 왕이 개가 되었다. 버러지가 되었어! 우리의 왕이 황제의 가랑이 사이에서 쓰레기나 주워 먹는 자라니!"

"부끄러운 줄을 아시오! 오르테가는 당신 때문에 멸망할 거야!"

왕의 명령을 거부할 수 없었던 병사들이 해방군의 목을 자르기 위해 움직였다. 병사들의 얼굴에도 핏기가 없었다. 누구도 이 비극 앞에서 제정신일 수가 없었다. 오직 한 사람, 블라이스 백작만이 만족스러운 웃음을 터뜨렸다.

"하하하하!"

그가 성큼성큼 걸어 네 발로 엎드린 국왕에게 왔다. 그러곤 한쪽 무릎을 꿇더니 두 팔을 활짝 벌려 왕을 끌어안아 일으켰다.

"제가 아주 큰 착각을 했지 뭡니까. 오르테가의 국왕께서 감히 황제 폐하께 반기라도 들려 하는 줄 알고!"

"그럴 리가……."

"그럼요. 그럴 리가 없지요! 하하하!"

블라이스 백작이 호탕하게 웃었다. 그는 한 손을 휘휘 내저으며 병사들에게 말했다.

"놈들을 처형하려거든 내가 없을 때 해. 피는 질색이니까. 그 뻘겋고 비린내 나는 건 몇 번을 봐도 적응이 안 된단 말이야."

병사들이 칼을 집어넣었다. 제국군 기사들도 칼을 집어넣었다. 무력으로 시위하려던 해방군은 모두 감옥에 갇히고, 블라이스 백작은 국왕의 극진한 환대를 받으며 귀빈궁으로 안내되었다.

◆━◆ ◆ ◆━◆

블라이스 백작이 가져온 건 카루스 란케아를 남부 함대의 신임 제독으로 임명한다는 서한이었다. 국왕은 백작이 내민 황제의 서한을 무릎을 꿇은 채 두 손으로 공손히 받았다고 전해졌다.

사절의 등장과 함께 치러지기로 했던 남부 함대 출정식은 무기한 연기되었다. 오르테가에도 황비와 무혈 제독이 원수지간이라는 걸 아는 사람이 많았다. 블라이스 백작은 황비의 수족이었기에 황제의 서한을 전달하기만 했을 뿐, 카루스의 출정식을 화려하게 치러주고 싶은 마음은 눈곱만큼도 없었다.

1왕자의 약혼식이 취소된 뒤부터 국왕은 여전히 마조람 후작의 알현 요청을 거절하고 있었다. 황제의 사절이 방문한 날 하필이면 해방군이 무력시위를 했다는 것도 큰 문제였다.

오르테가에 망조가 들었다.

노인들 사이에서 슬슬 그런 소문이 나돌았다.

"부왕께서 미쳐가고 있다는 이야기가 있던데?"

레위시아가 얇은 셔츠에 반바지를 입고 나타났다.

그는 언젠가부터 예전의 화려했던 차림새를 때려치우고 깔끔하고 남자다운 디자인의 옷을 즐겨 입기 시작했다. 그런데 시녀들이 모여 있는 응접실에 나타나더니 코코의 분홍색 부채를 빼앗아 제 얼굴에다 대고 부쳐서 그녀의 비웃음을 샀다.

"미쳐가고 있는 게 아니라 그냥 손을 놓고 계신 것 같던데요. 국왕께서 해결할 수 있는 일이 아무것도 없잖아요. 그렇다고 여기서 마조람 후작에게 져주기는 싫고."

"후작도 참 대단하단 말이야. 부왕이 뭘 요구하는지는 몰라도, 그냥 줘버리면 될 것을."

"해방군 문제부터 해결하는 게 좋을 텐데."

"손대기 어려울걸. 태풍 때문에 민심이 흉흉해. 폭동 얘기가 나온다고."

두 사람의 대화를 귀담아듣던 알렉사가 율리아를 흘깃 바라보았다. 평소라면 이쯤에서 그녀가 자연스럽게 대화에 끼어들어 해결책을 제시하거나 상황을 분석했을 텐데, 어쩐 일인지 너무 조용했다.

율리아는 창가에 앉아 턱을 괴고 있었다. 긴 머리카락이 아무렇게

나 흐트러져 흘러내렸다. 도도해 보일 만큼 단정했던 얼굴이 살짝 풀려 보였다. 무슨 생각을 하는지 간혹 입술을 오므리거나 한숨을 내쉬기도 했다. 그 모습을 유심히 살펴보던 알렉사가 불쑥 말을 걸었다.

"무슨 고민 있습니까?"

알렉사의 목소리가 다정했다. 그 안에 깃든 염려를 느꼈는지 창밖을 바라보던 율리아가 이쪽으로 고개를 돌렸다. 알렉사와 코코, 레위시아가 모두 율리아를 바라보고 있었다. 카루스와의 대화 이후 이런저런 생각이 많아진 그녀는 이렇게 종종 혼자만의 생각에 빠져 과거를 곱씹었다.

지난 삶의 코코, 지난 삶의 알렉사.

죽지도 못한 채 계속 살고 있으면서 자꾸만 과거에 매달리는 건 좋지 않다는 걸 안다. 그래도 그녀 역시 사람인지라 이런 생각이 자꾸만 드는 것이다.

'그냥 다 말해버릴까.'

이번 삶을 실패하게 되더라도 한 번쯤은 시도해볼까. 코코는 정이 많으니까, 알렉사는 율리아를 은인이라 여기고 있으니까, 어쩌면 믿어주지 않을까. 하지만 율리아는 그냥 이렇게 말했다.

"아무것도 아니에요."

이번 삶이 마지막인 것처럼 살던 카루스의 말이 떠올랐다. 잔인하게 느껴지는 한편, 절절하도록 위로가 되는 말이었다. 그가 자신을 믿고 있다는 걸 확인할 수 있었으니까. 율리아는 걱정하지 말라는 뜻에서 가볍게 웃음을 머금었다.

"그런데 무슨 얘기 중이었어요? 다른 생각을 하느라."

코코가 두 눈을 가늘게 뜨더니 혀를 쯧 차고 말했다.

"별일이네. 이렇게 중요한 대화 중에 네가 딴청을 다 부리고."

"제가 그랬어요? 죄송해요."

"사과하라고 하는 말 아니야. 신기해서 그러는 거지. 우린 그냥 국왕이 마조람 후작에게 뭘 요구할지, 그걸 궁금해하는 중이었어."

레위시아가 코코와 알렉사 사이에 의자를 가져와 끼어 앉았다. 율리아가 정면으로 보이는 자리였다.

"땅이나 돈 같은 걸 원하지는 않을 거 아냐. 그렇지? 후작이 가진 것 중에서 부왕이 탐낼만한 게 뭐가 있을까."

많았다. 여기서 하나씩 말하라고 하면 열 손가락을 다 쓸 수도 있었다. 창밖을 향해 있던 율리아의 몸이 완전히 이쪽으로 향했다.

"마조람 후작을 직접 건드리지 않으면서 국왕 전하의 자존심을 세울 수 있는 거겠죠."

"넌 부왕이 후작에게 뭘 요구해야 한다고 생각하는데?"

"마조람 후작 가문이 대대로 소유하고 있던 권리요. 예를 들면……상인연합 대표 임명권 같은 거죠."

레위시아가 들고 있던 분홍색 부채를 탁 소리가 나도록 세게 내려놓았다. 미처 생각지도 못했다는 얼굴이었다. 그가 뭐라고 말하기도 전에, 알렉사가 코코에게 물었다.

"그게 무슨 의미입니까?"

코코의 입술이 비뚤어지더니 한쪽 입꼬리가 하늘 높은 줄 모르고 치솟았다.

"마조람의 돈줄을 왕가에서 쥐겠다는 이야기지."

"상인연합이 그렇게 대단한 곳입니까?"

알렉사는 그곳에 관심이 많았다. 과거 그녀의 부모님도 상인연합과 얽히면서 그렇게 많은 빚을 지게 되었다. 알렉사에게 용병 짓을 시키면서 이자를 불리던 못된 고리대금업자도 상인연합과 관련된 자들이었다.

이번에는 율리아가 코코를 대신해서 설명해주었다.

"남부상인연합은 오르테가에서 가장 큰 상회들이 모인 곳이에요. 그런 곳의 대표를 그토록 오랫동안 마조람 후작이 입맛대로 꽂아 넣었다는 건, 후작이 연합에 대한 지배력을 소유하고 있다는 말과 다르지 않죠."

"아……."

"마조람 후작이 해적의 금화를 유통하면서 비자금을 쌓았던 것도 상인연합의 도움이 없었다면 불가능했을 거예요. 만약 국왕께서 그 권한을 회수하신다면, 후작은 장기적인 자금난에 시달리게 될 거고요."

"와, 카루스 란케아가 아주 큰일을 했네. 그자가 전임 사령관을 황제한테 고발하는 바람에 해적 놈들이 먼바다로 숨어버렸으니."

레위시아가 감탄하며 꺼낸 말에 율리아가 잠시 입을 다물었다. 왕자의 입에서 튀어나온 카루스의 이름이 낯설면서도 간지러웠다. 율리아가 카루스를 떠올리는 사이, 레위시아가 코코와 한 차례 눈을 맞추더니 그녀에게 말했다.

"좋은 생각인 것 같아. 부왕께는 내가 전달하도록 할게."

"네? 전하께서요?"

"걱정하지 마. 이 이야기가 우리 궁에서 흘러나왔다는 사실은 절대 들키지 않을 거야."

"어떻게 하시게요?"

"다 방법이 있어."

레위시아의 시선이 왕의 침전이 있는 방향으로 향했다. 그는 정말 하기 싫은 일을 억지로 해야 하는 어린아이처럼 골이 난 얼굴이었다.

"이럴 때는 내가 부왕의 친자라는 게 참……."

"그럼 주워 온 자식이었으면 좋겠어요?"

코코가 쌀쌀맞게 물었다. 하지만 레위시아는 정말 그랬으면 좋겠다고, 어딘가 먼 곳에 친아버지가 따로 있었으면 좋겠다는 말로 그녀를 허탈하게 했다.

"부왕의 침전에 마구 드나들 수 있는 사람은 그리 많지 않아. 사적인 공간을 중요하게 생각하는 분이라서. 다행히 내 어머니가 그곳에서 거주하고 계시지."

"그것참, 다행이네요."

코코가 그의 손에서 분홍색 부채를 빼앗았다. 그러곤 힘내라는 뜻에서 요란하게 바람을 부쳐댔다.

오르테가의 국왕이 황제의 사절에게 무릎 꿇었단 소식이 온 나라에 퍼졌다. 소문은 시간이 지날수록 여기저기에서 온갖 자극적인 말로 부풀려졌다. 왕이 네발로 기어 나와 사절의 가랑이 사이를 기었다더라. 사절이 왕좌에 앉아 왕의 문안을 받았다더라. 황제가 오르테가를 침략하기 위해 의도적인 도발을 하고 있다더라. 사람들은 왕을 욕했고, 창피해했으며, 안쓰럽게 여기기도 했다.

"난 왕이 되지 말았어야 했어."

아무렇지 않아 보였던 국왕도 실은 블라이스 백작에게 무릎 꿇었다는 사실을 수치스러워하고 있었다. 그렇게 해서 전쟁을 피할 수만 있다면 무릎이 아니라 아예 배를 까도 상관없다는 생각에 한 행동일 뿐이었다.

피해의식은 분노가 되고, 분노는 가까운 곳으로 흘렀다. 왕의 분노는 놀랍게도 제국이 아니라 마조람 후작을 향하고 있었다.

"요즘 후작이 이상해. 아무리 생각해도 이해할 수가 없어. 바실리의 일까지는 젊은 애들이니까 그럴 수도 있다고, 특별히 관대하게 넘어가준 거였는데……."

왕은 침전에 있었다. 그가 두 팔을 벌리자 중년의 시녀가 다가와 화려한 재킷을 벗겼다. 그러곤 셔츠 단추까지 빠르게 풀었다. 공손하면서도 노련한 솜씨였다.

"후작은 도대체 자식 교육을 어떻게 하는 거야? 나 참, 약혼식에서 그런 일이 생길 줄 누가 알았겠나. 애들끼리 싸우는 것도 피곤해 죽겠는데, 그런 것까지 내가 신경 써야겠어?"

왕이 중얼거리거나 말거나, 시녀는 왕의 몸에 좀 더 편안하고 품이 넉넉한 셔츠를 입힌 뒤에 장신구까지 떼어냈다.

"파혼은 무리겠지?"

왕이 혀를 차며 물었다. 입을 다문 채 그의 시중만 들던 중년의 시녀가 그제야 입을 열었다.

"큰 왕자께서 파혼을 원하시는 건가요?"

"어린애가 아니니 떼를 써서 될 일이 아니라는 건 알고 있는 것 같더군. 그런데 은근슬쩍 마조람 영애가 왕자비가 되면 왕실 역사에 수치스러운 혼사로 기록될 거라는 말을 빙빙 돌려서 네 번이나 하고 갔어."

"큰 왕자께서는 자존심이 강하신 분이지요."

"왕이 될 놈이 자존심이 가당키나 한 말인가. 왕좌는 이 세상에서 가장 비굴한 자가 앉아야 하는 자리이거늘."

왕이 자조적으로 웃었다. 시녀는 감히 왕의 그런 얼굴을 바라볼 수 없다는 듯 머리를 숙인 채 그가 웃음을 그치기만을 기다렸다.

"아내는?"

"기다리고 계십니다."

"오늘은 기분이 좀 어떻던가?"

"식사도 하지 않으시고, 내내 우울하셨습니다. 온종일 전하께서 돌아오시기만을 오매불망 기다리셨지요."

"허…… 그 마음의 병은 나이를 먹어도 고쳐지질 않는구나."

왕이 탄식하며 말했다. 시녀는 그저 애잔하게 미소 지으며 고개를 숙일 따름이었다.

왕이 침전에서 부르는 '아내'라는 호칭은 오직 그의 애첩, 레위시아의 어미를 부를 때만 쓰는 말이었다. 왕의 곁에는 측근 시녀가 하나뿐이었는데, 그 측근 시녀조차 침전에서 거의 나가지 않고 애첩을 보살폈다.

왕이 서둘러 안쪽 응접실로 향했다. 침전 가장 깊은 곳에 있는 아름다운 방이었다. 그곳엔 긴 소파에 옆으로 누워 의사의 진료를 받는 애첩이 있었다.

왕이 안으로 들어오며 물었다.

"의사를 불러야 할 정도로 안 좋았어? 어때, 괜찮은가?"

"만성적인 통증이라, 그저 잘 쉬고 마음을 편하게 하시는 수밖에는
……."

"매일 똑같은 소리도 지겹군. 나가보게."

왕이 한 손을 휘휘 저었다. 의사는 진료 가방을 품에 안은 채 서둘러 응접실을 빠져나갔다.

소파에 누워 있던 애첩의 눈가엔 물기가 축축했다. 열이 올라 발갛게 달아오른 얼굴로 그녀가 말했다.

"이제는 제가 아픈 걸 아프다고 말하는 것조차 지겨우세요?"

"또 왜 그러느냐. 그런 소리가 아닌 걸 알면서."

"전하께서 마음이 좋지 않아 저녁을 거르셨다고 들었어요. 그 얘기를 듣고 나니까 저 혼자 뭘 먹을 수가 없어서……."

"너는 도대체!"

왕이 언성을 높이려다 서둘러 말을 삼켰다. 그는 애첩의 곁으로 빠르게 걸어와 그녀가 누운 소파 끝에 아슬아슬하게 엉덩이를 걸치고 앉았다.

"내가 없으면 잠도 못 자고, 내가 밥을 안 먹으면 물도 못 삼키고, 내 기분이 안 좋다고 네가 우울증에 걸려서는…… 어쩌자는 것이냐. 응? 내가 너보다 먼저 죽으면 도대체 어찌 살아가려고 그래!"

"죽을 거예요."

"뭐?"

"전하가 안 계시는 궁에서 어떻게 살아요. 저도 같이 죽어요."

애첩의 눈에서 맑은 눈물이 흘러내렸다. 떨리는 목소리는 애절하기 그지없었다. 수치와 분노로 부글거리던 왕의 마음이 설탕처럼 녹았다. 그가 없으면 숨도 못 쉬겠다는 여자 앞에선 왕 역시 한 사람의 남자일 뿐이었다. 하물며 그의 애첩은 한때 바다의 세이렌이라고 불렸을 만큼 아름다운 여자였다. 눈빛은 넘치기 직전의 샘처럼 찰랑거리고, 목소리는 새처럼 맑았다. 나이를 먹은 지금도 자잘하게 주름이

지고 흰 머리카락이 듬성듬성 자라긴 했으나 구석구석 곱지 않은 곳이 없었다.

"이리 와."

왕이 두 팔을 벌려 애첩을 품에 안았다. 그의 목덜미에 눈물 젖은 뺨을 비비며 애첩이 울음 섞인 고백을 속삭였다. 너무 보고 싶었다고, 아침부터 지금까지 내내 전하가 오기만을 기다렸다고 말했다.

왕은 천천히 그녀를 쓰다듬으며 다정하게 달랬다.

"내가 없어도 잘 자고, 잘 먹어야지. 네가 이렇게 아파하면 너무 걱정되어서 내가 제대로 일을 할 수가 없잖으냐."

하지만 그렇게 말하는 그의 얼굴은 지극히 만족스러워 보였다. 애첩도 마찬가지였다.

왕의 품이 아니면 죽을 것처럼 애처롭게 울면서도 그녀의 심장만은 메마른 사막처럼 쩍쩍 갈라져 끝없는 갈증에 시달렸다. 왕의 사랑을 게걸스럽게 빨아들이는 사막의 모래와도 같았다.

왕이 한탄하며 중얼거렸다.

"난 역시 왕이 되지 말았어야 했어."

"전하……."

"너와 함께 행복하게 살면 그만이었을 것을."

지난 지 수십 년이 된 이야기인데도 왕은 종종 이렇게 왕좌에 오른 걸 후회하는 것 같은 말을 흘렸다. 꼭 자신의 무능함을 탓하는 것처럼 들리는 말이었다.

"무슨 고민 있으세요?"

"별거 아니다. 마조람 후작이 하는 짓이 너무 괘씸해. 동맹을 깨뜨리지 않으면서 적당히 혼내줄 방법이 떠오르질 않는구나."

"저는 그런 거 잘 몰라요. 그냥 전하께서 편히 쉬셨으면 좋겠어요. 제 곁에 오래오래 계셨으면 좋겠어요."

"네 마음이야 내가 제일 잘 알지."

국왕의 애첩은 그의 침전에서 절대 정치적인 충고나 조언을 건네지 않았다. 그녀의 역할은 오직 왕을 달래고 쉬게 하는 것이었다.

"이제 좀 나아졌지? 어서 뭐라도 먹어야지."

"네, 전하."

우울하고 머리가 아파 죽을 것 같다던 사람이 왕의 품에선 조금이나마 생기 있는 얼굴로 웃었다.

늦게나마 식사를 해야겠다는 왕을 위해 시녀가 바깥에 대기중인 하녀들에게 명령을 내렸다. 그러곤 다시 방으로 돌아와 두 사람의 시중을 들었다. 소파에서 몸을 일으킨 왕은 시녀에게 수고했다는 말을 아끼지 않았다.

"자네에겐 늘 고맙게 생각해."

"그런 말씀 하지 마세요. 당연한 일인 것을요."

"아내에게 잘해줘. 약한 사람이잖아."

"그 또한 당연한 일입니다."

왕과 시녀의 대화를 한 귀로 듣고 한 귀로 흘리면서, 애첩은 침대 위에 몸을 누였다. 왕은 시녀가 고른 긴 가운을 걸치면서 중얼거렸다.

"파혼시키는 건 어려울 것 같고, 후작에게서 뭐라도 빼앗는 편이 좋을 것 같아."

"전하의 뜻대로 하시지요."

"뭐가 좋을까. 너무 큰 걸 달라고 하면 반발할 테고, 너무 작은 걸 달라고 하면 내 체면이 서질 않고. 자네는 어떻게 생각해?"

"명분만 가져오세요, 전하."

"명분?"

"유명무실한 것들 있잖아요."

"그래? 뭐가 좋을까."

"요즘 상인연합에서 이런저런 문제를 많이 일으킨다고 하지 않았나요? 전의 사령관이 비자금을 착복할 수 있었던 것도, 해적들의 금화가 유통된 것도 어쩌면……."

왕의 측근 시녀는 왕의 은밀한 보좌와도 같은 사람이었다. 다만 그녀가 일하는 곳이 대전이 아니라 침전이라는 차이가 있을 뿐. 시녀의 말을 듣던 왕이 허허 웃으며 고개를 끄덕였다.

"그러고 보니 마조람 후작이 상인연합을 손에 쥐고 있었지."

침대에 누운 애첩이 손짓으로 하녀를 불렀다. 식사 후에 먹고 싶은 디저트를 말해주려는 것이었다. 이제야 입맛이 도는 모양이라며, 왕이 기꺼운 듯 미소를 지었다.

"자네도 그만 쉬어."

"그럼 물러가겠습니다."

왕과 애첩이 침대에 앉아 하녀들이 가져온 호화로운 음식을 맛보는 동안, 왕의 측근 시녀는 침전 깊은 곳에 있는 또 다른 응접실을 찾았다. 레위시아 2왕자가 그곳에서 그녀를 기다리고 있었다.

"어머니는?"

"왕께서 오셨어요."

"또 열심히 꾀병 부리고 계시겠네."

레위시아가 습관처럼 웃었다. 무게가 없어 허망하기 짝이 없는 미소였다. 한결같은 차분함으로 왕을 모시던 시녀의 얼굴에 처음으로 감정이 드러났다. 안쓰러움이었다. 그녀는 레위시아를 버림받은 어린애 보듯 안쓰럽게 바라보았다.

"그런 눈으로 쳐다보지 마. 몇 번을 말해?"

"왕자님."

"그대는 내 유모였지, 어머니가 아니잖아."

"제가 감히 왕자 전하를……."

"그대가 내 어머니였으면 좋겠다고 생각한 적이야 많지만."

레위시아가 하하 웃었다. 농담처럼 들리지 않는 말이었다. 하나 남은 왕의 측근 시녀는 한때 레위시아의 유모였고, 성장기에 가장 오랫동안 그를 보살핀 사람이기도 했다.

"왕께는 잘 말씀드렸어요."

"고마워, 유모."

레위시아가 시녀의 손을 살짝 잡았다가 놓았다. 자잘한 주름으로 가득한 손이었다. 장성한 아들이 있는데도 소녀처럼 부드럽기만 한 어머니와는 다른, 그를 직접 어르고 달래던 손이기도 했다. 시녀가 조심스레 물었다.

"전하, 설마 왕이 되려 하세요?"

"어떨 것 같은데?"

"너무 위험해요. 저는 전하께서 안전하고 행복하게, 오래오래 사셨으면 좋겠는데……."

"그럼 왕이 되어야겠네."

시녀는 부정하지 않았다. 레위시아가 오래오래 살 방법은 사실 그것뿐이었다. 그녀는 왕자의 얼굴을 쓰다듬으려 손을 내밀었다가 흠칫 놀라 손가락을 말아 줘었다.

레위시아는 아무도 보살피지 않았는데 혼자 잘 자란 아이였다. 그의 외로움은 한때 유모였던 그녀가 제일 잘 알았다. 울지도 보채지도 않고, 어머니의 행복 말고는 원하는 게 아무것도 없었던 아이. 레위시아는 너무 일찍 철이 들어서 바라보는 어른을 슬프게 하는 아이였다.

"전하."

시녀가 레위시아에게 말을 걸었다. 볼일이 끝난 그가 자신의 궁으로 돌아가려던 참이었다.

"왜?"

"왕께 사랑받는 아들이 되세요."

"미쳤어?"

"거짓으로라도 해보세요. 왕을 존경하고, 위하는 척이라도……."

"유모, 그만둬."

"자존심을 조금만 버리면 아주 큰 보답을 받으실 수 있을 거예요. 이 늙은 유모의 말을 명심하세요. 왕께서도 이제는 나이가 들었어요. 그분은 그저 왕좌에 앉아 계실 뿐이지, 여느 평범한 아비와 다를 바 없는 사람이라는 걸 항상 기억하세요."

레위시아는 유모의 말에 대답하지 않았다. 머리로는 알고 있으나 도무지 입이 떨어지지 않았기 때문이다. 그는 결국 유모를 어깨를 살짝 끌어안는 것으로 인사를 대신하고 왕의 침전을 떠났다.

1왕자의 약혼식에서 일어난 사건 때문에 한동안 마조람 후작의 알현을 거절했던 왕이 드디어 그를 불러들였다. 그러곤 선대부터 후작가에 일임되어 있던 상인연합 대표 임명권을 내놓으라고 말했다. 후작은 당황했다. 에둘러 거절하기도 했다. 하지만 왕이 파혼을 입에 담자, 한참 고민한 끝에 할 수 없이 고개를 끄덕였다.

약혼식 이후 저택에 돌아가지도 못한 채 왕궁에 머물며 왕을 알현할 기회만 노리던 후작은 그제야 피곤한 얼굴로 집에 갈 수 있었다. 눈치 빠른 집사가 복도에 있던 하인을 모두 내쫓았다. 후작의 얼굴에 깃든 노여움을 읽었기 때문이다. 크리스틴을 보살피는 하녀들이 아가씨가 방에 틀어박혀 나오질 않는다며 걱정을 쏟아냈지만, 그 이야기도 나중에 하라며 내쫓았다.

후작은 후작 부인과 단둘이 된 뒤에야 왕과 나눴던 대화를 털어놓을 수 있었다.

"제정신이에요?"

"어쩔 수 없는 일이었소. 들어주지 않으면 크리스틴을 파혼시킬 기세더군."

"상인연합 대표 임명권이 뭔지 몰라서 그걸 왕에게 양보한 거예요? 거절했어야지요. 차라리 땅이나 금화를 주고 왔어야지요."

"봄부터 금화 수급에 문제가 있었어. 당신도 알잖소. 왕을 달래려면 한두 푼으론 어림도 없는데."

후작 부인의 우아한 미소에 균열이 생겼다. 후작은 그런 아내를 달래려다 저도 모르게 무거운 한숨을 내쉬었다.

"도대체 어디서부터 잘못된 건지 모르겠군. 다 잘되어가고 있었는데…… 바실리 그놈의 자식이 샤트린 공주와 제때 혼사만 치렀어도."

"아니죠. 당신 말대로 봄부터 해적의 금화를 유통하지 못하게 된 게 시작이죠."

비자금이 뚝 끊긴 것도 모자라, 가문의 수족이었던 상인연합까지 빼앗기게 생겼다. 오르테가에 있는 남부상인연합은 뒤로는 해적들의 금화를 유통하고, 앞에서는 바이칸 제국과의 무역을 주도하는 중요한 동맹이었다.

상인연합 대표는 언제나 마조람 후작가에서 추천한 자가 맡았다. 그런데 그 임명권을 왕가에 빼앗기면 연합에 대한 지배력을 상실하게 된다.

후작 부인이 미소를 거두고 싸늘하게 말했다.

"수습하셔야 해요."

"그래야지."

"이게 다 당신이 무른 사람이라 벌어진 일들이에요. 비자금 경로를 진즉에 하나가 아니라 여러 곳으로 나눴어야죠. 바실리가 샤트린 공주의 자존심을 건드리지 못하게 확실히 교육했어야죠. 가주가 되어서 후계자 교육 하나 제대로 못 한다는 게 말이 돼요?"

"그게 다 내 탓이란 말이오? 당신은 그동안 뭘 했기에?"

"가주가 할 일을 제대로 못했으니, 가주의 탓이지요."

후작의 얼굴이 딱딱하게 굳었다. 피로가 쌓이고 쌓여 나무껍질처럼 갈라졌다. 그는 왕 앞에서도 내보인 적 없는 지친 얼굴로 화를 삼켰다.

후작 부인이 그에게 명령하듯 말했다.

"경고부터 하세요."

"무슨 경고."

"왕족을 하나 없애서라도 국왕이 우리 손아귀에서 빠져나가지 못하도록 하셔야지요."

"뭐요? 왕족을 없애?"

후작의 목소리가 확 커졌다가 이내 아주 작아졌다. 그는 두 눈을 부릅뜬 채 자신의 아내를 바라보고 있었다. 후작 부인의 우아한 얼굴에 미소가 사라지고, 그 자리에 섬뜩한 노기가 자리 잡았다.

"당신 진심이오? 아무리 그래도…… 왕족을 죽이라니."

"그 겁쟁이 왕한테 알려주세요. 이 오르테가에 마조람의 손길이 닿지 않는 곳은 없다는 걸."

"도대체 누굴……."

"아직 태어나지 않은 왕족이 있잖아요."

후작이 마른침을 삼키며 고개를 끄덕였다. 후작 부인이 누구를 염두에 두고 이런 말을 하는지 눈치챈 까닭이었다.

"크리스틴은 제 방에 틀어박혀 나오지 않고, 바실리는 여전히 흔적조차 찾을 수가 없어요. 가신들은 물론이거니와 우리와 손을 잡은 귀족들이 동요할 거예요. 그들에게 확실히 알려줘야죠. 오르테가는 여전히 우리 손바닥 위에 있다는 걸."

"알겠소."

"이번 일은 제가 처리할게요. 당신은 왕이 딴생각하지 못하게 잘 감시해요."

크리스틴이나 1왕자가 아무리 싫다고 해도 두 사람의 결혼은 성사되게 되어 있었다. 그러면 딸에게 방해가 되는 여자부터 치우는 게 순서였다. 그런 뒤엔 그 건방진 평민 계집도 확실히 손봐줘야 할 것이다. 브레웨 아카데미에서 계속 크리스틴의 일을 물고 늘어진다면 그 평민 계집을 죽여서 전부 없던 일로 만들어버리면 된다.

후작 부부의 머릿속이 바쁘게 돌아갔다. 후작이 종을 울려 집사를 불러들였다.

트루디가 떨리는 목소리로 말했다.

"실종 신고가 들어왔대요."

궁내부에 들른 김에 1왕자의 연인을 만나고 오려 했던 트루디는 그녀가 며칠째 연락도 없이 출근하지 않고 있다는 이야기를 들었다.

"예감이 좋지 않아서 집으로 찾아갔어요. 전에 놀러 오라고 했던 적이 있거든요. 그런데…… 집 안이 난장판이었어요."

사람이 없는 집에 문은 열려 있고, 가구와 유리는 박살 나 있었다. 치안대엔 이미 실종 신고가 들어온 상태였다고 했다. 잔뜩 겁에 질린 트루디는 곧장 왕자궁으로 돌아와 시녀들에게 이 사실을 알렸다.

"나쁜 일이라도 당했으면 어쩌죠? 너무 무서워요."

코코와 율리아, 알렉사는 동그란 테이블에 둘러앉아 있었다. 여름이 시작된 이후 급격하게 날씨가 더워져 시녀들의 옷차림이 한결 가벼워졌다.

세 사람은 책과 과일, 간식 등 각자 좋아하는 걸 앞에 두고 대화를 나누고 있었다. 그러다 트루디가 나타나 1왕자의 연인이 실종되었다는 소식을 전하자, 하던 일을 멈추고 서로를 바라보았다.

코코가 신경질 섞인 한숨을 내쉬었다.

"마조람 후작 부인이야."

코코는 확신했다. 의심되는 다른 사람도 많을 텐데, 그녀는 후작 부인이 그 여자를 처리했을 거라고 단정했다. 마조람 후작 부인에 대해 잘 모르는 알렉사는 그게 정말이냐며 코코에게 물었다.

"도망친 걸 수도 있잖습니까. 협박을 받았다거나, 혹은 뒤늦게 자신이 얼마나 위험한 선택을 했는지 깨달았을 수도 있죠."

"그 여자가? 아서라. 1왕자가 크리스틴이랑 결혼한다는 소리를 들었을 때 제일 먼저 한 짓이 크리스틴한테 돈을 요구하는 거였다고. 그때도 자기가 임신했다는 걸 알고 있었을 텐데, 그건 쏙 빼놓고 말한 이유가 뭐겠어?"

코코의 목소리가 높았다. 그녀는 알렉사의 순진한 상상에 찬물을 확 끼얹었다.

"최소한 한 번 더 돈을 요구할 셈이었던 거야. 나중에 크리스틴한테 받은 돈이 떨어지면 돌아올 명분도 되지. 왕가의 자손을 가진 여자를 누가 외면할 수 있겠어?"

"하아."

"왕비께서 왕궁으로 들이려고 몇 번이나 사람을 보냈는데 거절했다잖아. 왕궁 밖에 저택을 사달라고 했다면서? 도대체 얼마나 간이 부은 거야?"

트루디가 겁먹은 얼굴로 물었다.

"그, 그…… 사람 살아 있겠죠?"

둥근 테이블이 침묵에 휩싸였다. 코코는 굳이 대답하지 않는 것으로 트루디의 말을 부정했고, 알렉사는 잠시 고민하다가 고개를 살짝 저었다. 누군가를 처리하는 가장 확실한 방식이라면 역시 그것뿐이었다.

"그건 모르는 일이에요."

한데 율리아의 의견은 달랐다.

"마조람 후작이라면 모를까, 후작 부인이라면……."

이들 중에 후작 부인에 대해 가장 잘 아는 사람은 단연 율리아였다.

만약 1왕자의 연인을 처리한 게 마조람 후작이 아니라 그의 부인이라면, 그 여자는 살아 있을 가능성이 더 컸다.

"죽은 것처럼 소문내긴 하겠죠. 마조람과 거리를 두려는 국왕에게 경고하는 의미에서. 하지만 그 여자는 살아 있는 편이 훨씬 더 큰 무기가 될 수 있으니까."

알렉사가 이해할 수 없다는 얼굴로 물었다.

"어떤 점에서 그렇습니까?"

율리아가 주위를 한 바퀴 둘러보았다. 응접실엔 그녀를 포함한 세 명의 시녀와 트루디뿐이었다. 새어나갈 걱정은 없을 것 같았다. 물론 새어나간다 해도 상관하지 않을 자신도 있었다. 그래서 감추지 않고 말했다.

"마조람 후작 부인이라면 오르테가의 모든 왕족을 죽이고 살아남은 한 명의 왕손을 왕좌에 앉히는 선택지도 생각하고 있을 것 같아서요."

트루디가 두 손으로 제 입을 틀어막고 숨을 죽였다. 둥근 테이블은 조금 전보다 더 무거운 침묵에 휩싸였다. 코코는 일그러진 얼굴로 입술을 꽉 깨물었고, 알렉사는 천천히 두 눈을 내리감았다. 율리아의 말에 반박할 수 없었다. 후작 부인에 대해 잘 모르는 그들로서도 부정할 수만은 없는 이야기였다.

지금 있는 왕족이 다 죽어버리면 그 여자가 낳을 왕손이 유일한 후계자가 될 테니까.

소문이 퍼지는 건 순식간이었다. 워낙 유명한 여자였기 때문이다. 1왕자의 약혼식 전야제에 나타나 그의 아이를 가졌다고 선포했으니,

오르테가 사교계에서 그녀를 모르는 사람은 없다고 봐야 했다.

그녀의 실종 소식은 빠르게 왕가에 전달되었다.

국왕 부부는 침묵했다. 치안대 병사들에게 잘 조사해보라는 말을 전하기는 했으나, 왕실 기사단을 풀어 찾는다거나 어떤 전언을 남기지는 않았다.

화가 난 건 1왕자였다. 1왕자의 분노가 어마어마했다. 애절하게 사랑한 관계가 아니라 해도 한때나마 그의 연인이었고, 그의 자식을 품은 여자였기 때문이다.

드러내놓고 지목하진 않았어도 모두가 마조람의 짓이라 생각했다. 1왕자도 마찬가지였다. 그는 마조람 후작이 왕족인 자신을 얼마나 우습게 보고 있는지 깨달았다. 후작이 감히 왕족을 협박하고 조종하려 한다며 길길이 날뛰었다.

1왕자는 국왕을 찾아가 크리스틴과 결혼하지 않겠다고 선언했다. 마조람의 허수아비가 되지 않겠다면서, 그 여자를 찾아 데려오지 않는 한 결혼식장엔 한 걸음도 내딛지 않겠다고 외쳤다.

트루디는 왕궁에 사는 비둘기처럼 매일 소식을 물어다 날랐다.

"살얼음판을 걷는 것 같다고, 하녀 언니들이 매일 울상이에요. 오늘만 벌써 세 명이 일을 그만두고 싶다고 말했대요. 그런데 그것조차 받아들여지지 않나 봐요."

코코가 빠르게 물었다.

"시녀들은 뭐라고 한다던?"

그녀는 1왕자궁의 시녀들이 어떤 반응을 보이는지, 그게 제일 궁금했다. 율리아와 알렉사도 고개를 들고 트루디를 바라보았다. 시녀들의 관심이 자신에게 쏠리자, 트루디가 바짝 긴장한 얼굴로 주워 모은 이야기를 풀어놓았다.

"그쪽 시녀님들이 매일 싸운다는 말을 들었어요. 하녀들이 그러는데, 마조람 후작을 옹호하는 쪽과 그렇지 않은 쪽으로 나뉘어서 머리채를 잡을 기세라고 했어요."

1왕자의 지지 세력은 두 부류였다. 마조람 후작에게 충성하는 쪽과 왕가에 충성하는 쪽. 둘 다인 경우는 그리 많지 않았다. 왕족의 시녀는 그의 지지 세력을 대변하기에, 코코는 1왕자궁의 시녀들이 어떤 반응을 내보이는지 그걸 잘 지켜봐야 한다고 말했다.

"크리스틴 영애가 왕자비가 된다고 했을 때는 다 함께 미워했으면서……."

"그야 당연하지. 저들도 다 왕자비가 되고 싶었을 텐데. 원래 경쟁자가 강력할 때는 함께 싸우고, 하찮을 때는 이용하는 거야."

코코가 웃으며 이죽거렸다. 트루디는 이해할 수 없다는 얼굴이었지만 굳이 되물어 그녀를 귀찮게 하지는 않았다. 이번에는 코코가 율리아에게 물었다.

"넌 어떻게 하고 싶니."

율리아가 두 눈을 살짝 내리깔았다. 긴 속눈썹이 눈 아래 그늘을 만들었다. 그녀는 자신을 바라보는 코코와 알렉사의 시선을 느끼며 가만히 입을 열었다.

"내버려두세요."

지금은 아무것도 안 해도 된다. 사람과 사람 사이의 신뢰 관계란 둑과 같아서 아주 작은 구멍도 붕괴의 징조가 될 수 있다. 특히 마조람 후작과 국왕처럼 한 나라의 권력을 나눠 가진 사이라면 시간이 지날수록 불신은 깊어지고, 믿음은 위태로워질 것이다. 코코가 떨떠름하게 되물었다.

"내버려두라고?"

"네."

장작은 충분히 넣었고, 불씨는 뜨거웠다. 이제는 시간조차 그녀의 편이었다. 원수처럼 틀어진 바실리와 샤트린 공주, 그리고 크리스틴과 1왕자. 국왕은 상인연합에 대한 지배권을 갖게 되었고, 마조람 후작은 아직 태어나지 않은 왕손을 손에 넣었다.

"이제 마조람과 왕가의 싸움이 시작될 거예요."

촘촘하게 심어둔 가시들이 칼이 되어 둘 사이를 갈라놓았다. 마조람은 왕가를 길들이기 위해 더 큰 무기를 꺼내 들고, 더 많은 피를 흘려야 할 것이다. 그러면 겁 많은 왕은 마조람을 경계한 나머지 더 든든한 다른 동맹을 찾으리라.

"권력이란 게 공평하게 나눠질 리가 없잖아요."

애초에 영원한 동맹이란 없다. 역사도 말하고 있잖은가.

━ ◆ ◆ ◆ ━

여름 노을이 아름다웠다. 태풍의 여파가 완전히 사라졌기 때문인지 구름에서 달콤한 향기가 날 것 같았다.

율리아는 트루디가 받아놓은 목욕물에 몸을 담그고, 작은 욕실 창문에 가득 찬 노을을 바라보았다. 이상한 생각이 들었다. 이전의 삶에서도, 그 이전의 삶에서도 이때쯤 하늘이 저랬던가. 율리아는 기억력이 좋아 쓸데없는 것도 잘 기억하는 편이었다. 그런데 이런 식으로 하늘을 바라보며 과거를 떠올려본 적은 없는 것 같았다.

만약 그때도 오늘과 똑같은 하늘이었다면, 자신은 매번 무얼 하고 있었나. 죽지 않으려고 발악하고 있었을까. 그게 아니면 누군가를 죽이려고 발악하고 있었을까. 어쩌면 그 모든 행동이 다른 사람의 눈에는 죽으려고 발악하는 것으로 보였을지도 모른다.

찰랑거리는 물소리가 평화로웠다. 미지근한 온도에 은은한 꽃향기도 우스웠다. 한시도 마음 편할 날 없이 살았는데, 왕궁 시녀가 된 뒤로는 유독 몸이 편한 날이 많았다.

"시녀님, 실은 정오쯤에 공주궁에서 사람이 다녀갔었어요."

트루디가 조심스럽게 말을 건넸다. 그녀는 요즘 율리아에게 말을 걸 때마다 심호흡하는 버릇이 생겼다. 무슨 일을 시킬지 몰라 절로 긴장이 되어서였다. 창밖을 향한 시선을 거두지 않은 채, 율리아가 무심히 물었다.

"왜?"

"시녀님이 좋아하는 게 뭔지, 원하는 게 뭔지…… 그런 걸 꼬치꼬치 물어보더라고요."

"왜?"

"저한테…… 왕자궁을 떠나 공주궁에서 일하면 어떨 것 같냐고도 물어봤어요."

찰랑거리는 물소리가 멎었다. 시선을 돌리자, 트루디가 조금 긴장한 얼굴로 율리아를 바라보고 있었다.

"시녀님에 대해 알려달라고 했어요."

"그래서 뭐라고 했어?"

"군것질을 좋아하신다고, 하녀들에게 인기가 많다고 말했어요."

"그게 다야?"

"무슨 말을 해야 할지, 하지 말아야 할지 모르겠어서……."

역시 영리한 아이였다. 율리아는 트루디를 가만히 응시하다가 부드럽게 말했다.

"다 말해도 돼."

"네?"

"네가 아는 건 다 말해도 된다고."

어떻게 그래요. 트루디는 그렇게 말하려고 했다. 율리아는 무서운 사람이었지만, 트루디의 눈에는 그리 조심성이 많아 보이지 않았다. 그러다 문득 깨달았다. 율리아는 애초에 트루디를 신뢰하고 있지 않았다. 그러니까 트루디가 어디에서 누구에게 무슨 말을 지껄이건 상관치 않는 것이다.

또 있었다.

율리아는 트루디가 만약 왕자궁의 시녀들이 나누었던 대화를 밖에서 떠들고 다닌다면 어떻게 대처해야 할지, 그것까지 전부 계획해 두고 있었다.

"저는…… 시녀님을 배신하지 않아요."

"그러니?"

"조금 있으면 궁내부 관리님께 정기적으로 보고하는 날이 올 거예요. 저는, 저는 그냥 시녀님들이 의외로 사이가 좋다고만 말할 거예요. 공주궁의 시녀님들과 조금씩 친해지고는 있는데, 아직 서먹하다고도."

"또?"

"코코 시녀님은 보석과 책을 좋아하고, 왕자 전하께서는 매일 공주궁에 다녀오신다고. 여긴 그냥 조용하고 평화로운 곳이라고……."

트루디의 긴장이 욕조 안에 있는 율리아에게까지 느껴졌다. 그녀는 젖은 머리카락을 한 차례 쓸어 올리고, 겁에 질린 하녀에게 충고해 주었다.

"쓸모 있는 정보를 하나도 가져다주지 않으면 궁내부 관리가 널 소모품처럼 생각할 수도 있어."

"그, 그럼 어떡해요? 전 여기서 쫓겨나고 싶지 않아요."

"가서 샤트린 공주께서 율리아 시녀를 공주궁으로 데려가려 한다고 말해."

"그런 걸…… 말하라고요?"

"그래."

율리아가 욕조에서 몸을 일으켰다. 긴 가운을 몸에 걸친 그녀가 트루디에게 말했다.

"공주께서 율리아 아르테를 귀족으로 만들어 곁에 두려고 한다고. 그렇게 말해."

트루디가 정신없이 고개를 끄덕였다. 율리아가 시키는 대로 하면 뭐든지 일이 잘 풀릴 거라 믿으며, 꼭 그렇게 하겠다는 말을 반복해서 했다.

14
동류

블라이스 백작이 오르테가에 온 뒤부터 국왕은 카루스에게 자주 연락을 넣었다. 주로 가벼운 안부 인사를 전하는 정도에 그쳤으나, 때로는 그보다 은밀한 만남에 무게를 두는 것 같은 인상을 주기도 했다.

카루스는 의외로 여우 같은 구석이 있었다. 국왕의 심부름꾼이 관저에 올 때마다 배를 타고 나가 하루 동안 육지로 돌아오지 않거나, 블라이스 백작과의 껄끄러운 관계를 들먹이며 연락을 피했다.

국왕은 점점 안달하게 되었다. 오르테가를 노리는 블라이스 백작이나 왕실을 넘보는 마조람 후작, 그 둘을 동시에 상대하려면 왕에겐 카루스 란케아가 절실했다.

"조만간 출정식을 해야 할 것 같아."

카루스의 검은 머리카락이 바닷바람에 휘날렸다. 그는 짙은 회색의 신사용 모자를 손에 쥐고 있었다. 그와 함께 기지 앞에 나와 있던 율리아는 펄럭이는 치맛자락을 두 손으로 잡고 나란히 떠 있는 군함들을 바라보았다.

"왕께서 보채나요?"

"돌려보낸 시종만 몇 명인지. 성대하게 출정식을 열어 황제 폐하의 마음을 달래고, 나를 내세워 블라이스 백작을 상대할 셈이겠지."

"마조람 후작에게 하는 경고의 의미도 되겠죠. 1왕자의 연인이 실종되는 바람에 왕실 분위기가 좋지 않아요. 당사자는 물론이거니와 …… 왕가의 먼 친척이나 원로들까지 불쾌함을 드러내고 있으니까요."

"후작이 그렇게 경솔한 사람이었나?"

그렇지는 않았다. 율리아는 그가 왕가와 싸워 이길 자신이 있기에 벌인 일이라고 생각했다.

"오르테가는 아주 오랫동안 마조람 후작의 영역이었어요. 국왕은 실상 왕궁 안에서만 왕이었죠. 욕 좀 먹는다고 후작이 누려왔던 권력이 하루아침에 사라지지는 않아요."

"샤트린 공주가 네게 귀족 작위를 제안했다며."

카루스가 재미있다는 듯 물었다. 율리아도 그를 보며 살짝 미소 지었다.

"그건 누구한테 들었어요?"

"맥스웰이 잔뜩 흥분해서 말해주던데. 율리아 시녀님이 귀족이 된다면 당장 집사로 지원하겠다고."

"이름뿐인 몰락 남작 가문의 양녀로 들어가는 게 어떠냐고 물어보시긴 했어요. 공주궁의 시녀들이 바쁘게 알아봤다고 하더라고요. 파벌에 속해 있지 않으면서 과거는 깨끗하고, 제 출생을 문제 삼을 친척이 없는 가문이라나.”

“귀족이 되려고?”

“필요하다면요.”

율리아는 귀족이 유리하다는 사실을 부정하지 않았다. 평민보다는 귀족이 좋았다. 고귀해지고 싶어서가 아니라 적과 싸우기 위해서라면, 그녀는 귀족이 아니라 그보다 더한 것도 될 수 있었다.

“당장은 아니라는 소리인가. 그럼 공주의 제안은 거절하겠군.”

“남작 작위로는 어림없잖아요.”

율리아가 출렁이는 머리카락을 그러모았다. 머리카락 때문에 치마를 놓았더니 치맛자락이 더욱 세차게 펄럭거렸다. 카루스가 그녀에게 팔을 내밀며 말했다.

“들어가자. 바람이 지나쳐.”

“출정식 구상하셔야 하는 것 아니었어요?”

“물 위에 대충 나란히 세워놓고 겁주면 그게 출정식이지.”

어차피 전쟁을 치르기 위한 출정식이 아니니까 어떻게 해도 상관없다는 투였다. 율리아는 카루스가 내민 팔에 한쪽 손을 얹고, 그와 함께 마차에 올랐다.

“남작 작위로는 어림도 없다고? 그럼 어느 정도로 높은 작위를 원하는데?”

“그건 레위시아 왕자님에게 달려 있어요.”

레위시아에게 귀족의 지지가 필요하다면 높은 작위를 가진 귀족이 될 것이고, 그렇지 않다면 그림자 시녀로 남을 것이다. 카루스의 눈매가 살짝 굳었다가 풀어졌다. 그는 졸업식장과 연회장에서 봤던 레위시아 왕자의 얼굴을 떠올리고 있었다.

"그 유약하고 예쁘장하기만 한 얼굴로 왕이라."

"생각보다 강한 분이에요."

"어릴 때 기사 서임이라도 받았나?"

"칼을 들고 싸우는 힘을 말하는 게 아니에요. 왕자 전하는……."

거기까지 말하고 곰곰이 생각에 빠졌던 율리아가 마침내 적당한 말을 찾아냈다.

"저랑 닮았어요."

"뭐?"

카루스는 도저히 인정할 수 없다는 얼굴이었다. 그가 눈썹을 찡그리자, 율리아가 웃으며 덧붙였다.

"물러설 데가 없다는 점이 닮았어요."

"이상한 말이군. 애첩이 낳은 아들이라고 해도, 그는 왕자야. 너와는 태생부터가 달라. 네가 아홉 번의 삶을 거치며 겪었던 고통 따위는 손톱만큼도 이해하지 못하는 요람 속 왕자님이라고."

맞는 말이었다. 그래도 그 요람이 아무도 돌보지 않는 차가운 감옥이었다면 어떨까, 하는 생각이 드는 것도 사실이었다. 율리아는 그렇게 말해보려다가 카루스의 눈빛이 단호해서 그냥 입을 다물었다.

두 사람을 태운 마차가 출발했다. 기지를 둘러봤으니 관저를 구경할 차례였다. 율리아는 모자의 차양과 레이스를 만지작거리며 얼굴을 가리려고 애썼다.

"왜 얼굴을 감추지?"

"카루스 님과 제 관계를 굳이 광고하고 다닐 필요는 없잖아요?"

"굳이 감출 필요도 없지."

오르테가에 감히 카루스 란케아의 사생활을 지적할 만큼 간 큰 사람이 있을까. 블라이스 백작을 제외하면 아무도 없을 것 같다. 그래도 율리아는 얼굴을 드러내지 않는 편을 택했다. 그녀가 모자와 레이스로 꼼꼼하게 얼굴을 가리는 걸 지켜보던 카루스가 뜬금없는 질문을 던졌다.

"결혼했던 적은?"

"네? 그게 무슨 말이에요?"

"여덟 번의 과거 중에서 결혼하거나 약혼하거나…… 그런 관계로 발전한 남자가 있느냐고 묻는 거다."

"이상한 질문을 하시네요. 그럴 리가 없잖아요. 저는 언제나 도망치거나, 숨거나, 비참하게 살해당하느라 바빴어요."

"바실리 때문에 그럴 마음이 생기지 않았던 건 아니고?"

몇 번이나 지나가는 과거임에도 자꾸만 언급되는 바실리의 이름에 이제는 웃음이 나올 지경이었다. 율리아가 작게 바람 빠지는 소리를 내면서 웃자, 카루스도 그녀를 따라 웃었다.

"율리아."

"네, 말씀하세요."

"내가 왜 네 말을 믿게 되었는지 궁금하지 않아?"

궁금했다. 카루스는 예언처럼 들어맞는 율리아의 말에도 흔들림 없이 그녀를 의심하던 남자였다. 궁금하다는 뜻으로 고개를 끄덕이자, 그가 그녀를 똑바로 바라보며 말했다.

"내가 황제를 배신했다고 말했기 때문이야."

"카루스 님."

"폐하를 향한 내 충성심을 의심하는 사람은 바이칸 제국에 단 한 사람도 없어. 그 데네브라 황비조차 날 죽이려고 살수를 보낼망정 내가 폐하를 배신할지도 모른다고는 절대 말하지 않지."

"황제는 당신을 질투해요."

그래서 믿게 되었다. 아무도 하지 않는 이야기를 이토록 서슴없이 쏟아놓으니까. 그런 일이 실제로 일어났다는 걸 보고 온 자만이 할 수 있는 확신이 있었으니까.

관저에 도착할 때까지 말없이 율리아를 관찰하던 카루스가 마차에서 내리기 직전, 그녀의 귓가에 속삭였다.

"나도 예언 하나 하지."

"네?"

"넌 이번 삶에서 그 긴 머리카락이 새하얗게 변하는 걸 보게 될 거야."

마차에서 내리려 몸을 일으켰던 율리아가 동상처럼 딱딱하게 굳었다. 늘 차분하고 단단해 보이던 그녀의 얼굴이 멍하니 풀려 있었다.

━ ◆ ◆ ◆ ━

블라이스 백작은 오르테가에 도착한 지 단 며칠 만에 왕궁의 분위기를 파악하는 데 성공했다. 그에게 잘 보이려 안달 난 몇몇 귀족들 덕분이었다.

특히 소문 자자한 그의 매력에 흠뻑 빠진 여인들이 몰라도 될 사소한 소문까지 일일이 주워다 주는 통에, 왕의 자식들이 경연에서 유치한 방식으로 후계 싸움을 하고 있었다는 것도 알게 되었다.

"인간은 참 신기하지. 어딜 가나 비슷비슷한 일들이 일어나. 시골이라 그런가? 후계 싸움을 귀엽게도 한단 말이야. 내가 아는 왕족들은 성인이 되기도 전에 칼춤부터 배우던데."

블라이스 백작을 따르던 기사들이 히죽거리며 웃었다.

"경연이라니. 이 얼마나 순진한 방식이냔 말이야. 그게 공정할 리도 없거니와, 설령 공정하게 치러진다 해도 결과에 따라 왕좌의 주인이 바뀌는 것도 아닐진대."

"맞는 말씀입니다."

"그냥 다 죽여버리고 앉으면 되지. 그건 원래 그런 의자잖아."

블라이스가 이를 드러내고 웃었다. 비죽 튀어나온 덧니가 보이고, 두툼한 입술이 매혹적인 선을 그렸다.

"난 참 운도 좋지. 여름에 바다에 오다니. 오르테가는 북쪽을 제외한 어느 방향으로 달려도 무조건 바다가 나온다는 반도 국가가 아닌가. 여기서 여름 내내 휴양이나 즐겨야겠어."

그가 몸을 쭉 펴자 깊게 파인 재킷 안쪽에서 미끈한 근육으로 뒤덮인 가슴이 드러났다. 그 안엔 자잘한 흉터와 함께 온갖 화려한 문신이 자리 잡고 있었다.

"그나저나 어제 놀았던 여자가 재밌는 소리를 하던데. 오르테가에 그렇게 잘생긴 왕자님이 있다고. 외모로만 비교하면 제국 최고의 미인과도 견줄 수 있을 거라고 하더군."

"제국 최고의 미인은 블라이스 백작님 아닙니까."

"미친 소리 하지 마. 나는 우리 황비 전하의 애완견일 뿐이잖아. 개는 원래 사람이랑 비교하지 않는 거야."

블라이스가 아무리 막말을 지껄여도 기사들은 상관하지 않았다. 그들 역시 황비 데네브라의 사람이기 때문이었다.

"오늘은 그 잘생겼다는 왕자 얼굴이나 좀 구경해야겠다."

블라이스가 지나가는 하녀들에게 다가가 말을 걸었다.

"2왕자궁이 어디냐?"

그에게서 풍기는 짙은 사향에 놀란 하녀들이 겁먹은 토끼처럼 몸을 움츠리고 2왕자궁을 손가락으로 가리켰다.

"갈까?"

말은 그렇게 했지만, 블라이스가 레위시아 2왕자에게 관심을 가지는 이유는 따로 있었다.

블라이스 백작이 패전국 포로 출신이라는 건 유명한 이야기였다.

그는 어느 백작가의 사생아였는데, 장남을 대신해 전쟁터에 나섰다가 포로가 되었다. 그 뒤엔 외모 덕을 톡톡히 보면서 황비 데네브라의 정부가 되었고, 장남이 받아야 했던 작위까지 물려받으며 바이칸 제국에 편입되어 진짜 백작이 되었다.

그런 과거를 가졌기 때문인지, 블라이스는 자신과 처지가 비슷한 자들과 어울리는 걸 즐겼다. 때로는 그들을 가까이에서 응원하기도 했고, 멀리서 괴롭히며 추락하는 걸 지켜보기도 했다. 그의 괴상한 취미에 대해서 아는 사람은 많지 않았으나, 그가 비틀린 인간이라는 건 거의 모두가 아는 이야기였다.

"레위시아 오르테가. 왕의 애첩이 낳은 아들인데, 왕족으로 대접받지는 못하고 살았다지? 잘생긴 얼굴만 믿고 백수건달인 양 살다가 최근에 갑작스레 샤트린 공주의 밑으로 들어가 목숨을 보전하려 한다고."

어느새 레위시아의 최근 행보까지 모두 전해 들은 블라이스가 하하 웃음을 터뜨렸다.

"그래도 죽기는 싫었나 보네?"

물러터진 바닷가 시골 놈들. 블라이스는 오르테가의 왕족을 이해할 수 없었다.

"공주는 상당히 좋아했다고 합니다. 레위시아 왕자도 왕자이지만, 그 왕자궁에 있는 시녀들이 제법 유명한 모양이라고 하던데요."

"시녀가 유명해봤자……."

"보육원 출신 평민이 죽도록 열심히 공부해서 아카데미 훈장을 받고 시녀가 된 경우라고 하던데요. 한동안 그 평민 시녀 이야기로 시끄러웠답니다. 최근에는 귀족의 대리 시험까지 해줬다는 소문도 있고."

"독하네."

"다들 그렇게 말합니다."

"나도 보육원 출신인데."

블라이스가 입맛을 다셨다. 그의 경우엔 아버지가 사생아로 태어난 그를 보육원에 갖다 버렸다가, 전쟁이 터지니까 다시 찾아와 장남의 대용품으로 삼았다.

"이름이 뭐래?"

"레위시아 2왕자요?"

"아니, 그 시녀."

"무슨 아르테였는데…… 아! 율리아. 율리아 아르테였을 겁니다."

"율리아 아르테."

어쩐지 입에 착착 달라붙는 이름이라고 생각하면서, 블라이스가 2왕자궁을 집요하게 바라보았다.

그 후 블라이스는 오르테가 왕궁을 돌아다니며 2왕자궁에 대해 이런저런 이야기를 들었다. 최근 1왕자의 약혼식 사건이 하도 시끄러워서 그렇지, 2왕자궁도 만만치 않게 화제였다.

부하의 말대로였다. 사람들은 그곳에 있는 세 명의 시녀에게 관심이 많았다. 코코와 레위시아가 둘이 살던 예전에는 악마 시녀와 아름다운 왕자님 정도로 불렸는데, 이제는 율리아와 알렉사까지 한 사람 한 사람의 별명이 생겼을 만큼 유명해졌다.

"악마 시녀와 평민 시녀, 기사 시녀라고?"

블라이스가 더럽게 촌스러운 별명이라면서 크게 웃었다.

바이칸의 황궁이 떠올랐다. 그곳의 시녀들은 황족의 얼굴이라기보다는 수족에 가까웠는데, 오르테가는 조금 분위기가 다른 듯했다. 흥미로운 일이었다. 고작 시녀 따위가 왕족을 대변하다니.

"재밌을 것 같아. 가봐야겠어."

그는 코코가 중요하게 생각하는 절차 따위는 죄다 무시한 채 2왕자궁을 향해 움직였다. 그러다 운이 좋은 건지 나쁜 건지, 왕자궁 앞에 도착하자마자 레위시아를 마주치고 말았다.

레위시아는 마침 왕자궁으로 돌아가는 길이었다. 함께 있던 율리아가 그의 뒤에서 은밀하게 속삭였다.

"제국에서 온 사절, 블라이스 백작입니다. 도발에 응하지 마세요."

레위시아가 걱정하지 말라는 뜻으로 아주 살짝 고개를 끄덕였다.

"블라이스 백작, 황제 폐하의 대리인이 아닙니까. 만나 뵙게 되어 반갑습니다."

"오, 레위시아 오르테가 왕자 전하."

"제 궁엔 무슨 일로……."

레위시아는 블라이스에게 예의 바르고 친절하게 굴었다. 국왕처럼 비굴하게 엎드리진 않았으나, 최대한의 공손함을 보였다. 블라이스는 그런 왕자의 태도를 웃는 얼굴로 바라보았다.

"왕궁 구경은 이제 질렸습니다. 황제 폐하께서는 남부의 왕족에게 관심이 많으시니, 제가 제국으로 돌아가서 할 말이 있으려면 왕족이란 왕족은 다 만나봐야 하지 않을까 해서."

"그러시군요. 그럼 약속을 잡을까요?"

레위시아는 블라이스를 샤트린의 궁으로 초대할 생각이었다. 그러는 편이 모두에게 좋을 거라는 생각이 들었다. 블라이스는 오만하고 불친절하니, 무슨 핑계를 대서라도 그를 다른 곳으로 데려가는 편이 좋았다. 레위시아가 그의 뒤를 지키던 율리아에게 말했다.

"먼저 들어가 있어."

"네, 전하."

이야기가 길어질지도 모르는데 율리아까지 백작 앞에 세워두기 싫었던 레위시아가 그녀를 왕자궁 안으로 돌려보냈다.

율리아는 얇은 여름용 드레스에 손목까지 오는 장갑을 끼고 있었다. 햇빛을 가리기 위해 쓴 모자가 그녀의 눈에 아슬아슬하게 그늘을 만들었다. 단정하게 묶은 머리카락에선 상쾌한 허브 향이 났다.

블라이스의 시선이 율리아를 따라 움직였다. 그녀는 왕자에게 약식으로 먼저 인사하고, 그 뒤엔 사절인 블라이스에게 정식으로 인사했다. 말은 꺼내지 않았으나 흠잡을 데 없이 깔끔한 태도였다. 무심한 눈빛에 평범한 차림새와는 달리 존재감이 있는 여자였다. 그녀 앞에 서자 블라이스의 화려한 외모가 거목 아래 버려진 단풍잎처럼 느껴졌다. 목소리를 듣고 싶은데, 말을 걸 기회를 주지 않았다.

율리아와 눈을 마주치고 싶었던 블라이스는 주위 모든 사람을 무시한 채 그녀만을 바라보았다. 하지만 그녀는 끝까지 그의 눈을 바라봐주지 않았다.

레위시아라는 왕자가 잘생겼다고 해서 구경하러 온 길이었는데, 왜 저 여자에게 자꾸 시선이 끌리나.

블라이스는 자신의 감을 굉장히 신뢰하는 편이었다. 우울하고 예민한 사람 중에는 특별히 육감이 뛰어난 자가 있어, 짐승처럼 천적과 먹잇감을 구별할 수 있다고 여겼다.

'쟤구나.'

그는 자신을 그 육감이 뛰어난 사람이라고 믿었고, 제 안의 짐승이 율리아를 바라보며 침을 뚝뚝 흘리고 있다는 걸 깨달았다.

'평민 시녀.'

블라이스의 몸이 한쪽으로 기울었다. 왕자궁 안으로 들어가는 율리아를 조금이라도 더 자세히 보고 싶어서였다. 그런데 그의 시커먼 마음을 어떻게 알았는지, 레위시아 왕자가 블라이스를 정면에서 막아섰다.

"왜 그러십니까?"

레위시아는 친근하면서도 예의 있는 태도를 유지하고 있었다. 잘생겼다는 말로는 부족할 만큼 깨끗한 얼굴엔 서글서글한 미소가 가득했다. 블라이스가 그를 옆으로 흘겨보며 말했다.

"제가 조금 전까지는 왕자님한테 관심이 있었는데."

"저한테요?"

"방금 없어졌습니다."

비슷한 처지인 줄 알았더니 전혀 그렇지 않았다. 레위시아 2왕자는 오르테가 왕가의 천덕꾸러기일망정 블라이스처럼 시궁창에서 뒹굴며 살아오지는 않았다.

블라이스의 기준으로 보자면 그는 여전히 온실 속 화초였다. 깨끗한 얼굴만큼 영혼도 깨끗할 것이다. 욕심도 없겠지. 그런 사람에겐 관심 없었다. 블라이스가 물었다.

"방금 들어간 시녀는 왕자님의 연인입니까?"

젊은 왕자에게 젊은 시녀가 붙어 있다면 으레 의심하게 되는 관계. 블라이스는 그걸 물어보았다. 레위시아는 동요하지 않았다.

"방금 들어간 시녀…… 아, 그 아이요."

그는 율리아에게 관심조차 없다는 얼굴로 그런 건 왜 묻느냐며 고개를 갸웃했다.

"저는 시녀와 연애할 만큼 인기 없는 남자가 아닙니다만. 블라이스 백작도 잘 아실 것 아닙니까?"

은근슬쩍 인기 많은 그와 자신을 묶어버리기까지. 레위시아의 능청스러운 대꾸에 웃음이 터진 블라이스가 율리아의 뒷모습을 쫓던 시선을 그제야 제자리로 돌리고 말했다.

"조만간 식사 한번 하시죠. 국왕께서는 제가 오르테가에 머무는 동안 좋은 인상을 받아 가길 원하던데, 왕자님이 그렇게 해주시는 건 어떻습니까."

"바이칸 제국의 사절을 대접할 수 있다면야 저 같은 변변찮은 왕족에게도 좋은 기회겠네요. 오르테가에서 가장 아름다운 해변으로 모시겠습니다."

"아뇨. 저는 왕자님의 궁에 들어가고 싶은데."

블라이스가 씩 웃으며 레위시아에게 한 걸음 다가갔다. 조금만 더 가까이 가면 서로의 체취를 맡을 수도 있을 만큼 가까운 거리였다.

레위시아보다 반 뼘 정도 큰 키를 가진 블라이스가 그를 귀엽다는 듯 웃는 얼굴로 내려다보았다.

"그래야 왕자님한테도 더 좋을 거 아닙니까."

황제의 대리인을 2왕자궁에 초대하면 단번에 귀족들의 시선을 끌어모을 수 있다. 블라이스가 그 점을 지적하자, 레위시아가 설핏 얼굴을 굳혔다. 그러나 그 역시 긴 시간 긴장하며 살아온 왕족이기에 금세 평정심을 회복하고 눈꼬리에 선한 눈웃음을 매달았다.

"저는 샤트린을 지지하는 왕족입니다. 백작이 괜찮다면 공주궁에서 함께 식사하는 걸 권하고 싶네요."

"하, 그래요."

블라이스는 대놓고 실망한 기색을 드러냈다.

얼굴이 아름답다고 해서 맹수가 아니란 법은 없다. 그런 의미에서 레위시아의 이빨이 얼마나 날카로운지 보고 싶었는데, 그는 물러나기만 하고 도발에 응하지 않았다.

싸우지 않으려는 자는 재미없다. 블라이스는 이 시골 왕국의 왕위 싸움에 아무런 관심이 없었다. 바이칸 제국의 입장에선 왕의 자식 중 왕좌에 오르는 게 누구건 상관없었다. 반역이 일어난다고 해도 상관없었다. 어차피 오르테가는 바이칸의 속국이며, 오래 지나지 않아 제국의 남부로 전락할 것이다.

"반가웠습니다."

레위시아가 웃으며 악수를 청했다. 희고 고운 왕자의 손을 내려다보던 블라이스가 눈썹은 쓱 들어 올리고 두 눈을 내리깔았다. 그러곤 입꼬리를 내리며 웃었다.

블라이스의 손은 지저분했다. 피부는 흉터로 가득하고, 툭 불거진 마디는 비틀리고 휘어져 흉측해 보였다.

"또 봅시다."

블라이스가 레위시아의 손을 잡고 꽉 쥐었다. 두어 번 흔들다가 고통스러울 만큼 세게 쥐고 놓아주지 않았다. 성질이 있는 녀석이라면 마주 힘을 줄 법도 한데, 레위시아는 아프다는 신음조차 흘리지 않고 가만히 있었다.

'재미없는 놈이로군.'

블라이스가 비웃음을 남기고 돌아섰다. 레위시아는 그가 시야에서 사라질 때까지 서글서글한 미소를 유지하고 있었다.

━ • ❖ • ━

한가로운 저녁, 샤트린 공주궁의 시녀가 왕자궁을 찾았다.

"이게 뭐니?"

"초대장입니다."

"누가 누구를 초대하는 건데?"

"샤트린 공주 전하께서 오후 티타임에 율리아 아르테 시녀를 초대하는……."

"뭐야? 율리아한테 주면 되는 걸 왜 나한테 가져왔니?"

"그, 그야 코코 시녀님은."

거기까지 말하던 공주궁의 시녀가 꿀꺽 침을 삼켰다. 긴장했더니 자꾸 목소리가 갈라져 이상한 소리가 났다.

율리아가 샤트린의 은밀한 제안을 무시한 지도 꽤 여러 날이 지났다. 보석이나 다른 값비싼 선물은 받을 이유가 없다며 돌려보냈고, 귀족 작위는 못 들은 척하며 흘려보냈다.

샤트린이 율리아를 탐낸다는 걸 모르는 사람은 이제 왕자궁에 아무도 없었다. 아마 공주궁도 비슷할 것이다. 그래서 샤트린이 율리아를 티타임에 초대한다고 했을 때, 공주궁의 시녀들은 그 초대장을 가져갈 사람이 자신이 아니기만을 빌었다. 초대장을 전달하는 과정에서 악마 시녀 코코를 만나게 될 게 뻔했기 때문이었다.

코코가 두 눈을 삐딱하게 치뜨고 시녀를 바라보았다. 가까이에서 보니 눈동자와 속눈썹까지 붉은색이었다. 꼭 고양이인 척하는 호랑이를 보는 것 같았다.

"왕자궁에 온 김에 코코 시녀님께 인사도 드릴 겸, 율리아 시녀에게 초대장을 주러 왔다는 것도 말씀드리고, 또…….'"

공주궁에서 온 시녀는 심약한 사람이었다. 제비뽑기 운이 나쁘지 않았다면 절대 여기까지 오지 않았을 것이다.

코코가 까칠한 시선으로 그녀를 노려보며 물었다.

"공주께선 아직 포기를 안 하셨구나. 그렇지?"

"저는 그것까진 잘……."

"왕자궁엔 시녀가 셋뿐인데 공주께서 율리아를 데려가시면, 그 빈자리는 어떻게 하라고 하시는 거지?"

"네, 네?"

공주궁의 시녀가 당황해서 말을 더듬었다. 코코가 진짜 악마처럼 비뚜름한 웃음을 흘리며 손가락으로 그녀를 가리키고 있었다.

"네가 왕자궁으로 올 거니?"

"아니요!"

"왜? 여긴 손님도 없고 연회도 없어서 와봤자 매일 놀기만 할 텐데. 빼지 말고 솔직히 말해. 네가 우리 궁으로 오고 싶어서 이 초대장을 들고 온 거지? 율리아를 보내는 대신에 네가 그 애의 자리를 차지하고 싶어서……."

코코가 자신을 놀리고 있다는 걸 모르는 시녀는 다급하게 두 손을 휘저었다.

"아, 아니에요! 저는 공주궁 시녀인 게 좋아요! 죽을 때까지 샤트린 전하의 시녀로 살 거예요!"

"저도 그래요."

율리아였다.

공주궁의 시녀가 당황해서 횡설수설하는 사이, 응접실에 나타난 율리아가 코코의 곁으로 다가와 말했다.

"저도 레위시아 왕자님의 시녀로 살 거예요. 그러니까 돌아가서 공주님께는 잘 이야기해주세요."

"율리아 시녀……."

공주궁의 시녀는 이 일을 어찌 처리해야 할지 영 모르겠다는 얼굴이었다. 하녀를 통해 몇 번이나 말을 전달했지만 율리아가 이렇다 할 답변을 하지 않자, 안달이 난 샤트린이 직접 시녀를 보냈다. 그런데 여기서도 율리아를 데려갈 수 있을 것 같지가 않았다.

코코는 무섭고, 율리아는 단호했다. 궁을 옮기긴커녕 티타임조차 거절할 기세였다. 그녀는 돌아가면 샤트린이 자신을 탓할까 봐 무서웠다. 공주는 시녀들에게 잘해주는 편이었지만, 불같은 성격 탓에 한 번 화가 나면 말릴 수 있는 사람이 별로 없었다.

심약한 시녀는 초대장을 두 손으로 든 채 어찌할 바를 몰랐다. 저가 공주의 초대장을 힘주어 구기고 있다는 사실조차 인지하지 못하는 것 같았다.

오지랖 넓은 코코가 그 사실을 지적해주었다.

"야, 그거 구겨졌다."

"아…… 어머! 어머, 어떡해. 어떡해!"

꼬깃꼬깃해진 초대장을 들고 시녀가 울상을 지었다. 왕족이 직접 보낸 초대장을 구겨버렸으니, 크게 혼날 일이었다.

"어떡하지. 너무…… 죄송해요."

율리아는 그녀를 신기하다는 얼굴로 바라보았다. 공주궁에 이렇게 심약하고 순진한 사람이 있었나. 시녀는 모시는 왕족을 닮는다는데, 이 시녀는 들어온 지 얼마 되지 않았거나 혹은 얼마 못 가 집으로 돌아가게 될 사람인 것 같았다.

"괜찮으니까……."

율리아가 그녀를 달래기 위해 손을 내밀려는 그때, 보다 못한 코코가 벌떡 일어나 구겨진 초대장을 한 손으로 홱 빼앗았다.

"그거 이리 내."

"코코 시녀님!"

"넌 좀 마음을 단단히 먹어야겠다. 그렇게 약해빠져서 도대체 왕궁에서 어떻게 살아남으려고 그러니? 어휴, 답답해. 너 가서 공주님한테 이렇게 말해. 왕자궁에 갔더니 율리아 시녀가 없었다고, 그래서 코코 시녀한테 잘 전달했다고 해."

"네, 네?"

"코코 시녀가 율리아 시녀한테 전해주겠다고 했다고 하라고! 그래서 답변을 직접 듣진 못했다고. 알아들었어?"

"네…… 시녀님."

공주궁 시녀가 정신없이 고개를 끄덕였다. 코코는 정신 사나우니까 그만 돌아가라며 그녀를 내쫓았고, 율리아가 배웅하기 위해 왕자궁 입구까지 따라 나왔다.

말해줘야 하나. 코코는 당신이 걱정되어서 그런 거다. 협박이 아니라 귀여워서 놀리려고 그런 거다. 이렇게 말해주는 편이 나으려나. 율리아가 그런 고민을 하고 있을 때, 알렉사가 연무장에서 연습을 마치고 돌아왔다.

"어디 가십니까?"

"가는 게 아니라 배웅하는 거예요. 공주궁에서 오신 시녀님인데, 돌아가는 길이라서……."

율리아가 그렇게 말하던 순간이었다. 궁 밖으로 나오자마자 긴장이 풀린 공주궁 시녀가 계단을 내려가다가 발을 헛디디고 말았다.

"아악!"

그녀는 화려하고 무겁고, 긴 드레스를 입고 있었다. 구두는 굽이 높고 불편해 보였다. 발목을 삐끗하면서 중심을 잃은 그녀가 허우적거리는 사이, 옆에서 다가오던 알렉사가 한쪽 팔을 내밀어 그녀의 허리를 감싸안고 넘어지지 않도록 지탱해주었다.

"괜찮습니까?"

알렉사의 하얀 머리카락이 주르륵 흘러내렸다. 공주궁의 시녀는 알렉사에게 매달린 채 두 눈을 끔벅거렸다. 그러곤 멍한 얼굴로 중얼거렸다.

"네…… 고맙습니다."

"조심하십시오."

율리아는 재밌다는 얼굴로 그 장면을 바라보고 있었다. 공주궁 시녀는 쭈뼛거리며 알렉사의 품을 벗어나 고장 난 인형처럼 걸어서 왕자궁 정원을 벗어났다.

"어디 불편하십니까? 궁까지 모셔다 드릴까요?"

"아, 아니요! 괜찮아요."

샤트린 공주의 곁에 저렇게 귀여운 시녀가 있었나. 율리아가 터지려는 웃음을 간신히 참았다.

그 시녀가 공주궁으로 돌아가 뭐라고 보고했는지는 몰랐다. 다만 코코가 시키는 대로 말하긴 했을 거라는 생각이 들긴 했다.

하루가 지났다. 율리아는 요즘 부쩍 궁을 자주 비우는 레위시아를 위해 응접실 테이블에 앉아 제왕학에 관련된 책을 골라놓고 요점을 정리하고 있었다. 그런데 이날도 샤트린에게서 초대장이 도착했다.

"세 장이야."

이번에는 코코와 알렉사까지 모두 함께 오라는 내용의 초대장이었다.

"거절할까요?"

율리아가 어떻게 할 거냐는 얼굴로 코코를 바라보았다.

여름 햇살 아래 주홍색으로 빛나는 코코의 단발이 이리저리 흔들렸다. 옆머리는 땋아서 물망초 머리핀으로 고정하고, 작은 손엔 산호색 부채가 들려 있었다.

"계속 무시할 순 없어. 아무리 레위시아 전하가 샤트린 공주를 지지한다고 해도, 그 더러운 성격에 우리가 건방지게 구는 것까지 봐주진 않을 테니까."

"그럼 제가 혼자 갔다 올게요."

"안 돼."

"왜요?"

"셋을 모두 초대했는데 그중에서 가장 신분이 낮은 애가 혼자서 가면, 그건 상대를 무시하는 셈이 되니까. 오래된 예법이지만 공주궁의 시녀들은 알고 있을 거야."

"그럼 코코가 혼자서 다녀와요."

율리아가 대수롭지 않게 말했다. 그런 문제라면 코코가 혼자 가서 도도한 얼굴로 차나 한잔 마시고 오는 게 가장 나은 해결책이리라고 생각했다. 더는 고민할 필요도 없다는 생각에, 율리아의 시선이 다시 두꺼운 책으로 향했다.

그런데 코코가 신경질을 냈다.

"싫어."

"네? 왜요."

"난 샤트린처럼 답을 정해놓고 받아들이라며 우기는 사람하고 대화 못 해. 내가 공주를 앞에 앉혀두고 넌 어쩌면 애가 그렇게 이기적이고 못돼처먹었냐고 말해버리면 어떡해? 가뜩이나 공주님 얼굴 볼 때마다 네 뺨 때린 거 생각나서 입술이 근질거리는데!"

"입술이 왜 근질거려요."

"성질머리가 그 모양 그 꼴이니까 바실리 같은 개자식한테도 차이는 거라고 말하고 싶어서……."

"그만, 그만해요!"

깜짝 놀란 율리아가 책을 덮고 벌떡 일어나 코코에게 다가왔다.

"어디 가서 그런 말 하면 큰일 나는 거 알죠? 아니, 맞은 건 난데 왜 코코가 여태까지 그걸 가지고 이래요? 샤트린 공주님만 남부해안만큼 뒤끝이 긴 줄 알았더니, 코코가 더하면 더했지 덜하진 않네요."

"남부해안이 별거니? 난 나한테 해코지한 사람은 죽을 때까지 안 잊어."

"그래서 어떻게 하라고요."

"같이 가자."

코코가 훗 하고 웃었다.

그녀의 손에서 부채가 탁 소리를 내며 접혔다.

"어디 얼마나 좋은 조건을 준비해놓고 널 데려가려 하는지 들어나 보게."

그날 오후, 외출에서 돌아온 레위시아가 드디어 공주궁의 시녀들과 승부를 가리기로 했느냐며 하하하 웃었다. 그러곤 자신의 시녀들을 한 번씩 쳐다보더니 지고 돌아올 걱정은 안 해도 되겠다고 또 한차례 웃었다.

약속한 날이 되었다. 율리아와 코코, 알렉사는 산책하듯 걸어서 공주궁으로 향했다. 세 사람의 뒤에선 트루디와 하녀들이 간식과 선물로 가득 찬 바구니를 하나씩 들고 있었다.

"어서 오세요."

공주궁의 시녀들은 살짝 긴장한 얼굴이었다. 율리아와는 여러 번 대화를 나눈 경험이 있어서 괜찮은 편이었으나, 코코와 알렉사는 그렇지 않았다.

알렉사는 어렵고, 코코는 무서웠다.

오르테가 왕궁 역사에 후계 싸움을 하는 왕족의 시녀들이 사이좋게 지냈다는 기록은 존재하지 않는다. 지금이야 레위시아가 샤트린을 지지하고 있으니 표면적으론 한편이었지만, 언젠가 그가 샤트린의 그늘을 벗어나 홀로 서게 된다면 원수보다 못한 사이가 될 가능성이 컸다.

"다들 어서 와. 너희 요즘 얼굴 보기 어렵더라? 레위시아가 아무리 소탈한 성격이라고 해도, 왕족을 그렇게 매일 혼자 다니게 해서 되겠어?"

샤트린은 거대한 드레스 룸 한가운데에 서 있었다. 화려한 옷과 장신구, 신발 등이 조명 아래 번쩍번쩍 빛났다. 자기가 초대해놓고 비아냥거리는 게 꼴 보기 싫었던 코코가 뭐라 한마디 쏴붙이려는 찰나, 율리아가 우아하게 인사를 건넸다.

"초대해주셔서 영광입니다."

공주가 보내는 티타임 초대장은 사적인 친분을 상징했다. 율리아는 시녀였으나 신분상 평민이었기에, 공주가 뭐라 비아냥거려도 공손하게 인사하는 편이 좋았다. 코코도 그런 율리아의 처지를 생각하곤 굳었던 표정을 화사하게 풀었다.

"빈손으로 올 수 없어서 전하께서 좋아하시는 것들을 좀 챙겨 왔어요. 시녀들과 나누시죠."

"코코 시녀가 챙긴 거라면 안 봐도 마음에 들겠지."

샤트린이 깔깔 웃으며 다가왔다. 그러곤 보석으로 가득 찬 진열대 앞에 서서 코코에게 말했다.

"아무거나 가져."

"네?"

"보석 좋아한다면서? 부담 가질 거 없어. 내 시녀들은 자주 겪는 일이니까. 난 시녀야말로 왕족의 얼굴이라고 생각하거든. 특히 그게 측근 시녀라면 말할 것도 없지."

"그런데 왜 공주 전하가 저희에게……."

주려면 레위시아가 줘야지, 왜 샤트린이 나서냐는 말이었다. 샤트린이 씩 웃으며 말했다.

"너희 셋 다 내 시녀로 삼으려고."

대충이나마 화사한 미소를 머금고 있던 코코가 얼굴을 확 굳혔다. 샤트린은 그걸 보고도 여전히 웃는 얼굴이었다.

"레위시아가 나를 지지하는 이상, 너희는 결국 나를 모시게 될 거야. 당연한 일 아냐? 왕이 되지 못한 왕족은 귀족으로 남지. 너희는 결국 가문으로 돌아가거나, 왕궁 관리 시녀가 될 텐데."

"공주님."

"내 시녀가 되면 좋잖아. 지금 당장이 아니어도 상관없어. 레위시아가 혼자인 건 나도 보기 안 좋으니까."

자신감이 넘치다 못해 자만심으로 느껴지는 말이었다. 뭐라고 반박조차 못 할 만큼 강한 확신이기도 했다. 샤트린은 진심으로 다음 대의 국왕이 될 사람은 자신뿐이라고 믿었다.

➤ • ◆ • ◀

율리아는 샤트린이 알렉사에게 어울리는 드레스를 선물하겠다며 방을 돌아다니는 동안, 코코에게 다가가 그녀의 손을 꼭 잡았다.

코코가 흠칫 놀라며 율리아를 돌아보았다.

"왜."

"화내지 마세요."

"화 안 냈는데?"

"지금 욕이 튀어나오기 일보 직전이잖아요. 참아요. 한동안은 샤트 린 공주님의 기분을 맞춰줘야 해요. 알잖아요."

율리아가 코코의 귓가에 속삭였다. 그러자 코코가 짧게 숨을 마시 고, 길게 뱉었다. 차갑게 굳었던 그녀의 얼굴이 살짝 부드러워졌다.

코코는 율리아가 잡은 자신의 손을 슬쩍 내려다보고 피식 웃더니, 징그럽게 왜 이러냐며 냅다 팔짱을 꼈다.

"뭐예요. 손잡는 거 좋아하면서. 좋으면 좋다고 말해요."

"가서 알렉사 손이나 잡아줘. 저 순진한 애 혼자 두지 말고."

알렉사는 샤트린에게 이리저리 끌려다니고 있었다. 그런데 코코 의 말대로 물가에 내놓은 애처럼 걱정하기에는 지나치게 태평한 얼 굴이었다.

알렉사는 샤트린이 드레스를 하나하나 꺼내 보여줄 때마다 이런 말을 했다.

"코코한테 어울릴 것 같습니다."

"율리아한테 어울릴 것 같습니다."

샤트린은 이내 질린 얼굴이 되었다. 율리아가 워낙 철벽을 치니까 시녀가 된 지 얼마 되지 않은 알렉사를 공략할 셈이었는데, 그마저 녹 록지가 않았다. 심지어 알렉사는 샤트린이 가지고 있는 화려하고 풍 성한 디자인의 드레스와는 상극인 외모를 가지고 있어서, 뭘 가져다 가 입혀도 어울리질 않았다.

금세 질린 샤트린이 시녀들을 손짓으로 부르며 짜증을 냈다.

"보석으로 줘. 드레스는 틀렸어. 아니, 아예 디자이너를 부를까? 너 희 생각은 어때?"

"알렉사 시녀는 드레스보다 승마복이나 기사들의 정복이 어울릴 것 같아요."

"무기를 선물하는 건 어떨까요? 전하께서 검을 선사하면 약식으로나마 기사 서임도 받을 수 있을 텐데."

율리아는 샤트린의 시녀들이 공주에게 말하는 걸 귀담아들었다.

그들은 드레스 룸에서 한바탕 전쟁을 치른 후에야 정원으로 나와 본래의 초대 목적인 티타임을 갖게 되었다. 화사하게 장식된 티테이블 위에 각종 다과가 차려졌다. 시녀들이 안내하는 자리로 가서 앉으려는데, 갑자기 샤트린이 율리아를 손짓으로 불렀다.

"넌 나랑 얘기 좀 하자."

거절할 수 없었다. 율리아는 코코의 눈이 점점 가늘어지는 걸 보곤 서둘러 몸을 움직여 샤트린을 따라갔다.

샤트린이 율리아를 데려간 곳은 공주궁 안에 있는 작은 응접실이었다. 공주는 율리아에게 의자를 권하지도 않은 채 저 혼자 소파에 앉아 물었다.

"귀족이 우스워?"

"네?"

"그러고 보니 전에도 비슷한 질문을 했던 것 같네. 그때도 아니라고 하긴 했지. 어때, 율리아. 이제 우린 한편이니까 진심을 들려줘도 되잖아."

"귀족을 우습게 보다뇨. 절대 그렇지 않습니다."

"그런데 왜 거절하니. 남작가의 영애 정도면 괜찮잖아. 재산은 별로 없지만, 작위는 물려받을 수 있어. 그 정도만 해도 굉장한 거야."

"과분하다는 것도 잘 알아요."

"그런데 왜 거절하냐고. 네가 귀족을 우습게 보지 않는 이상, 거절할 이유가 없어."

샤트린은 율리아를 도저히 이해할 수 없었다. 평민이라는 신분 때문에 크리스틴에게 그렇게 착취당해왔다면, 무엇보다 귀족이 되고 싶어해야 정상일 터였다. 그것도 왕족인 공주가 직접 알아본 가문이었고, 절차는 뒤탈 없이 깨끗하게 처리될 것이었다.

"율리아 아르테, 그만 튕기고 나한테 와."

"공주님."

"네가 이루고자 하는 걸 이뤄주겠다잖아. 그렇게 귀족이 되고 싶어 했다면서. 내가 추천한 남작은 병세가 심해. 살날이 얼마 남지 않았다는 말이야. 그 집 양녀로 들어가서 어림잡아 2, 3년만 지나면 너는 아무 노력하지 않아도 남작이 될 수 있어."

"저는 귀족이 되려고 왕궁에 들어온 게 아니에요."

"그럼?"

"살고 싶어서 들어왔어요."

율리아는 샤트린에게 자신의 속내를 내보이지 않았다. 그렇다고 눈에 빤히 보이는 거짓말을 할 수도 없었다. 솔직하게 말하되, 진심은 숨겼다.

샤트린이 긴 손톱으로 테이블을 톡톡 두드리며 말했다.

"그러니까 더욱 내 밑으로 들어와야지. 레위시아는 너를 지키지 못해. 좋은 녀석이지만, 강한 왕족이 아니니까. 게다가 그 녀석은 싸우는 걸 아주 싫어한단 말이야. 우리가 어릴 때는 귀족들이 일부러 경쟁을 부추기기도 했는데, 레위시아는 그때마다 일부러 꼴찌를 도맡아서 했어."

레위시아는 착한 왕자였다. 그래서 왕이 될 수 없다. 샤트린은 그

점을 지적했다.

"나는 달라. 내 입으로 이렇게 말하는 게 우습다는 것도 알아. 하지만 아버지의 자식 중에서 왕좌에 오를만한 인물은 나밖에 없어. 내가 완벽해서 그렇다는 게 아니라, 다른 형제들이 모자라기 때문이지."

율리아도 그 점에 있어서는 샤트린의 말을 부정하지 못했다. 1왕자는 왕이 되기엔 너무 게으르고 이기적이었다. 2왕자는 떠돌이 소금 장수가 되고 싶어했다. 4왕자는 아직 어려서 글씨부터 배워야 할 판이었다.

"율리아 아르테, 내 시녀로 들어와."

샤트린과의 개인적인 대화가 끝난 뒤, 율리아가 피곤한 얼굴을 하고 정원으로 나왔다.

공주궁의 시녀들이 알렉사를 둘러싸고 이런저런 이야기를 나누고 있었다. 코코는 살짝 떨어진 의자에 앉아 차를 마시고 있었는데, 왕자궁에 초대장을 전하러 왔던 심약한 시녀가 코코를 접대하고 있었다.

레위시아가 봤다면 서운해했을지도 모르는 장면이었다. 시녀들 사이에 섞여 있는 코코와 알렉사는 마치 이곳 공주궁의 실세라도 되는 듯 당당하고 자연스러웠다.

레위시아가 아니라 샤트린이 왕이 되는 미래라면, 공주의 말대로 두 사람은 공주궁의 시녀가 되는 편이 나을지도 모른다. 물론 말한다고 들을 사람들은 아니었지만.

"이제 가요."

율리아가 계단을 내려와 코코에게 다가왔다.

"얘기 끝났니?"

"내일 다시 오라고 하셨어요."

"뭐? 왜?"

"생각할 시간을 하루 주겠다고."

코코가 다시 욕을 하려고 했다. 율리아는 이번에도 그녀의 손을 꽉 잡고 달래듯 흔들었다.

— •••• —

율리아는 알아서 잘 거절할 테니 염려하지 말라고 말했지만, 코코의 기분은 좀처럼 나아지지 않았다. 왕자궁으로 돌아온 뒤에도 뚱한 얼굴로 생각에 빠진 그녀의 곁에 알렉사가 다가와 물었다.

"율리아는 가지 않겠다고 말하는데, 왜 그렇게 화난 얼굴입니까?"

"내가?"

"네, 화난 얼굴입니다."

알렉사는 유독 코코의 감정을 잘 알아채는 편이었다. 코코의 뾰족한 말투도 대수롭지 않게 생각했다. 듣다 보면 다 맞는 말인데 말투가 무슨 상관이냐고 되묻기까지 해서, 왕자궁의 하녀들은 알렉사를 존경하는 지경에 이르렀다. 그러다 보니 코코가 신경질을 낼 때마다 알렉사를 방패로 내세웠다.

이날도 마찬가지였다. 코코의 기분이 좋지 않다는 걸 깨달은 하녀들이 알렉사를 자연스럽게 그녀에게로 이끌었다.

"설마 율리아를 공주궁으로 보낼 생각이라도 하는 건."

"알렉사."

코코가 손가락으로 이마를 짚었다. 두통이 오는 모양이었다.

"샤트린 전하는 진심이야. 율리아는 당분간 공주궁에 있는 편이 나을 수도 있어. 지금이야 마조람 후작도 정신이 없겠지만, 아카데미에서 크리스틴의 졸업 자격을 취소해버리면…… 또 율리아를 죽이려고 할 거야."

"제가 지키면 됩니다."

"실종된 여자를 생각해봐. 그 여자가 유난히 조심성 없이 굴었다고 해도, 지키는 사람이 정말 하나도 없었을까? 왕자의 아이를 가졌는데?"

"코코, 도대체 무슨 말을 하고 싶은 겁니까?"

"뭐가 더 나은지 생각하는 거야. 너희 둘 다 공주궁으로 보낸 뒤에 나 혼자 왕자궁을 지키거나."

"절대 안 됩니다."

"율리아만 보낸 뒤에 나중에 다시 데려오거나."

"안 됩니다."

"귀족으로 만들어주겠다잖아. 공주님이 제안한 그 가문…… 나도 알아봤어. 남작은 죽을 날이 얼마 남지 않았고, 자손이 없어 가문의 이름이 사라지는 걸 슬퍼하고 있대. 브레웨 훈장을 받은 왕궁 시녀가 양녀로 들어와 작위를 이어준다면 기뻐할 사람이야."

우리가 율리아를 붙잡고 늘어지는 게 그 애의 앞길을 막는 결과를 낳는 건 아닐까. 코코는 그 이야기를 하는 것이었다. 가만히 그녀의 말을 듣던 알렉사가 살짝 열린 문 쪽을 바라보며 물었다.

"전하께서는 어떻게 생각하십니까?"

레위시아가 벽에 기대서서 코코의 말을 듣고 있었다. 그는 화내지 않았다. 코코도 미안해하지 않았다. 그의 힘이 약해 율리아를 지킬 수 없어서 일어난 일이기에, 두 사람 다 그것 때문에 감정적으로 굴지는 않았다.

다만 율리아를 향한 레위시아의 마음을 알고 있는 코코가 조금 누그러진 목소리로 이렇게 말을 했다.

"다시 데려오면 돼요."

"그래."

"우리가 지금보다는 조금 더 유리해졌을 때, 그때 다시 돌아오라고 하면······."

"나도 그렇게 생각해."

레위시아가 빙그레 웃었다. 전의라곤 하나도 느껴지지 않는 그의 태도에 발끈한 코코가 뭐라 쏘붙이려는 찰나, 레위시아가 안으로 들어오며 말했다.

"코코의 말은 하나도 틀리지 않아. 율리아를 노리는 하이에나가 내궁을 멋대로 침입했던 시기에 샤트린이 이런 제안을 했다면, 난 분명 받아들였을 거야."

"전하."

"율리아를 보내면 샤트린은 또 빚지고 살 수는 없다면서 나한테 이것저것 해주려고 하겠지. 어쩌면 그 작은 호의가 나한테는 꽤 필요한 것일지도 모르고."

그래도 그럴 수는 없었다. 레위시아는 이제 그러지 않겠다고 했다.

"코코, 율리아는 우리 가족이잖아."

코코의 말문이 콱 막혔다.

"누가 가족을 그런 식으로 거래해."

지킬 것이다. 그게 왕족의 의무였다. 레위시아는 오랜 세월 동안 그의 누이이자 스승이었던 코코에게 굳은 다짐을 꺼내 보였다.

"내가 율리아 하나도 지키지 못하는 왕자라면, 왕이 아니라 왕궁 문지기조차 되면 안 되는 거지."

"진심이세요?"

코코가 물었다. 레위시아는 평소와는 다르게 장난기 하나 없는 얼굴로 그렇다고 말했다.

샤트린은 하루 동안 생각할 시간을 주겠다고 했지만 사실 율리아에게는 고민할 필요도 없는 이야기였다. 코코와 알렉사, 레위시아가 어떤 고민을 하고 있는지 알았다면 그들에게 달려가 한 번 더 안심시켜주었을 텐데, 워낙 티를 내지 않으니 알 수가 없었다.

다음 날 율리아는 오전 일과를 마치자마자 샤트린의 궁으로 향했다. 그런데 공주궁의 분위기가 이상했다. 뭔가 분주하면서 들떠 있고, 바짝 긴장한 것 같은 느낌이었다.

'손님이 있나.'

율리아는 샤트린이 기다리고 있다는 응접실로 안내되었다. 그녀를 마중 나온 건 왕자궁에 왔던 심약한 시녀였는데, 은근슬쩍 코코와 알렉사의 안부를 묻기도 했다.

"이쪽입니다."

율리아는 응접실 문을 열고 안으로 들어가자마자 걸음을 멈추었다. 샤트린 공주가 큰 소리로 웃고 있었다. 테이블 위엔 반쯤 비워진 포도주 병이 보였다.

응접실을 가득 채운 달콤한 술과 향수 냄새, 율리아의 녹색 눈이 어둡게 가라앉았다.

"오, 손님이 오셨군."

이곳에서 보게 될 줄 몰랐던 남자가 샤트린의 맞은편에 앉아 있었다.

블라이스 백작이었다.

그가 진한 눈웃음을 매달고 율리아를 응시했다. 그녀가 등장했을 때부터 한시도 눈을 떼지 않고 표정과 눈빛, 걸음걸이 하나까지 추적하듯 바라보았다.

"어서 와, 율리아."

샤트린이 손짓으로 율리아를 불러 테이블에 앉혔다.

'왜 저자가 여기에 있지?'

율리아는 블라이스 백작의 시선을 피하지 않았다. 저토록 노골적으로 자신만을 바라보는데 눈을 돌린다고 관심에서 벗어날 수 있을 것 같지도 않았다.

블라이스는 기분이 좋아 보였다. 뭐가 그렇게 즐거운지, 샤트린이 하는 말마다 과장 섞인 웃음을 흘리며 공주를 치켜세웠다. 달콤한 미소와 현란한 말솜씨로 누군가를 접대하는 건 블라이스의 특기였고, 샤트린은 아닌 척하면서도 기분이 붕 뜨는 걸 주체할 수 없었다.

"북부의 전쟁터를 돌아다니면서 가장 부러워했던 게 바로 이 남부의 공기였죠. 햇살은 뜨겁고, 바람은 시원하지 않습니까. 게다가 바이칸엔 오래전부터 내려오던 농담이 하나 있는데……."

"그게 뭐죠, 백작?"

"남녀를 불문하고 남쪽으로 내려갈수록 매력적인 사람이 많다더라는."

샤트린이 큰 소리로 웃었다. 블라이스의 입으로 그런 칭찬을 들으니 우스우면서도 기분이 나쁘지 않았다.

"내 정신 좀 봐. 율리아 널 초대해놓고 여태 내버려두고 있었네."

"괜찮습니다. 신경 쓰지 마세요. 전하."

"어떻게 그러니. 어디 보자, 그러니까……"

"전하, 제 이야기라면 다음 기회에 다시 해도 됩니다. 중요한 손님이 계시잖아요."

"그래, 그럴까."

샤트린이 만족스럽게 웃었다. 블라이스 백작이 무슨 얘긴지 자기도 알고 싶다고 넌지시 물었지만, 율리아는 공손한 태도로 입을 다물어버렸다.

티타임으로 시작해 낮술을 과음하기에 이른 그날의 모임은 샤트린이 취해 잠드는 바람에 일찌감치 끝이 났다.

블라이스 백작은 샤트린보다 훨씬 많은 양의 술을 마셨는데도 눈빛조차 흐트러지지 않았다. 어쩌다 보니 그와 함께 공주궁을 나서게 된 율리아는 자신의 머리카락에 달콤한 술 냄새와 함께 백작의 향수 냄새가 은은하게 배어 있다는 사실을 알게 되었다.

"율리아 아르테."

블라이스 백작의 목소리는 신기한 매력이 있었다. 카루스처럼 낮은 것도 아니었고, 레위시아처럼 부드럽지도 않았다. 성대가 상해 잔뜩 쉰 것 같은 느낌인데 묘하게 색정적으로 들렸다.

그가 율리아에게 다가왔다. 그러곤 고귀한 여인을 대하듯 정중한 자세로 손을 내밀었다.

"왕자궁까지 모셔다 드리지."

"괜찮습니다."

"그렇게 하게 해줘. 나는 시녀님한테 관심이 좀 있거든."

"괜찮다고 말씀드렸습니다."

율리아는 차갑고 단호하게 말했다. 그녀는 아직 블라이스 백작에 대해 다 파악하지 못했다. 그가 쓸모 있는 사람인지, 아니면 방해가 되는 사람인지 좀 더 지켜봐야 했다.

"내가 너한테 한눈에 반했다는 말이라도 해야 허락해줄 거야?"

"저는 백작께서 관심 가질만한 사람이 아니에요."

"그걸 왜 네가 정해."

블라이스가 소리를 내어 웃었다.

"보육원 출신이라며? 귀족 아가씨 대리 시험 쳐준 대가로 학비를 후원받다가 그 집 도련님이랑 사랑에 빠졌고, 처절하게 배신당한 뒤에 왕궁으로 들어왔다고?"

자신의 이야기이지만 아홉 번쯤 살게 되니 꼭 남의 이야기를 듣는 기분이었다. 율리아는 그게 뭐 어떠냐는 얼굴로 블라이스를 바라보았다.

그가 기분 좋게 웃었다.

"나도 보육원 출신이거든. 아버지가 갖다 버려놓곤 징집령이 떨어지니까 다시 주워갔지. 장남을 대신해서 전쟁터에 나가는 조건으로 사생아 딱지를 떼었는데, 우리나라가 전쟁에서 졌지 뭐야."

그래서 뭐 어쩌라는 것인가. 율리아는 블라이스가 왜 제게 이런 이야기를 늘어놓는 건지 도저히 이해할 수가 없었다.

"하하하! 그 얼굴 정말 마음에 들어. 아무튼, 그래서 패전국 포로가 되었다가…… 전향하면 목숨만은 살려주겠다는 말을 들었거든."

블라이스는 그때 조국을 배신했다. 가족도, 동료도 모두 배신했다.

"다 불었어. 내가 아는 건 전부. 그랬더니 내 아버지와 장남을 처형하더라고."

"백작님."

"이 이야기에서 네가 얻어야 할 교훈이 뭐게?"

블라이스가 얼굴을 가까이하고 물었다. 그에게서 느껴지는 짙은 사향에 율리아의 미간이 슬쩍 찌푸려졌다.

"배신당하기 전에 먼저 배신하라는 말이라도 하고 싶으신 건가요?"

"바로 그거야."

블라이스가 율리아의 손을 살짝 잡더니 자신의 팔에 얹고 걸었다. 정중하지 않았지만 무례하지도 않은 속도였다.

잠시 고민하던 율리아가 그와 함께 보폭을 맞추었다.

"그 뒤엔 알려진 대로야. 나는 데네브라 님의 눈에 띄어서 그분의 정부가 되었지. 아버지가 장남에게 물려주려던 작위는 내 것이 되었고, 나는 패전국 포로였던 과거를 청산하고 바이칸의 실세로 자리 잡아…… 내 얘기 재미없지?"

"아니요."

"거짓말하지 마. 네 얼굴에 쓰여 있어. 이게 무슨 개수작인가, 하고."

그가 어깨를 떨며 웃었다.

샤트린의 궁에서 왕자궁까지 가는 길엔 꽤 많은 사람이 지나고 있었다. 그들은 황제의 대리인이라는 블라이스 백작을 보곤 흠칫 놀라며 걸음을 멈추었다. 그러곤 옆에 있는 율리아의 얼굴을 빤히 바라보왔다.

"난 밑바닥에서부터 기어오르는 사람이 좋아. 악바리라고 할까? 그런 애들은 근성이 있어. 성공하면 누구보다 탐욕스러워지고, 실패하면 손쓸 수 없이 망가지는 것도 재밌고."

"제가 그런 사람이라고 생각하세요?"

"그럼 아니라고 생각해?"

이상한 남자였다. 율리아는 그가 자신에게 내보이는 원인 모를 호감이 흥미로웠다. 첫눈에 반했다는 말은 진심이 아니겠지만, 그의 행동을 설명하기엔 그 이상 적절한 말을 찾기 어려웠다.

"그거 알아? 친제국파인지 뭔지 하는 귀족들이 자꾸 찾아와. 나랑 친하게 지내고 싶은가 봐. 시골이라 그런가? 귀족들까지 그렇게 순진한 줄은 몰랐어."

블라이스가 율리아의 뺨에 붙은 머리카락을 손가락으로 쓸어내렸다. 그의 차가운 손가락이 뺨을 긁듯이 훑었다.

"내가 오르테가의 친구가 되면 전쟁을 피할 수 있다고 여기는 건 아니겠지. 난 행운을 물고 오는 길조가 아니라 태풍을 예고하는 흉조일 텐데."

손이 거친 남자였다. 진한 향수로도 감출 수 없는 오래된 흉터가 여기저기에서 보였다.

이 사람, 나와 닮았다.

율리아는 저도 모르게 떠오른 생각에 실소를 터뜨렸다.

15
그 반지 내 거였어요

남부 함대 출정식 날짜가 정해졌다. 그동안 카루스와의 만남을 최대한 미뤄왔던 블라이스도 더는 게으름을 부릴 수 없게 되었다.

"카루스 님을 만나러 왔습니다."

오르테가의 국왕을 무릎 꿇리고도 여유롭기 짝이 없던 블라이스의 얼굴에 처음으로 긴장감이 깃들었다. 천적, 혹은 감당할 수 없는 맹수를 만났을 때 들개가 보이는 긴장감이 그에게서 느껴졌다.

"오랜만입니다."

카루스는 블라이스가 건넨 인사에 대꾸하지 않았다. 커다란 의자에 다리를 꼬고 앉은 채 그를 말없이 바라볼 뿐이었다.

남부 함대 관저에 있는 사령관 집무실엔 창문이 많았다. 남쪽과 동쪽에 거대한 창문과 테라스가 있어, 바다가 훤히 보였다. 창문을 통해 들어오는 바닷바람에 짠 내가 섞여 있고, 조용한 밤에는 파도 소리가 요란했다.

　블라이스는 문턱을 넘지 못한 채 그 위에 서 있었다. 그가 모자를 벗어 손에 들고 카루스를 바라보자, 복도에 있던 바바슬로프가 입술로 욕을 했다. 아마도 '재수 없는 새끼'라고 한 것 같았다.

　카루스가 고갯짓으로 집무실 안쪽을 가리켰다.

　"앉지."

　"그럼 실례하겠습니다."

　반기는 사람은 아무도 없는데, 블라이스는 잘도 웃었다. 그의 얼굴에 가식적인 미소가 가득했다.

　"황비의 변견이 남부 관저엔 무슨 일이지?"

　"저는 변견이 아닙니다. 들개의 습성을 버리지 못한 사냥개죠."

　블라이스는 카루스가 그를 개라고 지칭해도 전혀 기분 나빠하지 않았다. 오히려 자신을 들개라고 부르며 그의 말에 일부 동조하기까지 했다.

　"용건만 말하고 돌아가."

　카루스는 블라이스와 길게 대화할 생각이 없었다. 정확한 시기는 알 수 없지만, 그는 언젠가 데네브라 황비와 적대하게 될 것이다. 그때도 블라이스가 데네브라의 충견 노릇을 하고 있다면 가장 먼저 그를 없애야만 한다.

　카루스의 경고에도 블라이스는 아랑곳하지 않았다.

　"황비께서 무척 그리워하십니다. 그분이 생각보다 여린 사람이라는 거, 카루스 님은 아실 텐데."

　"헛소리하려거든 꺼져."

　"폐하께서 카루스 님을 남부 함대의 신임 제독으로 임명하자마자 황비께서 어떤 반응을 보이셨는지…… 궁금하지 않으십니까?"

궁금하지 않았다. 카루스는 지긋지긋하다는 얼굴로 블라이스에게서 시선을 거뒀다. 하지만 블라이스는 카루스의 무관심에도 아랑곳하지 않고 꿋꿋하게 데네브라의 소식을 전했다.

"머리카락을 염색중이셨죠. 워낙 감정 기복이 심한 분이라, 시중인들이 자꾸 죽어나가서요. 그래서 제가 직접 염색약을 발라드렸는데……."

데네브라 황비는 원래 잘 익은 밀밭처럼 밝은 금발이었다. 한데 그녀가 카루스 란케아에게 집착하게 된 이후부터는 언제나 그처럼 새카만 색으로 염색을 하곤 했다.

"당신이 남부에서 한동안 돌아오지 못할 거란 소식을 들으셨죠."

데네브라는 미친 여자였다. 그녀는 황제의 아내이면서도, 때와 장소를 가리지 않고 카루스를 향한 소유욕을 드러내는 사람이었다.

"그날 데네브라 님의 침실에 멀쩡한 거라곤 본인 하나뿐이었어요."

나머지는 다 때려 부쉈다는 말이었다.

처음엔 평범한 사랑 고백이었다. 하지만 아름다운 데네브라도 카루스의 철벽을 무너뜨릴 수는 없었다. 사랑은 집착이 되고, 이내 미움으로 변했다. 그리고 미움은 더 심한 집착이 되어 그를 파괴하고 싶어하는 지경에 이르렀다.

카루스가 문을 가리켰다.

"황비 얘기를 하러 온 거라면 돌아가라. 블라이스, 네가 폐하의 사절이 아니었다면 만날 일도 없었을 거야."

"알고 있습니다. 잘난 무혈 제독은 천박한 정부와는 말조차 섞기 싫어하시니."

블라이스의 말투가 꺼끌꺼끌했다.

항상 이랬다. 카루스를 대할 때마다 블라이스는 지독한 열등감에 시달렸다.

카루스 란케아는 뭐든 다 가진 남자였다. 바이칸 제국을 다 뒤져도 그처럼 완벽한 남자는 찾기 힘들었다. 북부의 얼음에 밤의 어둠을 새겨 넣은 것 같은 아름다운 외모에 목소리는 낮고 깊은 울림을 가지고 있었다. 무혈 제독이자 황제의 두 번째 기사라는 대단한 업적을 저토록 젊은 나이에 이루었으며, 출신과 인품까지 흠잡을 데가 없었다.

사생아로 태어나 몸으로 황비를 유혹해 출세한 블라이스와는 정반대의 길을 걸어온 남자.

"그거 아십니까?"

그래서 카루스를 만날 때면 참을 수 없을 만큼 충동적인 마음이 치솟았다. 고요한 호수만 보면 돌을 던지고 싶어서 안달하는 악동처럼, 곱게 쌓인 눈 위에 가장 먼저 발자국을 남기고 싶은 그런 마음.

"제가 오르테가로 오는 길에 이걸 주웠는데."

블라이스는 그래서 황비를 가장 가까이에서 이해하는 사람이기도 했다.

"주인을 찾아주려고 합니다."

그가 손을 내밀어 카루스의 눈앞에 들이밀었다. 흉할 정도로 거칠고 상처투성이인 손에 반지가 하나 끼워져 있었다. 여자 반지였다. 반지는 블라이스의 새끼손가락에 겨우 들어갈 정도로 크기가 작았다. 그건 보석에 관심 없는 카루스의 눈에도 꽤 값비싸 보였는데, 보면 볼수록 왠지 낯익은 느낌이 들었다.

저걸 어디서 봤을까. 눈살을 찌푸리는 카루스에게 블라이스가 씩 웃으며 말했다.

"이른 봄이었을 겁니다. 웬 가난한 약초꾼이 저한테 이걸 팔지 뭡니까."

카루스의 얼굴이 차갑게 굳었다.

"그래서 얼른 샀죠. 돈을 준 뒤엔 다 죽여버렸지만."

두 사람 사이에 날카로운 긴장감이 흘렀다. 착 가라앉아 있던 살기가 터질 듯 부풀어 올랐다. 카루스의 시선에 여과 없이 노출된 블라이스의 팔뚝에선 솜털이 부르르 몸을 일으켰다.

카루스가 느릿하게 말했다.

"가난한 약초꾼이 팔만한 반지는 아니로군."

블라이스는 일부러 웃었다. 카루스가 여기서 자신을 해코지하지 않을 거라는 확신이 있어서였다. 그는 황제의 대리인 자격으로 오르테가에 온 사절이었기에, 그 지위가 유지되는 한 카루스는 그를 죽일 수 없었다.

"티타니아 산맥, 작은 산골 마을에서 만난 약초꾼이었죠. 어떤 여자한테 샛길을 안내해주는 조건으로 받았다던데."

카루스가 눈동자를 스르륵 움직여 블라이스의 손에서 그의 얼굴로 시선을 옮겼다.

카루스의 검은 눈동자엔 아무것도 담겨 있지 않았다. 분노, 살의, 성가심, 그 어느 것도 보이지 않았다. 텅 빈 어둠인지, 가득 찬 어둠인지 그걸 알 길이 없었다.

저 빌어먹을 검은 눈. 블라이스는 카루스의 눈이 싫었다. 도저히 마음을 읽을 수가 없어서였다. 보면 볼수록 숨이 막혀 목이 졸리는 것 같은 기분만 들었다.

"블라이스 백작."

카루스가 입을 열었다. 얼핏 지긋지긋하다는 투로 느껴지는 단조로운 어조에 블라이스가 반지 낀 손을 꽉 말아쥐었다.

"잘 들어라. 나와 부하들은 폐하의 밀명을 받아 산맥을 넘던 중에 습격을 받을 뻔했다."

"저런, 그러셨습니까?"

"두 차례의 기습을 준비하고 있더군. 정찰병을 미리 보내놓지 않았다면 우린 거기서 다 죽었겠지."

카루스가 읊조리듯 말했다. 율리아가 알려줬다는 말은 당연히 하지 않았다. 습격을 명령한 자는 데네브라 황비, 습격을 계획한 건 블라이스일 터였다. 카루스는 그 사실을 한시도 잊지 않았다.

"누가 그랬는지도 알고 있다."

블라이스가 웃음을 멈추었다. 카루스는 블라이스를 향한 시선을 거두지 않고 있었다. 말은 하지 않았지만 둘 다 같은 생각이었다.

"나는 나를 공격하는 자를 살려두지 않아."

너를 죽이겠다. 카루스의 말은 그런 뜻이었다.

도발은 먹혔다. 데네브라 황비는 카루스 란케아의 마음을 얻을 수 없다면 몸이라도 가지고 싶어하는 사람이었고, 몸마저 가질 수 없다면 그를 파괴해 미움을 받겠다고 했다. 블라이스는 황비의 노예였기에, 그녀가 원하는 대로 카루스의 분노를 자극했다.

용건을 마친 블라이스가 의자에서 몸을 일으켰다.

"출정식 기대하겠습니다."

만나서 반가웠다거나 이만 돌아가겠다는 인사는 할 필요 없었다. 블라이스는 그대로 몸을 돌려 집무실을 빠져나갔고, 카루스는 그를 불러 세우지 않았다.

　카루스는 창가에 서서 관저를 빠져나가는 블라이스의 뒷모습을 노려보았다. 바바슬로프가 안으로 들어와 그에게 물었다.

"저 자식은 언제 죽일 수 있는 겁니까?"

"언젠가."

"작년에도, 재작년에도 그렇게 말씀하셨습니다. 설마 이대로 내버려두실 생각은 아니죠? 기사단 선배들이 언젠가 블라이스 자식 처리하는 놈한테 몰아준다고 돈 모으고 있는 거 아십니까?"

"얼마나 모았는데?"

"잘 훈련된 군마 한 필 정도는 된다던데요?"

"너는 안 걸었어?"

"제가 돈이 어디 있습니까! 저는 저 자식 죽이고 그 돈 받을 겁니다. 전쟁 때문에 군마 값이 미쳤단 말이에요."

　바바슬로프가 펄쩍 뛰었다. 할 수만 있다면 블라이스를 네 번 접어서 땅에 묻고 싶은데, 좀처럼 기회가 찾아오지 않는다고 투덜거렸다.

"바바슬로프."

"뭡니까, 또."

"놈이 율리아의 반지를 가지고 있어. 약초꾼을 찾아낸 모양이다."

"뭐라고요?!"

　바바슬로프는 당장이라도 블라이스를 죽이러 가거나 율리아를 데려와 그녀를 보호해야 한다고 외쳤다. 카루스도 할 수만 있다면 그렇게 하고 싶었다.

"아직 그게 율리아의 반지라는 건 몰라. 주인을 찾겠다고 했으니

머지않아 알게 되겠지."

문제는 주인을 찾아서 뭘 어쩌겠다는 건지 모르겠다는 것이다. 반지의 주인이 율리아라고 해서 블라이스가 그녀에게 해코지할 것 같지도 않았다. 습격이 실패했다는 이유로 율리아에게 보복을 가하면 그가 습격의 배후라는 걸 증명하는 셈이 되니까.

일단 그녀에게 말해두는 편이 좋을 것 같다. 카루스가 바바슬로프에게 맥스웰을 불러오라고 말했다.

—•••—

율리아를 데려가려는 샤트린의 구애가 나날이 적나라해지는 가운데, 1왕자에게 새로운 연인이 생겼다는 소식이 들렸다.

크리스틴과는 약혼을 한 것도 아니고 안 한 것도 아닌 상태에서 전연인은 실종되었는데 새 연인이라니. 그 소식을 들은 코코가 식사하는 내내 하도 원색적인 욕을 하는 바람에 체한 알렉사가 소화제를 찾아 먹었다.

국왕에게 상인연합 대표 임명권을 빼앗긴 마조람 후작은 1왕자에게 크리스틴과의 약혼은 아직 유효하다며, 복잡한 절차는 생략하고 곧바로 결혼식을 올리는 게 어떻냐는 전갈을 보냈다. 물론 1왕자는 크리스틴이 치 떨리게 싫었기에 전갈에 답장도 하지 않고 보란 듯이 새 연인의 손을 잡고 사교계에 드나들었다.

마조람 후작은 국왕과 왕비에게 정식으로 항의했다. 1왕자의 일탈이 도가 지나치다는 것이었다.

"왕께서 1왕자 전하를 불러서 크게 야단치셨대요. 왕좌에 앉겠다는 놈이 그렇게 철이 없어서 되겠느냐며……."

트루디의 입에서 온갖 이야기가 쏟아져 나왔다.

"새 연인이라는 여자는 이번에 1왕자궁에 새로 들어온 시녀인데, 마조람 후작에게 땅을 빼앗긴 적이 있는 귀족의 딸이라고 해요. 어찌나 대놓고 왕자 전하를 유혹하는지, 시녀님들한테 미운털이 콱 박힌 것 같더라고요."

"어차피 오래 못 갈 거야."

율리아는 1왕자에게 이제 별 관심이 없었다. 그는 마조람 후작의 전폭적인 지원이 있었기에 후계자로 떠받들어진 자에 불과했다.

국왕과 후작은 반목하기 시작했고, 크리스틴과 1왕자에게는 해소할 수 없는 앙금이 남았다. 그가 움켜쥐고 있던 권력은 곧 손가락 사이로 술술 빠져나갈 것이다.

1왕자의 몰락은 샤트린에게는 절호의 기회였다.

율리아는 공주가 이 기회를 잘 이용해 1왕자의 자리를 빼앗을지도 모른다고 생각했다.

"시녀님, 마차가 왔어요."

율리아가 외출하기 위해 의자에서 몸을 일으켰다. 트루디가 재빨리 다가와 모자와 부채를 내밀었다. 율리아는 모자만 건네받고 부채는 넣어두라고 말했다.

밖으로 나가니 맥스웰이 마차 앞에 서서 그녀를 기다리고 있었다. 넉살 좋은 웃음을 흘리며 경비병들과 잡담을 나누던 그가 율리아를 보곤 정중하게 손을 내밀었다.

"안녕하십니까, 율리아 시녀님. 후원자님께서 기다리고 계십니다. 가실까요?"

"오늘은 무슨 일이에요?"

"마차에서 말씀드리죠."

맥스웰이 눈짓으로 마차를 가리켰다. 율리아가 눈을 깜박이더니 살짝 미소 지으며 마차 문을 열었다. 그러곤 그와 함께 서둘러 안으로 들어갔다.

마차 안에 카루스가 있었다.

"또 직접 오셨어요?"

카루스가 뭐라고 대답하려는 찰나, 맥스웰이 잽싸게 끼어들었다.

"아, 그건 제가 말씀드리겠습니다. 처음엔 바바슬로프가 저한테 와서 율리아 시녀님을 모셔오라고 했거든요? 그래서 알았다고, 언제 가야 좋겠냐고 물었더니……."

"맥스웰."

"갑자기 카루스 님이 나타나서는 지금 당장 가자는 겁니다. 저도 처리해야 할 일과가 있고, 부하들 보고도 받아야 하고, 가끔은 쉬고 싶기도 하거든요? 그런데 어떻게 된 게 저 양반은……."

"맥스웰."

맥스웰을 부르는 카루스의 목소리가 갈수록 낮아졌다. 카루스는 화내고 있지 않았지만, 맥스웰이 그를 곁눈질하는 횟수가 점점 늘어나더니 결국엔 두 손을 슬쩍 들고 항복하는 자세를 취했다.

"말씀 나누세요. 저는 찌그러져 있죠."

마차가 출발했다. 왕궁을 빠져나가는 동안에는 주로 일상적인 대화를 나누었다. 카루스는 출정식 날짜가 정해졌다는 이야기를 했고, 율리아는 왕궁에 퍼진 소문과 샤트린의 구애에 대해 말했다.

카루스가 물었다.

"샤트린 공주를 선택하지 않는 이유는 뭐지? 공주도 마조람 후작에게 원한이 생겼으니까 이제는 좀 더 강한 왕족의 궁으로 자리를 옮겨도 되잖아."

"원한의 깊이가 달라요."

"원한이라. 레위시아 2왕자가 왕좌에 오르기 위해 마조람을 용서하고 널 배신할 가능성은?"

"지금으로선 생각해본 적도 없어요. 제가 왕자님이라면 마조람 후작과는 같은 하늘 아래에서 숨 쉬는 것조차 싫을 것 같거든요."

"그 원한이라는 게 단순히 어머니를 애첩으로 만들었기 때문이라면……."

부족하지 않나. 카루스는 이해할 수 없었다. 불행한 일이긴 했지만, 그것도 결국은 레위시아의 어미가 선택한 삶이 아닌가. 그녀에겐 왕과 헤어지고 독립적으로 살아가는 선택지도 분명히 있었을 텐데.

"복잡한 사정이 있어요."

율리아는 레위시아의 외로웠던 성장기에 대해 말하지 않았다. 카루스도 더는 말을 보태지 않았다. 대신에 율리아를 만나고자 했던 이유를 떠올렸다.

"율리아, 블라이스 백작이 네가 버린 반지를 갖고 있어."

"네?"

"우리가 산맥에서 습격을 어떻게 피할 수 있었는지, 그 원인을 조사했던 모양이다. 약초꾼들이 하필이면 블라이스 백작에게 그 반지를 금화로 바꿔달라고 했다더군."

"왜 실패했는지 정말 알고 싶었나 봐요."

대단한 집착이었다. 블라이스 백작이 실패의 원인을 찾기 위해 산맥을 이 잡듯이 뒤지지 않았다면 그 작은 마을의 약초꾼을 찾아내진 못했을 것이다.

"놈이 반지의 주인을 찾겠다고 했어."

"카루스 님."

"율리아, 블라이스 백작을 조심해."

조심하라기엔 조금 늦은 것 같다. 율리아는 고개를 끄덕이면서 그런 생각을 했다. 블라이스 백작은 이미 그녀를 만났고, 첫눈에 반했다는 헛소리까지 지껄여 가며 관심을 보였다.

"그는 어떤 사람인가요?"

율리아가 물었다.

그녀는 블라이스 백작에 대해 많은 걸 알지 못했다. 데네브라 황비의 측근인 그는 언제나 카루스 손에 처리되었으니까.

카루스가 맥스웰을 바라보았다. 그때까지 마차 구석에 찌그러져서 두 사람의 대화를 듣기만 하던 맥스웰이 꼭 이럴 때만 자길 찾는다고 구시렁거렸다.

"변태입니다."

"네?"

"무서운 게 없는 놈이고, 하루살이 같은 놈이에요. 카루스 님을 그런 식으로 도발하는 놈은 저 넓은 바이칸에도 오직 그놈 하나뿐입니다. 왜 그런지는 모르겠는데, 카루스 님의 관심을 원하는 것 같다는 느낌도 종종 받았죠."

"그런 점이 변태 같다는 거예요?"

"데네브라 황비 같은 절정의 변태와 잘 어울리는 걸 보면…… 사실 다른 말로 표현하는 것도 이상합니다."

알쏭달쏭했다. 율리아가 미간을 찌푸리며 생각에 잠기자, 카루스가 맥스웰을 노려보며 말했다.

"객관적인 정보를 줘. 도대체 무슨 헛소리를 늘어놓는 거냐."

"객관적인 정보는 다 알고 계실 거잖아요! 우리 시녀님 기억력이 보통입니까? 오르테가 왕궁 인간들이 바보가 아닌 다음에야 황제의 사절을 조사하지 않았을 리도 없고."

그러니까 자신은 객관적인 정보가 아니라 주관적인 의견을 전달하는 거라고, 맥스웰이 억울해했다.

율리아가 고개를 끄덕이고 말했다.

"블라이스 백작은 지금 왕궁 내에서 무법자와도 같아요. 그를 통제할 수 있는 사람이 없거든요."

"국왕의 무릎을 꿇려버렸으니, 누가 뭘 어떻게 하겠습니까."

"왕궁을 제한 없이 돌아다니고, 아무나하고 술을 마신다고 들었어요. 제가 알고 싶은 건 그의 목적이에요. 도무지 원하는 게 뭔지 구체적으로 보이지 않아요."

"전쟁이겠죠. 그 자식은 원래 그런 거 전문이에요."

"그러니까 어떤 방법으로 전쟁을 일으키려는 건지, 그걸 모르겠어요."

가능하다면 막아야 한다. 율리아가 그렇게 말하자, 카루스가 그녀의 말에 동의했다.

카루스를 만나고 왕궁으로 돌아온 율리아는 자신의 방이 낯선 향기로 가득하다는 것을 알게 되었다. 달콤하고 끈적끈적한 향이었다. 평소 향수를 즐겨 쓰지 않는 율리아는 트루디의 짓인가 싶어 주위를 둘러보았다.

탁자 위에 커다란 과일 바구니가 보였다. 그곳엔 탐스러운 장미와 함께 잘 익은 복숭아가 한가득 들어 있었다. 장미 특유의 진한 향기에 복숭아 냄새까지 더해지니, 어지러울 만큼 향기로웠다.

카드나 편지는 들어 있지 않았다. 누가 보낸 건지도 알 수 없었다. 샤트린 공주가 보냈다고 하기엔 너무 소박했고, 선물의 의도조차 알 수가 없었다.

"트루디."

바구니를 이리저리 살펴보던 율리아가 트루디를 불러들였다. 그러곤 냉랭하게 물었다.

"이거 누가 가져온 거야?"

"시녀님! 언제 돌아오셨어요? 안 그래도 말씀드리려고 했는데…… 그거 귀빈궁 시종이 가져온 거예요."

"귀빈궁?"

"네! 제국에서 오셨다던 그 백작님 있잖아요. 그분이 시녀님께 갖다 드리라고 했대요."

율리아의 눈이 가늘어졌다. 블라이스 백작이 복숭아와 장미를 보내다니, 하나부터 열까지 수상했다.

"이게 다야? 돈이나 보석은 없었어?"

"네, 그런 건…… 없었는데……."

트루디가 괜히 죄지은 표정으로 어깨를 움츠렸다. 트루디의 눈에 비친 율리아는 무섭고 계산적인 사람이었기에, 금화가 가득 들어 있는 상자나 값비싼 보석이 아니라 싸구려 복숭아 따위나 보내는 백작에게 화를 내는 것처럼 보였다.

블라이스의 의도가 읽히지 않아 답답해진 율리아가 팔짱을 낀 채 장미꽃을 노려보았다.

"이상한데."

"그냥 이 말만 전해달라고 했어요."

"무슨 말?"

"같이 식사하자고…… 경치 좋은 바닷가에서 식사하자고요."

"식사?"

율리아의 눈썹이 하늘 높은 줄 모르고 치솟았다. 그녀의 얼굴은 꼭 잔뜩 화가 난 코코를 떠올리게 했다.

율리아는 트루디가 겁먹은 얼굴로 진짜 그게 다라고 몇 번이나 말한 후에야 바구니에서 시선을 떼었다. 아무래도 직접 확인해야 할 것 같다. 카루스와 맥스웰이 알려 준 정보로는 블라이스의 기행을 설명할 수 없었다. 그가 자신에게 보이는 관심은 단순한 흥미가 아니었다.

"트루디."

"네, 시녀님!"

"귀빈궁에 다녀와. 내일 저녁, 율리아 시녀가 블라이스 백작을 초대한다고. 장소는 여기."

율리아가 아무 무늬 없는 카드에 장소와 시간을 적었다. 트루디는 그걸 두 손으로 받아들고 세차게 고개를 끄덕이더니, 귀빈궁을 향해 내달리기 시작했다.

세상엔 직접 부딪치지 않으면 알 수 없는 것들이 많다. 율리아는 오르테가에서 지금까지 일어난 일들과 앞으로 일어날 거의 모든 일을 알고 있었으나, 블라이스 백작은 그 안에 속하지 않았다.

그는 변수였다. 변수를 처리하는 방법은 두 가지였다.

없애거나, 통제하면 된다.

　다음 날 저녁이 되었다. 율리아는 얇은 여름용 드레스를 입고, 모자 대신 양산을 들었다. 그러곤 미리 대기시켜 둔 마차를 타고 약속 장소로 나갔다.

　율리아가 예약한 곳은 오르테가에서도 백사장이 아름다운 것으로 유명한 한 해변의 고급 식당이었다.

　새하얀 테라스에 푸른 커튼이 휘날렸다. 약속 시각보다 조금 일찍 도착한 율리아는 직원의 안내를 받으며 바다가 보이는 테라스로 올라갔다. 그런데 블라이스 백작이 먼저 도착해서 그녀를 기다리고 있었다.

　"어서 와."

　그가 자리에서 벌떡 일어나 율리아에게 다가왔다.

　신기한 남자였다. 눈빛은 끈적거리고 목소리는 색정적인데, 태도는 흠잡을 데 없이 정중했다. 율리아의 손가락 끝을 잡고 입술이 닿지 않게끔 손등에 키스한 그가 그녀를 테이블로 이끌었다.

　"제게 무슨 용건인지 궁금해요."

　"와, 앉기도 전에 거절당한 기분인데."

　블라이스가 덧니를 드러내며 웃었다. 전채 요리를 나르던 종업원이 그를 힐끔거리다 얼굴을 확 붉혔다. 율리아는 블라이스가 객관적으로 매력적인 남자라는 사실을 다시금 깨달았다. 제대로 마주하니 그에게서 느껴지던 음흉한 기운도 적당히 봐줄만했다.

　그래, 악당이 담백한 것도 재미없지. 그렇게 생각한 율리아가 그가 내민 술을 거절하며 유리잔을 한쪽으로 밀어버렸다.

"내가 권하는 건 다 거절할 생각인가 봐."

"그럴 거였으면 백작님을 식사에 초대하지도 않았겠죠."

"나한테 원하는 게 있어?"

블라이스는 즐거워 보였다. 눈꼬리를 실룩이며 진하게 눈웃음 짓던 그가 율리아를 향해 몸을 기울였다. 또 같은 향기였다. 그에게서 짙은 사향이 흘러나왔다. 외부 테라스에 바닷가라 바람이 제법 부는데도 그의 향기는 무시할 수 없을 만큼 율리아의 후각을 자극했다.

"향수를 좋아하시나 봐요."

율리아가 자연스럽게 물었다. 향수를 쓰는 남자는 많지만 블라이스는 조금 특별했다. 그가 쓰는 건 성적인 의미의 향수였다. 황비의 정부라는 걸 굳이 냄새로 드러낼 필요까진 없을 텐데, 이 또한 의도적인 선택일 것이다.

블라이스가 율리아에게 물었다.

"복숭아는 맛있었어?"

"그건 왜 보내신 거예요?"

"바이칸 황실에서 최고로 치는 게 오르테가의 과일이라서. 그중에서도 복숭아, 포도, 석류, 무화과."

블라이스가 테이블 위에 놓인 나이프를 잡았다. 단단한 과일을 자르기 위한 것인지 날이 날카로웠다. 그는 식사하기 위한 자세가 아니라, 꼭 사람을 죽일 것 같은 느낌으로 나이프를 잡고 만지작거렸다.

전채 요리가 다 차려졌는데도 두 사람 다 음식을 입에 대지 않았다. 율리아는 그가 하는 말을 놓치지 않으려 주의 깊게 귀를 기울였다.

"내가 쓰는 건 아주 평범한 향수야."

블라이스가 웃으며 말했다.

"남자건 여자건, 아무나 쓰는 거지. 구하기도 쉽고. 바이칸의 귀족들은 싸구려라고 취급도 하지 않는, 그런 거야."

"왜 그런 걸 쓰세요?"

"내가 뿌리면 냄새가 달라진다고 해서."

들어본 적 있었다. 체온이 높고 체취가 강한 사람 중에 그런 사람이 있다고 했다. 같은 향수를 뿌려도 냄새가 확 다르게 느껴지는. 블라이스는 자신이 그런 경우라고 말했다.

"재밌잖아. 아무나 뿌리는 싸구려 향수인데, 나만 유독 다른 냄새가 난다는 게."

이해할 수 있을 것 같았다. 취향은 아니었으나, 그에게서 느껴지는 사향이 크게 불쾌하지도 않았다.

두 사람이 전채 요리를 먹으려 하지 않자, 종업원이 다른 요리를 가져와 테이블에 늘어놓았다. 잘 구운 해산물과 과일, 각종 치즈와 샐러드가 놓였다.

율리아가 다시 물었다.

"저를 만나려고 하신 이유는요?"

"그냥 같이 밥을 먹고 싶었을 뿐이야. 누군가와 친하게 지내려면 제일 먼저 해야 하는 일이니까."

"저는 백작님과 친하게 지낼 마음이 없어요."

율리아가 차갑게 거절하자, 그가 제법 다정한 척 물었다.

"내 나쁜 소문 때문이라면…… 해명할 기회를 줄래?"

"제게 왜 이러시는 건지 모르겠어요."

"너는 오르테가에서 내가 만난 유일한 동류이니까."

웃음이 났다. 동류라니. 닮았다고 생각하긴 했지만 블라이스와 자신은 근본부터 달랐다. 그는 출세를 위해 짐승이 되길 자처했고, 율리아는 복수를 위해 자기 자신을 파괴했다.

"착각하지 마세요."

"율리아."

"당신과 내가 동류라면 이 세상에 동류가 아닌 사람은 하나도 없을걸요."

"그렇게 생각해?"

블라이스가 웃으며 되물었다.

"데네브라 님의 수족인 나는 그분의 손으로 원하는 걸 쟁취했지. 레위시아 왕자의 수족인 너는 그의 손으로 원하는 걸 쟁취하려 하고."

"그건……."

"아니라고 말할 셈이야? 내가 레위시아 왕자와 처음 마주쳤을 때, 네가 그의 그림자에 숨어서 넌지시 건넨 말이 뭔지 맞혀볼까?"

"제가 뭐라고 했는데요?"

"'도발에 응하지 마세요.'"

"귀가 밝으시네요."

"레위시아는 아무 힘없는 애첩의 아들이잖아. 네가 그를 조종해서 얻으려는 게 뭔지 물어도 될까. 진짜 궁금해서 그래. 마조람 후작의 아들은 널 배신한 대가를 치렀고, 후작의 딸도 널 이용한 대가를 치렀던데."

그럼 복수는 이제 끝난 거 아닌가. 도대체 그 힘없는 왕자를 등에 업고 평민 시녀가 할 수 있는 일이 뭐가 있다고.

"설마 왕좌라도 노리려고?"

블라이스의 목소리에 웃음기가 묻어났다.

집요한 남자였다. 율리아는 탐색당하고 있었다. 본능적으로 느껴졌다. 그는 율리아의 마음을 떠보고, 머릿속을 그려 보고, 그녀의 말과 행동을 관찰하고 있었다. 율리아가 어떤 사람인지 알아보려는 것이다. 그녀의 영혼이 어떤 색인지, 심장은 따스한지, 사냥감인지 사냥꾼인지.

재미있었다. 이런 식으로 자신을 관찰하는 상대를 오랜만에 만나서 그런 것 같았다. 그래, 인정할 건 인정해야 한다. 블라이스가 율리아를 탐색하는 방식은 그녀가 타인을 관찰하는 방식과 많이 닮았다.

블라이스는 변수였다. 그는 율리아가 예측할 수 없는 상대였고, 그런 의미에서 눈여겨볼 가치가 있었다.

"무슨 생각을 그렇게 해?"

"백작님에 대해서."

"설레는 대답이네."

블라이스의 유치한 도발은 율리아를 유쾌하게 했다. 복숭아와 장미라니. 그건 순진했던 첫 번째의 율리아에게도 먹히지 않는 방식이었을 텐데.

율리아가 물었다.

"제가 어떤 반응을 보였으면 좋겠어요?"

블라이스는 의뭉스러운 웃음을 머금고 있었다. 그가 씩 웃을 때마다 창백한 얼굴에 볼우물이 깊게 파였다.

"기뻐해도 좋고, 화내도 좋아. 그런데 넌 너무 담담하네."

"놀랍지 않으니까요."

"나 같은 사람이 많았나 봐?"

"제 뒷조사를 성실하게 하신 모양인데, 그럼 잘 아시겠네요."

"알다마다. 샤트린 공주가 저택과 금화, 작위까지 제시하면서 데려가려 애쓰는 시녀라면서. 난공불락의 마조람에 깊은 상처를 새긴 최초의 평민이라지."

율리아는 대꾸하지 않았다. 그냥 재밌다는 얼굴로 블라이스를 바라볼 뿐이었다.

"날 왜 그렇게 경계하는 거야. 제국에서 온 젊은 백작이 바닷가 왕국의 평민 시녀를 보자마자 사랑에 빠질 수도 있는 거 아닌가? 흔한 얘기잖아. 넌 이렇게 아름답고, 난 아주 쉽게 사랑에 빠지는 남자거든."

이 남자가 사랑이 뭔지 알기나 할까. 율리아는 속으로 그런 생각을 했다. 블라이스는 변덕스럽고 충동적인 것처럼 보였지만, 그녀의 눈에는 누구보다 계산적이고 치밀한 남자였다.

카루스는 율리아에게 블라이스 백작을 조심하라고 말했다.

그런데 별로 그러고 싶지가 않았다. 율리아는 그와 싸우게 되더라도 지지 않을 자신이 있었다. 예측할 수 없는 상대라 해도 괜찮았다. 겁먹고 피해 다닐 거였으면 이런 식으로 삶을 반복하지도 않았다.

카루스는 또 화를 내겠지만, 어차피 이 또한 새로운 시도일 뿐이니까. 율리아는 과감해지기로 했다.

블라이스는 완벽주의자였다. 사냥꾼이면서 책략가이기도 했다. 충동적인 바람둥이를 연기하며 율리아를 자신의 영역으로 끌어당겨 반응을 관찰했다.

율리아는 그의 덫에 걸려들지 않았다.

블라이스는 모르겠지만, 그의 방식은 율리아가 즐겨 쓰는 수법이기도 했다. 그녀는 어떤 사람을 탐색할 때, 일부러 상대방이 싫어하는 말이나 행동을 하곤 했다. 그러면 당황한 상대의 가면을 쉽게 벗길 수 있었다.

블라이스가 나이프를 들고 두툼한 스테이크를 잘랐다. 그가 손을 움직일 때마다 스테이크에서 붉은 핏물이 배어 나왔다.

입에 침이 고였다.

"난 사람을 잘 보는 편이거든. 특히 너처럼 눈빛이 흉흉한 여자라면 절대 못 알아볼 수가 없어. 살기 위해 왕궁에 들어왔다고? 거짓말. 살고 싶었으면 멀리 도망을 쳤어야지."

아무것도 모르면서.

"어때, 나 정도면 나쁘지 않은 선택지가 아닌가? 잠깐 즐기는 것 정도는 괜찮잖아. 밤바다에서 물놀이도 하고…… 모래사장에서 뒹구는 것 정도는."

스테이크를 다 자른 블라이스가 율리아의 접시에 고기를 덜어주었다. 그러곤 나이프를 내려놓고 그녀에게 조금 더 가까이 다가왔다. 그가 손가락으로 율리아의 손등을 살살 간질였다. 강아지풀로 간질이는 것 같은 섬세한 유혹이었다.

이것도 도발이라고 하는 건가.

율리아가 그를 똑바로 바라보았다. 짙은 녹색 눈이 위험하게 일렁였다. 그 깊이를 알 수 없는 녹음에 사로잡힌 블라이스가 그녀를 멍하니 바라볼 때였다.

율리아가 툭 말했다.

"그 반지 내 거였어요."

"……뭐?"

블라이스가 당황해 손가락을 움츠렸다. 율리아는 시선을 천천히 내려 그가 새끼손가락에 끼고 있는 반지를 쳐다보았다.

"그 반지."

그리고 다시 고개를 들어 그를 응시했다.

"내 거였다고요."

＜ ◆ ◆ ◆ ＞

'날 도발하다니.'

블라이스는 율리아의 도발에 크게 흔들렸다. 인정하기 싫어도 어쩔 수 없었다.

그의 눈앞에 율리아 아르테의 모습이 아지랑이처럼 나타났다. 모습은 희미한데 눈빛이 선명했다. 그를 저울에 올려놓고 가치를 재는, 그 가차 없는 시선이 잊히지 않았다.

율리아가 이 반지의 주인이라니.

약초꾼들은 죽기 전에 블라이스에게 많은 걸 털어놓았다. 그들은 카루스와 그의 부하들이 눈보라 치는 산 위에서 다 죽어가는 여자를 발견했고, 아침에 출발하려던 일정을 뒤엎고 자정에 짐을 꾸렸다고 말했다. 그러곤 여자가 시키는 대로 위험한 샛길로 방향을 잡았다고.

반지의 주인, 그게 율리아였다니.

'운명인가?'

가슴이 크게 부풀었다. 참을 수 없는 살의가 치솟았다가, 이내 웃음으로 터졌다. 누가 그를 봤다면 미친놈이라고 욕했을 것이다.

'이 세상 어딘가에는 동전의 앞뒷면처럼 짝을 이루는 영혼이 있다

더니.'

그게 바로 자신과 율리아가 아닐까. 블라이스는 진심으로 그렇게 생각했다.

지난해 겨울이었다. 데네브라 황비는 카루스 란케아가 그녀의 마음을 받아주지 않자 격분한 나머지 그와 부하들을 모두 죽이라는 명령을 내렸다. 들키면 황제의 손에 죽는다. 블라이스는 그 사실을 알면서도 일을 벌였다.

완벽한 작전이었다. 황제가 밀명을 내렸다는 사실을 어렵게 알아냈고, 두 개의 덫을 놓았다. 블라이스는 그 대단한 무혈 제독도 이번만은 빠져나갈 수 없으리라고 믿었다.

그런데 카루스 란케아가 그 완벽한 덫을 피해버렸다. 그것도 아주 유유히, 샛길로 빠져나가 사라져버렸다. 정보가 미리 새지 않았다면 불가능했을 일이었다.

데네브라는 작전을 짠 블라이스가 기절할 때까지 채찍을 휘둘렀다. 흉터 위에 상처가 쌓였다. 그는 맞으면서도 계속 생각했다.

카루스는 어떻게 알았을까. 누가 밀고했을까. 조사해봐야만 했다. 그래서 티타니아 산맥을 이 잡듯이 뒤졌다. 보부상이란 보부상은 다 잡다가 캐물었다. 떠돌이 용병도, 약초꾼도 마찬가지였다.

"그게…… 율리아 아르테였어."

작은 산골 마을, 약초꾼 두 명이 블라이스에게 다가와 반지를 하나 내밀었다. 팔고 싶은데 얼마나 받을 수 있냐고 물었다. 아주 예쁘고, 비싸 보이는 반지였다.

블라이스는 그들에게 반지의 값을 다섯 배 쳐주는 대가로 그날의 이야기를 들을 수 있었다. 흔적을 없애기 위해 죽여버리긴 했지만, 그들은 블라이스가 원했던 진실을 알려 주었다.

'어떤 여자'가 카루스를 살렸다.

데네브라는 그를 죽이려고 했는데, 율리아가 살렸다.

"하하하하하!"

아랫배에서부터 웃음이 솟구쳤다.

이 무슨 운명의 장난이란 말인가.

"산다는 건 참 재밌는 거야."

언제 어디에서 무슨 일이 일어날지 모르기 때문이다. 이래서 완벽한 작전이란 건 존재하지 않았다. 우연의 일치, 운명의 장난. 이딴 것들이 발목을 잡고 놓아주지 않으니 불완전한 인간이 도대체 뭘 할 수 있겠는가.

돌려줄까.

블라이스가 만지작거리던 반지를 다시 새끼손가락에 끼웠다.

"아니."

돌려주고 싶지 않았다. 심장이 바짝 조여 더운 피가 돌았다. 체온이 올라 등에 땀이 배어나올 지경이었다. 심장이 조이면서 숨이 가빠지고, 숨을 고르다 보니 자꾸 코로 웃게 되었다.

이 여자, 뭔지 모르겠다.

율리아 아르테는 완성된 사람이었다. 그런데 오류투성이였다. 치밀한 것 같으면서도 충동적이었고, 차분한 것 같은데 격정적이었다. 그리고 블라이스는 불확실하고 불완전하고, 불안정한 것들을 사랑하는 남자였다.

이건 운명이 분명하다. 어쩌면 사랑일지도 모른다.

율리아가 블라이스를 만나고 돌아온 다음 날, 특별 사면이 발표되었다. 바이칸 제국의 사절을 욕보인 오르테가의 해방군을 너그러이 용서한다는 내용이었다.

국왕은 블라이스 백작에게 깊은 감사를 표했다. 오르테가의 백성들도 황제 폐하의 아량에 탄복할 거라는 말도 함께였다.

감옥에 갇혀 있던 해방군은 수척해진 몰골로 왕궁을 나섰다. 그들이 풀려난 시각은 자정을 지난 새벽이었다. 인적이 드물었다. 패배자가 되어 캄캄한 밤거리를 비틀거리며 걷는 그들에게 누군가의 시선이 따라붙었다.

16
세 명의 남자

여름 더위가 시작되었다. 여느 때보다 훨씬 이른 더위였다. 늙은 뱃사람들은 지난 태풍 때 죽은 사람들의 영혼이 부두를 떠나지 못하고 있어서 그런 거라고 말했다.

날이 더워질수록 밤바다에 흰 꽃을 뿌리는 사람이 늘었다. 물에 빠진 영혼을 달래는 오르테가의 방식이었다. 캄캄한 밤, 너울거리는 파도 위에서 춤을 추던 흰 꽃들은 아침이 되면 축 늘어져 모래사장으로 밀려오곤 했다.

비가 오려는지 공기가 축축하고 무거웠다. 밤이고 낮이고 바닷가엔 윗옷을 벗고 돌아다니는 선원이 많았다. 왕궁 경비들은 갑옷 안에 얇은 천을 넣어 흐르는 땀을 연신 닦아냈다.

그렇게 더위가 맹위를 부리던 어느 날, 남부 함대 출정식이 시작되었다.

뿌우우우—.

거대한 뿔 나팔 소리가 기지 전체에 퍼져 나갔다. 작은 꽃잎이 눈처럼 쏟아지고, 바다 위엔 수십 척의 군함이 나란히 서서 위용을 뽐냈다. 바이칸의 국기가 펄럭이고, 바이칸의 국가가 울려 퍼졌다. 음유시인은 황제를 칭송하는 시와 제국을 찬양하는 노래를 불렀다. 출정식을 위해 모인 오르테가의 귀족들은 삼삼오오 모여 앉아 손뼉을 쳤다. 하지만 구경 나온 백성들의 얼굴엔 불만이 가득했다.

"남의 나라에서 출정식이 웬 말이야? 여기가 오르테가 남부해안이지, 바이칸은 아니잖아?"

"쉿! 그런 말 하다가 잡혀갈라."

"말도 제대로 못 하게 할 거면, 차라리 왕국 깃발 내려야지."

때마침 국왕과 왕족들의 행렬이 이어졌다. 국왕과 왕비를 필두로 왕의 자식들이 줄줄이 등장했다. 그 뒤엔 각 왕족을 모시는 보좌진과 측근 시녀들이 있었다.

왕족들은 행사장에서 가장 눈에 띄는 장소에 자리 잡았다. 임시로 단상을 만들어 높게 올린 자리였다. 가운데에 국왕 부부가 앉고, 오른쪽엔 1왕자와 4왕자가 앉았다. 왼쪽엔 샤트린 공주와 레위시아가 있었다.

"갈증이 나는데…… 율리아, 물 좀 갖다줄래."

명령을 내린 건 샤트린이었다. 율리아가 대답하기도 전에 레위시아가 먼저 말했다.

"내 시녀한테 왜 네가 명령하냐. 내 시녀는 세 명인데, 네 시녀는 스무 명도 넘잖아. 쟤들 시켜."

"쪼잔하긴. 어린애도 아니고."

"자기소개하냐?"

"뭐? 자기소개? 너 지금 네 시녀한테 물심부름 좀 시켰다고 날 비난하는 거야?"

"그럼 칭찬해야겠냐?"

샤트린은 말로 레위시아를 이길 수 없었다. 별로 대단한 말싸움을 한 것도 아닌데 울컥한 샤트린이 레위시아의 손등을 꼬집었다.

"그렇게 재수 없게 말하는 건 어디서 배웠어? 너 이제 보니까 하나도 안 착하네. 어릴 땐 안 그랬잖아?"

"무슨 당연한 소릴……."

레위시아의 시선이 자연스럽게 코코에게 향했다. 샤트린의 시선도 그를 따라 코코에게 향했다. 따분해하는 얼굴로 출정식을 바라보던 코코가 한쪽 눈썹을 비뚜름하게 올렸다.

"왜 그러세요, 전하."

"아무것도 아니야."

레위시아가 하하 웃었다. 샤트린도 이해했다는 얼굴로 고개를 끄덕였다. 두 사람이 싸우는 사이에 물을 가져온 율리아가 테이블 위에 컵을 올려놓았다.

뿌우우우―.

사람들의 시선이 바다로 향했다. 검은 깃발과 붉은 깃발이 동시에 휘날렸다. 신호를 받은 병사들이 대포에 불을 붙이고, 바다를 향해 열린 포문이 불을 뿜었다. 제국을 욕하고 국왕을 손가락질하던 백성들도 그 순간만은 넋을 잃고 바다를 바라보았다.

"바이칸 제국은 오르테가 왕국을 보호할 것입니다! 우리의 위대한 황제 폐하 크세노 8세께서 무혈 제독 카루스 란케아를 남부의 수호자로 임명하셨습니다!"

"사령관께 경례!"

출정식의 주인공은 단연 카루스 란케아였다. 위명 자자한 무혈 제독의 얼굴을 구경하러 온 사람들이 행사장을 빼곡하게 둘러쌌다.

카루스가 긴 망토를 휘날리며 바닷가에 따로 마련된 단상 위로 올랐다. 그의 어깨엔 묵직한 휘장과 함께 남부 함대 제독임을 증명하는 패가 장식되어 있었다.

카루스가 단상 위에 우뚝 서고, 기수가 우렁차게 외쳤다.

"황제 폐하 만세!"

제국의 국기와 남부 함대를 상징하는 깃발이 함께 휘날렸다. 그걸 시작으로 멀리 바다 위에 떠 있는 군함에서도 수많은 깃발이 깃대를 타고 올랐다.

웅장하면서도 가슴이 서늘해지는 장면이었다. 오르테가의 국민이라면 무혈 제독과 제국군이 두렵지 않을 수가 없었다. 언젠가 저들이 오르테가의 적이 된다면 상상하기 싫을 만큼 두려운 상대임이 확실하기에.

그때였다. 행사장을 둘러싼 군중 사이에서 부자연스러운 움직임이 일어났다.

그건 아주 은밀하게 시작된 일이었다. 열 명, 혹은 스무 명, 혹은 서른 명. 정확한 숫자는 알 수 없었다. 모자를 쓰거나 두건으로 얼굴을 가린 사람들이 힘으로 군중을 헤치고 자리를 잡았다.

행사장은 바닷가에 마련되어 있었고, 귀족이 아닌 백성들은 그 안으로 들어가지 못해 바깥을 빙 둘러싸고 있었다. 그렇다 보니 조금이라도 더 잘 보이는 자리를 찾기 위해 높은 곳으로 사람이 모였다.

그들은 거기에 있었다.

멀리서 제국군 병사들이 부르는 노랫소리가 울려 퍼졌다. 단상 위엔 오르테가의 왕족들이 표정을 감춘 채 침묵하고 있었다.

그들이 품에서 묵직한 석궁을 꺼내 들었다.

주위 사람들이 알아채는 것보다 그들이 석궁을 조준하는 속도가 더 빨랐다. 그들이 자리를 잡은 건 언덕이었고, 왕족의 단상과 가까운 위치였다.

모두가 바다 위에 떠 있는 군함을 바라볼 때, 그들은 왕족을 바라봤다. 그중에서도 한 사람. 표정을 감춘 왕족 사이에서 저 혼자 시녀들과 잡담을 나누느라 출정식에는 관심을 보이지 않는 한 사람.

쉬익―.

사람들은 화살이 석궁을 떠난 뒤에야 무슨 일이 일어났는지 알게 되었다.

"습격이다!"

수십 발의 화살이 왕족을 향해 날아들었다. 살벌하게 바람을 가르며 날아간 화살이 콱 소리와 함께 단상과 바닥, 테이블에 꽂혔다. 쇠를 덧대 개조한 화살은 나무 테이블을 뚫고 들어갈 만큼 강력했다.

"전하를 보호하라! 놈들을 막아!"

기사들의 고함이 절박했다.

화살이 또 한차례 쏟아졌다.

"저리 비켜! 비키라고!"

"사람 살려!"

공황에 빠진 군중이 비명을 지르며 우왕좌왕 움직였다. 석궁을 쏜 자들은 두 번의 공격을 쏟아낸 뒤 군중 사이에 섞였다. 그들은 재빨리 석궁과 화살을 바닥에 버렸고, 군중 속으로 흩어진 뒤엔 얼굴을 가린 모자와 두건까지 벗어 던졌다.

출정식이 엉망이 되었다. 당황한 제국군 병사들이 모두 카루스를 바라보았다. 화살은 전부 오르테가의 왕족을 노렸기에 그들의 사령관은 멀쩡했으나, 그의 표정은 그렇지 못했다.

카루스가 희게 질린 얼굴로 왕족의 단상을 바라보았다. 그는 왼쪽 끝에 앉아 있던 레위시아를 찾고 있었다. 샤트린이 앉아 있던 자리엔 공주를 지키는 기사들이 있었는데, 레위시아가 앉아 있던 자리엔 아무도 없었다.

텅 비어 있었다.

카루스가 달려가기 시작했다. 그의 망토가 크게 휘날렸다.

—■•◆•■—

첫 화살이 날아오던 순간, 율리아는 레위시아가 자신을 향해 손을 뻗었다는 사실을 알고 있었다.

레위시아는 빠르게 몸을 숙이며 율리아의 손목을 잡고 끌어당기려고 했다. 하지만 그보다 알렉사의 움직임이 훨씬 빨랐다.

알렉사가 순식간에 달려와 레위시아의 뒷덜미를 잡아당겼다. 레위시아는 의자째로 바닥에 나동그라졌고, 기사의 방패를 빼앗은 알렉사가 그를 방패로 덮었다.

코코는 단상에서 물러나 레위시아를 가리고 섰다. 화살이 날아오면 몸으로 막아 그를 지키겠다는 뜻이었다.

율리아는 누구도 다치는 걸 원치 않았다. 두 번째로 화살이 날아온 순간, 율리아는 자신을 잡아당기려는 알렉사를 뿌리치고 코코에게 다가가 그녀를 끌어안고 제 뒤로 보냈다.

"율리아!"

"숙여요!"

다른 왕족들은 기사들이 몸으로 화살을 막고 난리가 났는데, 레위시아는 희한하게 시녀들이 그를 보호하고 있었다. 호위 기사보다 시녀들의 반응 속도가 빨랐던 탓이었다.

카루스가 단상 위로 뛰어 올라온 것은 그다음이었다. 그의 검은 망토가 크게 휘날렸다. 그는 큰 소리를 내며 왕족의 단상 위로 뛰어 올라와 곧장 율리아를 찾았다. 다른 왕족은 안중에도 없이, 오직 율리아만을 찾아 헤맸다.

마침내 율리아와 카루스의 시선이 마주쳤다.

"너는 도대체……!"

그가 화를 냈다. 율리아가 또 제 목숨을 아무렇지 않게 타인의 방패로 내밀었기 때문이었다.

짧은 순간, 많은 사람의 시선이 복잡하게 얽혀들었다.

카루스는 율리아가 무사하다는 걸 확인한 뒤에야 자신이 그녀를 가로막고 서 있다는 사실을 깨달았다.

바닥에 쓰러져 있던 레위시아는 카루스가 단상에 올라온 뒤 오직 율리아만을 바라보고 있다는 걸 깨달았다. 그가 교묘하게 율리아를 보호하듯 서 있다는 것도 깨달았다.

마지막으로 단상 앞 귀빈석에 앉아 있다가 뒤늦게 위로 올라온 블라이스가 카루스와 율리아, 그리고 레위시아를 바라보았다.

블라이스가 비웃듯 중얼거렸다.

"이게 뭐야."

세 남자가 서로를 인식했다. 행사장을 공황에 빠뜨린 습격과는 상관없는 긴장감이 그들 사이에 흘렀다.

카루스는 블라이스를, 블라이스는 레위시아를, 레위시아는 카루스를 노려보았다.

율리아를 사이에 두고 세 남자가 서로를 감정하고, 경계했다. 우스운 일이었다. 정작 그녀는 습격이 멈춘 후 상황을 파악하느라 여념이 없었다.

"습격한 자들을 찾아라! 행사장을 봉쇄해!"

"왕자님이…… 전하! 1왕자 전하께서!"

"전하! 정신 차리십시오! 뭣들 하느냐! 의사를 불러라!"

율리아의 시선이 단상 오른쪽으로 향했다. 화살을 맞은 건 국왕도, 왕비도 아니었다.

1왕자였다.

1왕자의 가슴과 어깨에 세 개의 화살촉이 박혀 있었다. 그의 입에서 시뻘건 피거품이 흘러나왔다. 경련하듯 온몸을 떨던 1왕자가 짧은 숨을 컥컥 몰아쉬었다.

"의사! 의사는 어디 있느냐!"

국왕 부부가 절규했다. 1왕자의 상처는 누가 보기에도 심각한 수준이었다. 시녀들이 드레스를 찢어 상처를 지혈하고 있었지만, 피가 멈추질 않았다.

"해방군 이 새끼들이……."

누군가 중얼거렸다. 기사인지, 병사인지 알 수 없었다. 귀족일 수도 있었다. 하지만 그 자리에 있던 모든 사람이 흉수의 정체가 해방군이라는 데에 이견을 표하지 않았다.

— • ◆ • —

1왕자가 위독하다는 사실이 알려지면서 왕궁 전체가 뒤숭숭했다. 왕궁 기사단과 제국군까지 동원되어 행사장을 봉쇄하고 조사했지만, 워낙 많은 사람이 몰려왔다가 한꺼번에 달아났기 때문에 범인을 특정할 수 없었다.

건진 거라곤 바닥에 버려진 석궁과 화살뿐이었다.

"네 후원자가 무혈 제독이었니?"

코코가 다그치듯 물었다.

율리아는 할 수 없이 고개를 끄덕였다. 습격 당시 카루스가 그런 모습을 보였으니, 눈치 빠른 코코가 두 사람의 관계를 금세 알아챈 것도 무리가 아니었다.

"왜 말 안 했어? 그런 거물이 네 뒤를 봐주고 있었단 말이야? 마조람 후작이 알면 밤잠은커녕 밥도 목구멍으로 안 넘어가겠다!"

"빨리 알려져봤자 후작의 경계심만 키울 뿐이라고 생각했어요. 후작이 저를 같잖게 여길수록 싸우긴 편하니까."

"아무리 그래도 그렇지! 나한테는 말을 했어야지!"

"말하려고 했어요. 그런데……."

"그런데?"

"코코, 카루스 님은 겨울의 마지막 날에 오르테가의 국경을 넘었어요."

"뭐? 그게 언제야."

"하이에나들에게 쫓기다가 티타니아 산맥에서 얼어 죽어가고 있을 때, 저를 구해준 사람이 카루스 님이에요."

코코가 입을 떡 벌리고 율리아를 바라보았다. 알렉사도 많이 놀랐는지 게슴츠레한 눈을 휘둥그렇게 뜨고 있었다.

이번에는 알렉사가 물었다.

"그 사람은 황제의 기사잖아요. 왜 율리아를 돕는 겁니까?"

"마조람 후작이 해적의 금화를 유통하고 있었다고 했잖아요. 거기에 전임 사령관과 남부 함대가 연루되어 있었어요. 카루스 님은 그걸 바로잡기 위해 파견되었죠."

"아……."

코코가 모든 걸 이해했다는 얼굴로 긴 신음을 내뱉었다.

"그래서 전임 사령관이 갑자기 사라져버렸구나. 무혈 제독이 처리했으니까. 그래. 마조람 후작도 그래서 비자금에 문제가 생겼고, 그 뒤에……."

코코는 왕자궁 응접실을 정신없이 오가며 말을 늘어놓았다.

"어쩐지. 평범한 후원자는 아닐 것 같다고 생각했지. 그 금화 상자부터 시작해서, 맥스웰도 그렇고. 가만, 그럼 그 돈은 해적의 금화였던 거니?"

"네."

"맙소사. 전임 사령관은 오르테가에서 엄청 오래 있었다고. 그동안 비자금을 모았으면 한두 푼이 아니었을 텐데, 그걸 다 무혈 제독이 빼앗았어?"

"네."

"그러고 보니 왕궁에 나타난 시기도 의심스러워. 1왕자와 샤트린 공주가 같은 날에 연회를 열고 싸울 때, 국왕이 그자를 데려왔었지. 그거…… 설마.”

“맞아요. 제가 그날 와달라고 부탁했어요.”

“너희 도대체 무슨 사이니?”

코코가 물었다. 어지럽게 응접실을 돌아다니던 그녀가 율리아 앞에 서 있었다. 알렉사도 궁금하다는 얼굴로 율리아를 바라보았다.

“무슨 사이라니, 제 은인이고 후원자예요. 제가 무사히 왕궁에 들어올 수 있도록 도와주신 분이고, 왕궁에 들어온 뒤에는 바깥에서 지원을…….”

“세상의 모든 후원자는 그렇게까지 하지 않아. 귀족의 후원으로 아카데미를 다녔던 너라면 잘 알 텐데.”

보통은 집사나 시종을 시켜서 필요한 만큼의 돈만 보내주고 만다.

“세상에 어떤 후원자가 그 위험한 상황에서 후원인이 화살에 맞을까 봐 몸으로 막고 서 있니. 그 남자는 그 중요한 자리에서 국왕이고 사절이고 다 상관없이 네가 무사한지 확인하러 달려왔어.”

그 이유는 율리아도 정확히 알 수 없었다. 카루스는 그녀가 목숨을 가벼이 여기는 걸 무척 싫어하니까, 그래서 그런 게 아닐까 어렴풋이 추측할 뿐이었다. 코코의 말을 가만히 듣던 알렉사가 율리아에게 대놓고 물었다.

“율리아, 그를 좋아합니까?”

“그런 건 불가능해요.”

“저는 남녀 사이에 불가능은 존재하지 않는다고 생각합니다. 하물며 생명을 구원받은 관계라면.”

율리아가 아니라고 부정하기 위해 입을 열었다. 그런데 저 두 사람을 무슨 말로 설득해야 할지 알 수가 없었다. 다른 일이라면 뭐든 객관적으로 잘 설명할 수 있는데, 자신의 감정을 말할 때는 유독 말을 잊은 사람처럼 난처했다.

다행히 1왕자궁에 갔던 레위시아가 돌아와 응접실 문을 열었다.

"다들 여기 있었네."

그의 얼굴이 초췌했다. 1왕자는 긴 수술을 끝내고도 정신을 차리지 못했고, 하루가 지나는 동안 몇 번이나 고비를 맞았다. 1왕자궁에는 왕비의 울음소리가 끊이질 않았다.

코코가 그에게 다가가 조심스레 물었다.

"전하, 어떻게 됐어요?"

레위시아의 얼굴이 이상했다. 화가 난 것 같기도 하고, 슬퍼 보이는 것 같기도 했다.

"살아남기 힘들 거라고."

"아……."

"오늘 밤을 못 넘길 거야. 의사들이 다 똑같은 소리를 하니까 사실이겠지. 율리아, 검은 옷을……."

무겁게 중얼거리던 레위시아가 습관처럼 손을 내밀었다. 율리아는 얼른 레위시아가 내민 손을 잡았지만, 그의 얼굴엔 미묘하게 쓴웃음이 걸려 있었다.

"다들 검은 옷을 입어. 왕족이 살해당하면 왕궁 안에 있는 사람들은 죽은 사람의 나이만큼 날짜를 세어 검은 옷을 입어야 해."

"네, 전하. 준비하겠습니다."

"율리아."

레위시아가 율리아를 불렀다. 왕자의 옷을 고르기 위해 앞장섰던 율리아가 뒤돌아 그를 바라보았다.

"……."

한데 레위시아는 입술을 한 번 달싹거렸을 뿐, 아무 말도 하지 않았다. 율리아가 부르셨냐고 물어도 묵묵부답이었다.

코코가 손바닥으로 그의 등을 밀었다.

"이럴 시간 없어요."

그러곤 비보를 듣고 어쩔 줄 몰라 하는 하녀들을 모아 놓고 명령을 내렸다.

"다들 뭐 하니. 궁에 장식된 여름 꽃은 다 치우고, 흰 조화를 준비해. 한동안 술은 식사에 올리지 말고. 병사들에게도 전달해. 명심해. 1왕자 전하의 소식을 전하는 너희 목소리가 왕자궁 밖으로 나가선 안돼."

"네, 코코 시녀님."

"말, 행동, 표정까지 항상 신중해. 왕족의 죽음 앞에선 별것 아닌 농담 한마디가 반역으로 간주될 수 있어. 죽고 싶지 않으면 아무 데나 기웃거리지 말고."

"네……. 명심할게요."

하녀들이 겁먹은 얼굴로 정신없이 고개를 끄덕였다. 흰옷과 흰 조화, 검은 옷을 준비해두고 종이 울리면 재빨리 움직여야 했다.

오늘 밤은 모두 잠을 이룰 수 없을 것이다.

━ ◆ ◆ ◆ ━

코코는 알렉사와 함께 왕자궁을 단속하겠다고 했다. 율리아는 레위시아의 옷을 준비하기 위해 그의 드레스 룸으로 들어갔다. 옷을 준비하는 건 어렵지 않은 일이었다. 하녀들이 잘 보관해놓은 걸 꺼내놓기만 하면 되었다. 하지만 율리아는 레위시아의 방에서 나가지 않았다. 아슬아슬해 보이는 그의 표정 때문이었다.

레위시아는 창가에 서 있었다. 한데 그가 뭘 바라보고 있는지는 알 수 없었다. 율리아는 그가 과거를 떠올리고 있지 않을까 추측했다.

날씨는 더웠지만, 마음을 진정시키기 위한 따뜻한 차라도 내리는 편이 좋을 것 같았다. 조심스레 찻잎을 고르는 율리아에게 레위시아가 물었다.

"넌 형제가 없지."

"네, 전하."

"보육원에서 함께 자란 아이들을 형제라고 생각하지는 않았어?"

율리아는 그에게 한 치의 거짓 없는 진실만을 이야기해주었다.

"형제라기보다는 경쟁자였어요. 먹을 것과 입을 것부터 시작해서 좋은 잠자리와 보육 교사의 관심, 그 모든 게 부족했으니까요. 머리가 좀 큰 뒤에는 입양을 원하는 부모가 올 때마다 살벌한 눈치싸움을 했죠."

"왕족도 별다르지 않아."

레위시아가 자조적으로 웃었다.

"난 아주 어릴 때 알았어. 1왕자, 내 형님과는 절대 공생할 수 없다는 걸."

"전하."

"내가 아는 모든 사람이 같은 말을 했거든. 1왕자께서 왕좌에 오르거든 멀리 달아나라고, 형제의 손에 죽지 말라고 충고했지. 그때 우린 겨우 열 살 남짓이었는데."

그 어린것들이 얼마나 대단하게 권력욕이 있어서 형제를 죽이려고 계획했겠냐며, 어쩌면 그들이 서로를 미워했던 건 환경 탓일지도 모르겠다고 중얼거렸다.

율리아는 레위시아가 안쓰러웠다.

"전하, 왜 전하께서 죄책감을 느끼세요."

"내가?"

"전하는 이번 일에 아무런 책임이 없어요."

"그건 나도 알아. 그런데…… 자꾸 이런 생각이 들어."

"무슨 생각이요?"

"형님도 그리 행복하진 않았을 것 같다는 생각."

레위시아는 1왕자궁에서 울부짖는 왕비를 보았다. 그녀는 왕비의 체면 같은 건 전부 집어던진 채 의사들에게 매달려 아들을 살려달라고 애원했다. 사이가 소원한 것으로 유명한 국왕조차 왕비를 품에 안고 달래느라 진을 뺐다.

아들의 침대에 매달려 흐느끼던 왕비는 샤트린과 함께 응접실에서 대기하던 레위시아를 몇 번이나 노려보았다. 그는 아무것도 잘못한 것이 없는데, 누가 보더라도 짙은 원망이 느껴지는 눈빛이었다.

"샤트린이 미안해하더라고. 어머니가 지금 제정신이 아니라 그렇다면서, 이 방 안에서 원망할 대상을 찾은 게 하필이면 나인 것 같고."

레위시아는 왕비가 자신을 왜 노려봤는지 그 이유를 알고 있었다.

"내가 죽었어야 했는데 형님이 죽어서 그런 거야."

"전하, 그런 말씀 하지 마세요."

"왕족 중에서 누구 하나가 죽는다면 그건 아무짝에도 쓸모없는 나여야 하는데, 소중한 아들이 죽게 생겼으니까."

그곳엔 국왕과 왕비, 샤트린과 4왕자까지 모든 왕족이 모여 있었다. 레위시아는 그런 상황에도 동석을 허락받지 못하는 자신의 어머니가 가여웠고, 또한 그들 중 누구에게도 가족이라 여겨지지 않는 자신의 처지가 가여웠다.

"율리아."

레위시아 앞에 김이 모락모락 나는 차가 놓였다. 평소 율리아와 그의 취향은 씁쓸하거나 구수한 것들이었는데, 이번 것은 향기롭고 달콤했다.

의자에 앉아 찻잔을 바라보던 레위시아가 율리아에게 물었다.

"만약 형님이 왕위에 올랐다면, 그는 나를 살려두었을까?"

율리아가 레위시아를 바라보았다. 최근 살이 조금 빠진 탓인지 그의 얼굴선이 날카로웠다.

"제가 솔직하게 말하길 바라세요?"

"당연하지. 내가 너한테 가장 바라는 게 그거야. 거짓말하지 않는 것."

"그분은 전하를 살려두지 않았을 거예요."

그가 바란 대로, 율리아는 거짓말하지 않았다.

1왕자는 레위시아를 봐주지 않을 것이다. 늘 그랬다. 코코와 손을 잡기 이전에도, 이후에도 크게 다르지 않았다. 1왕자는 레위시아를 죽이거나, 죽게 놔두거나, 죽을만한 곳으로 보냈다.

"그렇구나."

레위시아가 하하하 웃었다. 그러곤 찻잔을 잡는 대신 율리아의 손을 잡고 속삭였다.

"그런 식으로 형제를 죽이려는 자가 행복할 리가 없지."

"전하."

"형님이 마조람의 인형으로 살면서 행복하다고 느꼈을 리가 없어. 이기적이고 욕심 많은 인간이지만, 그런 것도 모를 만큼 멍청하지는 않았을 거야."

레위시아는 율리아의 손가락 끝을 아주 살짝 잡고 있었다. 잡은 건지 닿은 건지 알 수 없을 만큼 조심스러운 접촉이었다. 평소엔 아무렇지도 않게 했던 행동들이 이제는 너무 어려워졌다.

두 개의 손바닥이 다 맞닿도록 잡고 싶은데, 그러지 못하는 자신이 한스러웠다. 레위시아가 또 한 번 하하 웃었다. 웃음으로 마음을 감추었다.

그때 율리아가 그의 손을 잡았다.

"괜찮아요, 전하."

그녀는 레위시아를 어떤 말로 위로해야 할지 알 수 없었다. 미워했던 형제이지만 이런 식으로 잃게 될 줄은 몰랐을 테니, 슬프고 화가 나기도 할 것이다. 어쩌면 시원섭섭할 수도 있었다.

"난 왜 왕의 아들로 태어났을까."

"그건 전하가 선택할 수 있는 게 아니잖아요. 세상에 어떤 아이가 부모를 선택할 수 있겠어요."

율리아가 레위시아의 곁에 앉아 그의 손을 꼭 잡고 달래듯 쓰다듬었다.

"율리아, 만약에……."

레위시아가 고개를 숙여 율리아의 어깨에 이마를 갖다 댔다. 무게가 느껴지지 않을 만큼 깃털 같은 접촉이었다. 그는 아주 느리게 숨을 들이마셨고, 물기 어린 목소리로 말했다.

"내가 왕족이 아니었다면 우리가 만날 수 있었을까?"

그건 알 수 없었다.

율리아는 대답하지 못했다. 거짓말하지 않기로 약속했으니, 그래도 우리는 만났을 거라고 위로할 수 없었다. 침묵하는 그녀의 어깨 위에 레위시아의 한숨이 내려앉았다.

그는 슬퍼했지만, 끝까지 울지 않았다.

"전하!"

깊은 새벽이었다. 밖에서 기사들이 레위시아를 찾았다.

율리아의 손을 잡고 긴 시간 마음을 다스리던 레위시아는 얕은 잠에 빠져 있었다. 의자에 기대어 앉아 있던 그가 두 눈을 번쩍 떴다.

"레위시아 전하! 어서 1왕자궁으로 가셔야 합니다!"

왕실 기사단이었다. 그들은 모두 망토와 휘장을 떼고, 무기조차 들지 않은 모습이었다. 레위시아가 중얼거렸다.

"형님이 돌아가셨구나."

왕궁에 묵직한 종소리가 울려 퍼졌다. 기사들이 침통한 얼굴로 고개를 숙였다. 레위시아는 말없이 율리아가 건네주는 옷으로 갈아입고, 1왕자궁으로 가기 위해 움직였다.

안개가 짙었다. 바닷가에서 몰려오는 안개였다. 안개 짙은 여름날에 죽은 사람은 낙원으로 가는 길을 찾지 못해 바다 위를 헤맨다던데, 모두가 부디 어서 해가 떴으면 하고 바랐다.

이날 다음 대의 왕이 될 거라 믿었던 1왕자가 죽었다.

세 발의 화살 중 두 발이 치명상이었다. 다른 왕족은 모두 무사한데, 유독 그의 몸에만 화살이 세 대나 박혀 있었다.

하녀들의 눈이 붉었다. 병사들도 마찬가지였다. 그를 잘 모르거나, 그를 미워했던 사람도 모두 눈물을 글썽였다. 왕궁을 뒤덮은 슬픔에 새벽 공기가 유난히 서늘했다.

━ • ◆ • ━

1왕자의 죽음은 오르테가를 빠르게 변화시켰다. 질서는 무너지고, 공포와 분노가 사람들을 지배했다.

습격이 해방군의 짓이라 단정한 국왕은 1왕자의 시신이 채 식기도 전에 왕국 전역에 척살 명령을 내렸다. 해방군을 밀고하는 자에게는 금화를, 직접 처단하는 자에게는 그보다 더한 액수를 내걸었다.

해방군의 은거지를 추적하는 병사들이 거리를 샅샅이 뒤졌다. 사람들은 조금만 수상해 보여도 죄다 잡혀가 문초를 당했다. 감옥은 연일 고문당하는 사람으로 가득 차 피비린내가 진동했고, 억울함을 호소하는 가족들의 울음이 끊이지 않았다. 그럼에도 불구하고 국왕의 분노를 가라앉힐 수는 없었다. 특별사면까지 시키면서 용서해줬는데, 어떻게 1왕자를 죽일 수가 있냐며 분노했다.

이는 국가에 대한 반역이며, 용서할 수 없는 살인 행위였다.

처음엔 백성들도 왕에게 동조하는 분위기였다. 습격 장소에 있었던 자들은 그때 느꼈던 공포심에 빠져 알아서 몸을 사렸다. 왕의 마음을 아들을 잃은 아비의 심정으로 바라보는 사람도 많았다.

그래서 못 본 척했다. 억울한 사람이 잡혀가거나, 병사들의 폭력이

지나쳐도 어쩔 수 없다고 생각했다. 하지만 율리아는 머지않아 백성들의 불만이 밖으로 터져 나올 거라고 말했다.

"폭동이 일어날지도 몰라요."

코코가 짜증스레 고개를 끄덕였다.

1왕자의 장례식이 치러진 지도 열흘이 지났다. 오르테가는 터지기 직전의 화산처럼 불안해 보였다.

코코가 보고 있던 책은 무기에 관련된 군사 서적이었다. 하지만 머릿속이 복잡했던 그녀는 아까부터 계속 같은 페이지만 노려보고 있었다. 알렉사가 코코의 손에서 책을 빼앗았다. 그러곤 율리아를 바라보며 말했다.

"범인은 해방군이 아닐 수도 있습니다."

그래서 더 문제였다.

"행사장에서 발견했던 석궁은 전부 오르테가산으로, 정교하게 개조되어 있었다고 합니다. 친한 기사님한테 부탁해서 저도 자세히 살펴보았는데……."

"어땠어요?"

율리아가 물었다. 알렉사는 코코가 보고 있던 책에서 석궁과 화살을 그려놓은 페이지를 찾아 손가락으로 덧그리며 설명했다.

"화살은 무기를 잘 다루는 사람이라면 누구나 개조할 수 있는 수준이었습니다. 그런데 석궁은 아주 정교했어요. 가난한 용병들은 빼앗길까 무서워서 들고 다니지도 못할 만큼."

"전문가가 개조했다는 말이네요."

"전쟁터에서 많이 봤습니다."

"바이칸의 전쟁터요?"

"기습이나 암살, 그림자 부대가 주로 씁니다. 누구 짓인지 알 수 없도록 국가와 소속을 지운 자들이 그런 걸 썼어요. 오르테가의 해방군이 그 무기를 손에 넣은 거라면 할 말이 없지만, 그들이 아닐 가능성이 있다는 것 정도는 알아둬야 하지 않을까요."

"지금은 말해도 소용없을 거예요."

새초롬한 얼굴로 율리아와 알렉사의 대화를 듣던 코코가 책에 그려진 석궁을 손톱으로 콱 찍었다. 그러곤 율리아에게 말했다.

"네 잘난 후원자님한테 가서 물어보지 그러니. 이게 바이칸의 전쟁터에서 자주 쓰이던 무기라면 카루스 란케아보다 잘 아는 사람이 어디 있겠어? 안 그래?"

"카루스 님께 물어보라고요?"

"그 남자는 바이칸의 전쟁 영웅이야. 황제의 두 번째 기사라는 말이 어떤 뜻인 줄 알아? 전시에 황제가 없을 때, 군사적 명령을 내릴 수 있는 두 번째 기사라는 뜻이야. 첫 번째 기사는 황제의 곁을 떠나지 않으니, 실제로 전쟁터에서 황제를 대신해왔던 건 그 남자라고."

어쩐지 평소보다 더 뾰족하게 느껴지는 말투였다.

"무혈 제독이라는 말도 기분 나빠. 너무 강해서 피 흘린 적이 없다는 거야, 아니면 피도 눈물도 없는 냉혈한이라는 거야? 인간이 좀 인간다운 면도 있고 그래야지. 마조람을 공격한 건 잘한 일이지만, 그 남자는 우리 편이 아니야. 황제의 수족이지."

코코가 빠르게 말을 쏟아냈다. 처음엔 카루스에 대해 알려진 사실을 가지고 비판하더니, 나중엔 말도 안 되는 것들로 트집을 잡았다.

"의도가 수상해. 생긴 것도 수상해. 목소리는 안 들어봐서 모르겠지만, 분명 수상하겠지. 몸에서 수상한 냄새가 날 수도 있어. 넌 도대체 그 남자의 뭘 믿고…… 어휴!"

율리아는 그냥 가만히 듣고만 있었다. 그런데 고개를 갸웃거리던 알렉사가 코코에게 대놓고 물었다.

"코코, 질투합니까?"

"뭐야? 질투? 너 미쳤어?"

"아무리 봐도 질투하는 것 같은데요."

"내가 왜 그 남자를 질투해? 난 담백하고 건조한 사람이야. 말이 되는 소리를 해야지!"

"담백하고 건조하다니…… 코코, 자기객관화가 전혀 되어 있지 않은 것 같습니다."

"아!"

"율리아가 우리보다 다른 사람과의 관계를 더 소중하게 여기는 것 같아서 질투 난다고 솔직하게 말하세요."

"싫어!"

코코가 꽥 소리를 지르며 자리에서 일어났다. 알렉사는 코코가 아무리 큰 소리로 윽박질러도 전혀 상처받지 않았다. 그녀는 그냥 코코가 왜 이렇게 솔직하지 못한 모습을 보이는지, 그걸 의아해했다.

아옹다옹하는 두 사람 사이에서 슬그머니 눈치를 보던 율리아가 코코에게 속삭였다.

"질투했어요?"

"이게 진짜. 너까지……."

"코코가 반대한다면 평생 혼자 살 거예요. 걱정하지 마세요."

말은 율리아가 했는데 알렉사가 격하게 고개를 끄덕였다. 코코는 자신이 화를 내건 소리를 지르건 눈썹 하나 꿈쩍하지 않는 두 사람을 보며, 이게 바로 나이를 먹는 기분인가 하고 중얼거렸다.

알렉사가 두 사람에게 물었다.

"레위시아 님은 좀 어떻습니까?"

"괜찮아요. 국왕께서 아들을 잃은 슬픔에 빠져 몸져누우셨잖아요. 왕자님은 샤트린 전하와 함께 조문 온 귀족들을 상대하고 계시죠."

"귀족들 말입니까?"

"네, 지금 오르테가에서 제일 머릿속이 복잡한 사람들일걸요."

1왕자를 잃은 건 슬픈 일이지만 어쨌거나 산 사람은 자신의 안위가 우선이었다. 장례식이 끝나자마자 왕궁 안에서 가장 많이 거론되는 일은 해방군에 대한 게 아니라, 마조람 후작이 이제는 누구를 지지할 것인가였다.

"코코, 어떻게 생각해요?"

"뭘."

"마조람 후작이요."

"후작은 샤트린 공주를 지지하지 않을 거야."

"저도 그렇게 생각해요."

율리아가 코코의 말에 동의하며 고개를 끄덕였다.

"공주님의 세력은 너무 오랫동안 후작의 손을 타지 않았어요. 이제는 그가 세뇌할 수 있는 수준을 넘어섰죠."

"왕궁에 아직 열 살도 되지 않은 왕자가 하나 더 있잖아. 그 쉬운 선택지를 놔두고 샤트린처럼 다루기 어려운 왕족을 택할 리가 없지."

마조람은 4왕자를 선택할 것이다.

그 순간 세 명의 시녀는 같은 생각을 떠올렸다.

이제는 레위시아 왕자도 샤트린 공주의 그늘에서 벗어날 때가 됐다. 다른 왕족의 그늘에 숨어 안전을 도모하는 게 아니라, 무대 위로 올라가 그 역시 훌륭한 왕위 후계자임을 만천하에 알리는 것이다.

그러기 위해서는 카루스 란케아의 도움이 절실했다.

마조람과 사이가 틀어진 지금, 국왕이 기댈 수 있는 사람은 카루스 하나뿐이었기 때문이다.

"짜증 나."

코코가 중얼거렸다. 알렉사는 그게 바로 질투하는 거라고 중얼거렸다가 찰싹 등을 맞았다.

17
사적인 관계가 되고 싶은데

카루스는 한동안 관저에 머물며 제국군을 단속했다. 오르테가 국왕으로부터 해방군 수색에 참여해달라는 요청을 받았지만, 해적을 핑계로 정중히 거절했다. 하지만 율리아로부터 만나자는 연락이 왔을 때는 기다렸다는 듯 집무실을 박차고 나섰다.

그는 이날도 율리아를 데리러 왕자궁에 직접 나타났다. 왕궁 분위기가 좋지 않으니 마차에서 내리진 않았지만, 정문까지 율리아를 따라 나온 코코가 이쪽을 매섭게 노려보자 의아해하며 이유를 물었다.

"무슨 일이라도 있었어?"

"아무 일도 없어요."

"날 노려보는데."

"코코는 원래 아무나 노려봐요."

율리아가 재빨리 창문을 열고 코코에게 다정하게 손을 흔들었다.

코코는 코웃음 칠 뿐 마주 인사하지 않는데도, 그녀가 보이지 않게 될 때까지 손을 흔들었다.

"뭐 하는 거지?"

"코코가 걱정해요."

"뭐를?"

"당신이 나쁜 남자라서 절 이용하고 버릴까 봐."

"그 반대가 아니고?"

카루스가 어이없다는 얼굴로 웃음을 터뜨렸다. 그런데 이번에는 율리아가 그를 어이없다는 얼굴로 바라보았다.

"왜 제가 당신을 이용하고 버릴 거라고 생각하세요?"

"내가 남부 함대의 제독이 될 사람이 아니었으면, 네가 나한테 접근했을 것 같지 않아서."

"제가 삶을 반복하면서 마조람 후작과 싸워 온 사람이 아니었으면, 카루스 님도 제게 손을 내밀지 않았을 거잖아요."

"널 거둬서 내 집으로 보냈을 것 같긴 해."

"뭐라고요? 저를요? 왜요?"

율리아는 진심으로 놀랐다. 너무 의외여서 저도 모르게 세 번이나 되물었다.

카루스는 그녀가 진한 초록색 눈을 크게 뜨고 자신을 바라보자, 눈썹을 휘어 올리며 까칠하게 말했다.

"그러면 안 되는 이유라도 있어? 넌 우리에게 생명의 은인인데, 당연히 거둬서 은혜를 갚았겠지. 너는 도대체 나를 뭐라고 생각하기에 그런 반응인 거지?"

"차갑고……."

"차갑고?"

"냉정한 사람."

카루스가 할 말을 잃고 율리아를 바라보았다. 그는 그녀와 눈보라 치는 산맥 갈림길에서 만났던 날 이후 자신의 행보를 곰곰이 반추해 보기도 했다.

"난 내가 제법 마음이 넓은 편이라고 생각했는데."

"속이 좁다는 말은 아니었어요."

"알아."

그가 마부에게 관저로 가자고 말했다. 마부는 알았다고 대답하면서, 비가 오기 시작했다며 창문을 잘 닫으라고 외쳤다. 바깥에선 정말로 비가 오고 있었다. 빗방울이 꽤 굵었다. 마차 지붕과 창문을 때리듯 두드리는 빗소리에, 율리아의 시선이 절로 창밖으로 향했다.

갑작스레 비가 쏟아지자 귀족들이 가까운 건물을 향해 헐레벌떡 달렸다. 그중엔 남자의 외투를 벗겨 머리 위에 뒤집어쓴 여자도 있었고, 남들은 다 달려가는데 혼자 느긋하게 걷다가 친구들에게 끌려가는 남자도 있었다.

율리아는 비를 구경하고, 카루스는 가만히 눈을 감은 채 빗소리를 감상했다. 마차는 일정한 속도로 달려 왕궁을 빠져나갔고, 이내 바닷가를 향해 움직였다.

그렇게 한참의 시간이 흐른 후에 율리아가 시선을 돌리지 않은 채로 물었다.

"왜 그러셨어요?"

카루스가 감았던 눈을 떴다.

"그날 왜 단상으로 올라오셨어요? 다른 사람들도 있는데, 왜 저한테 달려오신 거예요. 제가 무사한지 확인하려고 그러셨던 거면…….”

“나도 몰라.”

“카루스 님.”

“내가 그 이유를 알았으면 그때 무슨 임기응변이라도 발휘해서 상황을 모면했겠지.”

율리아가 카루스를 바라보았다.

“저는 거기서 죽었어도 다시 살았을 거예요. 똑같은 날에, 똑같은 곳에서. 당신은 또 똑같이 말할 거고요. 산맥 갈림길에서 얼어 죽어가는 널 발견했다고.”

“무슨 말이 하고 싶은 거지?”

“저를 걱정하지 마세요. 불쌍하게 생각하지도 말고요. 저는 죽지 않아요. 얼마나 대단해요. 어떤 사람들은 다시 살게 해달라고 매일 신께 빌기도 할 텐데.”

자신에게는 저주였지만 다른 누군가에겐 소원일 수도 있다고, 율리아가 말했다. 카루스의 얼굴이 차갑게 가라앉았다. 그는 율리아가 말했던 것처럼 냉정한 표정으로 그녀를 바라보았다.

“그럼 나는 네가 부나방처럼 아무 위험에나 뛰어들어 죽으려고 하는 걸 무덤덤하게 지켜보면 되는 건가.”

“네.”

율리아가 고개를 끄덕였다.

카루스는 화내지 않았다. 화가 나서 뭐라고 말하고 싶은데, 율리아의 단호한 눈을 마주하니 차마 어떻게 말을 해야 할지 알 수가 없었다.

“저한테 잘해주지 마세요.”

"율리아."

"다시 시작하게 되면, 당신은 어차피 날 기억하지 못해요."

그녀는 결국 카루스에게 처음 보는 사람이 되어 살아가게 되어 있었다. 삶을 반복하면서 가장 힘들었던 건 죽는 순간의 고통이 아니었다. 복수에 매번 실패했다는 자괴감도 아니었다.

잊히는 것이다.

율리아가 어렴풋이 웃었다.

"저를 구원하려고 애쓰지 마세요. 몇 번째부터 미쳐 있었는지는 모르겠는데, 저도 제가 정상이 아니라는 것쯤은 알고 있거든요."

미치지 않으면 살 수가 없었다. 죽을 수도 없었다.

카루스는 율리아가 반복했던 죽음의 순간에 관해 물어볼 수 없었다. 그녀의 숨을 거뒀던 게 꼭 타인의 손이 아닐 수도 있다는 생각이 들어서였다.

"저한테 잘해주지 마세요."

율리아가 또 한 번 강조해서 말했다. 그녀는 카루스에게 미안해지고 싶지 않았다. 이 이상 죄책감을 짊어질 자신이 없었다.

카루스는 관저에 도착할 때까지 한마디도 하지 않았다. 율리아도 그에게 따로 말을 걸지 않았다. 두 사람이 침묵하는 마차 안엔 요란한 빗소리만 가득했다.

관저에 도착한 뒤엔 아무 일도 없었던 것처럼 식사하고 대화를 나누었다. 중간에 마주친 맥스웰이나 바바슬로프도 전혀 이상한 낌새를 느끼지 못했다.

"코코가 카루스 님께 물어보고 오라고 했어요. 해방군이 습격에 사용했던 석궁에 대해서요."

"그건 오르테가에서 개조한 물건이 아니야."

카루스는 해방군을 범인이라고 생각하지 않았다. 율리아의 의견도 그와 같았다.

"알렉사가 그러는데, 바이칸의 전쟁터에서 많이 쓰인다면서요."

"그 석궁이라면 나도 하나 가지고 있지."

카루스는 이미 습격에 사용됐던 석궁을 하나 빼돌려 간직하고 있었다. 참사 당일 그의 부하들이 은밀하게 가져온 거라고 했다.

"정말인가요?"

"그 시녀의 말이 옳아. 그런 의미에서 이건 결정적인 증거가 못 돼. 돈만 있으면 아무나 들여올 수 있으니까."

"제가 의심하는 건 그들을 특별 사면한 시기예요."

"왜 하필 풀려나자마자 사고를 쳤냐고?"

"바보가 아닌 다음에야, 몸을 사려야 정상이잖아요."

"맹목적인 자들이잖아."

또 있었다. 율리아가 카루스에게 말했다.

"그들을 사면해주자고 제안한 게 블라이스 백작이라는 사실이 제일 의심스러워요."

"실은 나도 그래."

"블라이스 백작이 진범이라면 그가 노리는 건 뭘까요. 지난번에 제게 이런 말을 한 적이 있어요. 자신은 길조가 아니라 흉조라고. 순진한 친제국파가 친하게 지내자며 접근하는 게 우습다고."

"아무래도……."

"전쟁이겠죠."

율리아와 카루스는 블라이스 백작이 이번 일의 배후일 거라 믿었다. 증거는 필요 없었다. 그를 재판대에 올릴 것도 아니니, 진실을 아는 게 더 중요했다.

"카루스 님, 블라이스 백작에게 그런 명령을 내린 건 황제일 거예요."

"왜 그렇게 생각하지?"

"제가 너무 일찍 죽었던 몇 번을 제외하고, 황제는 언제나 오르테가를 식민지로 만들려고 했거든요."

전쟁에는 명분이 필요하고, 보호 동맹으로 강력하게 묶여 있는 두 국가가 서로를 적대하기 위해선 더 큰 명분이 필요하다.

카루스는 습관처럼 창문을 확인했다. 그러곤 요란하게 쏟아지는 빗줄기를 바라보다 율리아에게 말했다.

"폐하는 내게 남부를 안정시키라고 하셨지."

황제는 카루스와 블라이스에게 정반대의 명령을 내렸다. 카루스에게는 남부를 안정시키라고 말하고, 블라이스에게는 혼란을 일으켜 전쟁의 씨앗을 심으라고 말했다.

"황제는 카루스 님과 데네브라 황비의 세력이 오르테가에서 상잔하길 원하네요."

그렇다면 황제의 명령을 이행하는 척하면서 동시에 마조람 후작을 엿 먹일 방법을 찾으면 된다.

율리아의 머리가 바쁘게 돌아갔다.

"마조람 후작은 1왕자를 잃고 바빠질 거예요. 후작과 함께 1왕자를 지지하던 귀족들은 뿔뿔이 흩어지겠죠. 당분간은 샤트린 공주가 우세하겠지만, 곧 4왕자에게 힘이 실리기 시작할 거고."

"블라이스는 해방군을 부추겨 폭동을 일으키겠지."

"그러고 보니…… 마조람 후작이 그동안 해방군의 활동 자금을 대고 있었어요. 카루스 님, 그 증거를 찾을 수 있을까요?"

"뭐?"

카루스가 놀라 몸을 일으켰다.

율리아가 그를 보며 말했다.

"해방군이 튀어나올 때마다 겁에 질린 사람들이 친제국파에 힘을 실어줬으니까요. 후작은 그걸 위해 뒤에서 몰래 활동 자금을 대면서 그들을 조종하고 있었던 거예요."

"하, 쥐새끼 같은."

카루스가 증거를 찾아보겠다고 말했다. 안 그래도 국왕으로부터 해방군 수색을 도와달라는 부탁을 받았으니, 그걸 들어주는 척하면서 조사해보겠다는 것이다.

"저는 레위시아 전하를 무대 위로 올릴 거예요."

"때가 되었나. 생각보다 이르군."

다시 싸움이 시작되려 하고 있었다.

대화를 마치고 돌아가는 길이었다. 율리아는 요란하게 쏟아지는 장대비를 헤치고 마차로 다가갔다. 그러곤 마차 문을 열어주는 카루스에게 고개 숙여 인사했다.

"그럼 다음에……."

"데려다주지."

"네? 괜찮아요."

카루스는 괜찮다는 율리아의 말을 못 들은 척했다. 그는 율리아가 먼저 마차에 오르길 기다렸다가 뒤늦게 의자에 앉았다.

사방에 습기가 가득했다. 마차에 오르는 과정에서 비를 조금 맞았더니 앞머리가 젖어 이마에 달라붙었다. 율리아는 손가락을 세워 얼굴에 달라붙은 머리카락을 떼어내고, 물기를 닦았다.

카루스가 그녀를 보고 있었다.

"왜 그렇게 보세요?"

율리아의 머리카락에서 뺨을 타고 흘러내린 물방울이 작은 턱에 아슬아슬하게 맺혀 있었다. 떨어질 듯 말 듯 매달린 물방울에 시선을 빼앗긴 그는 말 한마디 하지 않고 그것만 바라보았다.

연약한 물방울 하나에도 힘이 있다. 율리아가 조금씩 움직일 때마다 그를 놀리듯 시선을 빼앗던 물방울이, 마차가 출발하는 것과 동시에 툭 떨어져버렸다.

"아무것도 아니야."

묘한 아쉬움이 들었다. 카루스는 그 짧은 순간 자신이 숨까지 멈추고 있었다는 사실을 깨달았다. 고개를 들자 율리아가 입술을 뾰족하게 모으고 자신을 쳐다보고 있었다.

"왜?"

"자꾸 그러니까 부하들이 카루스 님하고 겸상하면 체한다는 말을 하는 거예요."

"내가 왜."

"그렇게 지그시 바라보니까요. 꿰뚫리는 기분이 들거든요."

카루스의 검은 눈은 특별한 매력이 있었다. 새카맣고 맑은 보석 같았다. 오닉스가 사파이어처럼 투명해진다면 비슷한 느낌일 것이다.

카루스가 피식 웃으며 말했다.

"나는 파헤쳐지는 기분인데."

카루스는 율리아가 자신을 바라볼 때, 샅샅이 해체되는 기분이라고 했다.

"관찰하는 버릇이 있어서 그래요. 불편하시다면 자제할게요."

"괜찮아."

"저도 괜찮아요."

밀폐된 공간에 단둘이 있게 되자 다시금 긴장이 차올랐다. 그들은 상대에게 온 신경을 빼앗긴 채 서로 다른 곳을 바라보았다. 말은 괜찮다고 했지만, 둘 다 괜찮지 않았다.

카루스는 율리아의 과거를 생각했다. 묻고 싶은 게 많았다. 첫 번째 삶부터 여덟 번째 죽음까지, 할 수만 있다면 밤새도록 그녀를 붙잡고 기억하는 모든 순간에 대해 듣고 싶었다.

하지만 그럴 수 없다는 걸 알기에 그저 침묵했다. 율리아가 가엾어서 화가 났다. 가엾은 여자가 위험한 일을 자처하면서 잘해주지 말라고 선을 그으니까 더 화가 났다.

카루스의 시선이 미묘하게 율리아를 비껴갔다. 그녀를 그의 시야에 담긴 하되, 눈여겨 바라보지는 않았다.

'내가 만약 아홉 번을 다시 살고 있다면 어떤 기분일까.'

상상만으로도 막막했다.

아홉 번의 삶. 여덟 번의 죽음. 여덟 번의 실패와 쓰러지지 않는 원수. 속절없이 잊히는 자신.

똑같은 날, 똑같은 장소에서 매번 자신을 만난다는 건 어떤 기분이려나. 카루스는 그날 티타니아 갈림길에서 자신의 행동을 깊이 후회했다.

좀 더 친절하게 굴었어야 했다. 좀 더 배려했어야 했다. 그때 율리아는 죽을 듯이 아팠을 텐데, 앓는 신음 한 번 흘리지 않았다. 아픈 여자를 윽박지르듯 끌고 눈보라 치는 산맥에서 내려왔으니, 그녀가 자신을 차갑고 냉정한 사람이라고 말하는 것도 당연했다.

"너는……."

말을 걸 생각은 아니었는데 저절로 입이 열렸다. 카루스는 그런 자신이 낯설어 얼굴을 찡그렸다. 다행히 율리아는 그의 목소리를 듣지 못한 듯했다. 마차 밖에서 일어난 소란 때문이었다.

"무슨 일이 있나 봐요."

율리아가 창문에 가까이 다가갔다. 그들이 지나고 있는 곳은 오르테가 왕궁 앞 중앙광장이었다. 바깥엔 여전히 장대비가 쏟아지고 있었다.

"사람이 많아요."

웅성거리는 소리가 비를 뚫고 들렸다. 마차 속도가 현저히 느려졌다. 사람들이 질서 없이 모여 있어, 마차가 뚫고 들어가기 어려웠다.

카루스도 창문 밖을 바라보았다.

광장 중앙에 모인 사람들이 뭐라 소리를 지르며 싸우고 있었다. 빗소리 때문에 정확하게 들리지 않았지만 '해방군'이니 '불쌍한 1왕자'니, '피도 눈물도 없는' 같은 말들이었다.

"광장에 조의를 표하는 사람들이 있다더니."

율리아가 조그맣게 중얼거렸다.

그녀의 말대로였다. 1왕자가 살해당한 뒤, 왕족의 죽음을 애도하는 사람들이 중앙광장에 흰 꽃을 바치기 시작했다. 생화부터 시작해서 종이꽃, 때로는 화려한 바구니가 놓이기도 했다. 그들은 젊은 나이에 죽은 1왕자를 안타깝게 여겼다. 부족한 점도 많았지만, 그래도 오르테가의 왕자이니 정성을 다해 애도해야 한다고 말했다.

하지만 최근 흉흉해진 거리의 분위기가 그걸 용납하지 않았다. 조금만 수상쩍어도 질질 끌어다 고문하고, 이웃이 이웃을 고발하면 금화를 손에 넣을 수 있었다. 분노와 불신은 칼이 되어 원망할 대상을 찾아 헤맸다.

"왜 거기다 꽃을 놓는 거야! 더럽게! 저 시든 꽃들이 쓰레기가 되어 뒹구는 거 안 보여?"

"뭐? 쓰레기라니, 사람이 어떻게 그런 말을 할 수가 있어! 이건 불쌍한 왕자 전하를 기리는 꽃인데! 너 인마 해방군이지?"

"왕자 좋아하네. 해방군이 죽였다는 증거가 어디 있어? 내가 해방군이면 여기 있는 사람들 다 해방군이게? 하! 나 참, 우리 집 개도 해방군이다!"

"저 새끼 잡아!"

백성들이 싸우고 있었다. 해방군도 아니고, 병사들도 아니고, 이번 일과는 아무 상관 없는 힘없는 백성들이 저들끼리 싸웠다. 그들은 그저 병사들의 폭압에 겁먹은 피해자일 뿐일 텐데.

누군가 흰 꽃이 쌓인 제단에 돌을 던졌다. 한 사람이 돌을 던지자, 이후엔 여러 사람이 돌을 던졌다. 크고 작은 돌들이 엉성한 제단을 무너뜨렸다.

1왕자의 죽음을 애도하던 사람들은 그들을 말리기 위해 멱살을 잡았다. 멱살은 주먹질이 되고, 이내 패싸움이 되었다.

"죽여! 저 새끼 잡아!"

"너희 다 고발할 거야! 여기 해방군이 있다!"

비 오는 광장에서 백성들이 한데 뭉쳐 싸웠다. 병사들은 가까이 오지 못하고 멀리서 소리만 질렀다.

율리아는 마차 안에서 그 모습을 보며 침묵했다. 초록색 눈동자가 어둡게 가라앉았다. 카루스는 이제 율리아의 숨소리만 들어도 그녀의 기분을 알아맞힐 수 있었다.

"신경 쓰지 마."

그가 커다란 손바닥으로 창문을 가렸다.

"네가 어쩔 수 있는 일이 아니야. 세상 모든 일엔 다 이유가 있고, 일어나야 할 일은 반드시 일어나게 되어 있지."

"그걸 어떻게 아세요?"

"나도 몰라. 그냥 널……."

위로하고 싶었을 뿐이다. 카루스는 그렇게 말하려다 돌연 입을 다물어버렸다.

율리아도 그가 무슨 말을 하려고 했는지 캐묻지 않았다. 그녀는 이제 괜찮다며 창문을 가린 카루스의 손을 잡아 내렸다.

율리아를 왕자궁 입구까지 데려다준 뒤, 카루스는 마차를 타고 관저로 돌아가고 있었다.

"제독님, 광장이 복잡하니 조금 돌아서 가겠습니다."

"알았다."

마부가 그에게 양해를 구하곤 방향을 틀었다. 중앙광장에서 일어난 패싸움 때문이었다. 카루스는 흔들리는 마차에 앉아 또 율리아를 생각했다.

그녀는 자신이 미쳤다고 말했다. 정상이 아니라고. 그러니까 잘해주지 말라는 말로 카루스에게 또 한 번 선을 그었다. 하지만 카루스의 눈에 비친 율리아는 지극히 인간적이었다. 오히려 너무 인간적이어서 문제였다.

타인의 감정, 처지, 세상을 향한 관심, 옳고 그름에 대한 고민.

율리아의 마음엔 그런 것들이 있었다. 복수에 성공하기 위해 미쳤다는 말로 자신의 맹목적인 분노를 포장하고 있지만, 그것조차 그의 눈엔 안쓰럽기만 했다.

'위로는 무슨.'

널 위로하고 싶었다는 말은 차마 꺼낼 수 없었다. 누가, 어떻게, 감히 위로할 수 있단 말인가. 카루스는 율리아가 겪었던 고통을 상상하는 것만으로도 벅차 숨이 막혔다. 이해한다는 건 위선이다. 이해하기 위해 노력하고 있다고 말해야 한다. 물론 그조차 쉽지는 않으리라.

카루스가 자신의 손바닥을 펼쳐 바라보았다. 율리아가 잡았던 손이었다. 그녀의 손은 언뜻 차갑게 느껴질 정도로 체온이 희미했다.

그래서일까. 닿을 때마다 움켜쥐고 싶은 마음이 불쑥 치솟았다.

'안 돼.'

습격이 있던 출정식 날, 그는 왕족의 단상을 향해 날아가는 화살을 보며 태어나 처음으로 신을 찾았다. 화살이 날아가는 방향엔 레위시아 왕자가 있고, 그곳엔 율리아가 있을 터였다. 괴한들은 왕족의 죽음을 바라고 있었다. 왕족의 시녀인 율리아는 그 눈먼 화살 하나에도 쉽게 목숨을 잃을 수 있었다.

욕지기가 치밀어 올라 참을 수가 없었다. 칼을 들고 놈들 사이로 뛰어들고 싶다는 욕망이 치솟았다. 동시에, 율리아의 곁에서 그녀가 눈을 뜨고 감을 때까지 지키고 싶다는 충동에 사로잡혔다.

카루스는 단상 위로 뛰어 올라간 뒤에야 자신이 이성을 잃은 채 율리아를 향해 달려왔음을 깨달았다.

'레위시아를 지키고 있었지.'

그때 율리아는 다른 사람들을 지키기 위해 자신의 몸을 노출하고 있었다. 습격이 멈췄으니 망정이지, 자칫 잘못했으면 그녀 역시 목숨을 잃을 수도 있는 상황이었다. 하지만 율리아는 겁먹지 않았다. 당황하지도 않았다. 소름 끼치게 차분한 얼굴로 주위를 살폈다. 레위시아와 시녀들의 안전을 확인한 후엔 다른 왕족들이 어떻게 되었는지 파악했다.

카루스는 아무것도 할 수 없었다.

화를 내면서 데려가고 싶은데 그럴 수 없었고, 곁에 두고 지키고 싶은데 그럴 수 없었다. 그런 자신이 낯설어 냉정을 잃었다. 이 감정이 무엇인지, 왜 이러는 것인지 몰라 당황했다. 게다가 하필이면 그 순간에 생각지도 못했던 녀석들에게 자신을 노출하고 말았다.

'레위시아 오르테가, 그리고 블라이스 백작까지.'

짐승은 천적을 알아본다. 카루스는 그때 자신을 향해 쏟아지던 두 남자의 시선을 잊을 수가 없었다.

뜨겁게 타오르던 레위시아 오르테가의 눈동자.

위험하게 일렁이던 블라이스 백작의 눈동자.

처음엔 두 사람 다 카루스를 보고 있었다. 그런 뒤엔 서로의 존재를 느꼈는지, 번갈아가며 신중하게 상대를 탐색했다.

'유약하고 예쁘장한 줄만 알았더니.'

레위시아도 사내였다. 블라이스도 다르지 않았다.

마조람 후작은 최근 그의 가문에 액운이 끼었다고 생각했다. 그게 아니면 달리 설명할 방법이 없었다. 바실리부터 크리스틴, 비자금과 1왕자의 죽음에 이르기까지. 온갖 재수 없는 일들이 그의 가문에만 일어나고 있었다. 신이 있다면 정말 묻고 싶었다. 내가 뭘 그렇게 잘못했느냐고.

"미치겠군. 어디서부터 어떻게 해결해야 할지 모르겠어. 1왕자가 죽다니. 내가 그동안 그 녀석한테 들인 공이 얼마인데."

후작은 평소 찾지도 않던 술을 마시고 있었다. 집사가 걱정스러운 얼굴로 후작을 바라보았지만, 손을 휘휘 내저어 그를 쫓았다.

후작 부인의 얼굴도 그리 좋지만은 않았다. 아들 바실리가 실종되었을 때도 평정을 잃지 않았던 그녀인데, 1왕자가 죽은 뒤론 유독 신경이 날카로웠다.

"왕은 뭐 하고 있어요?"

"해방군의 씨를 말릴 기세야. 범인이 특정된다면 일가친척까지 참살할 기세더군."

"왕비는요?"

"우리를 원망해."

후작이 짜증스레 얼굴을 문질렀다.

"1왕자를 지켰어야 했다고. 그를 살해하려 하는 자들이 왕국 안에 있었는데 알아채지 못했고, 그걸 막지 못했다고 우릴 원망해."

"그게 왜 우리 탓이죠. 왕가가 무능한 탓인데."

"나도 그렇게 말하고 싶었지만……."

잔에 담긴 술을 크게 한 모금 들이켠 후작이 잔뜩 인상을 썼다. 술을 마셔도 답답한 마음은 도무지 풀리지 않았다.

"해방군과의 연결고리를 모두 끊어야겠소. 당신도 명심하시오. 누가 됐든 우리가 해방군에게 돈을 쥐여주었다는 사실을 추적할 수 없도록."

"우린 아무 잘못이 없어요."

"그 말을 하는 게 아니잖소. 혹시라도 국왕이 이 사실을 알게 되면, 그때는 돌이킬 수 없어."

마조람 후작은 조급해하고 있었다. 그가 쥐고 있던 것들이 손가락 사이로 빠져나가 다시는 갖지 못하게 될까 봐 불안했다. 그는 단 한 번도 빈손이었던 적이 없는 남자였다. 그만큼 상실에 대한 불안감이 컸다.

"난 최선을 다했는데 일이 갈수록 꼬이고 있어. 도대체 내 주위엔 왜 쓸만한 사람이 하나도 없는 거지?"

"헛소리하지 마세요."

후작 부인이 결국 화를 냈다. 날카로운 질책이 후작에게 쏟아졌다.

"해방군은 당신 책임이잖아요. 당신이 아니면 누가 그들을 통제해요? 일이 잘못됐다고 해서 남의 탓으로 돌리지 마세요. 당신이 벌인 일이니까, 당신이 책임져야죠!"

"그게 왜 내 탓이오!"

"그럼 누구 탓일까요!"

후작 부인이 두 눈을 부릅떴다. 그녀는 후작의 일그러진 얼굴을 바라보며 이를 악다물고 말했다.

"해방군이니 뭐니 하는 떨거지들 데리고 대장 놀이할 시간에, 진짜 힘을 길렀어야죠. 그 멍청한 놈들이 무슨 짓을 저지를 줄 알고!"

"해방군은 범인이 아니오! 1왕자를 죽이지 않았어!"

"놈들이 그 짓을 했는지, 안 했는지 그게 중요해요? 온 세상이 해방군을 범인이라고 말하고 있는데? 그런 건 아무 상관 없으니까 당장 수습하세요. 싹 다 죽여서라도 마조람에 해가 되지 않게, 똑바로 처리하라고요."

후작 부인의 말은 마조람과 연결된 해방군을 전부 죽여서라도 흔적을 없애라는 뜻이었다.

후작이 손바닥으로 이마를 감싸 쥐었다. 두통이 밀려왔다.

"동맹 관계였던 두 개의 가문이 우리에게 등을 돌렸소. 샤트린 공주의 세력으로 들어가겠다고 하더군. 심지어 가신 중에서도 배신자가 나왔어."

"신경 쓰지 마세요."

"박쥐 같은 놈들."

후작은 그를 배신한 가문에 대한 분노를 감추지 않았다. 단순히 이익에 의해 뭉친 파벌이라 해도 그동안 동맹으로 살아온 세월이 있는데, 어떻게 1왕자가 죽은 지 열흘 만에 등을 돌릴 수가 있단 말인가.

허탈해하는 후작에게 후작 부인이 말했다.

"그런 떨거지들은 신경 쓰지 마세요."

"부인."

"기억하세요. 우린 마조람이에요."

마조람은 오르테가의 기둥이다. 그러니까 우리가 흔들려선 안 된다. 시련은 짧고, 권력은 영원할 것이다.

구심점을 잃은 1왕자파의 귀족 중 일부가 연일 공주궁을 드나들었다. 샤트린은 형제의 죽음을 애도한다며 자신의 궁에서 잘 나가지 않았는데, 율리아가 보기에 그건 모두 계산된 행동이었다.

"밖에서 만나면 티가 안 나잖아요. 이제 자기가 일인자라는 걸 온 세상에 알리고 싶을 텐데, 귀족들이 공주궁 입구가 닳도록 드나들어 줘야죠."

"걘 왜 그렇게 티를 내고 싶어하지? 저러다 진짜 왕이 되면 아침에 뭘 먹었고, 옷은 뭘 입었고, 기분이 좋은지 나쁜지 온 세상에 알릴 기세야."

"다들 그래요. 공주님이 조금 유난한 구석도 있지만."

"난 아냐. 내 사생활은 소중해. 나만 알고 싶다고."

"어떡하죠. 왕좌에 오르시면 그 소중한 사생활 다 공개될 텐데."

"빌어먹을."

레위시아가 짜증을 내며 모래를 걷어찼다.

그는 자신의 시녀들과 함께 바닷가에 나와 있었다. 장례식 전후로 기분이 좋지 않았던 그를 위해 율리아가 제안한 외출이었다.

"여긴 사람이 없어서 좋네."

"제국군 기지가 옆에 있으니까요."

그들이 도착한 곳은 남부 함대 기지가 보이는 외진 해변이었다. 짧은 백사장 너머에 낮은 언덕이 있고, 그 뒤엔 오밀조밀한 숲이 펼쳐져 있었다. 제국군이 감시하는 곳이라 그런지 여름인데도 사람 하나 보이지 않았다. 모래사장 위엔 레위시아와 율리아, 코코와 알렉사뿐이었다.

레위시아가 율리아와 이야기하는 동안, 코코와 모래 뺏기 싸움을 하던 알렉사가 근엄한 목소리로 말했다.

"제가 이겼습니다."

"검술을 잘하면 이런 것도 잘하는 거니?"

"그럼요. 저는 다 잘합니다."

"짜증 나."

"분하면 한 번 더 하시죠. 어차피 또 지겠지만."

코코가 울컥하는 게 눈으로 보일 정도였다. 레위시아는 알렉사를 향해 엄지손가락을 치켜들고는, 너처럼 대놓고 코코를 도발하는 애는 처음 본다고 감탄했다.

두 사람의 모래 뺏기 싸움을 눈여겨보던 율리아가 그들 사이에 끼어 앉았다. 그러곤 봉긋하게 쌓은 모래 위에 자신의 긴 머리핀을 꽂았다.

코코가 피식 웃으며 물었다.

"너도 하게?"

"재밌어 보여요."

"이게 생각보다 엄청 어렵거든? 너처럼 겁 없이 막 가져가는 애들은 꼭 지게 되어 있어."

"나한테 지고 화내지나 마요."

코코는 그럴 리가 없다고 했다. 알렉사가 희한하게 잘하는 거지, 율리아한테는 자기가 질 리 없다고.

"제가 먼저 할게요."

율리아가 두 손을 쫙 펼치더니, 모래를 크게 한 움큼 가져갔다. 그

다음엔 코코, 마지막이 알렉사였다. 그렇게 한 바퀴, 두 바퀴, 세 바퀴쯤 돌았을 때였다. 모래는 거의 남아 있지 않았다. 머리핀도 한쪽으로 기울어 바람만 불어도 픽 쓰러질 것만 같았다.

"코코 차례예요."

"시끄러워. 말 걸지 마."

코코의 속눈썹이 살짝 떨렸다. 그녀는 신중하게 손가락 끝을 모래에 갖다 대더니. 정말 손톱만큼의 모래를 긁어냈다.

"됐다!"

하필이면 그때 바람이 불었다. 아니나 다를까, 위태롭게 기울었던 머리핀이 픽 쓰러졌다. 율리아가 코코를 보고, 알렉사도 코코를 보았다. 두 사람의 눈가에 웃음기가 가득했다.

"졌네요."

"졌어요."

코코는 화내지 않았다. 확 짜증을 내며 모래를 엎어버릴 줄 알았는데, 말없이 새 언덕을 만들었다. 그러곤 레위시아에게 말했다.

"전하, 덤벼요."

"알렉사는 못 이기겠고, 율리아한테도 지니까 이제 만만한 나구나."

"알면 빨리 이리 와서 앉으세요."

"싫어. 나까지 코코를 이겨버리면 울면서 아빠한테 이를 거잖아. 내가 힌치 백작을 얼마나 무서워하는데."

"질까 봐 무서워서 안 하는 게 아니고요? 왕자궁에서 왕자님이 최약체란 거, 우리가 모를 줄 알아요?"

"맞아. 난 연약해. 한 떨기 코스모스 같은 남자야."

레위시아에겐 전의가 없었다. 코코가 승부 욕심도 없는 재미없는 남자라고 놀려도 소용없었다.

두 사람의 대화를 듣던 율리아가 웃으며 물었다.

"힌치 백작님은 요즘 뭐 하세요?"

"우리 아빠야 뭐, 집에서 술 먹겠지."

"상단은 잘 돌아가겠죠?"

"아빠가 제일 잘하는 일이 그건데 그럼……."

거기까지 말하던 코코가 모래를 두드리다 말고 고개를 홱 치켜들었다. 그러곤 율리아에게 말했다.

"그건 왜 물어보니."

"상인연합 대표를 치우고, 그 자리에 힌치 백작님을 추천하려고요. 그러니까 코코가 도와주세요."

부지런히 모래를 두드리던 코코의 손이 우뚝 멎었다. 알렉시도 다음 싸움을 준비하다 말고 율리아를 바라보았다.

상인연합.

알렉사에겐 잊을 수 없는 단체였다. 그녀의 아버지는 상인연합이 추천한 사업에 손을 댔다가 거액의 빚을 지게 되었고, 상인연합이 데리고 있던 고리대금업자에게 돈을 빌렸다가 결국 목숨을 끊고 말았다. 어린 알렉사를 용병으로 만들어 노예처럼 부리고, 빚을 다 갚았는데도 놓아주지 않으려 했다.

"알렉사 같은 피해자가 많아요. 사채는 물론이고, 노예 거래에, 해적의 금화를 유통하고, 심지어는 인신매매까지 한 거로 알아요."

"상인연합은 단체야. 대표를 끌어내린다고 해서 그걸 한 번에 해결할 수는 없어."

"그러니까 힌치 백작님이 그 자리에 앉으셔야죠."

코코가 만든 모래언덕 위에 또 한 번 율리아의 머리핀이 꽂혔다. 이번에도 순서는 같았다. 율리아가 두 팔을 벌려 모래를 잔뜩 끌어왔다.

"지금 상인연합 대표로 앉아 있는 사람은 마조람 후작의 먼 친척이야. 놈을 고발하려면 증거가 충분해야 해. 안 그러면 역으로 당할 수도 있어."

"증거는 충분히 모을 수 있어요. 알렉사가 도와주기만 하면."

"제가 뭘 하면 됩니까?"

알렉사가 물었다. 코코가 모래를 끌어가고, 이번에는 그녀의 차례였다. 알렉사는 눈으로 율리아를 보면서 손으로는 모래를 가져오는 기예를 선보였다.

율리아가 씩 웃었다.

"범죄자들을 때리고, 협박하고, 잡아 가둬야죠. 그들이 제 손으로 증거를 갖다 바치고 자백할 때까지."

"제가 제일 잘하는 일이네요."

알렉사도 씩 웃었다.

곧이어 봉긋하던 모래가 거의 다 사라지고, 가운데 꽂혀 있던 머리핀이 위태롭게 기울었다.

이번에도 코코가 할 차례였다. 그녀는 드레스가 더러워지는 것도 아랑곳하지 않은 채 엎드리다시피 몸을 숙이고 손끝에 집중했다.

"코코, 꼭 그렇게까지 해서 이겨야겠어? 추하게 승부에 집착하는 타입인 줄은 몰랐는데…… 나처럼 좀 둥글게 살아. 평화롭게, 착하게."

레위시아가 하하하 웃으며 코코를 놀리고 있을 때였다. 그들뿐이던 모래사장에 한 남자가 나타났다.

그는 별로 빠르게 걷는 것 같지 않았는데, 보폭이 커서 눈 깜짝할 사이에 이들이 있는 곳으로 다가왔다.

검은 셔츠에 짙은 회색 슈트를 입은 카루스였다.

"어……."

레위시아가 멍하니 입을 벌렸다가 재빨리 닫았다. 코코는 그토록 신중하게 긁어내던 모래 위에 손바닥을 콱 짚고 벌떡 일어섰다.

카루스가 그들을 내려다보며 말했다.

"여기 있었군."

"카루스 님."

율리아가 모래를 탁탁 털고 일어나 카루스와 왕자궁 식구들 사이에 섰다. 그러곤 뻔뻔한 얼굴로 서로를 소개했다.

"레위시아 오르테가 2왕자 전하와 코델리아 힌치, 그리고 알렉사 콴이에요. 그리고 이쪽은 카루스 란케아, 제 후원자님이고요."

이게 어찌 된 일이지. 모두 그런 얼굴을 했다.

율리아가 다시 뻔뻔하게 말했다.

"소개해달라면서요."

"내가 언제. 수상하다고 했지."

코코가 대놓고 그렇게 중얼거렸다. 그러자 레위시아가 코코의 입을 막고 실례했다며 하하하 웃었다.

시녀들이 모래투성이가 된 드레스와 신발을 정돈하는 동안, 레위시아는 카루스와 함께 조금 떨어진 해변을 걷기로 했다.

"천천히 해."

코코가 부산스럽게 치마를 털며 알았다고 말했다. 알렉사는 레위시아와 카루스에게 관심이 없었고, 율리아는 두 사람을 가만히 바라보다 살짝 고개를 끄덕이고 고개를 돌렸다.

"가시죠."

카루스가 먼저 걷고, 레위시아가 조금 떨어진 곳에서 그를 따라 걸었다. 그러다 보니 레위시아의 시야 한쪽에 카루스의 뒷모습이 절묘하게 걸쳐졌다.

넓은 어깨와 반듯한 허리, 전신을 감싸는 슈트가 무색하게 그의 온몸에선 역동적인 힘이 느껴졌다. 무혈 제독이라고 했던가. 바이칸 제국에서 감히 상대할 자가 없었다던 검술의 달인, 노련한 전술가.

율리아의 소개로 인사를 나누긴 했지만 무슨 말로 친분을 나눠야할지 알 수가 없었다. 레위시아는 아무나하고 잘 어울리는 사람이었는데, 유독 카루스 란케아 앞에서는 말을 고르게 되었다.

"율리아를 구해주셔서 고맙습니다."

그래서 한다는 말이 결국 율리아 얘기였다.

카루스가 슬쩍 뒤를 돌아보고 물었다.

"왕자께서 감사할 일입니까?"

"제 시녀니까요."

"그땐 아니었습니다."

어쩐지 꺼끌꺼끌하게 느껴지는 말이었다. 적의라고 하기엔 그의 태도가 정중했다. 짧게 멈칫했던 레위시아가 다시 자연스럽게 걸으며 물었다.

"마조람 후작을 치죄하려 하신다는 말을 들었습니다."

"전쟁이나 내란이 일어나지 않는다는 조건입니다."

"왜 오르테가를 지키려 하십니까?"

당신은 황제의 기사가 아닌가. 레위시아가 물었다. 카루스는 그에게 어떻게 대답해줄까 고민하다가 그냥 이렇게 말했다.

"오르테가를 지키는 게 아닙니다."

"그러면……."

"율리아를 얻으려는 겁니다."

레위시아가 걸음을 멈췄다. 그러자 카루스도 걸음을 멈췄다. 두 사람은 모래사장 위에 서서 서로를 마주 보았다.

레위시아의 긴 머리카락이 바람에 휘날렸다. 그는 평소처럼 머리카락을 쓸어올리다가 가볍게 웃음을 터뜨렸다. 갑자기 이 긴 머리카락을 짧게 잘라버리고 싶다는 생각이 들었다.

카루스가 고개를 비틀고 레위시아를 바라보다 말했다.

"너는 왕좌에 어울리는 남자가 아니야."

레위시아는 카루스의 말에 반박하지 않았다. 그냥 이렇게 말했다.

"그렇게 태어나지는 않았지."

그는 이제 웃지 않았다.

"하지만 그렇게 살아갈 남자다."

긴 머리카락을 애써 그러모으던 레위시아가 손을 내려 주머니에 넣었다. 바닷바람이 거셌지만, 그는 자신의 머리카락이 휘날리도록 내버려두었다.

━ • ◆ • ━

산책하듯 느릿느릿 걷던 카루스와 레위시아가 시녀들이 기다리는 마차 앞으로 돌아왔을 때, 그들은 훨씬 편하게 서로를 대하고 있었다. 율리아는 카루스와 레위시아가 그럴 줄은 몰랐다며 도대체 어떻게 된 일이냐고 물었다. 하지만 그들은 가볍게 웃을 뿐, 그녀에게 대답해 주지 않았다.

식사는 밖에서 하게 되었다. 왕자궁이나 카루스의 관저에서 공개적으로 만나기엔 아직 이르다고 판단했기 때문이었다.

은밀하고 고급스러운 식당을 찾아 들어간 그들은 둥근 테이블에 둘러앉아 식사를 시작했다. 어색했던 분위기도 식사가 시작되자 조금씩 누그러졌다.

코코는 카루스에게 궁금한 게 많았다.

"두 사람 무슨 관계죠? 소문 자자한 무혈 제독이 우리 율리아한테 약점이라도 잡힌 건 아니겠죠?"

"무슨 관계냐면……."

카루스가 율리아를 힐긋 쳐다보았다.

"사적인 관계."

코코가 저게 뭔 소리냐고 율리아에게 물었다. 율리아는 어깨를 으쓱거리며 그럼 공적인 관계겠냐고 받아쳤다. 코코는 카루스를 끊임없이 시험했고, 알렉사는 카루스와 대련을 하고 싶어했다. 레위시아는 그런 두 사람을 말리면서 식사 분위기를 부드럽게 이끌었다.

율리아는 이 모든 게 신기하고 이상했다.

아홉 번의 삶을 통틀어 처음이었다. 그들이 한자리에 모여 음식을 먹고, 대화하는 건.

가슴이 솜으로 가득 차 터질 듯 부풀어 올랐다가도 금세 텅 비어 공허해졌다.

코코가 웃을 때마다, 알렉사가 음식을 덜어 주거나 레위시아가 장난을 칠 때마다, 카루스가 그녀에게 지그시 시선을 맞출 때마다.

'이번에도 다시 시작하게 된다면 어떻게 하지.'

그런 생각이 들었다. 계속 떠올리게 되었다. 이 사람들을 또 이렇게 만날 수 있을까. 똑같이 살 수 있을까. 그때도 지금처럼 웃으면서 아무렇지 않게 얘기할 수 있을까.

'나도 다 잊었으면 좋았을걸.'

실수를 반복하고 똑같은 불행을 이어가게 되더라도 다 잊어버리면 편했을 텐데. 그럼 이렇게 당신들을 보면서 제발 이 순간이 영원하기를 기도하지 않아도 되었을 텐데.

율리아는 깨닫지 못했다.

삶과 죽음의 경계에서 늘 죽음을 향해 걷던 그녀가 이날 처음으로 삶을 돌아보았다는 것을.

18
상인연합 부수기

비 내린 밤거리에 달빛이 내려앉았다. 축축한 길바닥이 꼭 물결치는 밤하늘처럼 반짝거렸다. 배고픈 길고양이들이 살금살금 빗물 고인 자리를 피해 걸었다.

고즈넉한 밤이었다. 한데 그 아름다운 장소에 한 무리의 남자들이 나타나, 어느 허름한 집 앞에 섰다.

한 손에 두툼한 수첩을 든 슈트 차림의 남자가 물었다.

"여긴가?"

그러자 그를 따르던 사내들이 집 앞을 기웃거리며 말했다.

"아비는 몇 년 전에 달아나 없고, 어미는 얼마 전에 병에 걸려 죽었다고 합니다. 그동안엔 조부모가 허드렛일 하면서 이자를 내곤 했는데, 3개월 전부터 감감무소식입니다."

"3개월이나 기다렸다고? 이 새끼들이…… 누군 땅 파서 장사하는 줄 알아? 쫓겨나고 싶어? 너희 모두 다음 달까지 목표액 못 채우면 해고인 줄 알아."

"예? 아니, 그건 좀 너무하는 거 아닙니까."

"돈 놓고 돈 먹는 게 세상에서 제일 쉬운 일인 거 몰라? 그것도 못하는 새끼들은 나가 죽어야지. 막말로 자금 다 대주고 사람도 모아주는데, 이자 받아 오는 것도 못해?"

"조부모까지 죽었다는 얘기가 있어서……."

사내들이 변명할수록 슈트 차림의 남자는 더욱 싸늘하게 화를 냈다.

"애들은 있을 거 아냐."

"예. 대충 열댓 살 되는 남자애가 하나, 그보다 어린 여자애가 둘인가."

"팔아버려."

"알겠습니다."

"집은 주인이 따로 있고?"

"친척 이름으로 되어 있는데, 보부상이라 몇 년에 한 번 나타날 때도 있다고 합니다."

"서류 꾸며서 집도 팔아버려."

사내들이 알겠다며 고개를 끄덕였다. 슈트 차림의 남자는 집 앞에 서서 수첩을 펼치더니 주소와 아이들의 나이, 그리고 채무액을 적어 넣었다.

거기서 그리 멀리 떨어지지 않은 골목에 네 명의 남녀가 숨어 있었다. 그들은 어둠 속에서 눈을 빛내며 사내들의 대화를 엿들었다.

"저 새끼들이 확실해?"

"네, 확실해요."

묻는 사람은 바바슬로프였고, 대답하는 건 율리아였다.

"수첩 든 놈?"

"네, 저자가 상인연합 간부의 회계사예요."

"개 쓰레기 같은 놈이군."

바바슬로프가 주먹을 쥐었다가 푸는 걸 반복했다. 당장이라도 달려 나가서 사내들의 이를 다 털어버릴 것 같은 느낌이었다.

한데 그보다 더 깊게 분노한 사람이 있었다. 알렉사였다.

알렉사의 나른한 회색 눈이 설표처럼 빛났다. 그녀가 몸을 기울이자 바짝 올려 묶은 흰 머리카락이 스르륵 흘러내려 율리아의 팔에 닿았다. 그러자 그 부분의 살갗에 오소소 소름이 돋았다.

"죽이면 안 돼요."

율리아가 알렉사의 귓가에 속삭였다.

"참아요, 알렉사."

율리아와 함께 왕자궁을 빠져나온 알렉사는 맥스웰과 바바슬로프를 만났을 때만 해도 기분이 나쁘지 않아 보였다. 그들에게 용병 시절 동료들에게 배웠던 거친 농담을 건넬 만큼 여유만만했다.

그런데 막상 질 나쁜 고리대금업자와 그의 하수인들을 목격하게 되자, 애써 감춰두었던 울분이 살의가 되어 흘러나왔다. 그녀가 긴 세월 노예처럼 일하며 수모를 당했던 일들이 주마등처럼 스쳐 지나갔다.

알렉사의 무시무시한 살기를 느낀 맥스웰이 분위기를 환기하려 호들갑을 떨었다.

"시녀님, 나 무서워."

그래도 알렉사는 살기를 누그러뜨리지 않았다. 그녀의 눈동자가 완전히 얼어 있다는 사실을 깨달은 율리아가 알렉사의 팔을 안듯이 잡아당겼다. 그러곤 부드럽게 품에 가두고 말했다.

"지금은 죽이면 안 돼요."

흠칫 놀란 알렉사는 그제야 살기를 풀 수 있었다.

바바슬로프가 씩 웃으며 말했다.

"시녀님, 우릴 믿어. 복덩이가 시키는 일이라면 우리 엄마한테 불효하라는 거 빼고는 다 할 작정이니까."

"저도 그렇습니다."

바바슬로프와 맥스웰이 알렉사와 한 차례 눈빛을 주고받았다. 그들의 역할은 수첩 든 남자를 사로잡는 것이었고, 알렉사의 역할은 혹시 모를 위험에 대비해 율리아를 지키는 것이었다.

애당초 알렉사는 직접 놈들을 습격하고 싶어 했다. 한데 바바슬로프가 '우리 중에서 제일 강한 사람이 복덩이를 지키자.'라고 하자, 자원해서 율리아의 곁에 남았다.

"가자."

바바슬로프가 먼저 골목을 박차고 나갔다. 맥스웰은 그에게서 조금 떨어진 대각선 뒤에서 조용히 움직였다.

긴말은 필요 없었다. 그들은 사채업자들이 누구냐고 묻기도 전에 냅다 주먹부터 날렸다. 바바슬로프는 날렵한 편이었는데, 그의 주먹에선 북 치는 소리가 났다.

고요한 골목이 소란스러워졌다. 몇몇 집 창문에 등불이 들어왔다가 이내 다시 어두워졌다. 겁에 질린 사람들은 밖으로 나오거나 신고

할 생각조차 하지 못했다.

"이 자식들, 뭐야! 너희 누구야!"

사채업자들이 악을 쓰며 소리 질렀다. 앞니가 부러져 발음이 새고 피가 튀었다. 바바슬로프가 놈의 멱살을 잡고 한 손으로 들어 올리더니 맥스웰에게 말했다.

"산 채로 잡아야 하는 놈은 하나야."

"알아."

나머진 다 죽여도 된다는 뜻이었다.

두 사람의 실력은 약자만 괴롭히는 사채업자들과는 차원이 달랐다. 놈들은 제대로 된 반격 한 번 성공하지 못했다. 잡으려고 다가가면 주먹이 날아왔고, 때리려고 손을 뻗으면 발길질이 날아왔다.

한 사채업자가 맥스웰에게 머리채를 잡힌 채 질질 끌려가다가 허리춤에서 칼을 꺼내 들었다. 단도에 가까운데, 그것보다는 긴 칼이었다. 손때 묻은 가죽 손잡이를 보니 오랫동안 써 온 무기 같았다.

맥스웰이 그걸 보고 웃었다.

"나 주려고?"

칼을 뺏기는 건 순식간이었다. 맥스웰은 놈의 손에서 칼을 빼앗아 동료들을 버리고 달아나던 자의 허벅지에 꽂았다.

"사, 살려줘……!"

비명과 애원, 욕설이 뒤섞였다. 힘깨나 쓰던 동료들이 하나둘 바닥에 쓰러지자, 수첩을 들고 있던 남자가 조금씩 뒷걸음질 쳤다. 하지만 그를 보고만 있을 바바슬로프가 아니었다.

"어디 가, 이 새끼야. 너 잡으러 온 건데."

그가 남자의 뒷덜미를 잡았다. 그러곤 반항하는 놈을 한 손으로 질

275

질 끌어 율리아에게 데려갔다.

"이놈 맞아?"

"네, 맞아요."

율리아가 확신을 담아 고개를 끄덕였다.

일행이 남자를 데려간 곳은 한적한 부두에 있는 폐창고였다. 워낙 넓고 외진 곳이라 누군가 찾아올 염려는 없어 보였다. 장소를 마련해준 맥스웰에게 고맙다는 인사를 건넨 율리아가 기둥에 묶여 있는 남자에게 다가갔다.

그는 선박을 만들 때 쓰는 굵은 나무 기둥에 꽁꽁 묶여 있었다. 맥스웰이 재갈을 풀어주자, 그가 버럭 소리를 질렀다.

"이 자식들, 내가 누군지 알고!"

"알아."

율리아가 시큰둥하게 말했다.

"고리대금업자들 회계 처리해주는 놈이잖아, 너. 이자 못 내는 사람들 찾아가서 인신매매도 하고, 겸사겸사 집도 뺏고."

"너 누구야."

"시녀."

"뭐? 그게 무슨……."

"상인연합 대표 알지? 그 남자가 숨겨둔 금고 어딨어."

"뭐?"

"자꾸 되묻지 마. 내가 알고 싶은 건 상인연합 대표가 그동안 저질렀던 비리와 뇌물 목록, 인신매매와 각종 범죄 기록이 보관된 금고가 어디에 있느냐는 거야."

"그걸 왜 나한테 묻는 거지? 난 그런 사람 몰라! 엉뚱한 사람 잡아다가 이게 무슨 짓거리……."

남자가 몸부림치며 고래고래 소리를 질렀다. 그래도 율리아는 눈 하나 깜짝하지 않았다. 그녀는 남자가 발악하거나 말거나 신경 쓰지 않고, 그의 옷 주머니를 뒤져 작고 두툼한 수첩을 꺼냈다.

"이거 놔! 놓으라고! 이것들이 진짜 죽고 싶어?"

"그냥 말해. 널 고발하고 나서 피해자 찾고, 증거 찾고, 목격자 찾고…… 사실 그렇게 해도 되거든. 근데 내가 왜 이런 거친 방법까지 써가면서 너한테 묻는지 알아?"

율리아가 짜증스레 말했다.

"지겨워서."

지긋지긋했다. 그녀는 이전의 삶에서도 상인연합을 상대로 아주 오랫동안 싸웠다. 그 이전에도 마찬가지였다. 상인연합은 언제나 하나부터 열까지 문제투성이였다.

율리아는 보란 듯이 남자에게서 빼앗은 수첩을 펼쳐보았다. 그러곤 그럴 줄 알았다면서 고개를 끄덕였다.

"말 안 해도 별로 상관없어. 이것만 있으면 널 사형시키는 건 일도 아니니까. 아마 교수형이겠지. 죽은 뒤엔 바다에 버려질 거고."

남자가 젖 먹던 힘을 다해 몸부림을 쳤다. 하지만 바바슬로프가 콧노래까지 불러가며 꽁꽁 묶어놓은 밧줄은 조금도 느슨해지지 않았다.

맥스웰이 다가와 율리아에게 말했다.

"시녀님, 시간이 늦었습니다."

"내일 다시 와야겠네요."

왕궁으로 돌아갈 시간이었다. 율리아가 돌아서기 전에 마지막으로 말했다.

"금고가 어디 있는지 말해. 그러면 이 중에서 몇 가지는 빼고 고발할게. 운이 좋으면 살 수 있을지도 모르잖아."

적어도 정식 재판은 받을 수 있을 것이다.

"내일도 말 안 하면 산채로 바닷물에 넣었다 뺐다 하면서 언제 죽는지 구경할 거야. 이왕이면 백상아리가 출몰하는 곳이 좋겠지."

율리아가 몸을 돌렸다. 남자의 입에서 온갖 상스러운 욕이 튀어나왔다. 율리아는 그러거나 말거나 별로 상관하지 않았는데, 맥스웰이 놈의 입을 주먹으로 후려쳤다.

"어이구, 주둥이가 시궁창이네. 걱정하지 마세요. 내일 오실 때쯤엔 고분고분해져 있을 겁니다. 묻는 말에 성실하게 대답도 할 거고요. 제가 그렇게 만들어드리죠."

맥스웰이 안경을 벗어 주머니에 집어넣었다. 율리아는 잘 부탁한다는 말을 남기고 창고를 떠났다.

율리아와 알렉사가 상인연합 간부의 회계사를 만나러 왕궁 밖으로 나갔을 때, 코코는 오랜만에 자신의 본가에 가기 위해 길을 나섰다.

힌치 백작의 저택은 오르테가에서 가장 큰 부둣가에 있었다. 그곳은 수많은 고깃배와 무역선들이 쉼 없이 들락거리는 곳이었다.

바다엔 배들이, 뭍에는 거대한 상단의 건물이 죽 늘어서 있었다.

코코는 그중에서도 가장 큰 건물로 들어갔다. 그러곤 그녀의 얼굴을 보자마자 비명을 지르며 나타난 중년의 여인에게 물었다.

"집사, 아빠는?"

"미쳤어! 아가씨, 연락도 없이 오시면 어떡해요? 백작님이 아가씨 오시기만을 얼마나 기다렸는데……! 미리 연락하셨어야죠! 그래야 맛있는 것도 구해놓고, 술도 못 마시게 하고……."

"술 먹고 있구나."

코코는 그럴 줄 알았다는 얼굴로 고개를 끄덕였다.

"왜 가방이 없어요? 마차에 두고 내리셨어요?"

"금방 갈 거라서."

"백작님 우실지도 몰라요."

"기록해놔. 10년 동안 놀릴 거야."

힌치 백작은 부두에서도 알아주는 술고래였다. 그는 먼바다로 고기를 잡으러 간 어부들이 돌아올 때마다 그들을 데려와 함께 술자리를 갖는 것으로 유명했다. 그래야 제일 싱싱하고 맛있는 생선을 사 먹을 수 있다는 것이다.

이날도 그랬다. 힌치 백작은 커다란 바닷가재를 통째로 쪄서 술과 함께 먹고 있었다. 그의 곁에는 오랜 친구들이 함께 있었는데, 모두 노련한 어부거나 은퇴한 선장들이었다.

"아빠!"

노크도 없이 문을 열고 들어온 코코를 보고, 힌치 백작이 눈썹을 한 쪽만 쓱 들어 올렸다. 그러곤 심드렁하게 물었다.

"누구시더라?"

"……아빠."

"누구냐니까? 나 참, 이보게. 아빠래. 나한테 딸이 있었나?"

힌치 백작의 친구들이 껄껄 웃으며 말했다.

"없었지요."

"딸은 무슨! 본 적도 없는데!"

끼리끼리 논다더니. 백작의 친구들도 그 못지않게 짓궂은 사람들이었다.

코코가 크게 심호흡하며 화를 삼켰다. 아무리 그녀라도 아빠의 친구들을 쥐 잡듯이 잡을 수는 없는 노릇이었다.

"중요한 얘기가 있어요. 죄송하지만 저랑……."

"집 잘못 찾아오셨소이다. 여긴 코델리아 힌치의 아빠가 사는 집이오. 아가씨는 누군지 몰라도, 코델리아 힌치가 아니야."

"아빠! 좀! 중요한 얘기란 말이에요!"

"내 딸은 너보다 훨씬 예뻐. 못생긴 게."

"진짜 이럴 거예요?"

"진짜 이럴 건데요?"

"무슨 어른이 그렇게 속이 좁아요? 바쁘다 보면 집에 못 올 수도 있지! 제가 어린애예요? 적당히 좀 하세요!"

"어이구, 뉘 집 딸인지 성질 더러운 것 좀 보게."

"아빠 닮았거든요?"

"아니거든요?"

백작이 얄밉게 이죽거렸다.

친구들이 돌아간 뒤에도 마찬가지였다. 힌치 백작은 코코를 서재로 데려가 의자에 앉힌 뒤, 자신의 부탁을 들어주지 않으면 한마디도 듣지 않겠다고 으름장을 놓았다.

코코는 화를 꾹 참으며 백작이 시키는 대로 할 수밖에 없었다.

"받아써."

"뭘요."

"사랑하는 아빠에게."

백작이 근엄하게 말했다. 코코에게 줄 다과를 들고 서재를 찾았던 집사가 깔깔 웃음을 터뜨렸다. 코코는 닭살이 돋아서 차마 그런 짓을 하지 못하겠다고 신경질을 냈지만, 백작은 아랑곳하지 않고 계속해서 말했다.

"아빠, 안녕하셨어요? 아빠의 귀여운 딸, 코코예요."

"미쳤어요?"

"연락 못 해서 죄송해요. 보고 싶었어요. 사랑해요."

온몸으로 짜증을 내며 편지를 거부하던 코코가 입을 꼭 다물었다. 백작도 그 이상은 아무 말 하지 않고 그녀를 바라보았다.

"……쓰면 되잖아요."

펜이 빠르게 움직였다. 코코는 새하얀 편지지에 백작의 말을 그대로 받아썼다. 이제 만족하냐며 고개를 들고 노려보자, 백작이 그녀의 손에서 편지를 빼앗아 집사에게 넘겼다.

"현관에 걸어."

"네, 백작님."

아예 가보로 간직하지 그러냐는 코코의 비아냥에도 백작은 그저 흐뭇한 얼굴이었다. 이제 대화할 준비가 됐다는 듯 느긋하게 의자에 앉는 그를 향해, 코코가 입꼬리를 씰룩이며 말했다.

"상인연합 대표가 되어주세요."

◆ • ◆ • ◆

다음 날 밤이 되었다. 율리아는 이번에도 알렉사를 대동한 채 왕궁을 나섰다. 레위시아가 같이 가고 싶다고 떼를 썼지만, 위험하다는 말로 만류했다.

"시녀님, 일찍 오셨네요?"

맥스웰과 바바슬로프는 이미 창고 앞에 도착해 있었다. 어제와 옷이 다른 걸 보니 숙소에 다녀온 것 같은데, 소매와 신발이 구겨져 지저분했다. 꼭 어디서 드잡이질이라도 하다가 온 모습이었다.

율리아가 물었다.

"누구랑 싸웠어요?"

"별거 아닙니다. 오다가 술 취한 병사들이랑 마주쳤는데…… 다짜고짜 해방군 아니냐고 시비를 걸어서요."

한숨이 나왔다. 요즘 오르테가의 병사 중 일부가 술값을 벌기 위해 밤거리를 쏘다니며 부랑자를 잡아다가 해방군이라고 속이고 금화를 받아가는 일이 잦았다.

"들어가시죠."

맥스웰이 한쪽 눈을 찡긋하며 문을 열었다. 율리아와 알렉사는 어제 납치한 남자가 묶여 있는 위치로 다가갔다.

잠시 고민하던 알렉사가 조심스레 물었다.

"죽었습니까?"

"예? 아이고, 아닙니다. 멀쩡해요. 부러진 데도 없고, 다 정상입니다. 아픈 척하는 거예요. 이 녀석이 엄살이 심하더라고요."

맥스웰의 말을 전부 믿을 수는 없었다. 하지만 율리아는 그에게 어떻게 한 거냐고 묻는 대신, 묶인 채 힘없이 고개를 떨어뜨리고 있는 남자에게 말했다.

"금고."

남자가 힘겹게 눈을 떴다.

"어딨어."

"금고⋯⋯."

율리아의 뒤에 서 있던 맥스웰이 소리 없이 이를 드러냈다. 그러곤 입 모양으로 '죽인다'라고 그를 협박했다. 딴에는 율리아가 겁먹을까 봐 배려해서 한 행동이었다.

그런데 율리아가 다짜고짜 남자의 뺨을 후려쳤다.

철썩 소리가 찰졌다. 남자는 간신히 아물었던 입의 상처가 터져, 검붉은 피를 울컥 쏟았다.

율리아가 다시 말했다.

"금고."

그러곤 또 때렸다. 이번에는 두 대였다. 철썩 소리가 날 때마다 맥스웰의 어깨가 흠칫거렸다.

"금고는 몰라. 진짜야. 나는⋯⋯ 대표랑은 그렇게 가까운 사이가 아니야. 제발⋯⋯."

"그런 말을 듣고 싶은 게 아니야."

"내가 당신들한테 뭘 그렇게 잘못했는데⋯⋯ 도대체 왜 이러는 거야!"

팔짱을 낀 채 남자를 가만히 지켜보던 알렉사가 물었다.

"피해자들한테도 그렇게 말하려고?"

"누구⋯⋯."

"내 이름은 알렉사 콴이다. 너희 때문에 전 재산을 잃고 자살한 콴 자작의 딸이고, 너희가 칼잡이로 만들어서 전쟁터로 보냈던 사람이지."

남자의 눈이 단번에 커졌다. 그는 차마 무슨 말을 해야 할지 모르겠다는 얼굴로 알렉사를 바라보았다. 그러곤 직감했다. 무슨 말로 애원해도 용서받을 수 없다는 것을.

"금고는 진짜 몰라. 난 대표가 신임하는 측근이 아니니까. 하지만······ 금고의 위치를 누가 아는지는 알아."

율리아가 기다렸다는 듯이 물었다.

"이름은?"

"산도발."

그의 입에서 유명한 노예 상인의 이름이 튀어나왔다.

산도발은 바이칸 제국 출신이었다. 해적이었던 아버지를 따라 바다 위를 떠돌며 살던 그는 성인이 되자마자 제국 땅을 밟고 그곳에서 장사를 시작했다. 노예 장사였다. 그러나 바이칸은 늘 전쟁 중이었기에 노예가 많아 값이 후하지 않았다. 산도발은 바이칸을 떠나기로 했다. 그때 그가 떠올린 건 남쪽으로 갈수록 매력적인 사람이 많다는 소문이었다.

"산도발은 남부 해안을 떠돌며 노예를 구해요. 그의 주요 고객은 해적들과 귀족이고요. 상인연합 대표와는 마조람을 통해서 알게 되었을 거예요. 대표는 후작의 친척이고, 산도발은 후작의 심부름꾼이거든요."

"심부름꾼이요?"

"처리해야 할 사람들이 있을 때, 세간의 이목을 피하려 산도발을 통해 외국으로 보내요. 죽여도 왕국 밖에서 죽이는 편이 안전하니까요. 가끔은 살려서 멀리 보내놓고 나중에 불러들이기도 하고요."

"그걸 어떻게 다 아십니까?"

맥스웰이 물었다. 오르테가에서 긴 시간 정보상으로 살았던 그조차 알지 못하는 정보들이 율리아의 입에서 쏟아졌다.

뭐라고 대답할까 고민하던 율리아가 애매하게 얼버무렸다.

"정보원이 있어요."

"저 말고 정보원이 또 있다고요? 와, 서운하려고 하네……."

그 정보원이라는 게 지난 삶의 율리아 아르테라는 건 말하지 않았다.

"저 자식은 어떻게 처리할까요. 미리 말씀드리지만, 치안대에 고발하는 건 안 됩니다. 누가 빼낼지 모르잖아요."

"알아요. 그냥……."

율리아가 머뭇거렸다. 누가 보면 죄책감이라도 느끼는 줄 알았을 것이다. 하지만 그녀는 남자를 어떻게 처리해야 완벽한 역지사지가 될지 고민하는 것이었다.

그때 율리아의 시야에 알렉사가 들어왔다. 알렉사는 바바슬로프와 함께 제국에서 용병 짓 하던 시절의 이야기를 나누고 있었다. 바바슬로프가 무슨 재밌는 소릴 했는지, 알렉사가 소리를 내어 웃었다. 가만히 있으면 율리아보다 연상 같은데 저렇게 웃으니 아직 앳된 티가 났다. 노예선에서 만났던 알렉사는 지금보다 훨씬 마모된 모습이었는데.

"배에 팔죠."

고민은 끝났다. 율리아가 말했다.

"노예로 팔아버려요."

죽을 때까지 채찍질이나 당하라지. 그녀는 남자가 지금까지 해왔던 방식 그대로, 그를 팔겠다고 했다.

산도발을 납치하는 건 조금 까다로운 일이었다. 그는 지은 죄가 많은 만큼 신중한 성격이었고, 어지간해서는 뭍에 발을 내리는 법이 없었다.

바바슬로프는 군함을 끌고 가서 놈의 배를 박살내면 된다고 주장했지만, 그렇게 했다간 산도발이 마조람의 도움을 받아 멀리 도주할 가능성이 있었다.

율리아는 고민했다. 그녀의 머릿속에서 과거의 경험과 그때 들었던 말들이 조각조각 흩어졌다가 모이기를 반복했다.

"네가 그 악바리 같은 평민이냐? 율리아라고 했던가? 살쾡이처럼 생긴 줄 알았더니, 그냥 사슴이잖아?"

"날 죽여."

"악바리는 악바린데 멍청한 악바리네. 여기서 내가 널 죽이면 돈은 어떡하라고."

"마조람 후작이 날 노예선에 팔라고 시켰어? 그럼 그냥 죽여도 돼. 후작은 내가 죽는 걸 더 원할 테니까."

"아니야. 율리아, 후작은 널 죽이라고 시켰어. 근데 내가 팔려고 하는 거야. 이렇게 예쁜데 아깝잖아."

다섯 번째 삶이었다. 율리아는 산도발의 손에 이끌려 바이칸 제국으로 향하는 노예선에 팔리게 되었다.

그는 심부름꾼 역할에 충실했다. 하지만 마조람 후작의 명령에는 충실하지 않았다.

당시 해적들은 해방군과 손을 잡고 있었다. 산도발은 마조람 후작의 심부름꾼인 주제에, 해적들과도 활발하게 교류하던 박쥐 같은 놈이었다.

　"산도발, 널 죽일 거야."
　"어떻게?"
　"널 죽이고 말 거야. 넌 반드시 나를 다시 만나게 될 거야."
　"무서워서 지리겠네. 야, 날 죽이고 싶으면 노 젓는 법부터 배워. 난 어지간해선 땅을 밟지 않으니까. 잡혀 온 노예인 척하고 내 배에 오르든지. 그믐달이 뜨는 밤, 6번 부둣가에서 만나자?"

　그때 산도발은 율리아가 하는 말을 귓등으로도 듣지 않았다. 어차피 그녀는 노예가 되어 금세 죽을 운명이었으니까. 그래서 자신에게 접근할 수 있는 가장 쉬운 방법을 제 입으로 알려주며 비웃었다.
　율리아가 죽은 뒤에 다시 살아나 그를 잡으러 오게 될 줄도 모르고.

❧ • ◆ • ❧

　그믐달이 떴다.
　바람도 불지 않는 밤이었다.
　율리아는 오랜만에 낡고 허름한 옷을 찾아 입었다. 신발도, 머릿수건도 마찬가지였다. 율리아 앞엔 고리대금업자의 회계사였던 남자가 재갈과 족쇄를 찬 채 걸어가고 있었다. 그를 끌고 가는 건 바바슬로프와 맥스웰이었다.
　"시녀님, 얼굴을 확인하면 바로 말씀하십시오. 시간을 끌다간 위험해질 수 있으니까.”

“알았어요.”

6번 부둣가였다. 소속이 없는 상선들이 주로 이용하는 더럽고 부산스러운 곳. 율리아는 그곳에서 노예처럼 손목이 묶인 채 맥스웰을 따라 걸었다.

“율리아, 조금 더 제 쪽으로 오세요. 너무 앞서 걸으면 당신을 지킬 수가 없습니다.”

뒤에선 알렉사가 걱정 어린 목소리로 말하고 있었다. 율리아는 괜찮다는 의미로 살짝 웃어 보인 뒤, 조금 천천히 걸었다. 산도발을 잡을 생각을 하니 마음이 조급했다.

“진짜 있네.”

바바슬로프가 허허 웃었다. 이제는 놀랍지도 않다는 얼굴이었다.

부두 끝에 수상한 배가 한 척 떠 있었다. 어두운 그믐밤이라 다른 배들은 모두 닻을 내린 채 아침을 기다리고 있는데, 저 혼자 어중간한 위치에서 출항 준비를 하는 배였다. 그 앞엔 산도발과 그의 부하 둘, 그리고 서너 명의 해적이 서 있었다.

“뭐야. 급하게 온다던 게 당신들이야? 다음부터는 이런 식으로 거래 안 해. 명심해. 식구라서 봐준 줄 알아.”

산도발이었다.

율리아는 그를 한눈에 알아보았다. 해적들이 쓰는 말투와 제국식 억양이 뒤섞인 희한한 말버릇. 가벼워 보이면서도 속을 알 수 없는 음흉함까지.

율리아는 붙잡은 회계사를 통해 산도발에게 새 노예가 갈 거라는 연락을 넣었고, 그 덕에 신중한 그도 큰 의심 없이 일행을 맞이했다.

"오늘은 운이 좋네. 비싸게 팔리겠어."

산도발이 율리아와 알렉사를 보고 히죽 웃었다. 재갈을 물고 있는 남자에게는 관심도 없었다. 회계사가 산도발을 보자마자 몸부림을 치기 시작했지만, 맥스웰이 주먹으로 몇 대 때리자 기절했는지 축 늘어졌다.

율리아가 그때 입을 열었다.

"산도발."

"어?"

"오래간만이야."

두 사람의 시선이 마주쳤다. 율리아는 웃고 있었다. 노예인 줄 알았던 예쁘장한 여자가 자신을 보고 불길한 미소를 짓자, 당황한 산도발이 버럭 고함을 질렀다.

"뭐…… 이 새끼들 뭐야! 야, 빨리 출발해!"

산도발은 해적들과 함께 서둘러 배에 오르려 몸을 움직였다. 하지만 바바슬로프가 놈의 목을 한 팔로 껴안고, 그 위에 칼을 갖다 댔다. 그러곤 당황한 해적들에게 말했다.

"빨리 도망 안 치면 너희도 다 잡아간다? 이 해적 새끼들아."

해적들은 산도발과 의리를 지킬 이유가 없었다. 그들은 뒤도 돌아보지 않고 배에 올랐다. 배가 빠르게 부두에서 멀어졌다.

이후로는 일사천리였다. 산도발의 목을 졸라 기절시킨 바바슬로프가 맥스웰과 함께 놈의 부하들을 모두 쓰러뜨렸다. 알렉사가 재빨리 밧줄을 풀어내고 그들을 도왔다.

율리아는 바닥에 쓰러져 있는 산도발을 내려다보았다.

"우리 다시 만나게 될 거라고 했잖아."

산도발은 회계사와 함께 폐창고로 끌려갔다. 그 역시 굵은 나무기둥에 온몸이 꽁꽁 묶이게 되었는데, 정신을 차리자마자 율리아를 뚫어지게 바라보더니 갑자기 웃음을 터뜨렸다.

"하하하! 못 알아봐서 미안해. 너 이제 보니까 바실리의 여자잖아? 뭐야. 헤어졌다고 들었는데?"

"그렇게 알고 있구나."

"이게 무슨 짓이야. 난 너한테 아무것도 잘못한 게 없는데, 왜 애먼 데다 화풀이를 해. 망가뜨리고 싶으면 바실리를 납치해야지. 내가 도와줄까? 어때, 도련님한테 복수하고 싶지 않아?"

율리아는 그의 말에 대답하지 않았다. 그냥 그녀가 해야 할 질문을 했다.

"상인연합 대표가 감춰둔 금고 어딨어?"

"뭐?"

"너희가 저지른 범죄, 그 증거 모아둔 금고 말이야. 상인연합 대표가 너한테는 알려준다며."

"그건…… 뭐에 쓰게."

"상인연합 대표를 고발해서 사형대에 올리고, 그 김에 마조람 후작도 엿 먹이려고."

산도발은 순간 멍청해 보이는 표정을 짓더니, 이내 눈동자를 데굴데굴 굴리며 생각에 빠졌다. 그러곤 애써 웃으며 율리아에게 물었다.

"말 안 해주면……."

"말하게 될걸."

율리아가 눈짓으로 맥스웰을 가리켰다. 그가 더벅머리 아래 눈동자를 뱀처럼 빛내며 웃었다. 산도발의 시선이 맥스웰에게서 율리아로, 그다음엔 기절한 채 옆 기둥에 묶여 있는 회계사에게 향했다.

"말하면 풀어줄 거고?"

"그래."

"그걸 어떻게 믿어. 금고 위치만 알아낸 다음에 날 죽일 거면서."

어떻게 알았지. 율리아는 제법이라며 그를 칭찬했다. 산도발은 어떻게든 시간을 벌려고 애썼다. 그의 입에서 별의 별말이 다 쏟아져 나왔다.

"날 무사히 풀어준다는 보장이 없으면 죽어도 말 안 해. 고문해도 어쩔 수 없지. 그런데, 있잖아. 그 금고 위치는 대표랑 나밖에 몰라. 근데 열쇠는 나한테 없어. 내가 거기 갈 때는 대표가 항상 같이 가서 직접 열어주거든."

"그렇구나."

"이렇게 하는 건 어때? 내가 대표를 만나서 열쇠를 빼앗아 갖다줄게. 그러면 날 놔줄래?"

"미친 소리 하지 마."

율리아가 생긋 웃었다. 산도발은 그녀의 미소에 드리워진 광기를 읽고 마른침을 삼켰다.

미친 여자구나. 산도발은 사람을 잘 읽는 편이었다. 노예를 많이 다루다 보니 절로 얻게 된 눈썰미였다. 그런 그의 눈에 비친 율리아는 어딘가 크게 비틀려서 정상이 아닌 여자였다.

아무래도 같잖은 수로 시간을 끌며 기회를 노리는 건 어려울 것 같았다. 아까부터 살벌하게 웃으면서 그를 구석구석 훑어보는 두 명의 남자도 두려웠다.

"그럼 이렇게 하는 건 어때?"

산도발이 다시 입을 열었다.

"내가 금고 위치도 알려주고, 대표도 유인해줄게. 어차피 너도 그걸 열려면 열쇠가 필요하잖아?"

"그거야 그렇지."

"그런 뒤엔 날 노예로 팔아. 죽이지 말고."

산도발은 일단 이들의 손아귀에서 빠져나가기만 하면 탈출할 자신이 있었다. 오르테가에 그가 모르는 노예 상인은 존재하지 않았고, 어느 배에 팔리든 직접 자신의 몸값을 주면 그만이라고 생각했다.

누구에게도 충성하지 않고, 누구에게도 의리를 지키지 않는 남자. 그에겐 상인연합 대표나 마조람 후작도 결국 수많은 돈줄 중 하나일 뿐이었다.

율리아는 그걸 다섯 번째 삶에서 알았다.

산도발이 협조하기로 한 이상, 더는 시간을 끌 필요가 없었다. 율리아는 일행과 함께 산도발의 안내를 받으며 비밀 금고가 있다는 상인연합 대표의 별장으로 향했다.

"대표는 적이 많아. 연합 본관은 물론이거니와, 별장에도 용병을 잔뜩 고용하고 있다고. 저길 뚫고 들어가야 하는데⋯⋯."

산도발의 말대로였다. 별장엔 제법 많은 수의 용병들이 오가고 있었다. 언뜻 봐도 열댓 명은 되어 보였다. 안에도 그만큼 더 있을 터였다.

맥스웰이 가서 부하들을 불러오겠다며 몸을 일으켰지만, 율리아가 그를 잡았다.

"그러면 너무 늦어요. 곧 해가 뜰 거예요."

"그렇다고 우리끼리 저길 뚫고 들어갈 수는 없습니다. 우리 셋은 괜찮은데, 시녀님이 위험해요."

맥스웰은 바바슬로프와 알렉사를 걱정하는 게 아니었다. 용병들을 뚫고 들어가는 과정에서 율리아가 다칠까 봐 걱정하는 것이었다. 게다가 한 명은 남아서 산도발을 감시해야 했다.

"그냥 내일 다시 오죠."

"달아난 해적들이 이 자식이 납치당했다는 걸 알릴지도 모릅니다. 그러면 대표는 금고부터 옮기려 할 거고요."

어떻게 할까. 율리아가 조급한 마음에 한숨을 내쉬려던 때였다. 알렉사가 물었다.

"그냥 저 사람들을 다 때려눕히면 되는 겁니까?"

"네?"

"그런 거라면 저 혼자 들어가도 됩니다. 두 분은 여기서 율리아를 지키세요."

"무슨 소리예요! 너무 위험해요. 한두 명이 아니잖아요. 당신이 아무리 강해도 저 많은 인원을 혼자 상대할 수는 없어요. 게다가 다들 실력 있는 용병일 텐데."

율리아가 알렉사의 소매를 붙잡았다. 그녀의 얼굴에 걱정이 가득했다. 그러자 알렉사가 아주 부드럽게 율리아의 손을 떼어냈다.

"율리아."

그러곤 이렇게 말했다.

"당신은 저를 모릅니다."

모른다니. 잘 안다. 율리아는 자신의 손을 밀어내는 알렉사의 손가락을 다시 잡아챘다.

"위험해요."

"제가 아니라, 저들이 위험한 겁니다."

알렉사가 씩 웃었다. 반쯤 감긴 것처럼 내리뜨고 다니던 눈이 또렷한 빛을 발했다. 그녀는 수풀에서 몸을 일으키자마자 표범처럼 빠르게 달려갔다.

갈 곳을 잃은 율리아의 손가락이 자신의 옷자락을 움켜쥐었다. 알렉사가 다치기라도 하면 어떻게 하나. 그런 생각이 들자 갑자기 불안해졌다. 자꾸만 다섯 번째에서 만났던 알렉사의 마지막 모습이 떠올랐다.

"어어?"

하지만 그건 모두 부질없는 걱정이었다.

"하……. 내가 지금 꿈을 꾸는 건 아니겠지."

바바슬로프가 감탄하며 웃음을 터뜨렸다.

알렉사는 거의 날아다니고 있었다. 물 만난 고기처럼, 사냥을 개시한 맹수처럼 용병들을 빠르게 제압했다. 그녀는 다루지 못하는 무기가 없었다. 분명 달랑 검 하나만 들고 달려 나갔는데, 싸움이 끝날 때쯤엔 용병들이 쓰던 무기를 모두 수거해 한쪽에 던져놓은 뒤였다.

알렉사의 흰 머리카락이 휘날릴 때마다 꼭 한 명의 용병이 비명을 지르며 쓰러졌다. 입구가 소란스러워지자 별장 안을 지키던 용병들이 뛰쳐나왔다. 그러나 그들 역시 알렉사의 상대는 아니었다.

율리아는 지금까지 자신이 알렉사를 아기처럼 어리게만 봐왔다는 사실을 깨달았다.

과거 고리대금업자에게 착취당하면서도 혼자서 그토록 눈부신 성취를 이뤄낸 그녀였다. 천재라는 수식어는 아무에게나 붙는 게 아니다. 알렉사는 소문난 실력자들 사이에서도 특출한 천재였다.

오래 지나지 않아 별장 안의 용병을 모두 처리한 알렉사가 산도발에게 말했다.

"이제 그 대표라는 놈 불러와."

산도발이 처음으로 잔뜩 겁을 먹고 고개를 끄덕였다.

상인연합 대표는 산도발이 보낸 전갈을 받고 헐레벌떡 별장으로 달려왔다. 그가 도착했을 때는 이미 어슴푸레하게 새벽이 밝아오고 있었다.

서둘러 마차에서 내린 대표가 별장 안에 용병이 하나도 없다는 사실을 깨닫기도 전에, 바바슬로프가 달려들어 그를 제압했다.

"네놈들은 누구냐!"

오랫동안 마조람 후작을 위해 뒤에서 지저분한 일 처리를 도맡아 온 그는 율리아와 함께 서 있는 산도발을 목격하곤 차마 입에 담을 수 없는 욕설을 쏟아냈다.

산도발은 뻔뻔하게 말했다.

"아니, 시키는 대로 안 하면 죽이겠다는데 나라고 무슨 뾰족한 수가 있었겠습니까? 내가 바보도 아니고. 요즘 오르테가 분위기 뒤숭숭한 거 알면서 이러신다. 마조람 후작님이 날 지켜줄 사람도 아니고. 그럴만한 여유도 없어 보이던데."

"네 이놈! 이 쥐새끼 같은, 짐승만도 못한 놈아!"

"에헤이, 솔직히 말해봐요. 똑같은 입장이었으면 그쪽도 배신했을 거면서."

율리아는 산도발이 대표를 충분히 도발하도록 내버려두었다. 그는 별 생각 없이 한 짓이었겠지만, 덕분에 이성을 잃은 상인연합 대표가 고래고래 소리를 질렀다.

"후작님이 널 가만히 놔둘 것 같으냐! 사지를 찢어버릴 거야!"

"그쪽 걱정이나 하시죠. 이거 열리는 순간 최소한 교수형일 텐데."

산도발이 히죽 웃으며 금고가 있는 방을 가리켰다. 대표의 눈동자가 급격히 흔들리기 시작했다.

율리아는 그 순간을 놓치지 않고 말했다.

"열어."

—◆•◆◆•◆—

집이 불편하다.

코코는 힌치 백작 저택에 있는 자신의 방에서는 숙면을 이룰 수 없었다. 집보다 왕자궁에 있는 기간이 훨씬 길다 보니, 이렇게 가끔 돌아올 때면 집이 낯설어 팔자에도 없는 불면증에 시달렸다.

그녀는 힌치 백작을 설득하지 못했다. 그래서 여태 왕자궁으로 돌아가지도 못하고 있었다.

"아가씨, 백작님이 식사하자고."

"혼자서는 밥도 못 먹는대? 늙어서 그런가."

"빨리 안 내려오면 오늘 배 타고 나가셔서 한 달 동안 안 들어오신대요."

"아니 무슨, 부모가 돼서 자식한테 가출로 협박을 해?"

집사가 호호 웃으며 한두 번도 아닌데 뭘 그러냐고 코코를 달랬다.

식당으로 내려가니 힌치 백작이 근엄한 얼굴로 스테이크를 자르고 있었다. 코코는 그의 맞은편에 앉자마자 말했다.

"상인연합 진짜 이대로 둘 거예요?"

"내 알 바 아냐."

"오르테가가 망해도 알 바 아니에요?"

"그건 국왕한테 가서 따져야지, 왜 나한테 그러는 거냐? 내가 왕이야? 왕이 무능한 게 내 탓이야?"

"아빠는 할 수 있잖아. 심지어 잘할 수 있잖아요. 솔직히 말하면, 아빠가 아니면 누가 해도 불안해요."

"네가 하면 되겠네. 넌 내가 키웠는데."

"전 레위시아 님을 키워야죠."

코코가 그렇게 말하자, 힌치 백작이 근엄하게 자르던 스테이크를 포크로 콱 찍었다. 그러곤 통째로 들고 크게 한 입 뜯어먹었다.

"아빠."

"1 왕자가 죽고 상인연합이 우리 수중에 떨어진다고 해도 마조람 후작의 힘이 사라지는 건 아니야. 놈에게 충성하는 가문을 세운 줄이 왕에게 충성하는 귀족을 세운 줄보다 길어."

"곧 뒤집힐 거예요. 샤트린 공주도 분발하고 있고. 이제 곧 귀족들도 레위시아 님을 다시 보게 될 거니까."

"이상하네. 내 딸은 이상주의자가 아닌데."

"상인연합 대표가 그동안 저질러온 범죄의 증거를 확보했어요. 레위시아 님은 그걸 들고 왕을 찾아갈 거고, 그 자리에서 아빠를 추천할 거예요."

"확보했어? 네 손에 있어, 그게?"

"왕자궁으로 돌아가면 있을 거예요."

백작이 코웃음 쳤다. 확실하지도 않은 일로 아빠를 속이려고 하지 말라며, 코코에게 밥 먹고 뱃놀이나 가자고 말했다.

"싫어요."

"그럼 낚시할래?"

"싫다고요."

"그럼 인형 놀이 할까?"

"상인연합 대표."

"너 그냥 왕자궁으로 꺼져."

도무지 말을 들어주지 않는 백작을 보며, 코코가 신경질적으로 포크와 나이프를 집어 들었다.

식사하는 동안엔 더 싸우지 않았다. 후식을 먹을 때도 마찬가지였다. 두 사람은 여느 부녀처럼 서로의 건강을 염려하고, 연락 좀 자주 하라는 잔소리를 주고받았다. 후식으로 나온 과일을 거의 다 먹었을 때쯤, 코코가 백작에게 물었다.

"레위시아 님은 만나고 싶지 않으세요?"

"내가 왜."

"어떻게 자랐는지 안 궁금해요? 마지막으로 본 게 언제죠? 아빠가 왕궁에 언제 왔었는지 기억도 안 나."

"어미 닮아 예쁘게 자랐겠지. 알 게 뭐냐."

"내가 언제 외모 얘기했어요? 왕좌에 앉을 만한 그릇인지 아닌지 보라고요. 아빠, 솔직히 말해봐요. 궁금하잖아."

힌치 백작도 이번에는 대답하지 않고 생각에 잠겼다. 잔뜩 주눅 든 채 유모의 손에 끌려다니던 레위시아의 어린 시절 모습이 아른거렸다. 장성한 사내가 되었다니 한 번쯤 만나 보고 싶기도 했다.

"왕좌라……."

백작이 중얼거렸다. 코코가 단호하게 고개를 끄덕였다.

"레위시아 님은 내가 키운 거나 마찬가지예요. 공부도 내가 가르쳤고, 사교도 내가 가르쳤어. 제일 오래 있었던 유모보다 내가 더 긴 시간 동안 왕자님을 보살폈어요."

그래서 더 자신 있게 말할 수 있었다.

"아빠는 나를 믿잖아. 나도 나를 믿어요."

내가 선택한 왕자를 믿는다. 코코의 말은 그런 뜻이었다.

"알았다."

힌치 백작이 졌다는 듯 두 손을 들었다. 항복 표시였다.

레위시아는 괜찮은 왕이 될 것이다. 그거면 충분했다. 그를 평가하는 건 역사가 할 일이었다. 코코는 그저 레위시아가 지금처럼 정의롭고 따스한 마음을 가진 왕이 되길 바랐다.

율리아는 증거를 확보하는 데 성공했다.

상인연합 대표는 끝까지 협조하지 않으려 했지만, 율리아가 무시무시한 협박과 적절한 회유를 곁들이며 설득을 거듭하자 결국 울먹이며 열쇠를 넘겼다.

금고 안엔 온갖 서류와 장부, 계약서가 켜켜이 쌓여 있었다. 수십 년에 달하는 범죄 장부였다.

율리아는 맥스웰과 바바슬로프에게 산도발과 회계사를 맡기고, 자신은 알렉사와 함께 왕궁으로 돌아와 상인연합 대표를 감옥에 집어넣었다.

레위시아는 밤이 새도록 그 장부들을 읽고 또 읽었다. 때마침 본가에서 돌아온 코코가 합세해, 왕자와 시녀들은 상인연합 대표가 마조람 후작을 등에 업고 그동안 저질러 온 범죄를 낱낱이 파헤쳤다.

"부왕께 알려야 해."

상인연합 대표가 붙잡혀 감옥에 갇혔다는 걸 알게 되면 이 일에 연루된 모든 사람이 증거를 없애 흔적을 지우려 할 것이다.

이 일로 마조람 후작을 잡아넣을 수는 없었다. 그러나 그의 세력을 어느 정도 깎아낼 수는 있었다. 그러려면 장부에 있는 사람을 최대한 많이 치죄해야 한다.

문제는, 레위시아에겐 그럴만한 병력이 없다는 것이다.

"부왕이 직접 처리해야 해. 기사단이 움직이지 않으면 죄다 도망치고 말 거야."

"저도 그렇게 생각해요."

율리아도 레위시아의 의견이 옳다고 말했다. 장부를 툭툭 치며 생각에 빠져 있던 코코가 왕자를 똑바로 바라보며 말했다.

"전하가 직접 국왕께 이걸 가져다 드리세요."

레위시아가 말없이 고개를 끄덕였다. 국왕과 마주하는 건 그에게 무척 힘들고 싫은 일이지만 이제는 피하지 않기로 했으니까.

"그리고 새로운 상인연합 대표에 힌치 백작을 추천한다고, 드러내 놓고 말하고 오세요."

"뭐? 백작이 허락했어?"

"네, 설득했어요."

레위시아가 도대체 어떻게 설득한 거냐고 물었다. 힌치 백작은 고집이 세서 남의 말을 잘 안 듣는 사람이었는데, 그가 그토록 경계하는 권력 싸움의 한복판에 들어오겠다고 하다니.

"비결이 뭐야? 나도 좀 알려줘."

코코는 그녀가 아버지를 어떻게 설득했는지는 대답해주지 않았다. 대신 이렇게 말했다.

"국왕 전하는 레위시아 님의 아버지예요. 그분은 왕이지만, 아버지이기도 해요. 가서 부딪치세요."

"형님을 잃은 슬픔에 괴팍해지셨다는 얘기가 있던데."

"그러니까 가서 알려드리세요. 왕께는 아직 자식이 셋이나 더 있다는 것을요. 그들을 모두 지키려면 마조람의 손아귀에서 빠져나와야 한다는 것도."

코코의 붉은 눈이 강렬하게 빛났다. 레위시아는 그녀의 시선을 피하지 않고 마주 보다가, 힘있게 고개를 끄덕였다.

이날은 1왕자를 기리는 기간이 끝나는 날이었다.

왕궁을 가득 채우던 흰 조화가 사라지고, 귀족들은 검은 옷 대신 평범한 여름 정장과 드레스를 꺼내입었다. 매일 같은 시간에 울리던 우울한 종소리도 멈추었다.

레위시아는 우아하고 세련된 차림새로 국왕의 집무실을 찾았다.

긴 복도에 울리는 발소리가 낯설었다. 왕실 기사와 하녀, 보좌관들의 시선이 그를 좇았다. 레위시아는 보좌가 이끄는 대로 집무실로 들어가, 왕 앞에 바로 섰다.

"네가 여긴 웬일이냐."

왕은 1왕자를 잃은 후유증으로 홀쭉하게 살이 빠진 모습이었다. 피부색은 창백하고, 눈 밑이 검었다. 식사를 제대로 하지 못해 수프와 술만 먹는다고 들었다. 왕비는 더 심했다. 의사들이 왕비의 침실 앞에서 상시 대기해야 할 정도였다.

"레위시아."

왕이 레위시아를 불렀다. 강한 왕은 아니었으나 중후한 울림을 가졌던 그의 목소리가 타는 장작처럼 메말라 있었다.

"드릴 말씀이 있어서 왔습니다."

레위시아는 왕에게 안부 인사 같은 건 건네지 않았다. 입에 발린 걱정이나 어색한 위로가 그들 부자 관계에 도움이 될 것 같지 않았으니까. 그래서 단도직입적으로 말했다.

"상인연합 대표를 바꿔야 합니다."

"뭐?"

"마조람 후작의 친척이 그 자리에 앉아 오랜 세월 동안 오르테가를 갉아먹고 있었습니다. 저의 힘으로는 막을 수도, 벌할 수도 없었습니다."

"지금 무슨 말을 하는 거냐. 왜 하필……."

형이 죽은 지 얼마나 됐다고 이렇게 골치 아픈 얘기를 하느냐고 말하려는 왕에게, 레위시아가 두툼한 장부와 계약서 등을 내밀었다.

"증거입니다."

"증거?"

"상인연합 대표는 지금 감옥에 갇혀 있습니다. 멋대로 굴어서 죄송합니다. 하지만 그가 달아날 시간을 주고 싶지 않았습니다."

왕이 책상 위에 놓인 장부를 열어 읽기 시작했다. 처음엔 레위시아가 무슨 헛짓거리를 하는 건가 싶었는데, 시간이 지날수록 왕의 얼굴에도 걷잡을 수 없는 노기가 자리 잡았다.

"아버지, 힌치 백작을 그 자리에 앉혀야 합니다."

"뭐?"

왕이 고개를 번쩍 들어 올렸다. 왕은 레위시아를 뚫어지게 바라보다가, 이내 그의 전신을 꼼꼼하게 살펴보았다. 레위시아가 그를 아버지라고 불렀다. 그것도 이상하고 의심스러운데, 힌치 백작을 추천하기까지 했다.

왕의 머릿속이 복잡해졌다.

레위시아는 그날 국왕의 집무실에서 제법 오랜 시간 동안 머물렀다. 그렇다고 그들 부자 관계가 돈독해진 건 아니었다. 담소를 나누거나 함께 식사한 것도 아니었다.

레위시아는 왕의 집무실에 머무는 내내 상인연합 대표가 그동안 무슨 범죄를 어떻게 저질렀고, 그 일에 또 어떤 자들이 연루되어 있는지 낱낱이 고해바쳤다.

힌치 백작을 추천한 이유도 명확했다. 백작은 공명정대한 사람이었고, 중앙 권력과는 거리가 멀었다. 하지만 대륙 전체에 걸쳐 무역선을 운용하며 상업에 도가 튼 사람이었다.

국왕은 상인연합 대표가 저지른 범죄보다 그가 마조람 후작의 친척이라는 사실에 더 큰 배신감을 느꼈다. 놈이 저지른 건 단순 비리가 아니었다. 연합은 오르테가를 좀먹는 병균과도 같았다.

분노한 왕이 왕실 기사단을 파견했다.

왕의 마음에서 마조람의 방이 좁아지고 있었다. 대신 그 자리에 레위시아라는 새로운 방이 생겼다.

일과를 끝낸 왕이 침전으로 돌아오자마자 애첩에게 말했다.

"그거 아는가?"

"네?"

"속이 빤히 들여다보이긴 했지만, 그래도 최근 들어 가장 괜찮은 기분이야."

"무슨 일이 있으셨어요?"

"레위시아가 욕심을 내더군."

왕이 뻑뻑한 눈가를 문지르며 침대에 엎드렸다. 애첩은 그 곁에 앉아 딱딱하게 굳은 왕의 어깨를 부드럽게 문질러주었다. 그러곤 가만히 숨을 참았다가 불쑥 물었다.

"무슨 욕심이요?"

"힌치 백작을 상인연합 대표로 추천하더라고. 마조람의 힘을 깎겠다는 거겠지. 백작은 성품이 곧고 인망이 두터우니까 괜찮을 것 같아. 그대는 어떻게 생각하지?"

"저는 잘 모르는 사람이라서……."

"레위시아가 드디어 욕심을 내는군. 그동안엔 그 녀석이 도통 뭘 원하는지 알 수가 없었는데. 이게 좋은 일인지 나쁜 일인지 모르겠단 말이야."

왕의 혼잣말이 길어질수록 애첩의 손길이 느려졌다.

"시시덕거리며 놀기만 좋아하는 줄 알았더니, 제법 사람 부릴 줄도 알고."

상인연합은 레위시아 혼자만의 힘으로는 공격할 수 없는 곳이었다. 국왕은 아마도 힌치 백작이 그를 도왔을 거라고 추측했다.

"왜 저한테 오셔서 그런 얘기만 하시는 거예요. 저 오늘 정말 오랜만에 두통이 오지 않아서 너무 행복했어요."

"그랬어? 다행이구나."

왕이 애첩을 품에 안고 키스를 퍼부었다. 1왕자가 죽은 뒤 매일 시름에 잠겨 있던 왕에게 처음으로 활력이 느껴졌다.

19
성장통

"왕이 미친 게 틀림없어. 그 자식이 미치지 않고서야 날 배신할 리가 없다고! 도대체 왕의 곁에 있는 자들은 뭐 하고 자빠져 있는 거야. 왕가가 마조람을 벗어나서 존속할 수나 있을 것 같으냔 말이다!"

와장창. 마조람 후작이 던진 촛대가 유리창을 부수고 떨어졌다. 날카로운 유리 조각들이 그의 침실부터 서재까지 쭉 이어져 있었다.

"이럴 줄 알았으면 그 자식을 왕으로 만드는 게 아니었어. 왕비의 가문에, 내 가문의 지원까지 다 등에 업고도 그 정도밖에 못 하는 무능한 왕인 주제에!"

마조람 후작은 그의 측근 중 하나인 상인연합 대표가 감옥에 끌려갔다는 소식을 들었다. 그것도 기가 막힐 일인데, 놈이 은밀하게 별장에 감춰 놓았던 비밀 금고가 털려, 범죄 장부가 왕에게 넘어갔다는 소식도 들었다.

왕실 기사단이 상인연합을 뒤집고 있었다.

가슴이 서늘했다. 해방군과의 연결고리를 끊어내느라 가뜩이나 조급해진 그의 마음이 불안을 분노로 받아들였다.

"이깟 게 다 무슨 소용이야! 왜 이렇게 내 말을 안 듣는 건가! 쓸만한 놈이라곤 하나도 없어, 이 버러지들! 쓰레기 같은 놈들!"

촛대도 모자라 책상 위에 놓인 서류를 한꺼번에 쓸어버린 후작이, 이번에는 주먹으로 장식장을 후려쳤다. 그러자 집사가 다가와 후작의 주먹을 잡고 막았다.

"후작님, 진정하십시오."

"뭐! 이 건방진 새끼가…… 지금 뭐 하는 거야!"

"다치십니다. 제발 진정하시고……."

퍼억! 후작은 화를 참지 못했다. 그를 말리는 집사에게 주먹질하고, 쓰러뜨린 다음엔 발로 밟았다. 집사는 반항하지 않았다. 몸을 둥글게 웅크리고 신음 한 번 흘리지 않고 후작의 폭력을 견뎠다.

"나만 잘살자고 한 짓인가, 이게? 다 왕을 위한 거였어! 이 나라가 나 없이 잘 돌아갈 것 같아? 그깟 비자금 몇 푼, 그깟 노예 새끼들 때문에! 은인이나 다름없는, 이 나를!"

집사의 코와 입에서 피가 쏟아졌다. 바닥에 깔린 유리 조각 때문에 그의 몸은 온통 상처투성이였다. 그때 후작 부인이 서재 안으로 들어왔다.

"지금 뭐 하는 짓이에요!"

그녀는 높은 소리로 후작을 나무랐다.

"정신 차려요! 당신이 무슨 길거리 시정잡배예요? 마조람의 주인이라는 사람이 그 정도밖에 안 되냐고요! 왜 죄 없는 집사에게 화풀이하는 거죠?"

"뭐라고?"

"집사, 일어나. 어서 의사에게 가보게."

"제 잘못입니다. 후작 부인, 다 제가 잘못한 탓입니다."

"당장 나가라고 했잖은가!"

후작 부인이 집사를 엄하게 다그쳤다. 그러자 집사가 서둘러 일어
나더니 후작에게 공손히 인사하고 서재 밖으로 나갔다.

"이제 당신도 나를 무시하시오?"

후작이 날카롭게 웃었다. 후작 부인은 남편이 자신을 노려보자, 그
보다 훨씬 살벌한 눈빛으로 그를 쏘아보았다.

"천박하게 굴지 마세요."

"뭐…… 뭐라고? 이게 지금……!"

후작이 부인을 향해 손을 치켜들었다. 그의 얼굴이 벌겋게 달아올
랐다. 이마엔 핏줄이 굵게 튀어나오고, 심장이 터질 듯 빠르게 뛰었
다. 하지만 그는 부인을 때리지 못했다. 한쪽 손을 치켜든 채로 부들
부들 떨었다.

후작 부인은 눈도 깜박이지 않고 그런 남편을 지켜보았다.

"진정하고 앉아요. 대책을 논의해야죠."

그러곤 자신이 먼저 우아하게 소파에 앉았다.

"분명 왕의 뒤에 누군가 있어요. 우리가 아는 국왕은 아들의 죽음
앞에서 이런 일을 도모할만한 사람이 아니에요."

배후를 찾아야 한다.

후작 부인이 맹점을 짚어냈다.

"약속이 틀리잖아!"

산도발이 비명을 질렀다.

"풀어준다고 했잖아! 협조하면 살려주겠다고 했잖아! 이 비겁한 여자, 어떻게 이럴 수가 있어! 한낱 싸구려 악당 새끼들도 나처럼 고분고분하게 협조하면 목숨은 살려준다고!"

그는 몹시 화가 나 있었다. 율리아를 손가락질하고, 큰소리로 욕하고, 끝내는 애원하기에 이르렀다.

"제발요. 네? 시녀님, 제가 이렇게 빌게요. 발바닥을 핥을 수도 있어요. 제 전 재산도 다 드릴게요! 상인연합 말고, 해적 새끼들은 소탕 안 하세요? 노예 상인은요? 제가 다 안내할 수 있어요!"

바바슬로프가 콧노래를 부르고 있었다. 그는 반항하는 산도발을 가볍게 제압해서 번쩍 들어 올리더니, 작은 조각배에 던져 넣었다.

"안 돼, 안 돼! 제발!"

율리아가 서 있는 곳은 바다 한가운데에 있는 남부 함대의 군함이었다. 군함치곤 크기가 좀 작았는데, 카루스의 말로는 먼바다의 경계를 순찰하는 쾌속선이라고 했다.

율리아는 군함 위에 서서 산도발을 내려다보았다.

조각배는 아주 작았다. 조그만 파도에도 뒤집힐 것처럼 연약해 보이기도 했다. 이날은 바람이 거센 파도가 높은 날이었고, 산도발은 위태롭게 흔들리는 배 위에서 어쩔 줄을 몰랐다.

"차라리 노예선에 팔아달라고 했잖아. 시녀님! 내가 아무리 나쁜놈이라고 해도 이건 살인이야! 사람 죽이고 나서 네가 두 발 뻗고 잘 수 있을 것 같아? 유령을 보게 된다고!"

"너는?"

율리아가 물었다.

"너도 그랬어? 사람 죽이고 나서, 밤마다 원한 맺힌 유령에게 시달렸어?"

"그, 그…… 당연하지! 내가 얼마나 무서웠는데!"

"그런데 왜 그랬어."

율리아는 산도발을 보고 있었지만, 그녀의 눈은 아주 먼 곳에 머물러 있었다.

다섯 번째 삶에서 산도발이 마조람 후작의 명령대로 율리아를 죽여 없앴다면, 그녀는 이렇게까지 하지 않았을 수도 있었다. 고작 그깟 돈 몇 푼. 그때 산도발은 율리아를 보자마자 무척 기뻐했다. 시체 치우는 일이나 시킨다고 투덜거리고 있었는데, 막상 데려왔더니 제법 값나가게 생긴 여자였기 때문이다.

사연 있는 노예는 비싸다. 산도발은 그녀를 바이칸으로 가는 해적들의 노예선에 팔았다. 그가 받은 돈이 얼마인지는 몰랐으나, 율리아를 데려간 해적들이 인신매매로 유명한 자들이라는 건 알았다.

차라리 죽는 게 나았다.

굶는 것도 고통스러운데, 빛 하나 들어오지 않는 선실 감옥에서 한 걸음도 나갈 수 없었다. 철창은 차가웠고, 다친 노예들이 죽어가며 지르는 비명이 귓가를 떠나지 않았다.

"나도 널 노예선에 팔려고 했어."

율리아가 말했다. 산도발은 이게 마지막 기회라고 생각했는지, 조각배가 출렁이는 것도 아랑곳하지 않은 채 일어나서 군함을 향해 손을 뻗었다.

"그래! 노예선! 날 팔면 돈도 많이 벌 수 있어! 해적들이 내 몸값을 비싸게 쳐줄 거라고. 시녀님은 나쁜 사람 아니잖아. 살인자 아니잖아! 난 알 수 있어. 얼굴만 봐도 안단 말이야!"

"그래?"

"내가 여기서 죽으면 시녀님은 평생 후회할 거야!"

그럴지도 모르지. 율리아는 산도발의 말을 무조건 부정하지는 않았다. 세상에 무조건이라는 말로 설명할 수 있는 건 별로 없다. 사람의 마음도 마찬가지였다.

근데 이를 어쩐다. 율리아는 이미 오래전에 다짐했다.

"날 죽이라니까? 차라리 그냥 죽여! 마조람 후작이 날 죽이라고 했다면서!"

"이봐, 아가씨. 시끄러워. 소리 좀 지르지 마. 재갈 물고 싶어?"

"죽어서도 널 잊지 않을 거야. 반드시 복수할 거야!"

"에헤이, 살려주겠다는데 왜 이래?"

"노예선에 팔리느니 죽는 게 나으니까. 어차피 죽을 거니까!"

"운이 좋으면 살 수도 있겠지."

파도가 크게 철썩 소리를 냈다. 카루스가 이제 슬슬 안으로 들어가자고 말했다. 멀리서 먹구름이 몰려오고 있었다.

율리아가 마지막으로 산도발에게 말했다.

"운이 좋으면 살 수도 있겠지."

그가 뭐라 고래고래 소리를 질렀다. 하지만 뒤돌아선 율리아의 귀엔 닿지 않았다. 바람은 시원하고, 파도는 높았다. 멀리서 몰려오는 먹구름과 머리 위의 푸른 하늘이 절묘하게 나뉘었다.

철썩.

율리아의 뒷모습이 사라졌다. 산도발은 그에게 주어진 기회가 더는 남아 있지 않음을 깨달았다.

"안 돼……."

그제야 그가 타고 있는 작은 조각배가 눈에 들어왔다. 엉성한 노가 두 개, 배는 너무 작아 몸을 숨길 공간도 없었다. 파도가 한 번 칠 때마다 배가 뒤집힐 듯 흔들렸다. 그 바람에 노가 떠내려갈 뻔하기도 했다. 엉거주춤 서 있던 산도발이 재빨리 앉아 노를 잡았다. 무서웠다. 파도가 자꾸만 그를 향해 아가리를 벌렸다.

"어…… 어떻게 하라고. 여기가 어딘지도 모르는데. 어느 방향으로 가야 하는지도 모르는데!"

이럴 줄 알았으면 마조람 후작과 손을 잡는 게 아니었는데. 그에게 이렇게까지 적이 많은 줄 몰랐다. 오르테가 최고의 권력자라기에 앞으로도 계속 승승장구할 줄만 알았다. 그냥 해적으로 살걸. 내가 왜 그랬을까. 산도발은 그런 생각을 하면서 이를 악다물고, 노를 저었다.

"으아아아아!"

배가 크게 흔들렸다. 산도발이 미친 듯이 노를 저었다.

"나 산도발이야! 이대로는 안 죽는다고! 내가 어떤 놈인데, 절대 안 죽어!"

곧이어 집채만 한 파도가 몸을 일으켰고, 산도발이 타고 있던 조각배를 한입에 집어삼켜버렸다.

악을 쓰는 산도발의 목소리가 어느 순간 사라졌다. 그가 죽었는지 살았는지 그건 알 수 없었다. 군함은 그 자리를 빠르게 벗어났고, 율리아는 카루스와 함께 선실 안으로 들어왔다.

손끝이 떨렸다. 다섯 번째 삶의 그날이 떠오른 뒤부터였다.

손바닥이 피투성이가 되고, 온몸에 감각은 사라지고, 기절하다 깨기를 반복하면서도 그녀는 끝끝내 노를 놓지 않았다. 알렉사를 희생하면서까지 붙잡은 목숨을 허망하게 놓고 싶지 않아서, 손이 말을 듣지 않게 된 뒤에는 팔에다 끼우고 몸을 비틀어가며 노를 저었다. 울다가 쓰러지고, 울다가 일어나길 반복했다.

그렇게 살아남았다.

그날을 떠올리자 손바닥이 타는 듯 뜨거워졌다가 이내 차갑게 식었다. 식은땀이 배어 나와 자꾸만 옷자락에 문지르게 되었다.

카루스가 물었다.

"괜찮아?"

퍼뜩 놀라 고개를 들었더니 그가 문가에 선 채 그녀를 지그시 바라보고 있었다.

"왜 그러세요?"

"불안해 보여서."

율리아는 카루스의 말을 이해하지 못했다. 불안하다니, 내가? 그녀는 그런 얼굴로 그를 바라보았고, 이내 아니라며 고개를 저었다.

"괜찮아요."

"안 괜찮아 보이니까 하는 소리다."

그가 왜 이러는지 궁금했다. 율리아는 감정적으로 굴지 않았다. 울거나 쓰러진 것도 아니었다. 그냥 처리해야 할 일을 처리했을 뿐이다.

"정말 괜찮아요. 혹시 산도발이 말했던 것처럼 제가 죄책감 때문에
괴로워할까 봐 걱정하시는 거라면⋯⋯."

말하다 보니 우스워졌다.

죄책감이라니. 모순도 이런 모순이 없었다.

"그런 걸 걱정하는 게 아니야."

카루스가 좀 더 안으로 들어와 율리아에게 자신의 재킷을 벗어 내
밀었다.

한여름이었다. 조금만 움직여도 땀이 날 만큼 더웠다. 율리아는 카
루스가 그녀에게 건넨 재킷을 들고 그를 올려다보았다. 카루스가 율
리아의 어깨를 힐긋 보고 말했다.

"아까부터 몸을 움츠리고 있었잖아."

율리아는 아직도 온몸을 바짝 긴장하고 있었다. 날씨는 더운데 그
녀 혼자 겨울인 것처럼 얼굴이 창백했다. 목소리는 차분한데 눈빛은
그렇지 않았다. 카루스는 그걸 어떻게 말해야 할지 몰랐다.

네가 너무 불안해 보여서 화가 난다고, 꼭 눈보라 치는 산맥에서 만
났던 그 날처럼 위태로워 보인다고 말하고 싶었다. 한데 율리아의 눈
빛이 그의 말문을 막았다.

그녀는 자신의 모습이 어떤지 전혀 모르는 사람 같았다. 율리아는
분명 여기 있는데, 그녀의 시선은 다른 먼 곳을 바라보고 있었다. 산
도발을 보면서 다른 산도발을 떠올렸고, 눈앞의 바다를 보면서 다른
바다를 떠올렸다.

율리아는 때때로 과거에 살았다.

"오해하지 마세요. 두려워하는 것도 아니고, 자기혐오에 빠진 것도
아니에요. 그런 건 세 번째 이후부터 다 사라졌어요."

율리아가 재킷을 다시 그에게 돌려주었다.

"설령 제게 그런 마음이 들었다 해도 신경 쓰지 마세요. 앞으로 해야 할 일이 얼마나 많은데, 그깟 싸구려 감상에 젖어 있을 시간이 어딨어요."

"그게 왜 싸구려 감상이야."

"도움이 안 되니까."

복수에 도움이 안 되니까 그렇다. 율리아에겐 오직 그 이유뿐이었다. 산도발은 사람을 잘못 보았다. 복수는 짜릿하고, 언제나 통쾌했다. 한 번, 두 번, 세 번을 해도 똑같았다.

"죄책감을 느껴도 되고, 시원함을 느껴도 된다. 과거에 네가 당했던 일을 똑같이 갚아주겠다는데 그걸 가지고 옳고 그름을 따질 생각은 없어."

카루스의 목소리가 낮았다. 그는 율리아가 내민 재킷을 바라볼 뿐 다시 가져가지 않았다.

"힘들면 힘들다고 말하고, 고통스러우면 아프다고 말해. 그게 나쁜 건가?"

"전 힘들지 않아요."

"나는 이제 네 말을 믿어. 몇 번이나 말했잖아. 네가 걸린 저주에 대해 아는 사람이 여기서 나 하나뿐이라면, 나한테는 털어놔도 되지 않나."

"카루스 님, 무슨 말을 하시는 거예요."

"쏟아놓기라도 하라는 거야."

이상했다. 힘들지 않은데, 힘들다고 말하라는 그가 이상했다.

율리아는 오늘 오래전에 했던 다짐을 또 하나 실현했다. 당했던 만큼 똑같이 갚아주리라고, 그것만을 위해 살겠다고 했던 과거의 자신과 약속을 지켰다.

그러니까 괜찮았다. 몸을 움츠리고 있었던 건 그냥 버릇이었다. 과거의 원한과 마주할 때마다 이성을 잃지 않기 위해선 감정을 잘라내고, 몸을 억눌러야만 했다. 그러면 금세 괜찮아졌다. 차분해질 수 있었다.

카루스가 입을 꾹 다물더니 손을 내밀어 율리아의 어깨를 잡았다. 아주 살짝 잡았다가 지그시 누르고, 가볍게 한 번 두드렸다. 그건 그 나름의 위로였다. 어쩌면 그녀의 아픔을 나누고 싶다는 배려였을지도 모른다.

"말씀드렸잖아요."

하지만 거기까지였다.

"저한테 잘해주지 마세요."

그녀는 그에게 잊히고 싶지 않았다.

"뭐?"

율리아가 그렇게 말할 때마다 카루스는 침묵을 강요당하는 기분이었다. 이번에도 마찬가지였다. 그녀는 산도발을 처리하면서 혼자만 아는 과거에 갇혀 두 번, 세 번 고통받았다. 당시의 고통을 곱씹어 현재의 아픔을 무디게 했다. 그게 그녀의 생존 방식이었다.

카루스는 그저 바라보는 것밖에는 아무것도 할 수 있는 게 없었다. 그녀가 저주받았다는 사실을 알고 있고, 믿는데도 그랬다.

'이토록 무력한 기분이라니.'

카루스에게는 생소한 감정이었다. 그는 아무리 높은 성이라도 끝끝내 방법을 찾아 함락시키는 지휘관이었고, 아무리 강한 적이라도 반드시 이기고야 말았던 지독한 검사이기도 했다.

한데 율리아를 지키는 법은 몰랐다.

그녀의 마음은 바다 같았다. 멀리서 바라보면 아름답기 그지없고, 가까이 다가갈수록 그 장엄함에 위축되고 만다. 발목까지 담그면 한 없이 무력한 필부가 되고, 깊이 빠진 뒤에는 목숨을 잃고야 마는.

그가 어찌할 수 없는 존재.

"너한테 잘해준 게 아무것도 없는데."

카루스가 중얼거렸다.

"자꾸 잘해주지 말라고 하는군."

"저는……."

율리아가 마른침을 삼키며 카루스를 바라보았다.

뭐라고 말해야 하나. 그가 자신을 걱정하고 있다는 걸 안다. 화가 난다는 말은 그가 목숨을 가볍게 여기는 그녀를 책망할 때 쓰는 말이 었다.

"죄송해요. 그렇게 살 수 없어요."

율리아가 말했다.

"이 삶이 마지막인 것처럼 살 수 없어요. 사소한 것들이 너무 중요해지니까요. 그러면 마조람을 무너뜨릴 수 없잖아요."

가장 중요한 걸 이루려면 사소한 것들은 모두 포기해야 한다.

"제게는 삶과 죽음이 명확하지 않아요. 카루스 님, 저는 제가 죽었는지 살았는지도 몰라요."

"살아 있어."

"가끔 생각해요. 내가 미쳐서 환각 속에 사는 건 아닐까. 이곳은 혹시 말로만 듣던 지옥이 아닐까. 내가 너무 못되게 살아서 불행, 실패,

죽음 이런 걸 반복하면서 사는 건 아닐까."

"여긴 현실이다. 너는 미치지 않았고."

"괜찮아요. 그냥 제 방식대로 살게 놔두세요. 카루스 님께 절대 폐
끼치지 않을 거예요. 제가 거슬린다면, 맥스웰을 통해 정보만 주고받
아도 괜찮아요."

"뭐?"

"저는 당신을 배신하지 않아요. 이번 삶에서는 절대로."

카루스의 얼굴에서 혈색이 빠져나갔다. 그는 율리아가 담담하게
꺼내놓은 말에 표정을 잃었다.

"이번 삶에서는?"

그가 물었다.

율리아 딴에는 그를 안심시키려 한 말이었다. 이번 삶에서는 당신
과의 동맹에 최선을 다하겠다는, 죽음을 담보로 한 약속이었다.

그런데 카루스가 화를 냈다.

"계속 그렇게 살 건가? 아무도 믿지 않고, 아무에게도 손 내밀지 않
고, 복수에 미쳐서 네 살을 깎아 먹으면서 살 거냐고."

"왜 화를 내세요?"

"율리아!"

카루스가 큰소리로 그녀를 불렀다.

율리아는 그의 얼굴에 시선을 빼앗겼다. 차갑고 냉정한 사람이라
고만 생각했는데, 그의 눈동자가 격정적으로 흔들리고 있었다. 그가
내뱉는 뜨거운 숨이 낯설었다.

"왜 자꾸 화를 내세요? 저는 카루스 님을 존경하고 있어요. 당신을
위해 살 수도 있어요. 복수에 성공할 수만 있다면, 뭐든지 다 할 수 있

어요."

"너는 그렇게 하겠다면서, 나는 아무것도 하지 말라고?"

"당신한테 목숨을 바쳐도 상관없어요."

"그런 말을 하면 내가 기뻐할 줄 알았어?"

카루스가 율리아의 어깨를 잡았다. 그의 얼굴이 눈앞에 있었다. 검고 매혹적인 눈동자에 자신의 얼굴이 비쳤다. 율리아는 그걸 홀린 듯이 바라보았다.

"차라리 지금 말해. 네 과거, 네가 말하지 않았던 비밀들. 전부."

"안 돼요."

"왜!"

"그런다고 뭐가 달라지는데요."

달라지는 건 아무것도 없다. 율리아는 카루스의 시선을 피하지 않았다. 그가 절제하지 못하고 흘리는 뜨거운 감정을 온몸으로 받아들였다.

"말했잖아. 이게 네 마지막 삶이라고."

이상한 기분이 들었다. 율리아가 카루스의 손을 떼어내려 그 위에 자신의 손을 올렸다. 그러자 그가 율리아의 어깨를 짚었던 손을 움직여 그녀의 손을 감싸 쥐었다.

"카루스 님."

이 고귀한 남자가 왜 이렇게 흔들리고 있나. 그가 말하는 대로, 이게 정말 나 때문일까. 날 걱정해서, 내가 가여워서. 그래서 그런 건가. 그렇다면 나는 그에게 뭐라고 말해야 하나. 내가 당신의 염려를 기꺼워하고 있다고 말하면 당신은 나를 미워하려나.

"저를 약하게 만들지 마세요."

아무것도 모르면서.

"저는 당신을 죽일 수도 있었어요."

"율리아."

"선한 약자가 아니에요. 보살핌이 필요한 어린애도 아니에요. 첫 번째 율리아도 그랬어요. 착하지도 않고, 약하지도 않았죠. 멍청해서 죽은 거예요. 제가 복수를 완성하기 위해 무슨 짓을 저질러왔는지 아세요?"

원수를 갚기 위해, 누군가의 원수가 되는 삶을 살기도 했다.

"이거 하나는 솔직하게 말씀드릴게요. 카루스 님, 당신이 미치도록 미웠던 때도 있었어요. 죽고 싶은데 자꾸 살리니까. 죽어서 편해지고 싶은데, 당신이 자꾸 나를 살려놓고 가버리니까."

그래서 증오했다.

율리아가 카루스의 손을 떼어냈다. 그에게서 몸을 돌려 한 걸음 물러나기까지 했다. 그런데 카루스가 다시 그녀의 팔을 잡고 자신을 마주 보게 했다.

"그럼 미워해. 화를 내. 왜 그랬냐고, 다시는 그러지 말라고 해."

"싫어요."

"도대체 왜!"

"달라지는 게 아무것도 없으니까요!"

율리아가 결국 화를 냈다. 그녀는 카루스의 손을 뿌리치고, 그에게서 또 한 걸음 멀어지려 하고 있었다. 좁은 선실에서 최대한 먼 곳으로 뒷걸음질을 쳤다.

그가 잘해주는 게 싫었다. 걱정하는 게 싫었다. 차라리 쓸만한 여자라고 말하면서 적당히 이용하고 버리는 게 나았다.

율리아는 그에게서 물러나 온몸에 잔뜩 힘을 주고 되뇌었다.

율리아, 단단해져라. 차갑고 단단해져라. 무른 마음은 감추고, 딱딱한 껍데기만 남아라. 그러자 금세 평정심이 돌아왔다.

하지만 카루스가 마지막으로 꺼낸 말에 그녀는 깨지기 직전의 얼음처럼 차갑게 굳어버리고 말았다.

"다음에 다시 살게 되면 나부터 죽여."

"……네?"

율리아의 동공이 크게 확장되었다. 자신의 고통을 외면하고 카루스에게 화를 내면서도 단단하기만 했던 그녀의 벽에 균열이 생겼다.

"네게 반복되는 삶이 지옥이라면, 매번 그렇게 만드는 나부터 죽여야지. 그리고 여덟 번째와 똑같이 살아. 그게 네가 복수에 성공할 수 있는 가장 확실한 방법이니까."

"무슨……."

기가 막혔다. 카루스는 여덟 번째의 율리아가 복수에 거의 성공할 뻔했다가 자신 때문에 실패했다는 말을 기억하고 있었다.

"제가 왜 당신을 죽여요!"

"죽이지 못할 이유는 뭐지? 네 말대로라면, 그거야말로 네 방식 아닌가."

싫다.

율리아가 이를 악다물었다. 그에게 화를 내고 싶은데, 무슨 말로 화를 내야 할지 몰라서 자신의 입술만 깨물었다.

그는 은인이었다. 매번 그녀를 살리는 특별한 사람이었다.

"복수밖에 모르는 율리아 아르테는 카루스 란케아를 죽여야 해."

"싫어요! 내가 왜…… 내가 얼마나 당신을."

미워했는데.

미워한 만큼 죽이고 싶었다.

내가 감히, 당신을.

율리아를 가두고 있던 벽에 균열이 번졌다. 벽은 견고했으나, 균열을 타고 조금씩 무너져 내렸다. 틈이 벌어지자 그 안에서 시커멓고 끈적끈적한 감정들이 줄줄 흘러내렸다.

그녀의 마음 안엔 수많은 율리아가 있었다. 첫 번째부터 여덟 번째까지. 그 안에 있는 건 율리아가 감추고 싶어했던 과거의 자신이었다.

더러운 욕심, 추잡한 살의, 비틀린 욕망과 비겁한 자기합리화. 외면해야 했던 오래전의 순수하고 어린 율리아까지. 수많은 율리아가 그 안에서 썩어가고 있었다.

그들이 벽 안에서 아홉 번째의 율리아를 끌어당겼다.

어차피 너도 여기서 우리와 함께 썩게 될 거라고, 그렇게 발악해봤자 아무 소용없다고, 저주받은 율리아 아르테는 이 지옥에서 영원히 벗어날 수 없다고 속삭였다.

"율리아."

율리아가 선실 바닥에 주저앉았다. 긴 머리카락이 흘러내리면서 그녀의 얼굴을 가렸다. 떨림을 감추기 위해 온몸에 아프도록 힘을 주고 있던 그녀는, 바닥에 주저앉자마자 주먹으로 가슴을 쳤다.

한 번, 두 번. 퍽퍽 소리가 나도록 거세게 쳤다.

"율리아!"

머리카락 때문에 얼굴이 보이지 않았다. 율리아는 주먹이 옷에 쓸려 빨개지도록 세게 문지르고 때리는 걸 반복했다. 무너지면 안 된다. 이 안에 있는 건 복수에 전혀 도움되지 않는 실패자들이었다.

율리아는 계속 자신을 때렸다. 그래야 저 안으로 끌려 들어가지 않고 이곳에 있을 수 있었다.

"……그만해라."

그때 카루스가 율리아를 품에 안았다. 그가 바닥에 두 무릎을 꿇고 엎드려 있던 그녀를 일으켰다. 그러곤 그녀가 움직이지 못하도록 단단히 품에 안았다.

"그만해."

율리아는 떨고 있지 않았고, 울고 있지도 않았다.

"카루스 님, 저는 괜찮아요."

괜찮다고 말하지 않으면 정말로 울어 버리게 될 것 같았다.

배가 기지에 도착한 건 한밤중이었다. 먼저 배에서 내린 율리아가 바바슬로프와 함께 부두를 거닐었다. 멀리서 맥스웰이 두 사람을 부르고 있었다. 배고팠는데 마침 잘됐다며, 왕궁으로 돌아가기 전에 밥이나 먹으러 가자고 졸랐다.

카루스는 조금 떨어진 곳에서 그들을 바라보았다. 율리아는 바바슬로프의 농담에 웃고, 맥스웰의 장난에도 웃었다. 그녀는 평소와 조금도 다르지 않은 얼굴이었다. 하지만 카루스의 눈에는 그 모든 게 위태로워 보였다. 잠깐이나마 그녀가 무너졌던 모습을 봤기 때문일까, 이제는 율리아의 저 평온한 얼굴마저 불안하게 느껴졌다.

"잠시."

카루스가 그의 뒤를 따르던 덩치 큰 기사를 불렀다. 티타니아에서부터 지금까지 쭉 함께였던 리바이어던 기사단의 기사였다.

"부르셨습니까."

"수도에 전갈을 넣어. 극비리에 조사할 게 있다."

기사가 고개를 끄덕였다.

"죽지 않는 사람에 대해 알아보라고 해. 그런 저주나 사례가 있는지."

"알겠습니다."

기사가 묵묵히 자리를 떠났다. 카루스는 그에게서 시선을 돌려 다시 율리아를 바라보았다. 파도를 등지고 서 있는 율리아는 그의 눈에 아주 작아 보였다. 하지만 파도처럼 밀려온 그녀는 어느새 그의 가슴에 끝없는 바다가 되어 출렁였다.

카루스는 다짐했다.

저주를 거는 누군가가 있다면, 저주를 풀어내는 방법도 있으리라. 그게 이 땅 어디에 있든 반드시 찾을 것이다.

멈춰 있는 율리아의 삶을 흐르게 하기 위해서.

━━◆ ◆ ◆ ◆━━

태양 빛이 뜨거웠다. 일꾼들이 벌겋게 달아오른 얼굴에 연신 찬물을 끼얹었다. 그래도 열기를 다 식힐 수는 없어서 일찍 일을 마치고 부두를 벗어나는 사람이 많았다.

마차에 오르던 힌치 백작이 그런 일꾼들을 지켜보며 집사에게 말했다.

"야간작업으로 돌려. 수당 더 챙겨주고. 저러다 쓰러지겠다."

"그럴까요? 다들 좋아하겠네요."

"날짜 봐서 휴가도 넉넉히 챙겨줘. 이 더위에 땡볕에서 몸 쓰는 일하는 거 아니다."

"백작님이 이렇게 따뜻한 분인 걸 다들 알아야 할 텐데."

집사가 깔깔 웃으며 마차 벽을 두드렸다. 그러자 마부가 큰 소리로 출발 신호를 내렸다. 저택 앞 거리를 메우던 사람들이 그 소리를 듣고 마차가 지나갈 길을 비켜주었다.

"아빠가 따뜻하다니? 집사가 아부 잘하는 건 알았지만, 그건 좀 아니다. 도대체 월급을 얼마나 받는 거야? 매일 술만 마시는 악덕 고용주 아냐? 말해봐. 칭찬할 때마다 금화 하나씩이야?"

마차 안에는 코코가 앉아 있었다. 밝은 오렌지색 원피스에 흰 모자를 쓴 그녀가 집사에게 말했다.

"어차피 가을 되면 두 배로 굴릴걸? 그게 아빠 방식이잖아. 당근 주고 채찍질하고, 당근 주고 채찍질하고."

"당근 먼저 주는 게 어디예요. 게다가 두 배 주시잖아요. 부두에선 우리 무역선 짐꾼들이 제일 일당을 많이 받아요. 다들 여기로 오려고 하니까, 고용 담당들이 뒤에서 뇌물까지 받는다고요."

"그걸 내버려뒀어?"

"저한테 가져왔으면 내버려뒀을 텐데, 자기들끼리 나눠 가지길래 백작님한테 고자질했죠. 다 해고됐어요."

집사가 한쪽 눈을 찡긋했다. 코코는 그럴 줄 알았다는 얼굴로 집사를 바라보았다. 그러곤 힌치 백작에게 물었다.

"집사는 누가 뽑았어요?"

"내가."

"잘했네."

집사가 또 한 번 깔깔 웃으며 마차 벽을 두드렸다. 마차가 움직이기 시작했다.

코코와 힌치 백작은 왕궁으로 가고 있었다.

2왕자 레위시아를 한번 보러 오라는 딸의 요청을 바쁘다는 말로 몇 번이나 거절하던 힌치 백작은 어느 날 갑자기 '네가 데리러 오면 가겠다'라고 전갈을 보냈다. 물론 성격 급한 코코는 그 전갈을 받자마자 왕자궁을 박차고 나와 아버지를 데리러 왔다.

"아니, 무슨 공주님이야? 데리러 와야 가겠다는 말은 뭐예요? 누가 보면 아빠랑 내가 되게 사이좋은 부녀 관계인 줄 알겠네."

"바보냐? 사이가 나쁘니까 좋은 척이라도 해야지. 우리 상단 책임자들이 요즘 나만 보면 후계자 타령이란 말이야. 누구 닮아서 성격이 그렇게 급한지. 건방진 놈들이 나 아직 안 죽는다고, 앞으로 오십 년은 더 살 거라고 말을 해도 도통 듣지를 않아."

"어머, 세상에! 누구 닮았을까?"

코코가 과장되게 어깨를 으쓱하더니 백작을 바라보며 한 손으로 입을 가리고 웃었다. 그녀의 주홍색 눈동자가 반달 모양으로 접혔다.

"아빠, 오십 년이나 더 살 거면 내 상속분 미리 주세요. 그때쯤 되면 나도 죽을 날 얼마 안 남은 할머니가 될 텐데, 그때 상속받아서 뭐 해. 지금 줘요."

"싫어. 네가 내 병시중하는 거 봐서 줄 거야."

"병시중을 내가 왜 해요! 전문가를 고용해야지!"

"배우면 되잖아!"

마차 문은 꽉 닫혀 있는데, 안에서 두 사람이 싸우는 소리가 밖까지 다 들렸다. 마부가 남몰래 혀를 쯧쯧 차면서 고개를 설레설레 저었다. 마차를 호위하던 나이 든 병사들도 그를 따라 고개를 저었다.

저 똑같은 부녀는 왜 만나기만 하면 싸우는가.

코코는 누가 보더라도 힌치 백작의 딸이었다. 백작은 바닷가에서 나고 자란 사내치곤 피부가 희었고, 진한 주홍색 눈동자와 머리카락을 가지고 있었다.

오죽하면 코코가 태어났을 때, 자신은 하나도 닮지 않고 남편만 닮아 나온 딸을 본 그녀의 어머니가 실망한 나머지 울음을 터뜨렸다는 소문이 있었을까.

"그럼 그동안 왕자 때문에 바빠서 집에는 코빼기도 안 비친 거냐?"

"겸사겸사."

"앞에 겸사는 뭐고, 뒤에 겸사는 뭔데?"

"앞에 겸사는 레위시아 님 때문에 바빴던 게 맞고, 뒤에 겸사는 새로 들어온 시녀 때문에."

힌치 백작이 의외라며 코웃음을 쳤다.

"얘기를 듣긴 했는데…… 평민이라고? 2왕자는 시녀 데리고 다니는 걸 꼭 엄마 손 잡고 다니는 것처럼 창피해하던 녀석이잖아. 웃기지도 않는 놈. 그러던 놈이 갑자기 왜 그런 건데?"

코코는 레위시아가 가끔 자신을 놀릴 때 코코 엄마라고 부른다는 사실은 죽을 때까지 백작에게 말하지 말아야겠다고 생각했다.

"율리아는 좀 달라요."

"뭐가 달라. 브레웨 훈장의 주인이라서?"

힌치 백작은 이미 율리아에 대해 알고 있었다. 알렉사도 마찬가지였다. 그는 하나밖에 없는 딸이 왕궁에서 누구와 지내는지 모를 정도로 무신경한 아버지는 아니었다.

"나도 처음엔 그냥 좀 영리하고 무모한 애가 들어왔구나, 생각했어요. 마조람 후작을 상대로 싸우겠다니, 돌았나? 그렇게 생각하기도 했고."

"그런데?"

"아빠, 율리아는 왕자궁의 시녀가 된 것뿐인데…… 바실리 마조람과 크리스틴 마조람이 재기불능이 됐어요. 이상하지 않아? 고작 평민 시녀 하나. 그 아이 때문에 레위시아 님은 왕좌에 도전하겠대. 심지어 걔 후원자가 누군지 알아요?"

"누군데."

"카루스 란케아."

이번에는 힌치 백작도 진심으로 감탄할 수밖에 없었다.

"무혈 제독을 움직이다니 보통이 아니구나. 자세히 좀 들어보자. 이름이 뭐라고 했지?"

"율리아 아르테."

코코는 그녀가 알고 있는 율리아에 대한 이야기를 아버지에게 들려주었다. 마차 밖까지 새어 나오도록 큰 소리로 싸우던 부녀가 갑자기 조용해지자, 마부와 병사들이 고개를 갸웃했다.

마차가 왕궁 앞 광장을 지날 때였다. 주위가 소란스러웠다. 안에서 이런저런 이야기를 주고받던 코코와 힌치 백작도 의아함을 느끼고 대화를 멈추었다.

"이게 무슨 소리지?"

평범한 웅성거림이 아니었다. 누군가 큰소리로 울부짖고 있었다. 그것도 한두 명이 아니라, 다수의 울음이었다. 소리를 지르거나 화를 내는 사람도 있었다.

"바깥에……."

코코가 창문을 열려고 하자, 힌치 백작이 손으로 막았다. 그러곤 딸 대신 자신이 나서서 창문을 열고 바깥을 확인했다. 코코는 긴장감 없이 풀려 있던 아버지의 얼굴이 천천히 굳어지는 걸 보았다. 백작의 주홍색 눈동자에 깊은 수심이 어렸다.

"무슨 일인데요? 나도 좀 봐요."

"볼 거 없어."

"왜요. 무슨 일이냐니까?"

"국왕의 병사들이 기어이 해방군을 잡아낸 모양이야. 전부 보란 듯이 광장에 매달아놨구나."

코코가 입을 벌렸다가 빠르게 닫았다.

"매달아놨다고요? 공개 처형 말하는 거예요?"

아무래도 코코가 힌치 백작을 데리러 간 사이에 벌어진 일인 것 같았다. 시선이 절로 창으로 향했다. 매달린 시신의 하반신이 보였다. 적어도 수십 명은 되어 보이는 수였다.

백작이 한숨을 내쉬었다.

"본보기겠지. 1왕자가 죽었잖아. 정식 재판도 없이 저런 식으로 처리하는 게 좋은 방법은 아니지만, 세상에는 어쩔 수 없는 일이란 게 있으니까."

"어쩔 수 없는 일이라뇨. 왕한테 그런 게 어디 있어. 왕족이 죽었으니까 더 확실하게 조사하고, 더 확실하게 기록하고, 재판에 부쳐야……."

"자식이잖아, 이놈아."

힌치 백작이 코코를 나무라듯 말했다.

"세상에 어떤 부모가 자식의 죽음 앞에서 냉정할 수 있겠냐."

코코가 입을 다물었다. 그러곤 무거운 한숨과 함께 고개를 끄덕였다. 아버지의 말이 옳았다. 그녀도 얼마 전에 레위시아에게 국왕에 대해서 비슷한 충고를 한 적이 있었다.

"아빠 말이 옳아요. 국왕도 인간이고, 아버지인데."

"내 딸이 다 컸네."

"뭐래. 내일모레 서른인데."

코코는 제 나이를 좀 기억하라며 투덜거렸지만, 힌치 백작에게는 여전히 귀엽고 사랑스러운 딸일 뿐이었다. 하지만 그런 딸이 보살피는 왕족이라고 해서, 레위시아 왕자까지 따스하게 대해줄 마음은 조금도 없었다.

'놈이 왕좌에 앉겠다고 했으니까.'

왕의 재목인지 아닌지, 그것만 살펴볼 것이다.

두 사람은 처형당한 해방군의 시신을 애써 외면하며 왕궁으로 들어갔다. 달리던 마차가 왕자궁 앞에 멈추고, 힌치 백작과 코코가 문을 열고 내렸다.

왕자궁 앞을 지나던 몇몇 귀족들이 코코를 알아보곤 걸음을 멈췄다. 그런데 코코 옆에 그녀와 너무나 닮은 중년의 남자가 서 있었다.

"뭐야. 저 사람…… 힌치 백작 아냐?"

"그동안 왕궁엔 그림자도 안 비치던 사람이 왜……."

그들은 마조람 후작과 같은 파벌이었다. 1왕자의 죽음 이후 4왕자와 가까이 지내기 위해 매일 왕궁을 들락거리는 중이었는데, 2왕자궁으로 들어서는 힌치 백작을 목격하곤 새파랗게 질린 얼굴로 서로를 바라보았다.

"빨리 마조람 후작께 알려야 해. 빨리!"

거물의 등장이었다.

—◆•◆•◆—

이날은 아침부터 레위시아의 기분이 좋지 않았다. 화가 난 것도 아니고, 슬픔에 빠진 것도 아니었다. 그는 불안해하고 있었다.

응접실 한가운데서 물고기처럼 뱅글뱅글 도는 레위시아를 지켜보던 율리아가 그를 억지로 의자에 앉혔다. 그러자 그가 이번에는 한쪽 다리를 정신없이 떨었다.

율리아가 곁에 앉아 그의 무릎을 지그시 누르며 말했다.

"전하, 테이블 떨려요."

"아무래도 안 되겠다. 나 그거 좀 줘."

"어떤 거요?"

"네가 고른 제왕학 서적, 요점 정리한 거."

레위시아가 꼭 시험 직전에 벼락공부하는 학생처럼 요점 정리를 찾았다. 율리아는 그가 요구하는 대로 노트를 넘겨주면서도 궁금함을 참지 못하고 물었다.

"설마 힌치 백작님 때문에 이러시는 거예요?"

"율리아, 빨리 나한테 아무 질문이나 던져봐. 어려운 거로. 왕이 꼭 알아야 하거나, 왕위 후계자가 꼭 알아야 하는 것들."

"20년 전 보호 동맹이 체결되던 당시 바이칸의 황제가 오르테가를 향해 남하하던 중에 티타니아 산맥에서 일어났던 세 번의 전투와 그가 왜 발길을 돌렸는지 이유를 설명해보세요."

"어…… 세 번이야? 난 그냥 패전국 연합이 산맥 입구에서 기다렸다가 기습했다고만 들었는데. 겨울이라서 돌아간 거 아니었어?"

레위시아가 당황해서 말을 더듬었다. 율리아가 이번에는 다른 질문을 던졌다.

"오르테가 국법에 명시된 왕위 후계자의 자격 조건 중, 품위 조항에 있는 배우자의 소양이 뭔지 아세요?"

"몰라."

"나라를 다스리는 자를 현명하게 다스릴 줄 알아야 한다."

"그런 것까지 알아야 해?"

레위시아가 입술을 잘근잘근 깨물더니 긴 머리카락을 신경질적으로 쓸어 넘겼다. 율리아는 그런 그를 보며 몰래 웃다가, 이렇게 물었다.

"백작님이 그렇게 무서우세요?"

"넌 몰라! 그 양반이 얼마나 짜증 나고 지독한 인간인지!"

레위시아가 버럭 소리쳤다가 금세 사과했다. 소리 질러서 미안하다는 그에게 웃으면서 괜찮다고 말하며, 율리아는 힌치 백작을 떠올렸다. 짜증 나고 지독한 인간인 건 맞지만, 사실 그는 율리아가 가장 존경했던 귀족이기도 했다.

"야. 귀족이랑 싸울 때는 닭 잡듯이 하면 안 돼. 넌 그게 틀려먹었어. 귀족은, 특히 마조람은 생선처럼 잡는 거야. 명심해라."

"생선……."

"그래! 일단 떡밥을 풀어. 식탐이 많아서 먹음직스러운 게 눈앞에 있으면 안 물고는 못 배길 테니까. 그다음엔 그물을 넓게 펼치는 거야. 지가 갇힌 줄도 모르게."

"포위하란 말씀이시죠?"

"그렇지! 그다음에 점점 몰아야지. 좁게, 더 좁게. 빠져나갈 데가 없어서 놈들끼리 부딪치다가 튀어 오르게."

"그다음에는요?"

"이 자식이…… 아예 떠먹여주랴? 내일까지 생각해와!"

힌치 백작은 일곱 번째와 여덟 번째의 율리아가 마조람 후작을 상대로 싸우기 위해 선택했던 대적자였다. 그는 반제국파의 숨은 거두 중 하나였고, 상인연합이 가장 두려워하는 적이기도 했다.

일곱 번째의 율리아는 어렵게 힌치 백작의 수하로 들어가 승냥이처럼 살았고, 여덟 번째의 율리아는 이전 삶의 경험을 바탕으로 힌치 백작의 측근이 되어 코코와 만날 수 있었다.

"너 내 딸이랑 친해졌냐?"

"아…… 죄송합니다. 아가씨가 어젯밤에 갑자기 저택에 오셔서."

"뭐가 죄송해? 내 딸이 쳤냐? 막 머리채 잡고 싸웠어?"

"네? 제가 왜요!"

"걔 성질이 더러워서…… 너도 만만치 않고. 아니면 됐어."

"백작님, 해방군으로부터 연락이 왔어요. 해적들이 미끼를 물었다고 합니다. 오늘 밤 긴밀하게 만나자고 하는데, 약속을 잡을까요?"

"네가 다녀와."

"제가요?"

"언제까지 내가 직접 다녀? 넌 인마, 대장이 나서서 피라미들 만나고 다니는 거 봤어? 피라미는 피라미가 해결해."

"뭐라고 말하고 오면 되는데요?"

"이 자식이…… 그렇게 많이 배우고도 여태 질문이야? 알아서 처리해!"

율리아의 영리함을 알아보고, 아낌없이 가르쳐주고, 능력을 펼칠 수 있도록 기회를 준 사람. 힌치 백작은 정의의 수호자는 아니었으나, 최소한 정의를 목표로 삼고 행동하는 귀족이었다.

"괜찮을 거예요, 전하."

"너는 그 양반을 모르니까 그렇게 말할 수 있는 거야."

레위시아가 치를 떨었다.

왕자가 아무리 불안해해도, 율리아는 힌치 백작이 그의 든든한 지원군이 되길 바랐다. 하지만 백작이 레위시아를 탐탁지 않게 여긴다면 그녀가 아무리 노력해도 소용없다는 것도 알았다.

백작은 상대가 불쌍하다고 봐주는 법이 없었으니까.

——— • ◆ • ———

오래 지나지 않아 힌치 백작이 도착했다. 왕자궁은 어느 때보다 고요하고 차분한 분위기를 유지하고 있었다. 율리아는 레위시아를 응접실에 혼자 두고 알렉사와 함께 왕자궁 입구로 나갔다.

힌치 백작이 코코와 함께 걸어 들어오고 있었다.

그의 붉은 머리카락을 보는 순간 반가운 마음이 반, 긴장되는 마음이 반이었다. 아직도 이전 삶의 기억이 생생했다.

"어린애들이네."

힌치 백작은 율리아와 알렉사를 보자마자 한탄을 내뱉었다. 그의 눈에 비친 두 사람은 아직 너무 어린 여자애들이었다. 예쁜 옷 입고 바닷가에 소풍이나 다니면 좋을 나이. 그런데 하나는 마조람을 상대로 싸우려 하고, 하나는 부모 빚을 갚겠다고 노예처럼 살다가 최근에 구해졌다.

"하긴, 내 딸은 너희보다 더 어릴 때 왕궁에 들어왔으니까."

힌치 백작이 피식 웃더니 두 사람의 인사를 대충 받아주고 성큼성큼 걸어 왕자궁 안으로 들어갔다.

"레위시아 2왕자 전하를 뵙습니다."

누가 주인이고, 누가 손님인지 모를 장면이었다. 힌치 백작은 여유가 넘쳐흐르는데, 레위시아는 안절부절못하는 얼굴로 뻣뻣하게 일어나 그를 맞았다.

"어서 오세요, 백작……. 오래간만입니다."

"많이 자라셨군요."

백작이 먼저 손을 내밀었다. 레위시아는 그의 손을 잡고 악수한 뒤, 응접실 소파에 마주 앉았다.

침묵이 흘렀다.

힌치 백작은 레위시아에게 아무 말도 건네지 않았다. 그냥 편하게 소파에 앉아 있을 따름이었다. 다만 그의 붉은 두 눈은 집요하게 왕자를 관찰하고 있었다. 얼굴, 태도, 행동, 목소리, 표정에 이르기까지. 백작의 시선이 레위시아의 모든 것을 샅샅이 훑었다.

보다 못한 코코가 둘 사이에 끼어들어 입을 열었다.

"하녀들이 식사 전에 다과를 준비해줄 거예요. 저희가 응접실로 가져올 테니까……."

"됐으니까 다 나가 있어."

힌치 백작이 피식 웃더니 코코와 율리아, 알렉사에게 나가라고 말했다. 레위시아와 둘이 할 얘기가 있다며, 다과는 됐으니 저녁 식사 때나 보자는 것이다.

코코가 눈썹을 찡그렸다. 백작의 꿍꿍이가 의심스러웠던 그녀는 안 나가고 버티려 했으나, 레위시아가 그의 편을 들었다.

"그래, 다 여기 있을 필요 없잖아. 백작의 말대로 해."

그렇게 말하고, 레위시아가 율리아를 바라보았다. 율리아는 그의 눈동자를 한 번 보고 살짝 고개를 끄덕이더니, 뒤에서 코코의 손을 잡고 끌어당겼다.

"코코, 나가요."

코코가 어미 새처럼 레위시아 옆에 붙어 있을수록 힌치 백작은 왕자에게 실망할 것이다. 코코도 그 사실을 모르지 않기에, 어쩔 수 없이 율리아에게 이끌려 응접실 밖으로 걸음을 옮겼다.

시녀들이 모두 나가자 가뜩이나 침묵으로 가득 찼던 응접실이 이제는 숨 막힐 듯한 긴장감으로 뒤덮였다.

레위시아는 힌치 백작이 어려웠다. 만난 적도 몇 번 없는데, 유난히 그가 어려웠다. 백작은 레위시아가 어릴 때부터 어쩌다 그를 마주칠 때마다 저 소름 끼치도록 붉은 눈으로 그를 꿰뚫듯 노려보곤 했다.

레위시아가 어떻게 대화의 문을 열어야 할까 고민하고 있을 때, 힌치 백작이 불쑥 말을 꺼냈다.

"저는 돌려 말하는 걸 싫어합니다."

"알고 있습니다."

"왕좌엔 왜 앉으려는 겁니까? 권력에 욕심이 있는 것도 아니고, 그냥 편하게 살면 될 텐데."

"내 사람들을 지키기 위해섭니다."

별로 어렵지 않은 질문이었다. 냉큼 대답한 레위시아가 최대한 여유로워 보이기 위해 다리를 꼬았다.

그런데 힌치 백작이 비웃듯 입꼬리를 올렸다.

"그 '내 사람'이라는 걸 지키기 위해서 누이인 샤트린 공주의 목을 칠 자신은 있으십니까?"

"예?"

"전하의 어머니는 어떻고요. 그분은 왕을 사랑합니다. 아주 맹목적으로요. 버려진 채 살아온 전하라면 잘 알고 계실 텐데."

"백작, 말씀이 심합니다."

"심하지 않습니다. 왕자께서 왕좌 때문에 국왕과 반목하게 된다면 그분은 왕의 그림자 뒤에 숨어서 왕의 편만 들 게 뻔합니다. 그럼 그때는 어쩌시겠습니까. 어머니를 버릴 마음의 준비는 하셨는지?"

레위시아는 곧바로 대답하지 못했다. 그의 아름다운 얼굴이 인형처럼 굳어 있었다. 힌치 백작은 그럴 줄 알았다는 듯 팔걸이를 툭툭 두드리며 말했다.

"왕좌는 영광스러운 자리가 아닙니다. 왕이 무소불위의 권력자인 것도 아닙니다. 오르테가는 특히 그렇고요."

"압니다."

"모르는 것 같으니까 알려드리는 겁니다. 왕좌는 살육의 트로피에 불과해요. 그걸 감당할 수 있는 왕의 자식만이 그 자리에 앉을 자격이 있습니다."

힌치 백작의 목소리가 레위시아의 신경을 날카롭게 긁었다.

"내 딸을 이용해서 나까지 끌어들였으면, 응당 그 정도의 각오는 하셨겠지요. 아니면, 나를 등에 업으려고 내 딸을 이용하신 건가?"

"코코는 제 가족입니다!"

"틀렸습니다. 당신은 내 딸의 가족이 아니라, 주군이 되어야죠."

백작의 질책이 날카로웠다. 레위시아는 그가 주는 압박에 점점 더 무거운 긴장감을 느끼고 있었다. 이러다가는 코코가 어렵게 마련해 준 기회를 놓치게 될 것 같았다.

힌치 백작은 반드시 손을 잡아야 하는 상대였다. 이미 국왕에게 그를 상인연합 대표로 임명하라고 강력하게 추천해놓은 상태이기도 했다.

손바닥에 땀이 축축했다. 날씨는 더운데, 차갑게 식은 손가락이 뻣뻣하게 굳었다.

어떻게 해야 하나.

레위시아는 그때 율리아를 떠올렸다.

왜 그랬는지는 몰랐다. 궁지에 몰리니까 그냥 자연스럽게 율리아의 암녹색 눈동자가 떠올랐다. 그러자 심장엔 열이 오르고, 머리는 차갑게 식었다.

율리아라면 어떻게 했을까. 뭐라고 대답하는 게 좋을까. 왕좌를 살육의 트로피라고 말하는 상대에게 무슨 말로 반격을 해야 하나.

힌치 백작은 레위시아에게 책에 적혀 있는 정답을 요구하는 게 아니었다. 내 사람들을 지키기 위해 왕위에 오르겠다니, 그렇게 순진하고 물러터진 마음가짐으로는 절대 이룰 수 없는 꿈이라고 경고하는 것이다.

율리아, 너는 아마 이렇게 말했겠지. 생각을 마친 레위시아가 어렵게 입술을 뗐다.

"제 앞에 길은 하나뿐입니다. 그 길 끝에 왕좌가 있는 게, 제 잘못은 아니지 않습니까."

레위시아는 이제 차분하려 애쓰지 않았다. 꼬았던 다리는 어느새 풀려 있었다. 그는 힌치 백작을 향해 상체를 내밀고 두 손을 꽉 맞잡았다. 목소리가 떨려 나와도 어쩔 수 없었다.

"처음에는 두 가지 선택지가 있었습니다. 비참하게 죽느냐, 살아남아 왕이 되느냐. 그럼 살아야죠. 이왕이면 좋은 왕이 되어야겠지만, 지금은 착한 일이나 하면서 자위할 시간이 없습니다."

"그래서 어쩌겠다는 겁니까."

"왕좌를 감당하겠다고 말하고 있는 겁니다."

그러니까 그 살육의 트로피를 내게 안겨달라고, 레위시아는 아예 대놓고 말해버렸다.

응접실에서 쫓겨난 율리아와 코코, 알렉사는 만찬이 준비되고 있는 식당에 와 있었다. 하녀들이 온갖 산해진미를 차리느라 바쁘게 움직였다. 이제 곧 저녁 시간이었다. 그런데 레위시아와 백작이 응접실에서 나올 생각을 하지 않았다.

불안해진 코코가 중얼거렸다.

"뭔 놈의 이야기를 이렇게 길게 하는 거야? 그냥 쳐들어가서 데리고 나올까?"

"코코가 그럴수록 백작님은 레위시아 님을 우습게 여길 거예요."

"네가 우리 아빠를 몰라서 그래. 아픈 데만 찌르고 쑤시고, 후벼 파는 재주가 있단 말이야. 상처 위에 소금을 뿌리고, 그 위에 침을 뱉는다고."

누가 들으면 힌치 백작이 성격파탄자에 파렴치한이라도 되는 줄 알았을 것이다. 율리아가 걱정하지 말라고, 레위시아 님은 잘 해낼 거라고 말하려던 순간이었다. 창가에 서서 응접실이 있는 쪽을 유심히 살피던 알렉사가 말했다.

"나오시는데요?"

"나오다니, 어딜?"

"두 분 말입니다. 밖으로 나오셨어요."

코코가 창가로 달려가 바깥을 내다보았다. 그러곤 치맛자락을 붙잡고 식당 밖으로 번개같이 달려갔다. 율리아도 알렉사와 함께 코코를 따라갔다. 힌치 백작이 왕자궁을 떠나고 있었다. 그를 배웅하는 레위시아의 얼굴이 창백하고 퀭했다. 이대로 만찬장으로 데려갔다간 체하거나 토할 것 같은 얼굴이었다.

"반가웠습니다."

그래도 이번에는 레위시아가 먼저 손을 내밀었다. 백작은 그런 왕자를 힐긋 바라보더니, 그의 손을 힘주어 맞잡았다.

코코가 달려와 물었다.

"아빠! 어디 가는 거예요? 하녀들이 만찬 준비까지 해 놨는데, 이대로 가버리면 어떻게 해요?"

"만찬보다 중요한 게 있으니까."

"그게 뭔데요."

"난 이제 왕을 만나러 가야겠다."

힌치 백작이 피식 웃더니 코코의 어깨를 툭툭 두드리고 몸을 돌렸다. 그는 왕자궁에 들어왔을 때와 마찬가지로, 거침없이 성큼성큼 걸어서 궁을 빠져나갔다.

━ ◆ ◆ ◆ ━

국왕의 병사들이 도시를 이 잡듯이 뒤진 끝에 일부 해방군을 찾았고, 그들은 광장에서 공개적으로 처형되었다.

해방군은 혼란에 빠졌다. 1왕자를 죽이지 않았는데, 국왕을 비롯한 온 나라가 그들을 범인이라고 몰아세웠다. 아니라고 말하고 싶은데 그럴 수도 없었다. 그들은 비밀 조직이었으니까.

그중에서도 몇몇 간부들의 마음이 제일 복잡했다.

"마조람 후작에게 우리가 결백하다는 것부터 알려야 해. 안 그러면 다시는 후작에게서 자금을 지원받지 못하게 될 거야."

"다 모였습니까?"

"관련자들과 얘기하고 싶다고 하셨으니, 아는 놈들은 대충 다 오라고 했네."

그곳은 바닷가에 있는 빈 건물이었다. 해방군 간부 중 활동 자금과 회계를 담당하는 자들이 모여 앉았다. 그들은 모두 11명이었는데, 그중엔 해방군 우두머리의 최측근으로 분류되는 자도 있었다.

"도착하셨군."

빈 건물 앞에 마조람 후작의 마차가 도착했다. 캄캄한 밤에 조명까지 어두워, 해방군은 후작이 마차에서 내려 얼굴을 드러낸 뒤에야 안심하고 그를 들여보내주었다.

마조람 후작은 제법 많은 수의 수하와 함께 걸음을 옮겼다. 문 앞을 지키던 해방군이 그들을 들이려고 하지 않자, 후작이 말했다.

"네놈들이 1왕자처럼 나를 죽일 수도 있는데, 그럼 혼자서 들어가란 말이냐?"

"그게 아닙니다. 저희가 한 짓이 아니라는 걸……."

"닥쳐라. 너희 때문에 내가 지금 얼마나 곤란한 지경에 이르렀는지 아느냐? 내가 그동안 1왕자에게 퍼부은 시간과 돈을 네놈들이 갚아줄 것이냔 말이다!"

안에 있는 해방군에겐 선택의 여지가 없었다. 그들은 조직 내에서도 비밀리에 마조람 후작으로부터 자금을 지원받아왔고, 만약 이 일이 들통난다면 누구에게건 사지가 찢겨 죽을 것이었다.

"들어오십시오."

문이 열렸다. 마조람 후작이 먼저 안으로 들어가, 모여 있던 해방군의 얼굴을 하나하나 확인했다. 모두 11명이었다. 후작이 물었다.

"다 모인 건가?"

"네, 이들은……."

"그럼 죽어라."

후작이 손을 휘저었다.

긴말은 필요 없었다. 그의 뒤를 따라 안으로 들어온 수하들이 품에서 칼을 꺼내 들더니 해방군을 베기 시작했다. 번개 같은 솜씨였다. 숙련된 용병이거나, 노련한 기사가 분명했다.

해방군은 반항조차 제대로 하지 못했다.

좁은 건물 안에 비명이 난무했다. 시뻘건 피가 튀고, 죽은 자의 몸 위에 죽은 자의 몸이 쌓였다.

마조람 후작은 11명의 해방군이 모두 죽은 걸 확인한 뒤에야 건물을 나섰다. 그의 수하들이 죽은 해방군의 시신을 마차에 실어 날랐다.

어두운 골목 안, 누군가 그 장면을 지켜보고 있었다.

"들어갈 때는 걸어서 들어가더니, 나올 때는 실려서 나오는군."

블라이스 백작이었다.

"물러터진 시골 촌구석이라 재미없는 놈들만 있는 줄 알았더니⋯⋯."

그가 붉은 입술을 매만지며 만족스럽게 웃었다.

"제법 귀족다운 놈도 있었잖아. 저자가 마조람 후작인가?"

"그렇습니다."

"오르테가를 혼란에 빠뜨리려면 저자의 세력부터 깎아내야 한다고 했지?"

"파벌에 대한 통제력이 강한 귀족입니다. 1왕자가 죽었으니 한동안은 내리막길을 걷겠지만, 세력이 워낙 공고해 저희가 조금 더 손을 써야 할 듯합니다."

블라이스 백작은 부하의 말에 흔쾌히 고개를 끄덕였다.

"율리아에게 좋은 선물이 되겠군."

마조람은 그녀의 적이니까.

역시 우리는 운명이 틀림없다고, 블라이스가 혼자 생각했다.

그는 오르테가에 전쟁의 씨앗을 심기 위해 친제국파의 거두인 마조람 후작의 세력을 약하게 만들어야 했고, 율리아는 그를 원수로 여기고 있으니.

'저걸 괴롭히면 율리아가 날 좋아해줄까?'

묻고 싶었다. 그러면 그녀는 그 매혹적인 말투로 뭐라고 대답할 것인가. 이번에도 괜찮다면서 거절하려나. 아니면 동류인 자신을 알아보고 웃어주려나. 상상만 해도 손끝이 짜릿했다.

블라이스가 독사처럼 눈을 빛내며 웃었다.

20
왼손에 잡혀 있는 그녀

국왕이 남부상인연합의 새 대표로 힌치 백작을 임명했다.

전임 대표는 너무 많은 죄를 저질러서 재판하는 데만 수개월이 걸릴 예정이었다. 비자금 세탁은 물론이거니와 인신매매와 노예 거래, 그리고 밀무역에 이르기까지. 왕실 기사단의 조사에 의하면 상당한 수의 상단과 용병단, 그리고 귀족들이 그 일에 연루되어 있었다.

분노한 국왕은 힌치 백작을 새 대표로 임명하면서 '상인연합을 대대적으로 개편하여 악의 고리를 끊어라'라는 특명을 내렸다. 대부분은 그동안 상인연합이 저질러온 죄를 이야기하며 그들에게 분노했다. 남부에서 가장 돈 많은 상인이 모여 한다는 짓이 고작 약자를 착취해 검은돈을 불리는 거라니. 그러나 일부 귀족들은 상인연합이 아니라 힌치 백작에게 주목했다.

그가 중앙 귀족계를 떠난 게 정확히 몇 년 전인지는 알려지지 않았다. 10년 전이라는 사람도 있었고, 20년이 넘었다는 사람도 있었다.

어쨌거나 힌치 백작은 본인의 괴팍한 성미에 걸맞게 말도 없이 중앙을 떠나 상단 활동에 집중해왔다. 그가 돌아오리라고 생각하는 사람은 거의 없었다. 그런데 그가 갑자기 왕궁에 나타나 2왕자 레위시아 오르테가를 만나더니, 남부상인연합의 새 대표가 되었다.

이 일은 귀족들에게 몇 가지 중요한 점을 시사했다.

마조람과 왕가의 반목이 공식화되었다는 것, 힌치 가문이 복귀했다는 것, 2왕자 레위시아 오르테가에게 기반이 생겼다는 것.

왕궁은 왕족의 동향을 파악하려는 사람들로 연일 북적거렸다.

"힌치 백작님은 전하께 그걸 바라셨을 거예요."

"뭐, 막말하는 거?"

"비슷한데…… 백작님은 왕의 자질 중에서 결단력을 가장 중요하게 생각하거든요. 좋은 쪽이든 나쁜 쪽이든 결과를 감당할 정신력도 중요하고요."

"마음이 선하고 똑똑한 왕이 아니라?"

"전하는 이미 마음이 선하고 똑똑해요. 그러니까 백작님은 전하의 부족한 점을 지적하셨던 거죠."

예를 들면 우유부단함이라거나, 유약함 혹은 애정결핍.

율리아는 뒷말을 꿀꺽 삼켰다. 굳이 자신까지 지적할 필요는 없을 것 같았다. 또 그녀가 생각하기에 레위시아에게는 그 단점을 장점으로 승화할 수 있는 자질이 있었다.

레위시아가 두 눈을 천천히 끔벅거렸다. 힌치 백작과 나눴던 대화를 떠올리는 듯했다.

"백작한테…… 내 앞에 왕좌를 가져오라고 했는데. 엄청 시건방지게.”

“잘하셨네요.”

“뭐? 잘했다고?”

“신하를 잘 부리는 것도 왕의 중요 덕목이죠.”

레위시아는 질색하는 얼굴이었다. 힌치 백작을 신하로 삼아 호령하는 왕이 되어야 한다니, 신경쇠약으로 요절할 것 같다고 중얼거리기도 했다.

“걱정하지 마세요. 전하는 힌치 백작님과 아주 잘 지내실 수 있어요.”

“네가 어떻게 알아?”

“그분은 코코의 아버지잖아요. 전하는 코코의 작품이고요.”

레위시아는 율리아의 말에 반박하려다가 이내 조용해졌다. 곰곰이 생각에 빠져 있던 그가 율리아에게 말했다.

“나 방금 끔찍한 상상을 했어.”

“뭔데요?”

“언젠가 내가 코코를 엄마라고 부르면서 놀리는 걸 힌치 백작한테 들키는 장면이 떠오르면서…….”

전하, 그러다 맞을 수도 있어요. 율리아가 이번에도 뒷말을 꿀꺽 삼켰다.

“티타니아로 변장하고 사교 클럽에서 술 마시고 노는 걸 힌치 백작한테 들키거나…….”

난 아무래도 비밀이 많은 왕이 되어야 할 것 같아. 레위시아가 힘없이 중얼거렸다. 율리아도 그의 말에 살짝 고개를 끄덕였다.

레위시아와 짧은 대담을 마치고 방으로 돌아온 율리아는 트루디에게서 세 사람으로부터 저녁 초대가 왔다는 사실을 전해 들었다.

"귀빈궁에선 여느 때처럼 꽃바구니와 과일이 왔어요. 공주궁에선 뭘 따로 보내진 않았는데, 저한테 심부름하느라 수고한다고 금화를 쥐여줬어요. 마지막으로 이건 왕궁 심부름꾼이 가져온 초대장이에요."

공교롭게도 모두 이날 저녁 초대였다. 율리아는 초대장을 손에 들고 가만히 서서 생각에 빠졌다.

귀빈궁에선 블라이스 백작이 그녀를 초대했고, 공주궁에선 샤트린이, 마지막으로 심부름꾼을 통해 초대장을 보낸 건 카루스였다.

"어디로 가실 거예요? 귀빈궁 손님한테 가실 거면 적당한 외출복을 준비할게요. 요즘엔 밤에도 더우니까 가벼운 드레스랑 부채면 되겠죠?"

트루디가 드레스룸 문을 열어놓고 물었다.

"공주궁으로 가실 거면 조금 더워도 제대로 입으셔야 하잖아요. 거기 시녀님들은 다 멋쟁이고, 공주님도 워낙 화려하게 꾸미는 걸 좋아하시고……."

율리아는 대답하지 않았는데, 트루디가 혼자 신이 나서 이 옷 저 옷을 꺼내 보였다.

"시녀님, 어디로 가실 거예요?"

대답할 수 없었다. 머리로는 샤트린의 공주궁이나 블라이스의 귀빈궁으로 가야 한다는 걸 알고 있는데, 카루스가 보낸 저녁 초대장을 쥔 손가락에 자꾸만 힘이 들어갔다.

"어떤 분위기였어?"

"뭐가요?"

"이걸 주고 간 사람들."

트루디가 눈동자를 반짝 빛냈다. 그녀는 율리아가 질문하기만을 기다렸다는 듯, 쪼르르 달려와 이런저런 말을 늘어놓았다.

"귀빈궁 시종이 그러는데요, 그 블라이스 백작인가 하는 분이 요즘 외출이 잦대요. 특히 밤마다 어딜 나가는지 모르겠다고. 찾아오는 여자들이 하도 많아서 도망 다니는 것 같대요."

"그리고?"

"공주궁에서 온 사람은 율리아 시녀님이 벌써 자기네 식구라도 된 것처럼 말하던데요? 나중에 짐 옮길 때 자기가 도와줄 테니까 염려하지 말라고."

그건 샤트린의 자만심이 아랫사람에게까지 전염되어서 그렇다. 지금 당장은 샤트린이 가장 유력한 왕위 후보였으니까.

"그 초대장 가져오신 분은 별말 없었어요."

그렇다면 공주궁이 아니라 귀빈궁의 초대에 응하는 편이 좋았다. 샤트린은 예상 가능한 상대이지만, 블라이스 백작에 대해선 아직 다 파악하지 못했기 때문이다.

율리아가 손에 쥐고 있던 초대장을 탁자 위에 천천히 내려놓았다. 아쉬움이 뚝뚝 묻어나는 손길이었다.

카루스를 만나고 싶지만, 한편으로는 만나고 싶지 않았다. 산도발을 처리했던 날, 율리아는 그의 품에 안겨 오랫동안 외면했던 자신의 약한 얼굴을 마주했다. 카루스는 괜찮다고 말하는 그녀를 말없이 꽉 끌어안았다. 그의 품은 넓고 따스했으나 율리아는 그 온기에 취할 수 없었다.

트루디가 다시 물었다.

"어디로 가실 거예요?"

"귀빈궁 손님한테."

그렇게 말하면서도 율리아의 손가락은 탁자 위에 놓인 초대장을 조심스레 매만지고 있었다.

그녀의 시선이 그 위에 오랫동안 머물렀다.

율리아는 블라이스가 기다리고 있다는 귀빈궁의 외딴 응접실로 안내되었다.

"친제국파인지 뭔지 하는 놈들이 자꾸 찾아와서 외부 만찬장은 쓰기가 좀 그래. 나는 너랑 단둘이 얘기하고 싶거든."

블라이스는 기분이 좋아 보였다. 그의 긴 눈꼬리가 웃을 때마다 나비처럼 접혔다. 제국식 예복을 입은 블라이스는 근사해 보였으나, 율리아는 그에게 미소 한 자락 보여주지 않고 무표정한 얼굴로 의자에 앉았다. 율리아에게 의자를 빼주려던 그가 하하 웃더니 맞은편에 앉았다.

"오르테가를 한 번도 벗어나본 적 없다고 했나? 내가 특별히 바이칸 양식의 식사를 준비하라고 했거든. 남부 음식도 맛있지만, 자극적인 북부 음식에도 특별한 매력이 있지."

블라이스는 바이칸에서도 훨씬 더 북쪽에 있는 산지 국가 출신이라고 했다. 그는 테이블 가득 차려진 음식을 하나하나 설명했다.

율리아는 블라이스가 말하는 동안 표정이나 말투, 제스처를 통해 그의 속내를 읽으려 애썼다. 그런데 아무리 봐도 이 수상한 남자의 의도가 읽히지 않았다.

"어때, 맛있겠지?"

"글쎄요."

율리아는 그에게 빌미나 여운을 주고 싶지 않았다. 사람은 누군가에게 호의를 보일 때, 그 상대가 웃어주지 않으면 불안해한다. 블라이스도 마찬가지였다. 율리아가 그의 지극한 호의 앞에서도 전혀 웃질 않자, 북부 음식에 대한 찬양을 금세 멈추었다.

사실 그녀는 이 테이블 위에 있는 음식이 낯설지 않았다. 그녀는 바이칸으로 달아났던 과거가 있었고, 굶어 죽지 않기 위해 상단을 따라다니며 온갖 허드렛일을 하기도 했다.

"일단 식사할까. 이야기는 먹으면서 해도 되잖아."

블라이스가 다시 자연스레 말을 건넸다. 수상한 눈빛과는 별개로 그의 태도는 여전히 신사적이었다.

율리아는 별다른 대답 없이 식사를 시작했다. 그의 말대로 북부 음식은 자극적인 매력이 있었다. 딱히 가리는 음식이 없는 그녀는 블라이스 백작을 앞에 두고도 불편함 없이 식사를 이어갔다.

율리아가 매콤한 닭고기 샐러드를 입에 넣고 씹을 때였다. 블라이스가 돌발적으로 물었다.

"카루스 님하고는 잘 지내고 있어?"

"당신이 상관할 바가 아니에요."

"그 애송이 왕자도 널 보는 눈빛이 심상치 않던데. 율리아 아르테. 원하는 게 뭐야? 왕자비? 왕비? 아니면…… 카루스 란케아의 옆자리라거나."

이상한 질문이었다. 불쾌하기도 했다. 율리아는 책망하는 눈으로 그를 바라보았다. 블라이스가 그녀를 보고 웃었다.

"넌 모르는구나."

그는 뭐가 그렇게 즐거운지 율리아를 보고 자꾸 웃었다. 음식을 덜어 주거나 음료수를 가져다줄 때는 한없이 자상한데, 무례한 질문을 아무렇게나 던질 때도 있었다.

"그거 알고 있나? 내가 모시는 분은 카루스 란케아를 사랑해."

알고 있다.

"그냥 사랑하는 것도 아니고…… 미치도록 사랑하지. 집착이란 말로도 부족할 정도야. 세상에는 그런 사랑을 하는 사람도 있거든."

"나한테 왜 그런 말을 하는 거죠?"

"카루스 님하고 가까이 지내지 마. 데네브라 황비님의 귀에 들어가기라도 하면, 그분은 널 끓는 기름 솥에 산 채로 집어넣을 수도 있어."

율리아가 들고 있던 나이프를 소리 없이 내려놓았다. 그러곤 블라이스에게 말했다.

"먼 곳에 있는 황비께서 저 같은 평민한테 신경 쓰실 이유는 없을 텐데요."

"카루스 란케아의 일이라면, 그분은 자기 자신보다도 우선하시지."

"협박하는 건가요?"

율리아가 입술을 천천히 움직이며 물었다. 평소보다 훨씬 느린 말투였다. 그러자 그녀의 얼굴을 뚫어지게 바라보던 블라이스의 시선이 율리아의 입술에 고정되어 떠나지 않았다.

"블라이스 백작님."

"그래."

"가서 말하세요. 오르테가의 하찮은 평민 계집이 감히 카루스 란케아의 곁에서 얼쩡거린다고요."

"율리아, 이건 농담이 아니야."

"마찬가지예요."

블라이스가 이번에는 율리아의 눈동자를 바라보았다. 그녀의 의중을 파악하려는 듯했다. 율리아는 그가 자신을 마음껏 관찰하도록 내버려두었다. 그는 아마 영원히 알 수 없을 것이다. 율리아는 죽음이나 두려움을 무기로 협박할 수 없는 상대라는 걸.

"용건은 그게 다인가요? 그러면 식사만 마치고 물러가겠습니다."

"그럴 리가."

블라이스가 자리에서 일어나 술을 가져왔다. 율리아는 이번에도 유리잔을 뒤집은 채 밀어버렸고, 그는 피식 웃으며 자신의 잔에만 술을 따랐다.

"내가 며칠 전에 바닷가에 있는 어떤 빈 건물에 갈 일이 있었는데, 거기서 마조람 후작을 봤지."

이게 용건이었나. 율리아가 두 눈을 내리깔았다.

"근데 이상하지 뭐야. 마조람 후작이 나타나기 전에는 두 발로 멀쩡히 걸어 다니던 해방군들이, 후작이 들어갔다가 나오니까 전부 들것에 실려 나오더라고."

죽였구나. 그들은 모두 죽었을 것이다. 아마도 마조람 후작에게서 자금을 받아 전달하던 해방군 내의 변절자들이었으리라.

"시체를 어디에 갖다 버리는지, 그것도 봤지."

블라이스가 율리아에게 자신의 빈 손바닥을 내보였다.

"봐, 난 네 편이야. 너한테 뭐든지 다 말해줄 수 있어."

"블라이스 백작님."

"내 적은 마조람 후작이고, 네 원수도 마조람 후작이잖아. 우리가 손을 잡는 데 이 이상의 이유가 필요해?"

그의 말은 틀리지 않았다. 율리아도 그 점엔 동의할 수 있었다. 블라이스와 한편이 되면 마조람 후작과의 전쟁에서 조금 더 빨리, 수월하게 승리를 가져올 수 있을지도 모른다. 하지만 그녀는 그와 손잡지 않을 생각이었다.

"식사 고마워요."

율리아가 귀빈궁에 온 후 처음으로 미소를 지었다. 차갑고 무표정하던 얼굴에 선득한 미소가 자리 잡았다.

그녀의 눈빛은 말라죽은 나무 같기도 하고, 얼어붙은 꽃잎 같기도 했다. 깊이를 알 수 없어 오만해 보였다.

블라이스는 율리아를 읽을 수 없었다.

율리아가 말했다.

"당신이 1왕자를 죽였다는 걸 알고 있어요."

"그래서 날 고발하려고?"

블라이스가 입술을 길게 늘여 웃었다. 그려낸 웃음이었다. 그에게는 잘 어울렸지만, 율리아는 거기에 넘어가지 않았다.

"아뇨."

고발은 무슨. 율리아가 할 말은 정해져 있었다.

"고마워요."

다음 삶의 나에게 당신이라는 변수에 대해 알려줘서. 대처할 방법을 알려줘서.

그 말을 마지막으로 율리아가 귀빈궁을 떠났다.

블라이스는 가만히 앉아서 율리아가 떠난 빈자리를 바라보고 있었다. 그의 얼굴을 지배하던 미소가 사라졌다가 이내 전혀 다른 미소로 피어났다. 그려낸 것처럼 완벽하던 미소가 아니라, 어딘가 무너지고 일그러져 환희에 찬 듯한 미소였다.

"고맙다고?"

그가 새끼손가락에 끼고 있던 반지를 만지작거렸다. 참을 수 없이 기뻤다. 역시 자신의 눈은 틀리지 않았다.

율리아 아르테는 독사였다.

동면에서 깨어난, 굶주린 뱀.

—◆•◆•◆—

며칠 동안 비가 왔다. 오르테가 하늘에 묵직하게 드리워진 검은 구름이 비를 뿌렸다. 차라리 확 쏟아지기라도 하면 좋을 텐데 비는 답답할 정도로 조금씩 내리고 있었다. 거기에 아침저녁으로 부연 안개까지 깔려, 신경 예민한 사람들이 통증과 우울감을 호소하던 때였다.

본래도 늦게 일어나는 편인 코코가 날씨 때문에 더 늦게까지 잠을 잤다. 다른 사람은 약간 기분이 가라앉은 정도인데, 코코는 거의 앓아 누운 수준이었다.

하녀들도 이런 날은 한가하기 마련이었다. 일찍 일어나 식사까지 마친 율리아가 하녀들이 삼삼오오 모여 노는 부엌에 나타났다.

"미안한데, 튀김 좀 해줄 수 있어요?"

하녀들이 고개를 갸웃하며 물었다.

"튀김이요? 율리아 시녀님은 식사하신 지 얼마 안 됐잖아요. 부족하셨어요?"

"아, 제가 먹을 게 아니에요."

그러면 그렇지. 하녀들이 방긋방긋 웃으며 물었다.

"누가 튀김이 먹고 싶다 하셨구나. 코코 시녀님일까요, 알렉사 시녀님일까요? 음…… 왕자 전하께서는 기름진 음식을 잘 안 드시니까."

하녀들은 오랜만에 튀김 소리 좀 듣겠다며 재빨리 소매를 걷어붙였다. 가뜩이나 비가 그치질 않아서 영 입맛이 없었는데, 다 같이 나눠 먹을 수 있도록 이것저것 해야겠다고 했다.

솜씨 좋은 하녀들이 각종 채소와 해산물을 튀기는 동안, 늦게 일어난 코코가 아주 얇고 가벼운 재질의 원피스를 입고 식당에 나타났다.

"이게 무슨 냄새니? 안 그래도 기름진 게 먹고 싶었는데."

"코코, 그러다 감기 걸려요. 비 때문에 기온이 찬데."

"잔소리하지 마. 옷이 몸에 달라붙는 것 같아서 기분 나쁘단 말이야. 우리 집이었으면 잠옷만 입고 살았을 텐데, 개 같은 왕궁 법도. 왜 내 방에서도 잠옷만 입고 있으면 안 되는 건데?"

"잠옷만 입고 있으면서……."

웃으며 말대꾸하는 율리아에게 코코가 뭐라 짜증을 내려던 순간이었다. 식당 문이 홱 열리더니 알렉사가 나타났다.

"이게 무슨 냄새입니까?"

다른 사람은 다 기운이 없어 보이는데, 알렉사 혼자 생기 넘치는 얼굴이었다. 비가 오는 날에도 훈련을 쉬지 않는 그녀는, 방금 씻었는지 머리카락이 축축하게 젖어 있었다. 코코가 중얼거렸다.

"쟨 어려서 그런 걸 거야."

"코코는 어릴 때부터 비 오는 날만 되면 아팠다면서요."

"그야 난 아카시아 같은 여자니까……."

힘없이 중얼거리던 코코가 갑자기 입을 다물고 고개를 돌렸다. 그러곤 율리아가 부엌문을 열고 들어가 하녀들과 대화하는 모습을 뚫어지게 바라보았다.

열린 부엌문 너머에서 귀를 자극하는 튀김 소리가 들렸다. 곧이어 율리아가 하녀들과 함께 튀김이 가득 담긴 그릇을 들고 돌아왔다.

"어머, 시녀님들 다 모이셨네요?"

하녀들은 즐거워했다. 율리아 시녀님 덕분에 이렇게 다 같이 튀김도 해 먹고 얼마나 좋으냐고 호들갑을 떨었다. 둥근 테이블에 각종 튀김이 예쁘게 차려졌다. 하녀들이 이제부터는 자기들이 먹을 걸 튀기겠다며 부엌으로 사라졌다. 빗소리 은은한 식당에 바삭바삭 소리가 퍼졌다. 코코는 알렉사와 함께 튀김을 먹다가, 율리아에게 물었다.

"넌 왜 안 먹어."

"전 식사한 지 얼마 안 됐어요."

"블라이스 백작한테 또 연락 왔다면서?"

"거절했어요. 샤트린 공주님은 화가 나셨는지, 요즘엔 연락이 없네요."

"당연하지. 한낱 시녀가 공주의 초대를 거절했으니."

율리아가 그냥 평범한 시녀였다면 상당히 마음이 불편했을 것이다. 분노한 공주에게 언제 어디서 해코지당할지 모른다는 생각에 밤잠을 설쳤을 수도 있다. 하지만 그녀는 샤트린이 무섭지 않았다.

알렉사가 작게 자른 튀김 조각을 코코의 입에 넣어주며 말했다.

"블라이스 백작이 1왕자를 죽였다는 증거라도 있으면 좋을 텐데 말입니다. 마조람 후작이 해방군에게 몰래 자금을 대주고 있었다는 말을 들었을 땐 진짜 놀랐지만……."

"꼬리를 잘랐으니까 이제 마음을 놓겠지. 잔인한 말이지만, 나 같아도 같은 선택을 했을 거야."

두 사람은 율리아에게서 마조람 후작과 해방군, 그리고 블라이스 백작에 관한 이야기를 들었다. 알렉사가 먹여준 튀김을 오물오물 씹던 코코가 율리아에게 물었다.

"블라이스 백작의 목적이 우리 왕국에 전쟁을 일으키는 거라면, 마조람 후작의 세력이 어느 정도 약해진 뒤엔 손을 떼겠네?"

"그러리라고 생각해요."

블라이스 백작은 율리아에게 '우리는 같은 목적을 가졌고, 나는 네 편'이라고 몇 번이나 강조했다. 그를 믿을 수는 없었다. 하지만 그의 말이 완전히 틀린 것도 아니었다.

"어디로 튈지 모르는 사람이긴 하지만…… 그때까지만 한시적으로 그를 이용하는 것도 하나의 방법일 것 같긴 해요. 코코, 어떻게 생각해요?"

율리아가 물었다. 코코는 잠시 곰곰이 생각에 빠져 있었다. 그러다 얼굴을 꽉 찡그리며 말했다.

"그 뱀 같은 작자를 이용하려면 결국 네가 그 말 같잖은 데이트 신청을 계속 받아들여야 하잖아. 때려치워. 나나 알렉사랑 같이 만나는 거 아니면 다 거절해."

"데이트라니, 그냥 식사예요."

"세상엔 단둘이 식사 좀 했다고 저 혼자 흥분해서 엄청난 의미를 부여하는 등신들이 있단다."

"그 초대를 거절했다면 저는 마조람 후작이 해방군 변절자들을 죽여 없앴다는 사실도 알지 못했을 거예요."

"그 정도는 추측으로도 알 수 있잖아. 우리가 언제부터 그런 걸 다 확인하면서 살았니."

코코가 한숨을 내쉬었다.

율리아와 코코의 대화가 길어질수록 튀김을 집어 먹는 알렉사의 손이 느려졌다. 그녀는 게슴츠레한 눈을 빠르게 깜박이다가 율리아에게 물었다.

"그러다 블라이스 백작 때문에 진짜 전쟁이 일어나면 어떻게 합니까?"

코코와 율리아가 알렉사를 바라보았다. 그녀는 심각한 얼굴로 바이칸에서 전쟁 용병으로 일하던 당시 자신의 경험담을 들려주었다.

"바이칸은 정말 강합니다. 사람들은 제국의 방대한 크기나 병사들의 압도적인 숫자만 가지고 승률을 계산하는데, 그건 정말 잘못된 생각입니다."

알렉사는 만약 지금 당장 오르테가 왕국이 바이칸 제국을 상대로 싸우게 된다면 필패할 거라고 했다.

"그들은 수십 년 동안 전쟁 중이었어요. 그건 한낱 보병조차 전쟁 전문가가 될 수 있을 만큼 긴 시간입니다. 오르테가는 바이칸을 절대 이기지 못합니다."

걱정하지 않을 수 없는 이야기였다. 코코도 알렉사의 말에 동의하더니, 그렇게 되면 블라이스 백작으로부터 마조람 후작과 친제국파를 지켜야 하는 역설적인 상황이 벌어질 수도 있다고 말했다.

코코가 음산하게 중얼거렸다.

"차라리 암살자를 고용해서 지금 죽여 없애는 게……."

"황제의 사절이 오르테가에서 참살당하면 그 뒷감당을 어떻게 하려고요."

"그럼 어떡하니! 우리가 이 모든 사실을 알고도 못 막으면 어떡해. 마조람 후작만 신경 쓰다가 전쟁이 진짜로 일어나면 어떡하냐고. 그 죄책감을 어떻게 견디려고!"

"전쟁은 일어나지 않아요."

율리아가 말했다.

"황제는 당분간 전쟁을 일으킬 수 없어요. 조만간 바이칸 북부에서 정복 전쟁에 반대하던 세력이 패전국 연합과 함께 봉기를 일으킬 거예요."

"……뭐?"

"우리에겐 시간이 있어요. 황제가 내실을 핑계로 반란을 진압하는 시간이죠."

"너……."

코코는 율리아에게 뭔가를 말하려고 했다. 그런데 하필이면 그때 부엌문이 열리더니 하녀들이 음료수를 들고 나타났다.

비는 밤이 되어도 그치지 않았다. 어두운 하늘에서 점점이 떨어지던 빗방울은 캄캄한 밤이 되자 아예 안개처럼 부서지며 온 세상을 빗물에 가둬버렸다.

코코가 노크도 없이 율리아의 방문을 열었다.

"말해봐. 너 나를 바보 등신으로 알고 있지."

그녀는 하얀 잠옷을 입고 있었다. 종아리를 반쯤 덮는 원피스 잠옷이었는데, 촛불에 비친 하얀 얼굴까지 더해지자 꼭 유령이 찾아온 듯했다.

"이 시간에 또 무슨 시비를 걸려고……."

"누구야, 말해."

"네?"

"너한테 그 많은 정보를 알려주는 사람이 누구냐고. 카루스 란케아야? 그 남자가 오르테가를 정복하려고 한 10년 전부터 여기다 첩자를 심어둔 거니?"

"무슨 말이에요. 카루스 님이 거기서 왜 나와요."

"우연히 산맥에서 만났다는 것도 거짓말이지? 혹시 마조람을 쓰러뜨리는 일에 우릴 동참하게 하려고 일부러 널 보낸 거야?"

"아니에요, 그게 무슨……."

"아무리 생각해도 알 수가 없어서 그래. 어떤 가정을 해도 설명이 안 돼서 그래! 나도 이게 말도 안 되는 일이란 거 아는데!"

코코는 웃지 않았다. 어떻게든 말을 돌리려고 애썼지만, 그녀의 붉은 눈은 단 한 번도 흔들리지 않고 율리아를 직시했다.

"말해봐. 너 내가 이런 날씨에 힘들어한다는 건 어떻게 알았어? 진주를 좋아한다는 거, 물망초를 좋아한다는 거, 내 생일 그리고……."

"코코."

"알렉사는 너를 한 번도 만난 적이 없다고 하는데, 너는 그 애에 대해서 어떻게 알고 있었던 건데. 생명의 은인이라며? 그건 무슨 뜻이야. 그냥 둘러댄 거니?"

"코코, 잠깐만요."

"율리아."

코코는 단단히 마음먹고 있었다. 율리아가 그동안 숨겨 온 비밀들, 그 위화감을 떨쳐내야만 한다고.

"황제도 모르는 반란을 네가 어떻게 알고 있어?"

날 이해시켜. 코코가 말했다. 안 그러면 서로를 완전히 믿을 수 없어서 언젠가는 가슴 한쪽이 불안해질 것이다.

이건 목숨을 걸고 하는 싸움이었다. 심지어 소중한 사람들의 목숨도 함께 걸려 있는 싸움이었다. 코코는 그녀가 오랫동안 가꾸고 지켜온 왕자궁에 이런 방식으로 위화감이 생기는 걸 원치 않았다.

"……"

말문이 막혔다. 율리아는 창가에 우두커니 선 채 코코를 바라보았다. 뭐라고 변명해야 하나. 내가 그렇게 많은 실수를 했던가.

상대가 코코였기 때문일까. 다시 만났다는 기쁨에 빠져서, 나도 모르게 긴장을 풀었나 보다. 그녀가 어떤 사람인 줄 알면서도 그랬다. 조금 더 조심해야 했는데.

후회해봤자 늦은 일이었다. 어떤 말로도 변명할 수 없다는 것도 알고 있다. 율리아는 머릿속에 떠오른 어설픈 거짓말을 지웠다.

"한 번만 말할 테니까 잘 들어."

코코가 한층 낮아진 목소리로 말했다.

"지금이라도 다 털어놔. 그러면…… 네가 무슨 목적으로 우리한테 접근했건, 한 번은 용서해줄 테니까."

"뭐라고요?"

기가 막혔다. 율리아는 코코가 이런 일에 얼마나 단호한 성격인지 잘 알고 있었다. 그런 그녀가 솔직하게 털어놓기만 하면 용서해주겠다는 말을 했다.

"말해, 말하라고! 네가 무슨 예언자라도 되는 것처럼 구니까 불안해서 자꾸 이상한 생각만 하잖아. 널 완전히 믿을 수가 없어! 정체가 뭔지 빨리 말해!"

"말 못 해요."

"이게 진짜…… 너 진짜 이럴 거야? 말하면 비밀이 새어 나가기라도 할까 봐? 우리가 너한테 그런 정도밖에 안 되는 사람이야?"

"미안해요. 말 못 해요."

"우리는 그럼 네가 그렇게 가끔 던져주는 정보나 받아먹으면서, 끊임없이 널 의심하고 너한테 의지하고…… 그렇게 살라고?"

말 못 한다. 율리아가 우두커니 서서 고개를 가로저었다. 코코는 그런 율리아를 보다 못해 방으로 성큼성큼 들어와, 그녀의 팔을 잡고 세게 흔들었다.

"말하라니까? 용서해줄게. 네가 우리를 이용하러 들어온 카루스 란케아의 첩자라고 해도, 한 번은 용서해준다고 했잖아. 율리아, 날 봐. 외면하지 말고!"

아니다. 첩자라니. 율리아는 다른 사람은 몰라도 코코와 알렉사만은 절대 그런 식으로 이용할 수 없었다. 위험한 싸움이라는 걸 알면서도 또 코코의 곁으로 온 건, 가까이에서 그녀가 살아 있다는 걸 확인하지 않으면 미쳐버릴 것 같아서 그랬다.

율리아가 더욱 세차게 고개를 가로저었다. 그러자 코코가 두 손으로 율리아의 얼굴을 붙잡았다. 그러곤 자신의 얼굴을 바짝 갖다 댔다.

"너 왜 그래. 평소엔 한마디도 안 지고 말대꾸 잘만 하던 애가…… 왜 이러냐고! 누구 복장 터지는 꼴 보고 싶어서 그래?"

코코, 나는요.

"약속해. 아무한테도 말 안 할게. 나 혼자 알고 있으면 되잖아. 레위시아 님이나 알렉사한테 해가 되는 일만 아니면……. 그러니까 그냥 나한테만 말해."

당신이 죽었다는 소식을 또 들을 자신이 없어요.

"율리아! 너 진짜 이럴 거야?"

코코가 결국 참지 못하고 버럭 소리를 질렀다. 답답함에 고함치듯 한숨을 내쉰 그녀가 율리아를 더 세게 다그치려던 때였다.

"이게 진짜……!"

율리아의 눈동자에 물기가 고였다. 투명한 눈물이 순식간에 눈동자 가득 차올라, 소리도 없이 뚝뚝 떨어졌다.

코코는 말을 잃은 채 율리아를 바라보았다.

창백한 얼굴엔 표정이 없었다. 눈물이 후드득 떨어지는데, 율리아는 눈동자도 제대로 깜박이지 못하고 얼어붙어 있었다. 꽉 다문 입술에도 핏기가 없었다.

"너……."

율리아가 뚝뚝 떨어지는 눈물을 닦을 생각도 하지 못하고 코코에게 말했다.

"내가 만약, 당신을…… 배신한다면."

목소리가 떨려 어린애처럼 흘러나왔다. 너무 간절해서 아프게 느껴지는 목소리였다.

"그냥 날 죽여요."

차라리 그게 낫다. 율리아는 생각했다. 지난 삶에서처럼 코코가 죽었다는 소식을 듣게 된다면, 이번에는 맨정신으로 버텨낼 자신이 없었다.

'당신은 죽는 순간까지 내게 도움이 되려고 했어요.'

그때 율리아는 감옥에 갇혀 사형이 예정되어 있었고, 도주중이던 코코는 그 위험한 상황에서도 다음 삶의 율리아에게 도움이 되는 정보를 찾아 나섰다.

율리아는 밤마다 빌었다. 코코가 제발 멀리 달아나기를. 아무도 찾지 못하는 곳까지 달아나서 남은 삶을 살기를 바랐다.

하지만 코코는 율리아의 사형 집행일 직전까지 오르테가를 떠나지 않고 끝까지 싸웠다.

"코델리아 힌치는 죽었다."

그렇게 위험을 무릅쓰다가 죽었다. 위험한 상황에 무모하게 뛰어들어서, 율리아보다 먼저 죽고 말았다. 율리아는 차가운 감옥 안에서 그녀의 부고를 들었다.

'나 때문에 죽은 거야.'

미친 듯이 후회했다. 코코에게 자신의 저주에 관해 털어놓지 않았다면, 그녀는 그렇게까지 무모하게 굴지 않았을 것이다.

"죽이라니. 너 지금 그게 무슨 소리야! 나한테 모든 걸 털어놓느니 차라리 죽겠다는 거야? 그게 그 정도로 싫을 일이야? 말해!"

코코가 화내고 있었다. 카랑카랑한 목소리로 율리아를 다그치는 그녀의 얼굴엔 분노와 짜증, 걱정이 가득했다.

"누가 협박이라도 했어? 비밀을 지키지 않으면 널 죽이겠대? 그런 거라면 당장 말해. 말하라고! 내가 지켜주면 되잖아!"

잠옷 소매로 율리아의 젖은 얼굴을 문지르면서, 코코는 어쩔 줄을 몰랐다. 아무리 닦아도 율리아는 눈물을 멈추지 못했다. 표정 없는 얼굴에 눈물만 뚝뚝 떨어져 꼭 망가진 인형을 연상케 했다.

율리아가 꽉 잠긴 목소리로 말했다.

"미안해요."

저주는 병과 같아서 불행을 옮기고 다닌다. 율리아는 삶을 거듭하면서 자신이 여러 사람을 불행하게 만든다는 걸 알게 되었다.

만약에 과거와 같은 일이 또 일어난다면, 자신은 두 번 다시 코코의 근처에 얼씬도 하지 않을 것이다. 우연이라도 마주치지 않을 것이다. 다시는 다른 사람과 마음을 나누지 않고, 감정 없는 도구가 되어 살아갈 것이다.

"이번이 마지막이에요."

율리아는 맹세했다.

복도로 나온 코코의 얼굴이 창백했다. 그녀는 방금 율리아의 방에서 있었던 일을 되새기고 있었다. 아무리 생각해도 이상했다. 율리아는 무언가를 극도로 두려워하고 있었다. 그런데 그게 뭔지 도무지 알 수가 없었다.

율리아는 코코가 지금까지 만났던 모든 사람 중에서 가장 겁이 없는 애였다. 왕족을 만나도 신기하리만치 대담했다. 원수인 마조람 후작을 바라볼 때도 증오만 가득할 뿐, 두려움은 없었다.

그런 율리아가 울었다. 코코를 바라보면서, 코코가 아닌 다른 사람을 떠올리며 울었다.

"언제부터 거기 있었니."

코코가 옆을 돌아보며 물었다. 어두운 복도 한편에 알렉사가 벽에 기대 서 있었다.

"좀 됐습니다."

"넌 어떻게 생각하니. 저 똑똑한 애가 같은 실수를 그렇게 여러 번 반복할 리가 없다고 생각하는 내가 지나친 걸까? 그렇잖아. 거짓말하거나, 숨기면 되었을 일인데."

"그 출처를 알 수 없는 정보들 말입니까?"

"그래. 자꾸 이상한 생각이 들어. 저 계집애가 아는 코델리아 힌치는 내가 아닌 것 같단 말이야. 꼭 어딘가에 나랑 똑같은 사람이 한 명 더 있어서, 지네끼리 지지고 볶다가 갑자기 내 앞에 뚝 떨어진 느낌이라고."

거기까지 말하던 코코가 입술을 깨물더니 눈을 꽉 감았다가 떴다.

"나도 알아. 미친 소리인 거."

알렉사가 말했다.

"이번이 마지막이라는 건 무슨 뜻일까요. 저는…… 그게 너무 신경 쓰입니다."

나도 그래. 코코가 속삭였다.

"아무래도 안 되겠어."

"네?"

이대로 넘어갈 수는 없다. 코코는 생각하고, 또 생각했다.

율리아가 왕자궁에 처음 왔던 날의 광경이 떠올랐다.

그날 율리아는 꼭 누군가를 기다리는 것처럼 계단 앞에 서 있었다. 그러다 코코가 나타나자마자 눈으로 웃었다. 코코가 짜증을 내며 쌀 쌀맞게 대할 때는 고개를 돌리고 몰래 웃음을 흘리기도 했다.

심지어 율리아를 방까지 안내했던 시종은 새로 오신 시녀님이 코코 시녀님을 좋아하는 것 같다는, 믿을 수 없는 말을 하고 가기도 했다.

율리아 아르테.

외면할 수 없었다. 때론 남이 터뜨려줘야 하는 비밀도 있다. 코코는 율리아의 비밀이 무엇이든 함께 짊어질 마음의 준비를 했다.

"진주, 물망초, 튀김."

"네?"

"첩자가 그딴 정보를 뭐 하러 외워. 그건 그냥…… 내 취향인데."

이대론 잠 한숨 잘 수 없었다. 달리듯 걸어간 코코가 자신의 방으로 들어가 드레스룸 문을 열었다.

이 깊은 밤에 어딜 가냐고 묻는 알렉사에게, 잡히는 대로 아무 옷이나 꺼낸 코코가 이를 으드득 갈며 말했다.

"카루스 란케아를 만나야겠어."

─ •◆• ─

남부 함대의 새로운 제독이 된 카루스는 전임 사령관 밑에서 해적과 내통하던 제국군의 기강을 바로잡기 위해 초강수를 두었다. 해군 병사들의 발이 뭍에 닿지 않도록 명령을 내린 것이다.

임무를 위해 바다에 나가는 날을 제외하곤 풍요로운 오르테가 항구에서 행복한 나날을 보내던 병사들에겐 청천벽력 같은 소식이었다. 하지만 그들은 반항할 생각조차 하지 못했다. 전임 사령관과 그의 세력을 축출하는 과정에서 카루스의 실력을 직접 목격한 자들이 가자미처럼 납작 엎드려서 벌벌 떨었기 때문이었다.

그래서 넓은 관저엔 카루스와 제국에서부터 그를 따라온 기사들,

그리고 최소한의 인력뿐이었다.

"카루스 님."

고요한 새벽이었다. 카루스는 감고 있던 눈을 번쩍 떴다. 바바슬로프가 문밖에서 그를 부르고 있었다.

"손님이 왔는데, 좀 나와 보셔야 할 것 같습니다."

바바슬로프의 목소리가 심각했다. 카루스가 침대에서 벌떡 일어나 셔츠를 걸치고 밖으로 나왔다.

"무슨 일이지?"

"2왕자궁에서 웬 시녀가 찾아왔는데."

"뭐?"

"카루스 님을 당장 불러주지 않으면 다시는 율리아를 못 만나게 하겠다고 협박하고 있습니다."

카루스가 미간을 찌푸렸다. 바바슬로프도 그를 따라 미간을 찌푸렸다.

"빨강 머리인가?"

"예, 분위기가 심상치 않았습니다."

율리아한테 무슨 일 있는 거 아니냐고, 바바슬로프가 걱정스레 중얼거렸다.

카루스의 걸음이 빨라졌다. 무너진 채 가슴을 때리던 율리아의 모습이 그의 눈앞에 환영처럼 나타났다가 사라졌다.

━━◆ ∙ ◆ ∙ ◆━━

코코는 관저 1층의 빈방에서 그를 기다리고 있었다.

문을 열고 안으로 들어간 카루스가 인사도 없이 물었다.

"무슨 일이지?"

"잘 들어요. 율리아한테 무슨 짓을 한 건지 당장 말해요. 사실대로 털어놓는 게 좋을 거예요. 그 애를 다시는 못 보게 될 수도 있으니까."

코코는 의자에 앉지도 않은 채 서 있었다. 바바슬로프가 그게 무슨 말이냐고 화를 내려고 해서, 카루스가 그를 밖으로 내보냈다. 그러곤 코코와 단둘이 남게 되자 짧게 물었다.

"다시 묻지. 왕자궁에서 무슨 일이 있었나?"

"묻는 말에나 대답하세요."

"난 아무것도 말해줄 수가 없어."

카루스가 고개를 저으며 말하자, 코코가 입가에 비틀린 웃음을 베어 물었다.

"왜요. 율리아가 당신이 집어넣은 첩자라서?"

"이상한 오해를 하고 있군. 내가 율리아를 너희 애송이 왕자의 궁에 첩자로 집어넣을 이유가 뭐가 있지? 오르테가의 왕위 후계 따위는 내 관심사가 아니야."

"말 돌리지 마세요!"

"코델리아 힌치. 무례를 지적하기 전에 돌아가라."

"그럼 그 애가 조만간 바이칸 제국 북부에서 반란이 일어날 거란 사실을 어떻게 알고 있는 거죠! 황제도 모르는 사실 아닌가요? 황제가 그걸 알았다면 당신을 오르테가로 보내는 실수를 하지는 않았을 테니까!"

"뭐?"

"내 말이 틀렸으면 틀렸다고 말해보세요!"

의자에 앉으려던 카루스가 벌떡 일어나 코코에게 다가왔다. 그러곤 무섭게 굳은 얼굴로 그녀에게 물었다.

"반란이라니…… 바이칸 북부라고? 그게 정확히 언제지?"

"뭐야. 왜 모르는 척을……."

카루스도, 코코도 당황한 채 서로를 보았다. 코코는 그 순간 그가 거짓을 말하고 있는 게 아니라는 걸 깨달았다. 카루스는 정말 그 일에 대해 아무것도 몰랐다.

"율리아가 그렇게 말했나? 반란이 일어날 거라고?"

"패전국 연합이 반란 세력의 손을 잡고 봉기할 거라고."

"그게 정확히 언제지?"

"몰라요. 너무 놀라서 날짜까지는 못 물어봤어요."

"바바슬로프!"

카루스가 버럭 소리를 질렀다. 밖에서 대기중이던 바바슬로프가 달리듯 들어와 그의 앞에 섰다. 카루스는 탁자 위에 있던 종이에 뭔가를 휘갈겨 쓰곤 바바슬로프에게 내밀었다.

"기사단 본대에 보내라."

"알겠습니다."

코코는 두 눈을 아주 가늘게 뜨고 그 모습을 바라보았다.

바바슬로프가 다시 밖으로 나가고, 카루스는 그제야 털썩 의자에 주저앉았다. 계속 소리를 지르는 바람에 따끔거리기 시작한 목을 한 손으로 문지르면서, 코코가 그에게 말했다.

"율리아가 예언을 자주 했었나 보네요?"

카루스의 얼굴이 차갑게 가라앉았다.

"이렇게 덜컥 믿어버리는 걸 보니까. 그렇죠? 산맥에서 처음 만났고, 율리아 덕분에 목숨을 구원받았다고 했나요? 하이에나에게 쫓기던 것도 모자라 얼어 죽어가고 있던 그 애가, 도대체 무슨 수로 당신과 부하들의 목숨을 구했죠? 그때도 예언이었나요?"

그는 코코가 쏟아 내는 말을 막지 않았다.

"생각해보니까 그러네. 바실리나 크리스틴 마조람이 그렇게 반응하리란 걸 미리 알고 있지 않았다면 성공할 수 없는 계획이었어. 1왕자의 연인은 물론이거니와, 내가 아플 때 튀김 먹는 걸 좋아한다는 것도……"

거기까지 말하던 코코가 입을 딱 다물고 무거운 한숨을 내쉬었다.

율리아가 카루스의 끄나풀일지도 모른다는 생각에 앞뒤 없이 달려와 물고 늘어지긴 했는데, 사실 이 남자에겐 그럴 이유가 없었다. 카루스 란케아가 레위시아를 왕으로 만들어 얻을 수 있는 이점이 뭐란 말인가.

차라리 국왕이나 샤트린의 손을 잡는 편이 수월했을 텐데.

카루스 역시 머릿속이 복잡했다. 율리아의 비밀을 지켜주고 싶지만, 이 빨강 머리 시녀는 이미 너무 비밀에 근접해 있었다. 무슨 말을 해도 수상할 것이고, 어떤 말로 속여도 의심할 것이다.

"무례하게 굴어서 미안해요. 하지만 내겐 무혈 제독의 협조보다 율리아가 더 중요해. 그러니까 말해주세요."

"……"

"그 애에게 무슨 일이 있었던 거죠?"

말해줄 수도 있었다. 코델리아 힌치는 율리아를 진심으로 걱정하는 것 같았으니까. 하지만 카루스는 차마 입을 열지 못했다.

율리아가 죽을 때마다 같은 시점으로 돌아가 계속 다시 살고 있다는 사실을 어떻게 말해야 한단 말인가. 실패와 고통을 반복하고, 고독에 몸부림치며 망가지고 있다는 걸.

과거를 떠올리는 것조차 너무 아파서, 아픔을 잊으려 주먹으로 가슴을 치던 그 모습.

카루스는 율리아의 그 모습이 떠올라 참을 수 없이 화가 났다. 할 수만 있다면 그녀의 과거로 들어가고 싶었다. 들어가서 그녀를 대신해 싸우고 싶었다. 이제는 하다못해 그녀를 몰랐던 과거의 자신에게까지 화가 났다.

"율리아는."

카루스가 무겁게 입을 열었다.

"저주에 걸려 있어."

"뭐라고요?"

"상상조차 할 수 없을 만큼 고통스럽고 지독한 저주에 걸려 있다. 그 대가로 우리가 모르는 미래의 가능성에 대해 알 수 있었던 거야."

"그게 무슨……."

"덕분에 나는 목숨을 건졌고, 너희도 그만큼의 도움을 받았지."

카루스의 말이 이어질수록 코코의 얼굴이 밀랍처럼 하얗게 굳었다. 저주라니. 생각지도 못했던 말이었다. 뱃사람들의 입에서 입으로 전해지는 그런 전설을 말하는 건가.

"저주라니……. 나한테 지금 그 말을 믿으라고요?"

"내가 할 수 있는 말은 여기까지다."

카루스가 그렇게 말하면서 몸을 돌렸다. 뚜벅뚜벅 걸어간 그가 한 손으로 문을 열고 밖으로 나가려던 때였다.

코코가 그의 등에 대고 물었다.

"당신한테 율리아는 어떤 의미죠?"

"뭐라고?"

"영리한 부하인가요? 쓸모 있는 정보원?"

코코는 무슨 일이 있어도 대답을 듣고야 말겠다는 듯 그의 얼굴을 강렬하게 쏘아보았다.

카루스도 그런 코코를 노려보다가, 짧게 말했다.

"그 이상."

"그 이상?"

"나도 몰라."

카루스가 문을 활짝 열었다. 코코는 그게 자신을 쫓아내려 그가 일부러 한 행동이라는 걸 알았다. 아는데도 움직이지 않고 집요하게 물었다.

"모른다니, 그렇게 무책임한 말로 대답할 거면……."

"내가 생각하고, 상상할 수 있는 한계. 그 이상이라서 어떤 말로 설명해야 할지 모른다."

그는 답을 찾고 있었다. 이 감정이 무엇인지, 어떤 의미인지, 어떻게 다루어야 하는지.

가만히 서서 카루스를 바라보던 코코가 조그맣게 중얼거렸다.

"카루스 란케아, 당신 설마…… 율리아를."

"말하지 마라."

그는 코코가 뒷말을 꺼내도록 놔두지 않았다. 새카만 눈으로 그녀를 노려보며 사납게 웃었다.

"다른 사람의 입으로 듣고 싶지 않으니까."

문을 활짝 열어놓고 삐딱하게 서 있던 카루스가 복도로 나가자마

자 큰 소리로 바바슬로프를 불렀다. 그러곤 코코를 왕궁까지 데려다
주고 오라고 명령했다.

—•◆•—

왕궁으로 돌아가는 마차 안에서 코코는 혼자 깊은 생각에 빠져 있
었다. 조명이 없는 마차는 몹시 어두웠다.

코코는 창밖에서 조금씩 새어 들어오는 거리의 불빛에 기대어 자
신의 두 손을 바라보았다.

'저주.'

오래된 뱃사람들은 저주나 전설, 신화에 관한 이야기를 많이 알고
있었다. 힌치 백작은 뱃사람들의 친구였고, 매일 밤늦도록 술을 마시
던 그들은 어린 코코를 놀리려고 일부러 무시무시한 옛날이야기를
늘어놓곤 했다.

그중엔 이런 것도 있었다.

아주 오래전, 낮도 밤도 없는 생과 사의 갈림길에서 한 남녀가 만나
사랑에 빠졌다. 하지만 그들은 사랑해선 안 되는 사이였다. 하나는 낮
에만 살았고, 하나는 밤에만 살아야 했으니까.

만날 수 없는 두 사람이 허락되지 않은 장소에서 사랑을 나누었기
에, 그들은 신의 저주를 받았다.

신은 남자에게 말했다.

왼손으로 여자의 손을 잡아라. 오른손으론 칼을 잡아라. 여자의 손
목을 잘라 끊는다면 여자를 살려줄 것이고, 네 손목을 잘라 끊는다면

너를 살려줄 것이다. 잡은 손을 놓는다면 서로를 잊게 되리라.

남자는 자신의 손목을 자르려 했으나, 여자가 그의 손을 놓았다.

무정한 신은 웃었다.

너희는 영원히 다시 살게 되리라. 서로를 잊은 채, 같은 비극을 반복하면서.

왜 이 이야기가 떠올랐는지는 몰랐다. 이건 뱃사람들이 바다가 어떻게 시작되었는지를 설명할 때 꺼내곤 하는 전설이었다. 워낙 오래된 이야기라 아는 사람도 많지 않았다.

영원히 반복되는 비극, 뱃사람들은 그걸 파도라 불렀다. 낮도 밤도 없는 생과 사의 갈림길, 그건 바다였다.

마차 안에서 생각을 거듭하던 코코가 창문을 벌컥 열었다. 그러곤 한 손으로 마차 벽을 두드리며 외쳤다.

"마차 돌려요! 힌치 백작가로 가주세요!"

밖에서 말을 타고 코코를 호위하던 바바슬로프가 그녀의 얼굴을 힐끔 바라보았다. 그는 마부에게 마차를 돌리라고 한 번 더 말했고, 그들은 동이 틀 무렵 힌치 백작가에 도착했다.

"기다리겠습니다, 시녀님."

"그냥 돌아가세요."

"괜찮습니다. 다녀오십시오."

"여긴 우리 집이에요. 지금 날 감시하는 건가요?"

"제독께서 시녀님을 왕궁까지 모셔다 드리라고 했으니, 저는 그 명령에 따라야 합니다. 여기서 기다리겠습니다."

코코는 돌아갈 생각을 하지 않는 바바슬로프를 노려보다가 홱 몸을 돌려 저택 안으로 들어갔다.

"집사! 집사!"

"아가씨? 이 시간에 무슨 일이세요? 백작님 일어나시려면 아직 멀었는데요."

"긴한 부탁이 있어."

집사를 부를 때는 화통하던 코코의 목소리가 속삭이듯 잦아들었다. 눈치 빠른 집사가 코코의 곁으로 바짝 다가와 귀를 기울였다.

"말씀하세요."

"오래된 뱃사람들을 수소문해서 저주에 걸린 사람에 대해서 알아봐. 정말 그런 게 실존하는지, 기록이 남아 있는지. 그런 것들."

"오래된 뱃사람이라면…… 해적들도 포함인가요?"

"당연하지."

"구체적으로 어떤 저주요?"

"예지나 예언, 초감각적인 통찰력."

집사는 되묻지 않고 고개를 끄덕였다. 시간이 좀 걸리겠지만, 입이 무거운 사람을 풀어서 알아보겠다고 했다. 코코는 그녀에게 고맙다는 인사를 남기고, 다시 밖으로 나와 마차를 향해 다가왔다.

"이제 진짜 왕궁으로 가죠. 당신 상관의 명령을 이행하러."

바바슬로프가 피식 웃으며 고개를 끄덕이더니 한쪽 손을 내밀었다. 코코는 그의 손을 잡고 가볍게 마차에 올랐다.

21
아무것도 모르면서

'난…… 코코가 알아주길 바랐던 걸까.'

율리아는 새벽까지 지난밤의 일을 되새기다가 동틀 무렵이 되어서야 겨우 잠들었다. 그 바람에 평소보다 늦게 일어난 그녀는 며칠 동안 끊임없이 내리던 비가 그치고, 쨍한 햇살이 내리쬐고 있다는 사실을 깨달았다.

'날 기억해달라고.'

하녀들이 부산스럽게 일하고 있었다. 이불과 커튼을 말리고 궁 전체를 환기해야 한다며, 여기저기서 창문을 열고 먼지 터는 소리가 들렸다.

'멍청한 율리아.'

율리아는 그녀가 가진 것 중 제일 수수한 디자인의 드레스를 꺼내입었다. 긴 머리카락은 대충 하나로 묶고, 굽이 낮은 구두를 신었다.

그렇게 하고 아래층으로 내려갔더니, 식당에서 레위시아와 함께 식사 중이던 코코가 콧잔등을 찡그리며 말했다.

"그 칙칙한 드레스는 뭐야? 날씨도 화창한데, 좀 화사하고 예쁜 옷 없니? 지난번에 샤트린 공주님이 이것저것 줬잖아. 후원자는 도대체 뭐 하는 작자야? 여름이 온 지가 언제인데 여름옷을 새로 사줘야지!"

레위시아가 포크로 닭고기를 콱 찍더니 코코의 눈앞에서 흔들며 말했다.

"그 후원자가 카루스 란케아라는 걸 알고도 그렇게 말하다니, 역시 내 시녀야."

"그게 뭐가 어떻다고요."

"율리아가 어떻게 그런 소릴 해? 그 무서운 남자가 드, 레, 스? 이러면서 눈썹만 꿈틀거려도 심장이 벌렁벌렁할 텐데."

"쟤가 그럴 애예요? 하여간 사람 볼 줄을 몰라."

"드레스는 내가 사주면 되잖아. 난 자신 있게 말할 수 있어. 오르테가에서 나보다 드레스 잘 고르는 남자는 없을걸?"

"그걸 자랑이라고 하고 앉아 있다니, 역시 우리 전하."

코코와 레위시아는 이제 율리아는 뒷전이고 둘이 싸우느라 정신이 없었다. 두 사람이 서로에게 포크로 삿대질을 하는 지경에 이르렀을 때, 긴장으로 굳어 있던 율리아의 어깨가 부드럽게 내려앉았다.

그녀는 천천히 걸어가 테이블 한쪽에 앉았다.

"시녀님, 오늘은 늦으셨네요? 식사 준비할까요?"

"네, 고마워요."

하녀들이 웃으며 인사를 건넸다. 날씨가 좋아져서 다행이라며, 율리아에게 미리 만들어둔 수프와 샐러드, 빵과 닭고기 요리를 가져왔다.

코코는 달라진 점이 아무것도 없었다. 그렇다면 율리아는 코코가 하는 대로 따를 수밖에 없었다.

"드레스는 충분히 가지고 있어요. 돈이 없는 것도 아니고요. 카루스 님이 지난번에 주신 금화도 많이 남았고. 오늘은 그냥 치렁치렁한 옷이 귀찮아서 그랬어요."

"치렁치렁한 게 귀찮으면 짧은 걸 입어. 여름엔 무릎까지 오는 것도 많이들 입잖아. 머리카락도 좀 예쁘게 다듬고! 누가 보면 실연이라도 당한 줄 알겠다!"

"율리아는 정상이야. 코코가 이상한 거라고! 보는 사람도 없는데 매일 그렇게 꾸미는 사람이 어디 있어!"

"내가 보잖아요!"

코코가 레위시아에게 당당하게 소리쳤다. 거울 안에 내가 있지 않으냐며, 다른 사람 시선 따위 뭐가 중요하냐고 나는 내 눈에 제일 예쁘다고 말했다. 할 말을 잃은 레위시아가 왕자궁에서 거울을 없애버린다는 협박을 하려던 찰나, 문이 열리고 알렉사가 들어왔다.

"다들 모여 계셨습니까? 제가 제시간에 왔네요."

알렉사는 막 씻은 듯 축축한 머리카락을 대충 털어 말리고, 셔츠에 편한 바지를 입고 있었다. 뚜벅뚜벅 걸어 들어오는 그녀를 보며 레위시아가 코코에게 말했다.

"율리아한테 한 것보다 정확히 세 배는 잔소리해야 할 거야. 아니면 이건 명백한 차별이니까."

"쟨 저래도 괜찮아요."

"왜?!"

"어울리잖아요."

레위시아는 자기가 차별당한 것처럼 황당해했다. 휘두르던 포크까지 접시 위에 내려놓은 그가 심각한 얼굴을 하고 물었다.

"얼마 전까지만 해도 내가 두르는 스카프나 장신구 하나까지 다 잔소리하면서 신경 썼잖아. 나한테는 왜 그랬어."

코코가 입꼬리를 얄밉게 씰룩이며 대답했다.

"전하는 봐줄 게 얼굴밖에 없는데, 그거라도 잘 꾸며야죠."

레위시아는 식사를 마치자마자 코코에게 단단히 토라진 척하며 왕자궁을 박차고 나갔다. 율리아는 그를 달래려 했으나 이어지는 알렉사의 한마디에 얼른 다시 자리에 앉았다.

"샤트린 전하가 불러서 가는 거면서……."

1왕자가 죽은 뒤 공주궁에도 많은 변화가 있었다. 본래도 화려하고 번쩍거리는 장식을 좋아하는 샤트린은 이제 아예 궁 전체에 자신의 명망을 덧씌우는 중이었다. 커튼이나 화병 하나에 이르기까지 평범한 게 없었다. 바람이 불면 차랑차랑 소리를 내는 커튼 장식이 레이스와 함께 흔들렸고, 화병엔 황금색 띠를 둘러 풍성한 매듭 장식을 달았다.

레위시아는 공주궁 응접실에 깔린 새하얀 카펫을 보자마자 참지 못하고 한마디 하고 말았다.

"하녀들 곡소리가 들리는 것 같은데."

"더러워지면 새 걸 깔면 돼. 바보니?"

"아깝게……."

"우린 왕족이야. 돈보다 품위가 우선이라고. 카펫 값이 아깝다고 화내는 왕족은 너 하나뿐일 거야."

샤트린이 웃으며 안으로 들어왔다. 그녀는 새 드레스가 구겨지는 것도 마다하지 않고 의자에 털썩 주저앉았다. 시녀들이 다과를 가져오려 했지만 둘 다 식사한 지 얼마 되지 않아 거절했다. 샤트린은 레위시아와 작은 테이블을 사이에 두고 앉아, 한쪽 손으로 턱을 괴었다. 그러곤 다짜고짜 말했다.

"마조람 후작이 날 찾아왔어."

살짝 풀려 있던 레이시아의 얼굴이 순식간에 굳었다.

샤트린은 그런 그의 얼굴을 유심히 관찰하다가 이내 싫증 난 듯 몸을 뒤로 물렸다.

"날 지지해줄 거라고 말하더라."

"샤트린."

"처음엔 의심했거든. 나보다는 4왕자를 손에 넣는 게 훨씬 마조람 후작다운 선택인데, 왜 여기까지 왔을까."

레위시아 때문이었다.

"힌치 백작이 널 만나고 갔다면서. 상인연합의 새 대표가 되고. 아버지가 마조람 후작한테 화가 단단히 나 있다는 건 알겠는데, 자기 사업에만 열중하던 힌치 백작이 왜 갑자기 나타났을까."

"그만한 적임자가 없었으니까."

"그래, 나도 알아. 능력 있는 사람인 거. 그러니까 네가 손을 내밀었겠지."

샤트린이 레위시아를 노려보았다. 레위시아도 그녀의 시선을 피하지 않았다. 조금 전까지만 해도 여느 형제와 다르지 않았던 두 사람은 순식간에 타인이 되어 서로를 응시했다.

"잘 들어, 레위시아. 마조람 후작이 날 찾아왔다는 건, 그가 널 경계하기 시작했다는 거야."

힌치 백작이 레위시아의 기반이 될 것이기에, 마조람 후작은 그를 왕궁에 기생하는 식충이가 아니라 서둘러 잘라야 할 싹으로 보게 되었다. 레위시아도 충분히 예상한 일이었다. 마조람 후작이 이렇게 빨리 샤트린의 파벌로 갈아탈 줄은 몰랐지만, 자신을 견제하기 위해 무슨 수를 쓸 거라는 생각은 하고 있었다.

샤트린은 왜 이런 이야기를 꺼내는 것일까. 그냥 말 안 하고 가만히 있어도 되었을 텐데. 군이 자신을 공주궁에 불러놓고 떠보는 이유는 무엇일까.

레위시아가 샤트린에게 말했다.

"너 마조람 후작의 손을 잡았구나."

샤트린은 대답하지 않았다. 레위시아는 그녀에게 살짝 웃어 보였다. 대답하지 않아도 상관없었다.

"내가 마조람 후작과는 절대 공존할 수 없는 사람이란 걸 알면서…… 그의 손을 잡았어. 죄책감이라도 들어서 그래? 그런 거라면 걱정할 거 없어. 샤트린, 네 말대로 우린 왕족이야. 가족 간의 정보다는 권력이 우선이지."

"너 때문이야."

"뭐?"

"네가 힌치 백작을 데려왔으니까. 나도 널 견제하게 되잖아. 말해 봐. 내 밑에서 충성을 바칠 생각 같은 건 애초에 없었지? 그러니까 오빠가 죽고 없어진 지금 세력을 키우려는 거겠지."

나와 함께하고 싶었으면 힌치 백작이 나를 찾아오게 했어야지. 샤트린의 말이 길어질수록 레위시아의 입가에 걸린 미소도 진해졌다.

"그래서 마조람 후작의 손을 잡았다고? 샤트린, 그게 현명한 선택이 될 거라고 생각하는 건 아니겠지?"

"지금 당장은 내게 이득이야."

"그게 언제까지 갈 것 같은데? 마조람 후작은 손에 넣고 마음대로 주무를 수 있는 멍청한 왕족을 원해."

"나도 알아."

샤트린이 얼굴을 일그러뜨리며 웃었다. 그녀 역시 많은 고민 끝에 내린 결정이었다. 언젠가 가슴을 치며 후회하게 되더라도, 결국엔 그녀가 감당해야 할 몫이었다.

"삶은 한 치 앞도 알 수 없는 거야, 레위시아. 목숨이 걸린 싸움이라는 걸 모두 아는데, 미래에 일어날지 안 일어날지도 모르는 일을 고민하다가 현재를 그르칠 순 없어."

레위시아가 의자를 밀고 일어났다. 그는 이 자리에 오래 앉아 있을 필요가 없다고 생각했다. 샤트린은 이미 결정을 내렸고, 그는 이제 자신의 궁으로 돌아가면 되는 일이었다.

"오빠가 죽었을 때, 내가 제일 먼저 무슨 생각을 했는지 알아?"

자리에서 일어나 걸음을 옮기려는 그에게, 샤트린이 마지막으로 말했다.

"이제부터 너랑 싸우게 되겠구나."

레위시아는 긍정하지도, 부정하지도 않았다.

"잘 있어, 샤트린."

그는 들어왔을 때와 마찬가지로 여유 있고 부드러운 미소를 머금은 채 응접실을 빠져나갔다.

'왕족이 됐구나, 레위시아.'

일그러져 있던 샤트린의 얼굴이 천천히 원래 모습으로 돌아왔다. 오만하고 도도해 보이는, 왕족의 얼굴이었다.

◄ • ◆ • ►

왕궁 경연을 재개해야 한다는 귀족들의 목소리가 높았다. 1왕자의 죽음은 불행한 일이지만, 불안해진 왕가에 후계자의 존재가 절실해졌기 때문이었다.

젊은 귀족들은 왕위 후계자로 급부상한 샤트린 공주를 시험하고 싶어했다. 공주의 상대라고 해봤자 레위시아 왕자 한 명뿐이지만, 그래도 그녀의 실력을 가까이에서 볼 기회는 왕궁 경연이 유일했다.

국왕은 귀족들의 제안을 받아들였고, 잠정적으로 중단되었던 경연이 재개되었다.

"이제 어떻게 할까?"

코코가 율리아를 바라보며 물었다.

그녀의 손에서 부채가 살랑살랑 흔들렸다. 다행히 경연의 주제가 미리 공개되었기에, 율리아는 당황하지 않고 말할 수 있었다.

"워낙 어려운 주제이다 보니……."

"빼지 마. 벌써 다 생각해놨으면서."

"코코도 마찬가지잖아요."

"흥."

코코가 코웃음을 치며 자리에서 일어났다. 그러곤 레위시아에게 다가가 물었다.

"숙제 아직도 못 했어요? 머리 나쁜 애들이 꼭 이렇게 오래 고민하지. 문제라는 건요. 딱 봤을 때 정답이 떠오르지 않으면 그냥 모르는 거예요."

레위시아는 두꺼운 책을 잔뜩 쌓아놓은 채 머리카락을 쥐어뜯고 있었다. 율리아가 가끔 안쓰럽다는 얼굴로 그를 바라보았는데, 그럴 때마다 코코가 쓰읍 소리를 내며 눈치를 주는 바람에 도와줄 수도 없었다.

이번 경연은 아주 중요했다. 레위시아가 샤트린의 파벌에서 떨어져 나온 뒤 처음으로 치러지는 경연인 데다, 1왕자의 죽음으로 위축되어 있던 젊은 귀족들이 대거 참여할 예정이었기 때문이다.

'드추바 섬에 일어난 문제를 해결할 방법을 찾아라.'

국왕의 이 한마디에 경연이 시작되었다.

드추바 섬은 오르테가 남부 해상에서도 꽤 큰 섬에 속했다. 그곳엔 오래전부터 토착민들이 마을 단위로 살고 있었는데, 얼마 전부터 해적들이 쳐들어와 그곳을 자신의 영역으로 삼고자 했다.

드추바 섬의 토착민들은 오르테가 왕국에 배타적인 편이었다. 그곳 역시 오르테가의 국토에 속했으나 그들이 폐쇄성을 버리지 않는다는 게 문제였다. 토착민들은 끝까지 도움을 요청하지 않고 버티다가, 해적들의 약탈이 심각한 수준에 이르자 뒤늦게 왕가에 사람을 보냈다.

"다 죽일 수도 없고, 다 살릴 수도 없는 문제야."

레위시아가 중얼거렸다.

"그동안 뭐든 다 거부했잖아. 자기들끼리 알아서 살 거라고 했다면서. 해적이 돈을 주면 해적의 편을 들고, 제국군이 돈을 주면 제국군의 편을 들고."

"그렇다고 드추바 섬을 해적의 손에 쥐여줄 순 없잖아요."

"알아. 그 사람들을 다 죽게 내버려둘 수도 없고."

진짜 경연은 일주일 뒤였으나, 그건 발표회에 가까웠다. 레위시아와 샤트린은 일주일 동안 귀족들과 함께 머리를 맞대고 답을 찾아야만 했다.

"미치겠네."

레위시아가 책 위에 머리를 박았다. 코코가 또 뭐라 잔소리를 하려했으나, 이번에는 율리아가 그녀의 손을 잡고 말렸다. 알렉사가 율리아에게 물었다.

"그렇게 어려운 문제입니까?"

"쉽게 해결할 수 있는데, 그러면 안 되니까 고민하시는 거예요."

제일 좋은 방법을 찾아야 하니. 아무도 죽지 않을 수는 없겠지만, 최대한 피를 덜 흘리는 방법을 찾고 싶으니까.

아픈 사람처럼 끙끙 앓던 레위시아가 벌떡 일어나 흰 종이를 펼쳤다. 그러곤 펜을 들고 거침없이 지도를 그리기 시작했다. 오르테가와남부 해상, 그리고 제국의 남쪽 국경에 이르는 지도였다.

"여기가 드추바 섬이야."

그가 펜으로 진하게 동그라미를 그렸다.

"샤트린은 제국군 남부 함대에 도움을 요청해야 한다고 주장하겠지. 그게 가장 빠르고, 효율적으로 문제를 해결할 수 있는 방법이니까."

"마조람 후작의 방식이기도 하고요."

"우리 왕국의 국경을 지키는 일에 언제까지고 제국의 도움을 받을 수는 없어. 난 반제국파의 마음을 사로잡아야 해. 그들이 내 지지 기반이 될 테니까."

레위시아의 눈동자가 바삐 움직였다. 드추바 섬은 오르테가 남부 해상에 속해 있으면서 해적들의 영역에 가까웠고, 서쪽으로는 바이칸 제국의 항로로 향할 수도 있을 만큼 어중간한 위치에 있었다.

율리아가 또 한 번 레위시아와 코코를 번갈아 바라보았다. 조그만 단서만 줘도 될 것 같은데, 코코가 이번에도 단호하게 고개를 저었다.

"푹 쉬고 내일 아침에 다시 얘기해요. 이런다고 없는 정답이 튀어 나오지 않으니까요."

코코가 먼저 자리를 벗어났다. 그녀는 엄한 스승이었기에, 레위시아가 이번 문제만큼은 혼자서 해결하길 바랐다.

긴 밤이 지났다. 전날 잠을 설쳤던 탓인지, 율리아는 저녁부터 아주 깊은 잠을 잤다. 그러곤 평소처럼 이른 아침에 아래층으로 내려갔다.

그녀는 화사한 크림색의 드레스에 청록색 리본 허리띠를 매고, 어깨엔 비스듬하게 늘어지는 레이스를 둘렀다. 머리카락은 둥글둥글하게 말아 느슨하게 묶었다.

"시녀님, 오늘 아주 우아해요!"

"고마워요."

코코의 잔소리가 좋아서 또 수수하고 칙칙한 옷을 입을까 생각했지만, 그랬다간 또 입지도 못할 옷을 잔뜩 선물받을 것 같았다.

햇살 쏟아지는 복도를 지난 율리아가 식당으로 향하던 때였다. 작은 응접실 안쪽에서 누군가 기지개 켜는 소리가 들렸다. 어젯밤 레위시아가 두꺼운 책을 산처럼 쌓아두고 경연에 걸린 문제의 해답을 찾으려 고군분투하던 곳이었다.

'설마 벌써 일어나셨나?'

율리아가 응접실 문을 열었다.

"전하?"

레위시아는 어제 그 모습 그대로였다. 테이블 위엔 오르테가의 복잡한 남부 해안선을 그린 종이가 펼쳐져 있고, 여기저기 책과 노트가 아무렇게나 굴러다녔다. 밤을 새운 탓인지 레위시아의 얼굴이 퀭했다. 붉게 핏발선 눈을 주먹으로 비비던 그가 율리아를 발견하곤 씩 웃으며 말했다.

"준비됐어."

"벌써요?"

"아무리 생각해도 제국군의 힘을 이용하는 것보다 더 빠르고 효율적인 방법은 떠오르지 않더라고. 그런데 가만 보니까…… 내가 꼭 경연에서 샤트린을 이길 필요는 없는 거잖아?"

레위시아가 크게 기지개를 켰다. 그러곤 어지럽게 그려놓은 지도를 뿌듯한 얼굴로 내려다보며 말했다.

"난 밑바닥에서부터 기어 올라가는 중이니까."

율리아가 그에게 가까이 다가갔다.

그녀는 레위시아가 그려놓은 지도와 그 위에 빽빽하게 적힌 메모를 들여다보곤 눈으로 살짝 웃었다.

"정답이네요."

코코가 빨리 일어났으면 좋겠다고, 아마 이걸 보면 전하를 칭찬하지 않고는 못 배길 거라고, 율리아가 말했다. 하지만 레위시아는 하하 웃으며 고개를 저었다.

"난 코코보다 율리아 네 칭찬이 더 듣고 싶은데."

"네?"

"코코는 엄하지만, 결국엔 내 편을 들어주거든. 근데 넌…… 너 그럽지만 내 편은 아니란 느낌이어서."

가까운 시녀에게조차 자신의 가치를 끊임없이 증명해야 하는 삶. 그게 바로 왕족 아니겠냐며, 레위시아가 율리아에게 팔을 내밀었다.

"갈까."

"어디로요."

"식당. 배고파."

율리아가 레위시아의 팔에 자신의 손을 얹었다. 두 사람은 작은 응접실을 벗어나 식당으로 가기 위해 복도를 걸었다.

"전하, 저는 전하의 편이에요."

"알아. 하지만 그건 다른 왕족들과 비교했을 때 마조람을 상대하기에 가장 적절한 게 나라서 그런 거잖아."

율리아는 대답하지 못했다. 레위시아는 괜찮다는 뜻으로 그녀의 손등을 부드럽게 두드렸다.

"만약 내가 카루스 란케아와 대립하게 된다면……."

거기까지 말하던 레위시아가 하, 하고 짧게 웃더니 아무것도 아니라며 고개를 저었다. 율리아는 그를 물끄러미 바라보다 그냥 이렇게 말했다.

"그런 일은 없을 거예요."

"그래."

"걱정하지 마세요. 저는 전하께서 국왕의 자리에 오르실 수 있도록 최선을 다할 거예요."

"그렇겠지."

하지만 나한테 오진 않겠지. 내 곁에 남지도 않을 거고. 레위시아는 그런 생각을 하면서 율리아를 내려다보았다.

그의 애타는 시선을 느낄 법도 하건만, 율리아는 혼자서 골똘히 생각에 잠겨 있을 따름이었다.

시간이 흘러, 경연이 치러지는 날이 되었다.

왕궁은 오랜만에 들뜬 활기로 가득 차 있었다. 왕궁 여기저기에서 젊은 귀족들이 삼삼오오 모여 이번 경연의 주제에 대해 열띤 토론을 벌였다.

경연장의 문이 활짝 열렸다. 파벌이 있는 자는 무리를 자랑했고, 그렇지 않은 자들은 무리를 비웃었다.

"샤트린 공주 전하!"

승부사의 기질을 타고나 경연에 빠진 적이 없는 샤트린은 이번에도 자신의 시녀들을 잔뜩 이끌고 나타났다. 그녀의 곁엔 본래 공주를 지지하던 가문의 자식들과 이번에 새로이 파벌에 편입된 가문의 자식, 마지막으로 마조람 후작의 왼팔이라 불리는 궁내부 대신의 아들이 자리하고 있었다.

"뭐야, 마조람 후작이…… 공주 전하한테 붙었어?"

귀족들은 혼란스러워했다. 궁내부 대신의 아들은 크리스틴이 등장하기 전까지 1왕자의 곁에서 마조람 후작을 대신해 그를 보필하던 자였다. 샤트린의 곁에 모인 자들의 면면을 자세히 살피던 한 귀족이 물었다.

"그럼 레위시아 전하는?"

레위시아 2왕자는 분명 지난 경연에서 샤트린 공주에게 공개적으로 지지 선언을 한 바 있었다.

"도대체 어떻게 돌아가는 거야. 누구 아는 사람 없어?"

웅성거리는 소리가 갈수록 커졌다. 공주의 측근이 귀족들을 쩌려봤지만, 정작 공주는 오만한 자세로 앉아 오늘 경연 주제에 관해 이야기를 나누고 있을 따름이었다.

레위시아는 그때 나타났다. 그가 한 걸음 내디딜 때마다 긴 머리카락이 물결치듯 출렁였다. 부드러우면서 시원해 보이는 푸른색 슈트에 새하얀 셔츠를 입은 그는 경연장에 있는 누구보다도 아름다웠다.

그리고 세 명의 시녀가 그의 뒤를 따라 안으로 들어왔다. 왕궁 시녀들 사이에서 유명한 3인방이었다.

레위시아는 샤트린이 앉아 있는 곳과 정반대에 있는 곳으로 걸었다. 그는 머뭇거리지 않았고, 움직임에도 막힘이 없었다.

두 사람이 갈라섰다.

귀족들이 숨을 죽이며 눈치를 살폈다. 레위시아는 여유로운 얼굴에 부드러운 미소를 띠고 의자에 앉았다. 샤트린은 그런 레위시아를 매섭게 쏘아보았다.

"이번 경연은 아주 중요합니다. 여러분이 좋은 해결책을 제시한다면, 국왕께서 드추바 섬의 토착민 문제를 해결하실 때 도움을 드릴 수 있을 것입니다."

이건 왕족뿐만 아니라 귀족들에게도 엄청난 기회였다. 그들이 제출한 방안을 국왕과 대신들이 검토한 뒤 실제로 적용할 수도 있다는 얘기였으니까.

경연에 참석한 젊은 귀족 중에는 가문에서도 후계자 자리를 놓고 다투는 자들이 많았다. 그런 의미에서 이번 경연은 자신의 가치를 증명하거나 파벌에 영향력을 행사할 수 있는 돌파구였다.

왕의 보좌관이 무표정한 얼굴로 경연장 가운데 나와 섰다.

"그럼 경연을 시작하겠습니다."

예상했던 대로, 샤트린은 제국군 남부 함대의 힘을 빌려야 한다고 주장했다. 카루스 란케아가 함대를 이끌고 드추바 앞바다에 나타나기만 해도 해적들은 전력을 다해 달아날 것이기 때문이다.

효과적이면서 효율적인 방법이었다. 배타적인 토착민들을 공포로 다스리면서, 오르테가 병사들의 피를 흘리지 않을 거란 점에서도 이득이었다. 하지만 그렇게 되면 드추바 섬은 바이칸 제국의 손아귀에 떨어질 게 자명했다.

레위시아는 어렵고 복잡한 방법을 제안했다.

"남부 해상엔 왕국에 호의적인 섬사람들이 있어. 하지만 그곳은 과포화 상태라 모든 게 부족해. 그들은 늘 변덕스러운 바다 날씨에 휘둘리며 굶주림과 싸우지."

"그들이 어떻다는 겁니까?"

"드추바 섬에 이주시키자는 거야."

레위시아의 계획은 아주 섬세했다. 그리고 시일이 오래 걸렸다.

"제국군을 보내 해적을 내쫓을 수는 있겠지. 하지만 그렇게 해선 오랫동안 우리 왕국을 배척해 온 토착민을 유화시켜 흡수할 수 없어. 해적은 우리 병사들이 내쫓아야 한다."

"희생자가 나올 겁니다!"

샤트린의 파벌에 속한 한 귀족이 큰 소리로 반대 의사를 표시했다. 레위시아가 그를 노려보며 되물었다.

"그럼 그대는 해적 따위가 무섭다고 제국군에게 우리 왕국의 국경을 전부 맡길 셈인가?"

"그건…… 바이칸 제국은 우리 동맹국입니다."

"황제도 그렇게 생각할까? 우리가 그의 동등한 친구라고? 배가 고프면 언제든 잡아먹을 수 있는 먹잇감이 아니라?"

귀족이 입을 다물었다. 레위시아는 그에게서 시선을 돌려 샤트린을 똑바로 바라보았다.

"다행히 드추바 섬은 배타적인 토착민들 덕에 전혀 개발되지 않았어. 이주민들에겐 좋은 정착지가 될 거야. 정착민들은 터전을 지키기 위해 싸울 것이고, 우리에겐 믿음직스러운 병력이 생기겠지."

"이상적이네."

샤트린이 웃었다.

"하지만 너무 오래 걸려. 20년? 30년? 그동안 죽어나가는 건 우리 병사들과 가엾은 정착민들일 거고."

"왕족이라면 무릇 100년 뒤를 내다봐야지."

두 사람의 시선이 부딪치며 불꽃이 튀었다.

이번 경연의 승자를 정하는 건 함께 토론한 귀족들이었다. 그들은 마지막까지 살아남은 샤트린과 레위시아의 안건 중 하나를 선택해야 했다. 이는 실제 국왕이 정무 회의 때 대신들과 함께 일하는 방식이었다.

왕의 보좌관이 경연에 참석한 귀족들을 바라보며 물었다.

"샤트린 전하의 안건에 찬성하시는 분, 손을 들어주십시오."

"레위시아 전하의 안건에 찬성하시는 분, 손을 들어주십시오."

레위시아는 샤트린을 꼭 이길 필요는 없다고 말했다. 율리아도, 코코도 같은 생각이었다. 레위시아의 존재감을 드러내면서 그가 반제국파의 마음을 사로잡을 수만 있다면, 승패 따위는 아무 상관없었다.

그런데 이변이 일어났다.

"레위시아 전하가……."

아주 근소한 차이로 레위시아가 경연에서 승리를 거머쥔 것이다. 모두가 놀란 결과였다. 레위시아 본인은 물론이거니와 샤트린과 귀족들, 왕의 보좌관까지 깜짝 놀라 잠시 말을 잊었다.

"왕께는…… 레위시아 전하께서 승리하셨다고 보고하겠습니다."

충격으로 얼어붙은 경연장 구석에서 알렉사가 율리아에게 귓속말로 물었다.

"왜 다들 얼어붙어 있습니까?"

"젊은 귀족들이 바이칸 제국에 가지고 있는 반감이 생각보다 크기 때문이에요."

그게 바로 혈기라는 것이죠. 율리아가 중얼거렸다.

—•◆•—

국왕은 샤트린의 방법을 택했다. 이유는 단순했다. 그게 돈이 덜 들기 때문이었다. 레위시아의 방식은 긴 시간 동안 정착민들에게 많은 지원을 해줘야 한다는 점에서 경제적이지 않다며, 정무 회의에서 폐기되었다.

"난 드추바 섬을 요구할 거다."

카루스는 웃고 있었다. 미소라고 하기엔 너무 사나워 보였지만, 어쨌든 웃고 있긴 했다.

율리아가 물었다.

"주둔지를 만드시게요?"

"그래. 섬을 통째로 달라고 할 수는 없으니까, 주둔지 정도는 되어야 수지가 맞지. 드추바는 남부를 아우르는 거대 항로의 숨은 교차로야. 이번 기회에 손에 넣을 수 있다면 나야 대환영이지."

레위시아에게 말하진 않았으나, 율리아는 이번 경연도 처음부터 답이 정해져 있는 문제라고 생각했다. 국왕이 마조람 후작과 거리를 두기 시작했다 해도, 그는 기본적으로 친제국파였다. 혈기를 앞세워 독립을 꿈꾸는 젊은 귀족들의 의견을 들어줄 리가 없었다.

"어쨌든 덕분에 카루스 님께서 남부 해상의 서쪽 경계까지 통제할 수 있게 되었으니, 궁극적으로는 이득이에요."

"그 애송이 왕자도 알고 있어?"

"코코가 설명해주겠죠."

코코라. 카루스는 며칠 전 그의 기지에 쳐들어와 율리아의 비밀을 토해내라고 협박하던 여자를 떠올렸다.

"카루스 님, 조만간 바이칸 북부에서 반란이 일어날 거예요. 늘 반복되던 일이니까 틀림없어요. 카루스 님의 기사단이 휩쓸리지 않도록 조치하시는 게……."

"해뒀어."

"네? 어떻게요?"

"코델리아 힌치가 다녀갔거든."

카루스가 또 웃음을 흘렸다. 그는 율리아와 함께 바닷가를 거닐고 있었다. 새파란 하늘엔 구름 한 점 없었다. 며칠 동안 맑은 날이 이어 지더니 파도까지 잠잠했다.

"코코한테 뭐라고 하셨어요?"

"네가 저주를 받았다고. 하지만 그 이상은 알려줄 수 없다고 했지."

"죄송해요. 제가 잘 숨겼어야 했는데."

"코델리아 힌치에게 다 털어놓는 방법도 있어."

"안 돼요."

율리아의 말투가 단호했다. 뒷짐을 진 채 느긋하게 걷고 있던 카루 스가 걸음을 멈추고 그녀를 돌아보았다. 한 걸음만 더 걸어 나오면 모 래사장이었다. 카루스는 율리아가 신고 있는 작은 구두를 응시하다 가, 그 자리에 한쪽 무릎을 꿇고 앉았다.

"카루스 님!"

"발."

그가 율리아의 발에서 구두를 벗겨냈다. 그러곤 어쩔 줄 몰라하는 그녀를 못 본 척하며 모래사장에 발을 내디뎠다. 율리아는 카루스의 손에 잡힌 채 달랑달랑 흔들리는 자신의 구두를 바라보았다. 맨발로 밟는 모래의 느낌은 아주 특별했다.

율리아는 그를 따라 천천히 걸었다.

"코코는 저 때문에 죽었어요. 제 사형 집행일이 정해지자마자, 죽 기 전에 뭐라도 하나 더 건져야 다음 생에 유리할 거 아니냐고 말하면 서. 멀리 도망치라고 그렇게 빌었는데."

"율리아, 만약 네가 삶이 반복되는 저주에 걸리지 않았다면 코델리 아 힌치가 널 버리고 멀리 도망갔을 거라고 생각해?"

율리아는 대답하지 못했다. 카루스는 그것 보라는 듯 피식 웃었다.

"그 여자는 그래도 끝까지 싸웠겠지."

만난 건 짧은 순간이었으나, 카루스는 코코가 율리아를 버리고 달아날 사람은 아니라고 판단했다. 아무리 불리한 상황에 놓인다고 해도 끝까지 투쟁했을 것이다.

"코코는……."

"그게 그 여자의 최선은 아니었을까."

"네?"

"상대의 심정을 헤아려봐. 네가 만약 그 여자였다면 어떻게 했을 것 같은지."

율리아는 이번에도 대답하지 못했다. 당연했다. 만약 자신이 코코의 입장이었다면 그녀를 구하기 위해 끝까지 포기하지 않았을 것이다. 싸우고 또 싸웠으리라.

"코코라고 했나."

카루스가 율리아의 구두를 한 손으로 모아 잡았다. 그러곤 다른 손으로 모래 사이에 파묻힌 흰 조개를 주워들었다.

"내가 그 여자라면 서운했을 거다."

"카루스 님."

"네가 아무것도 말해주지 않아서."

그럼 어쩌란 말인가. 율리아는 그의 말에 화답해줄 수 없었다. 코코의 마음을 지레짐작하고, 멋대로 단정 짓고, 배척해서는 안 된다는 건 누구보다 자신이 잘 알고 있었다. 하지만 율리아에게는 형벌과도 같은 족쇄가 채워져 있었다.

"그렇게 말하지 마세요."

율리아가 걸음을 멈추었다.

카루스가 몸을 돌려 그녀를 바라보았다.

"뭐?"

"코코를 만나고, 알렉사를 만나고, 레위시아 님을 만나고…… 함께 시간을 보내고. 그렇게 관계가 깊어지다 보면 무슨 일이 생기는 줄 아세요?"

율리아의 목소리가 파도 소리에 부서질 듯 위태로웠다.

"죽기가 싫어요."

"율리아."

"죽기가 싫어져요. 마음이 깊어질수록, 살고 싶어요. 내 가장 강력한 무기는 내 목숨인데, 그걸 아끼게 된단 말이에요. 그러면 저는 어떡해요? 아무것도 이루지 못한 채 죽고, 또 죽고, 그 사람들은 결국 나를 잊어요."

말을 하면 할수록 슬픔이 차오르더니, 분노가 되었다.

"아무것도 모르면서, 아무것도 모르니까 그렇게 말할 수 있는 거예요."

율리아는 자신이 그에게 크게 잘못하고 있다는 사실을 알면서도 멈출 수가 없었다.

"카루스 님은 아무것도 모르니까."

"그렇다고 계속 이렇게 살 작정이야? 네가 지키려는 사람들을 오히려 네가 아프게 한다고는 생각하지 않는 거냐?"

"그럼 어떡해요? 어차피 잊을 텐데, 누구냐고 물어볼 텐데! 당신도…… 결국엔 또 똑같은 날, 똑같은 장소에서…… 똑같은 눈으로 날 바라볼 거잖아요!"

카루스의 손에서 율리아의 구두가 툭 떨어졌다.

"왜 날 살리는 거예요? 왜! 그냥 죽게 놔두지……!"

그가 팔을 뻗어 율리아를 거칠게 끌어안았다. 그의 단단한 두 팔이 긴장으로 굳은 율리아의 몸을 빈틈없이 바짝 조였다. 숨을 쉴 수 없을 만큼, 그는 강한 힘으로 그녀를 안았다.

툭. 율리아의 구두가 모래 위에 떨어졌다.

"넌 죽지 않아."

카루스의 말이 귓바퀴에 내려앉았다. 어릴 적 소라를 귀에 대고 느끼던 바닷소리처럼, 습기를 머금은 먼바다의 숨소리. 그의 목소리가 율리아의 가슴에 파고들었다.

"널 잊지 않을 거다."

그가 자신을 위로하려 하는 말이라는 걸 안다. 뻔하디뻔한, 아무것도 모르는 사람이 할 수 있는 틀에 박힌 위로.

잘될 거야. 힘을 내라. 널 염려하고 있어. 그런 말들이 때로는 더 깊은 상처가 되기도 했다. 잘되지 않을 걸 아니까, 더는 힘 낼 수가 없으니까, 염려한다면서 결국엔 날 잊을 거니까.

그런데 이상했다. 카루스가 그렇게 말을 해놓고 저 스스로 괴로워하는 모습을 보면서, 율리아는 기묘하게 위로받았다.

"네가 다시 시작하는 일이 없도록."

무슨 수를 써서라도 그렇게 하겠다. 카루스가 율리아를 더욱 단단히 끌어안았다. 그녀의 몸 어느 한구석에도 바람이 스며들지 않게 두 팔과 가슴으로 꽉 붙들었다.

율리아는 그 안에서 슬픔으로 위로받았다.

아, 나는 불쌍하구나. 이 사람, 내가 불쌍해서 어쩔 줄을 모르는구

나. 무혈 제독이라 불릴 만큼 냉철하고 대단한 남자가 나를 품에 안고 어떻게 어르고 달래야 할지 몰라 당황할 정도로 내가 불쌍하구나. 그래서 물어보았다. 그가 어떻게 생각하는지 알고 싶어서.

"제가 죽지 않을 거란 걸 어떻게 알아요."

"그냥 알아."

"다시 시작해도 날 기억할 거예요?"

"그래."

말도 안 되는 소리. 율리아가 가슴으로 웃었다. 메마른 바람이 가슴에서 빠져나와 입으로, 코로 흘러나왔다. 웃을 때마다 제 가슴을 긁어 상처를 만들던 바람이었다. 그 비웃음 섞인 한숨에도 카루스는 그녀를 품에서 놓지 않고 다시 말했다.

"널 죽게 놔두지 않아."

그의 말은 율리아의 귀에 꼭 '미안하다'라고 말하는 것처럼 들렸다. 다시 시작하게 되면 그때도 또 그녀를 살릴 남자라서, 죽게 놔두지 않고 매번 계속 살릴 거라서, 그래서 미안하다는 말로 들렸다.

화를 내고 싶은데 그게 잘 안 됐다. 바닷바람과 뜨거운 햇살, 파도 소리까지 다 막아버린 카루스 때문이었다. 그의 품은 너무 뜨겁고 단단해서 다른 걸 느낄 새가 없었다.

그 안엔 그냥 율리아뿐이었다.

변덕스레 들끓던 분노가 축 가라앉았다.

율리아는 숨 쉬는 것조차 잊은 채 카루스의 품에 안겨 그의 심장 소리를 들었다. 넓은 가슴은 딱딱했다. 그가 입고 있는 옷은 차가운 제복이었다. 얼굴에 닿은 모든 것이 서늘하기만 한데, 갑자기 가슴 깊은 곳에서 훅 열기가 솟아올랐다.

날씨가 더운 탓일 거야. 그의 체온이 높은 탓일 거야. 율리아는 말도 안 되는 생각을 하며 뺨에 오른 열기를 감추었다.

"저는 복수할 거예요. 마조람 후작의 세력을 낱낱이, 하나하나 쓰러뜨릴 거예요. 그래서 언젠가는 그가 텅 빈 성에 혼자 남아 고독하게 무너지는 걸 지켜볼 거예요."

도와주는 사람 하나 없이, 저 혼자 절망 속에 죽어가도록 만들 것이다.

"그래야 이 저주가 풀릴 것 같아서 그래요. 마조람 후작 때문에 죽으면서 시작되었으니까. 그를 죽여야만 끝날 것 같아서."

"너는 자격이 있어."

그걸 당신이 어떻게 아느냐고, 신의 시선으로 보면 나 역시 한낱 살인자에 불과할 거라며, 율리아가 웃었다.

"어쩌면 사람 사는 이 세상이 지옥인 게 아닐까요? 우리는 여기가 지옥인 줄도 모르고 한 줄기 희망에 기대어 헛된 꿈을 반복하는 거죠."

"그럼 난 살인자의 친구가 되어야겠지."

사람 죽인 거로 지옥에 간다면 가장 밑바닥으로 끌려갈 인간은 자신일 거라며, 카루스가 웃었다. 어쩌면 거기서도 황제와 자신은 우열을 가리겠다며 싸우고 있을지도 모른다고.

율리아가 웃었다. 이번에는 진짜 웃음이었다.

"그럼 전 지옥까지 따라가서 그 싸움에서 카루스 님이 황제를 이길 수 있도록 도와야겠네요."

"그래, 그러니까 어설프게 나쁜 척하지 말고 제대로 싸워."

"제가 과거에 무슨 짓을 하고 살았는지도 모르시면서."

"어디 한번 보여줘봐."

허수아비처럼 뻣뻣하게 안겨 있던 그녀가 천천히 몸의 긴장을 풀었다. 경직되어 있던 어깨가 서서히 내려앉고, 가슴이 느리고 크게 오르내렸다.

그런 생각이 들었다.

"저는 늘 다음 삶을 위해 살았는데, 카루스 님은 지금 이 순간을 살고 계시네요."

율리아가 한 걸음 뒤로 물러나 그에게서 살짝 떨어졌다. 그와 닿아 있던 곳의 온기가 금세 사그라들었다. 뺨에서 느껴지던 아지랑이 같던 열기도 바닷바람을 타고 저 멀리 날아가버렸다.

카루스가 팔을 내리고, 손가락을 말아쥐었다. 뜨겁게 타오르던 그의 눈빛이 그녀가 물러나 생긴 공간만큼 차가워졌다.

"어떡하죠."

"뭐가."

"벌써 죽기가 싫어졌어요."

이렇게 빨리 마음이 물러진 적이 없는데. 율리아가 말했다.

"코코가 잔소리하는 게 좋아요. 알렉사가 절 지켜주는 게 좋아요. 레위시아 님이 제게 의지하는 게 좋아요. 카루스 님이…… 제 편인 게 좋아요."

카루스는 아무 말도 하지 않았다.

그의 목울대가 아주 느리게 움직였다. 꺼내놓을 수 없는 무언가를, 그는 꿀꺽 삼키고 가만히 서 있었다.

"이번에 실패하면 저는 아마 미쳐 있을 거예요. 다음번의 카루스 님은 눈보라 속에 갇혀 죽어가던 미친 여자를 구하게 되겠죠."

그래도 상관없다. 율리아는 마음을 굳혔다.

"마지막인 것처럼 살아볼래요."

"율리아."

"진짜…… 이번이 마지막이에요."

멀리 하늘 높은 곳에서 흰 새가 날았다. 율리아의 시선이 새를 따라 움직였다. 하얗게 밀려드는 파도와 흔적도 없이 사라지는 물거품.

율리아는 멈춰 있던 걸음을 옮겼다.

모래사장 위에 작은 구두가 덩그러니 놓여 있었다. 카루스가 허리를 숙여 율리아의 구두를 집어 들었다.

"이리 주세요."

"됐으니까 이거나 주워."

구두를 달라고 했더니, 그가 됐다고 말하며 구두 대신 작고 하얀 조개껍데기를 그녀의 손에 쥐여주었다. 모래사장엔 그런 조개껍데기가 아주 많았다. 잘 찾아보면 성한 것도 많을 텐데, 카루스가 준 건 마모되어 찌그러지고 구멍이 뚫려 있었다.

"이건 왜……."

"바바슬로프가 좋아해. 멀쩡한 건 내버려두고, 부드럽게 깎인 것들만 줍더군."

"왜요?"

"열대어를 기르겠대. 어항에 넣는다나."

날카로운 건 물고기를 다치게 할 수 있으니까. 카루스가 중얼거렸다. 그가 다시 걷기 시작했다. 몇 걸음 걷다가 허리를 숙여 조개껍데기를 하나 줍고, 또 몇 걸음 걷다가 하나 줍고. 그러다 멀쩡한 걸 주우면 다시 내려놓았다.

율리아는 그의 뒷모습을 가만히 바라보았다.

넓은 모래사장에 우뚝 선 카루스 란케아는 무혈 제독이란 별명에 걸맞게 강인하고 차가워 보였다. 하지만 뒷짐을 지고 있는 그의 손가락 사이에서 이리저리 매만져지고 있는 하얀 조개껍데기를 보는 순간, 어쩐지 그게 자신과 닮았다는 생각이 들었다.

부드러운 모래에 카루스의 커다란 발자국이 남았다. 신발 모양이 그대로 남진 않았으나, 움푹 파여 부드럽게 들어간 자국이 남았다.

율리아는 그 위를 따라 걸었다.

한 걸음 한 걸음, 자신의 흔적을 남기고 싶지 않은 사람처럼.

그러다 카루스가 마음에 드는 조개껍데기를 발견해서 걸음을 멈추면, 그를 따라 멈춰 선 뒤 그 모습을 가만히 바라보았다.

"얼마나 주워야 하는데요?"

"나도 몰라. 대충 한 주먹 주워다 주면 좋아하겠지."

율리아의 시선이 카루스의 손끝을 떠나 모래사장을 훑었다. 하얀 모래 속에 파묻힌 조개들은 각양각색으로 예뻤다.

문득 어릴 때 생각이 났다. 보육원 아이들은 본능적으로 몸을 쓰는 놀이를 피하는 경향이 있었다. 배가 빨리 고파지기 때문이었다.

놀잇감도 없고 먹을 것도 없던 시절, 어린 율리아는 가까운 모래사장에서 모래성을 만들며 놀곤 했다. 다른 아이들은 저만치 떨어진 곳에 모래를 쌓고 조개를 주워 거기에 모았다. 조금이라도 오랫동안 자신의 흔적을 남기고 싶어서였다.

한데 율리아는 언제나 바닷물과 가까운 곳에 성을 쌓았다.

파도가 밀려와 모래성이 흔적도 없이 사라지는 게 좋았다. 그래야 미련을 남기지 않을 수 있으니까. 보육원에 맡겨질 때도, 보육원을 떠날 때도 늘 똑같았다. 미련이 많을수록 상처가 깊었다.

"바바슬로프가 물고기를 좋아하는 줄은 몰랐어요."

"작은 건 다 좋아해."

"무기는 큰 걸 좋아하던데……."

"센 척하려고 그러는 거지."

율리아도 카루스를 따라 모래사장을 훑었다. 예쁘고 동글동글한 게 보이면 얼른 다가가 주웠다.

처음엔 카루스가 남긴 발자국을 따라 걷던 그녀가 어느 순간 그의 그림자를 벗어나 모래사장을 자유롭게 돌아다니기 시작했다.

카루스는 그 자리에 가만히 서서 율리아를 바라보았다.

바람이 불 때마다 율리아의 치마가 종처럼 부풀었다. 가느다란 머리카락이 하얀 얼굴에 달라붙어 자꾸만 손가락으로 떼게 되었다. 그녀는 발가락 사이에 모래가 잔뜩 끼자 발가락을 꼼지락거리고, 파도가 밀려오는 해변으로 다가가 바닷물에 발을 씻었다.

"씻는다고 안 달라붙진 않을 텐데."

"그래도 시원하잖아요."

율리아는 이번이 마지막인 것처럼 살겠다고 했다.

원하던 대답을 들었는데 마음이 놓이질 않았다. 그가 그 뒤에 숨어 있는 그녀의 결심을 읽었기 때문이었다. 이번에 실패하면 다시는 새로 살지 않겠다는 말. 그건 차라리 스스로 죽음을 되풀이할망정 삶에 미련을 갖지 않겠다는 말과도 같았다.

"무슨 수를 써서라도."

네가 다시 시작하는 일이 없도록 하겠다. 카루스가 중얼거렸다. 그에게는 맹세와도 같은 말이었다. 그는 그 맹세를 반드시 지킬 생각이었다.

"이것 보세요. 바바슬로프가 좋아할까요?"

율리아가 다가와 반질반질하고 푸르스름한 돌을 내밀었다. 카루스는 일부러 심드렁한 투로 대답했다.

"나도 몰라."

한 주먹만 주워다 주려고 했는데, 아무래도 조금 더 있어야 할 것 같았다.

━ ∙∙∙ ━

바바슬로프는 감동했다.

율리아가 한 주먹이 조금 넘는 조개껍데기를 내밀자, 조끼가 찢어지도록 주머니를 벌려서 그 안에 담았다. 그러곤 어항으로 달려가 하나씩 신중하게 자리 배치를 하기 시작했다.

율리아가 카루스를 슬쩍 쳐다보았다. 반은 그가 주운 것인데, 바바슬로프에게 알려줘야 할 것 같아서였다. 그런데 카루스가 고개를 저었다.

"말하지 마. 저 자식이 고맙다고 인사하면 기분 나쁠 것 같으니까."

"바바슬로프도 카루스 님이 주워 줬다고 하면 기분 나빠할까요?"

"당연하지."

아마 꿈자리가 뒤숭숭하다며 갖다 버릴지도 모른다. 그렇게 말하면서, 카루스가 살벌하게 웃었다.

율리아가 그의 곁에서 벗어나 바바슬로프에게 다가갔다.

"열대어는 어디서 잡을 건데요?"

"어딘가엔 있겠지? 이제 곧 출정이라던데, 어딘가에서 운명처럼 만날지도 모르잖아."

"키워본 적 있어요?"

"사실은…… 그냥 물만 채워놔도 괜찮을 것 같지 않냐. 빨간 물고기가 예쁠까, 파란 물고기가 예쁠까 상상만 해도 좋잖아. 이놈의 관저는 너무 삭막해서 내 솜털 같은 감수성이 죽는다고."

"바바슬로프가 이렇게 낭만적인 사람이란 걸 다들 알아줘야 할 텐데."

"복덩이 네가 알아주니까 됐어."

바바슬로프가 히죽거리며 웃더니 율리아가 주워 온 푸르스름한 돌을 어항 한쪽에 고이 내려놓았다. 이제 이 돌을 율리아라고 부르겠다는 그의 말에, 카루스가 '가관이군.'이라고 중얼거렸다.

함께 식사하고 가라는 바바슬로프의 청을 거절하지 못한 율리아가 카루스와 함께 자리에 앉았다.

"바바슬로프, 너는 기사들과 함께 먹어라."

"싫습니다."

"내 기사가 언제부터 이렇게 상관의 명령을 개 짖는 소리로 알게 되었지?"

"그게 아니라…… 그럼 율리아는 제가 데려갈까요?"

"왜?"

"저랑 식사하려고 남은 거잖습니까."

카루스가 얼굴을 구기며 율리아를 바라보았다. 그녀는 이 모든 게 남의 일인 양 담담한 얼굴로 음식의 양을 가늠했다. 그러곤 냉정하게 말했다.

"3인분이에요. 남기지 않으려면 셋이 먹어야 해요."

바바슬로프가 율리아 옆자리에 앉아 식사를 시작했다.

"카루스 님, 이제 한동안 오르테가에 머물러야 할 텐데 관저를 새로 꾸미는 건 어떻습니까? 칠도 새로 하고, 담장만도 못한 성벽도 다시 세우고."

"관저는 됐어. 기지 보수가 더 시급해. 전임 사령관은 도대체 그동안 뭐 하고 살았던 건지 모르겠군. 군함에 기지까지……."

"그 자식은 애인 만나러 다니느라 배에 거의 오르지도 않았다고 하던데요. 참! 맥스웰이 그러던데, 교수형이었답니다."

"교수형이라고?"

"예, 재판이니 할 것도 없이 그냥 죽여버렸대요. 군법으로 처리한다면서."

"그래도 꽤 고위 귀족일 텐데?"

"그 자식 가문에서 항의를 좀 했던 모양입니다. 일개 병사도 아니고 이러는 법이 어디 있느냐면서. 한데…… 우리 황제께서 그런 걸 귀담아듣는 분은 또 아니니까요."

어쩌면 증거가 부족해서 그랬을 수도 있다. 카루스가 그런 생각을 하면서 율리아를 바라보자, 그녀도 같은 의견이었는지 살짝 고개를 끄덕였다.

바바슬로프가 달콤한 과일을 율리아에게 밀어주며 카루스에게 물었다.

"드추바 섬이라고 하셨죠? 출정은 며칠 뒤입니까?"

"내일 바로 출발할 거다."

"해적이랑은 오랜만에 싸워보네요. 제국에선 해적 보기가 어려워서."

그는 그렇게 말하며 히죽 웃었다.

그들이 바이칸에 있을 때는 제국에서 가장 강력한 리바이어던 함대와 함께였다. 무혈 제독과 리바이어던 함대가 바다를 점령한 뒤에는 감히 해적 세력이 날뛸 엄두를 내지 못했다.

"어떻게 하실 겁니까? 해적 놈들이 멸종할 때까지 몰아붙일까요?"

"아니."

카루스가 눈짓으로 율리아를 가리키며 말했다.

"적당히 겁만 줘서 쫓아낸다. 율리아가 말하길 남부 해적만큼 이용하기 편한 이웃이 없다고 하니까."

"돈 주고 부리는 깡패 같은 건가."

"비슷해요."

율리아는 해적을 다 죽여선 안 된다고 말했다. 바바슬로프는 이제 이유 같은 건 묻지도 않았다. 그냥 율리아가 그렇다고 하니까 그렇구나 하고 넘어갈 뿐이었다.

세 사람이 식사를 마쳐갈 무렵, 맥스웰이 관저에 도착했다. 그는 지저분한 행색이었다. 여기저기서 하는 일이 많은 줄이야 알고 있었지만, 그래도 차림새는 깔끔한 편이었는데. 놀란 율리아가 벌떡 일어나 그를 살폈다.

"어디 다쳤어요? 무슨 일이에요?"

"예? 아, 이거는…… 별거 아닙니다. 잠복을 좀 길게 했더니 안 씻어서 그래요. 근데 시녀님, 여기서 이러고 있을 때가 아니에요."

"무슨 일 있어요?"

"블라이스 백작이 돌아버렸습니다."

맥스웰의 얼굴이 이상했다. 웃는 것 같기도 하고, 화난 것 같기도 한 표정이었다. 그는 율리아와 카루스를 번갈아 바라보면서 이렇게 말했다.

"놈이 해방군에 들어갔어요."

블라이스 백작은 마조람 후작이 해방군 간부들을 참살한 이후, 그 정보를 매개체로 해방군과 접촉하는 데 성공했다.

해방군도 처음엔 그를 믿지 않았다. 그러나 그가 마조람 후작이 간부들의 시신을 어디에 버렸는지 알려주고 손수 장례까지 치러준 뒤에는 조금씩 그의 말에 귀를 기울이기 시작했다. 죽은 자들은 모두 그들의 동지였고, 대장이었으며, 믿었던 친우였다.

블라이스 백작은 죽은 자들이 마조람 후작에게서 검은돈을 받아 전달했던 배신자라고는 말하지 않았다. 해방군의 분노를 부추기려면 그들을 순교자인 양 포장하는 게 좋았다.

"이 시신을 좀 봐. 무덤조차 만들지 못하도록…… 이 얼마나 잔악한 놈이냐 말이야. 가족들이 집에서 기다리고 있는데! 돌아갈 몸이 남아 있지 않다는 게, 얼마나 미친 비극인지 알아야 한다고!"

블라이스가 화를 내고 있었다. 그는 며칠 새 핼쑥해진 얼굴에 쩍쩍 갈라져 쉰 목소리로 외쳤다.

"너희는 왜 화를 내지 않는 거야. 이제 너무 지쳤나? 마조람 후작이 무서워서, 더는 싸우지 않기로 했어? 그런 거냐!"

"닥치시오, 백작!"

젊은 해방군 하나가 블라이스의 먹살을 잡았다. 그들은 제국의 귀

족인 블라이스가 왜 이런 짓을 하는지 알지 못했다. 그래서 그가 고래
고래 소리를 지르며 화내는 이유도 이해하지 못했다. 블라이스는 먹
살을 잡히고도 화내는 걸 멈추지 않았다.

"바이칸의 귀족인 주제에 참견하지 말라고 하고 싶겠지. 나도 알
아. 그런데 그거 알아? 아냐고! 이 버러지만도 못한 남부 촌뜨기들아!
우리 왕국은…… 여기 같았어! 내 고향은 설원 위에 핀 꽃처럼 아름
다웠다고! 결국엔 시체의 산으로 변해버렸지만!"

블라이스의 눈이 붉게 달아올랐다.

"다 죽었어! 내 친구, 동료, 가족…… 내가 사랑했던 사람들 전부!"

좁은 창고 안에 그의 거친 숨소리가 가득했다. 동료의 시신을 앞에
둔 해방군들도 이미 이성을 잃은 지 오래였다.

"닥쳐라, 블라이스. 네놈이 오르테가를 좀먹는 기생충이란 걸 우리
가 모른다고 생각하는 건 아니겠지?"

"뭐라고?"

"황비의 개가 되어 살았던 주제에……."

"이 새끼들아! 내가 왜 그러고 살았는데!"

블라이스가 온몸으로 화를 냈다. 그는 차고 있던 무기를 꺼내 테이
블 위에 올려둔 뒤, 두 손으로 셔츠를 찢었다. 등불 아래 그의 맨몸이
드러났다. 해방군이 숨을 죽였다. 그들은 블라이스의 몸에서 시선을
떼지 못했다.

성한 부분보다 흉터가 더 많았다. 그의 심장 위에 그려진 문신은 어
떤 여인의 나신이었다. 그 아래엔 화상 자국이 있었다. 아름답지만 끔
찍했다.

"아무리 빌고, 울고, 애원해도 소용없어. 황비는 마취제를 주지 않

아. 나는 이걸 늘 맨 정신으로 버텨야 했다고. 그래도…… 그래도 버텼어. 끝까지! 황비가 날 신뢰하고, 내가 그 여자의 측근이 될 때까지! 개처럼 엎드려서 발가락을 입에 물고 끙끙 앓았지! 왜! 왜 그랬는지 알아?"

"미친……."

"그래야 우리 왕국의 독립을 꿈꿀 수 있었으니까―!"

블라이스의 눈에서 한 줄기 눈물이 흘러내렸다. 격정적인 연설과 뜨거운 눈물, 그가 겪어야만 했던 비극이 해방군의 마음에 닿았다.

"북부는 망가졌어. 내가 데네브라의 곁에서 기생충처럼 사는 동안…… 손쓸 수 없이 망가졌다고. 이제 내겐 기회조차 남지 않았어. 난 그동안 아무 가치 없는 쓰레기 짓을 해 왔던 거지."

하지만 너희는 다르다. 블라이스가 말했다.

"오르테가엔 아직 기회가 있잖아. 해방군이 있잖아! 너희로는 부족해, 부족한데……."

방법은 있을 것이다. 찾으면 된다. 부족한 힘을 기르고, 동지를 모으자. 왕국을 좀먹는 간악한 귀족 놈들에게 해방군 전사들의 저력을 보여주자. 이곳이 누구의 것도 아닌 오르테가 백성들의 땅임을 알려주자.

불안하게 떨리던 블라이스의 목소리에 단단한 힘이 실렸다. 그는 눈물을 거칠게 닦아내고 테이블 위에 놓인 칼을 집어 들었다. 그러곤 그 칼끝으로 자신의 심장을 찌를 듯 가리키며 외쳤다.

"너희들은 남부의 저력이야. 심장이다! 아직도 그걸 모르겠어? 저 마조람 후작의 세력을 상대로 싸울 만큼 용기 있는 전사가 이 땅에 누가 있어! 너희뿐이란 말이야!"

"틀린 말은 아니야."

해방군이 동요하기 시작했다. 처참하게 살해당한 동료들의 시신을 앞에 두고 보니 장례마저 숨어 지내야 하는 자신들의 처지에 더욱 화가 났다.

한 해방군 전사가 테이블을 주먹으로 치며 말했다.

"겁쟁이 국왕은 왕궁에 처박혀 애첩의 치마폭에나 싸여 있고, 귀족들은 왕족 애새끼들을 앞세워 후계 싸움이나 처하고 있잖아!"

"우리가 오르테가의 심장이다!"

"우리는 1왕자를 죽이지 않았어! 우리는 억울한 희생자다!"

해방군이 들썩거렸다. 블라이스는 울컥한 얼굴로 그들에게 한 걸음 더 가까이 다가가 이렇게 물었다.

"언젠가…… 북부인들에게 이렇게 말하고 싶어. 저 먼 남쪽에선 너희 같은 자들이 있어서, 바이칸의 폭압에 맞서 용맹하게 싸웠다고. 나 역시 그 자리에 있었다고."

블라이스가 흉터투성이인 손을 내밀었다.

"내게 희망을 보여주겠나?"

해방군이 그의 손을 잡았다.

━ • ◦ • ━

맥스웰은 해방군의 자금 흐름을 추적하다 보니 그들 중에서도 급진파에 속하는 자들을 따라가게 되었고, 그 자리에서 블라이스 백작을 발견했다고 털어놓았다.

"안 들켜서 망정이지, 웃음이 터져서 심장을 코로 토할 뻔했어요."

"진짜 그렇게 말했다고요? 고향의 독립을 위해서 오르테가를 돕겠다고? 일부러 황비에게 접근해 노예처럼 살았다고요?"

"예에, 하도 그럴싸해서 저도 속을 뻔했습니다."

맥스웰은 다시 생각해도 코로 창자를 토할 이야기라며 피식피식 웃었다. 바바슬로프도 블라이스 백작의 이야기가 나오자 그 변태 새끼는 언젠가 오징어처럼 납작하게 패줄 거라며 투덜거렸다.

율리아가 카루스에게 말했다.

"블라이스 백작이 해방군을 움직여서 마조람 후작의 세력을 깎아낼 생각인 것 같아요. 오르테가를 지배하는 친제국파의 힘을 덜어내고, 그 자리를 해방군과 반제국파의 힘으로 채우는 거죠."

황제는 그 꼴을 두고 보지 않을 것이다. 카루스가 식사를 마치고 의자 팔걸이에 몸을 기대앉았다. 그러곤 느슨하게 물었다.

"블라이스를 죽여줄까."

"네?"

"놈을 죽이는 건 그리 어렵지 않은 일이야. 황제도 내가 드추바 섬에 주둔지를 건설하기로 했다고 보고하면 기뻐할 거다."

"기뻐하다 뿐입니까? 데네브라 황비도 아니고, 그 여자가 기르는 짐승 하나 정도는 죽여도 눈감아주겠죠."

바바슬로프가 반색했다. 그는 당장이라도 나가서 놈의 숨통을 끊어야 한다고 주장했다. 하지만 율리아와 맥스웰의 생각은 달랐다.

"시녀님, 블라이스가 해방군의 손을 잡자마자 무슨 짓을 했는지 아십니까?"

"마조람 후작 대신 돈을 풀어줬겠죠."

"역시!"

맥스웰이 손뼉을 짝 쳤다. 그러곤 율리아를 향해 엄지손가락을 들어 보였다.

"추적 불가능한 돈을 잔뜩 풀었어요. 제국에서 미리 준비해온 것 같더라고요. 해방군은 놈이 내민 어음을 보곤 정신을 못 차리기 시작했고."

"상인연합으로 가겠네요. 그 정도로 액수가 큰돈을 유통하려면 상인연합이 제일 만만할 테니까."

"안 그래도 그 얘기를 하려던 참입니다."

맥스웰이 이번에는 율리아와 카루스를 번갈아 바라보았다. 그러더니 한 손으로 제 머리를 벅벅 긁으며 물었다.

"저기, 그 전에 한 가지만 확실하게 말씀해주시겠습니까?"

"뭐."

"마조람 후작 놈이랑 그 떨거지 새끼들은…… 우리 적인 거죠?"

"몰라서 묻는 거냐?"

카루스가 맥스웰을 서늘한 얼굴로 노려보았다. 그러자 맥스웰이 손사래를 치며 해명했다.

"그게 아니라! 제 말은, 그러니까 블라이스 백작이 해방군과 함께 마조람 후작의 가신들을 공격하기로 했어요!"

"뭐?"

"독사 같은 놈이에요. 누구한테 들었는지 몰라도, 전임 상인연합 대표와 그의 수족들에 대해 다 알고 있더라고요. 그중에서 마조람 후작과 같은 성을 쓰거나 가신으로 구분되는 귀족들을……."

율리아와 카루스는 아무 말이 없었다.

지금까지 조용히 맥스웰의 말을 듣고만 있던 바바슬로프가 두 사람을 대신해서 심각하게 말했다.

"뭐여. 우리 편이네?"

기분 나쁘게.

22
날 사랑하지 않아도 괜찮아

해결해야 할 일이 많았다. 율리아는 카루스와 저녁 식사를 마치자마자 왕궁으로 돌아가기 위해 마차에 올랐다.

"데려다주마."

"네? 괜찮아요. 당장 내일 출정하신다면서요. 사령관을 이렇게 늦게까지 붙잡고 있을 수는 없어요."

"작전이랄 것도 없는 일이야. 넌 신경 쓰지 않아도 돼."

"카루스 님, 남부 해적은 그리 만만한 적이 아니에요. 드추바 인근엔 해류도 복잡하고……."

"난 바다 위에서 단 한 번도 져본 적이 없어."

카루스가 훌쩍 마차에 오르더니 안에서 손을 내밀었다. 율리아는 어쩔 수 없이 그가 내민 손을 잡았다.

그녀를 배웅하던 바바슬로프가 '내가 데려다주려고 했는데.'라고 말하자, 맥스웰이 그 곁에서 '나도.'라고 중얼거렸다.

"무사히 다녀오세요."

율리아가 두 사람에게 당부하는 것과 동시에 마차가 출발했다. 그녀는 창문에 머리를 내밀고 조금씩 멀어지는 바바슬로프와 맥스웰의 모습을 바라보았다.

"누가 보면 전쟁터라도 나가는 줄 알겠군."

아련하게 손까지 흔들어 주는 율리아를 보며, 카루스가 웃음을 터뜨렸다. 율리아는 멋쩍은 얼굴로 제 자리로 돌아와 의자에 앉았다.

"전쟁터랑 다를 게 뭐가 있어요. 위험한 곳으로 가는 건데."

"그 말, 내 부하들한테 가서 해봐. 자존심 상한다고 코로 불을 토할 수도 있어."

"아까부터 왜 자꾸 코로 뭘 토해요?"

"입으로 하면 더럽잖아."

율리아도 그제야 웃음을 되찾았다. 그녀는 카루스의 말도 안 되는 농담이 자신의 불안을 달래기 위한 것이라는 걸 알았다.

"카루스 님이 이렇게 배려심 많은 사람이라는 걸 바바슬로프도 알아야 할 텐데."

"뭐 하러. 그놈은 내 기사단의 돌연변이야. 전쟁터를 그렇게 돌아다녀도 변하지 않는 놈은 처음 봤어. 오죽하면 늙은 기사들이 내 옆에 붙여놓고……."

거기까지 말하던 카루스가 피식 바람 빠지는 소리를 내며 웃었다.

"그런 기분이었나."

"뭐가요?"

"산맥 갈림길에서 널 만났을 때, 다른 기사들도 많았는데 왜 하필

바비슬로프를 붙였는지 생각해봤어?"

"절 감시하려고."

"늙은 기사들이 내 옆에 굳이 바비슬로프를 붙여둔 것과 비슷한 이유라고 해두자."

율리아가 말없이 카루스를 바라보았다. 카루스는 그녀의 시선을 피하지 않고 마주 보았다. 마차 안은 어두웠지만, 두 사람은 서로의 눈을 손가락으로 그릴 수도 있었다.

카루스가 율리아에게 손을 내밀었다. 강요라곤 조금도 느껴지지 않는 담백한 유혹이었다. 율리아는 그의 손에 자신의 손가락이 한 마디만 겹쳐지도록 살짝 얹어놓고, 스치듯이 쓸었다.

"잡으려면 잡고, 아님 무시해."

카루스는 그렇게 말하면서도 율리아의 손을 놓지 않았다. 그녀의 손이 멀어지면 그만큼 따라오고, 손가락 사이를 파고들어 살짝 힘주어 잡았다.

그를 바라보던 율리아가 참지 못하고 말했다.

"이러다 제가 카루스 님을 좋아하게 되면 어쩌시려고요."

농담인데, 그가 웃지 않았다.

"……네?"

카루스의 얼굴에 여유가 사라졌다. 마차를 가득 채우던 부드러운 공기가 흔적도 없이 사라지고, 숨 막히는 긴장감만 남았다. 율리아는 자신이 내뱉은 말을 후회했다. 그의 눈이 하염없이 검었다.

왕자궁으로 돌아온 율리아는 다음 날 날이 밝자마자 맥스웰이 가져온 정보를 모두와 공유했다.

알렉사는 '미친놈이 미친 짓을 잘해서 우리에게 이득이 되니까 몰래 응원하죠.'라고 말했고, 레위시아는 응원이 무슨 소용이냐며 몰래 도와주자고 말했다.

코코는 아버지인 힌치 백작을 만나기 위해 상인연합으로 갔다. 해방군이 가져올 어음을 최대한 빨리 처리해주라는 말을 하기 위해서였다. 해방군도 활동 자금이 있어야 일을 벌일 테니, 만에 하나 꼼꼼한 힌치 백작이 어음의 출처를 묻고 늘어지면 일이 틀어질 수도 있었다. 다행히 힌치 백작은 코코의 이야기를 듣곤 '손 안 대고 코를 풀 수 있다는 데 당연히 그렇게 해야지.'라며 기뻐했다.

이후 그는 해방군이 몰래 들인 어음을 적당한 양의 금화로 바꾸면서 동시에 상당한 양의 수수료를 챙겼다. 여우 같은 일 처리였다.

그렇게 또 며칠의 시간이 흘러, 제국군 남부 함대가 드추바 섬 앞에서 해적과 첫 전투를 벌이는 날이 되었다. 사람들의 시선은 온통 바다에 쏠려 있었다. 평민이건 귀족이건 똑같았다.

한데 평화롭게만 보이던 뭍에서 의외의 사건이 터졌다.

같은 날이었다. 모든 이의 관심이 바다에 집중된 사이, 해방군이 폭동을 일으켰다.

"싹 다 불태워라!"

기름을 먹인 불화살이 하늘을 날았다. 해방군이 목표로 삼은 곳은 마조람 후작의 방계 일족이 운영하는 밀수업자 길드였다. 오르테가는 해상 무역이 발달한 나라여서, 그만큼 밀수품도 많았다.

거대한 창고에 수십 발의 불화살이 날아들었다. 미리 심어둔 기름통에 불이 붙으면서, 불은 삽시간에 창고 안쪽까지 번졌다.

"우리는 오르테가의 심장이다! 친제국파의 검은돈을 불태우고 왕국을 구하자! 나를 따라라!"

누군가 엄청난 크기의 성량으로 외쳤다. 많은 사람이 우왕좌왕하는 가운데 해방군은 그의 수신호에 따라 일사불란하게 움직였다.

블라이스였다.

"전부 태워버려! 남부에서 황제의 개들을 쫓아내자!"

"와아아아!"

"저놈들 뭐야? 해방군인가? 이봐! 치안대를 불러, 어서!"

"으아아악!"

해방군의 의욕을 고취하는 블라이스의 선동적인 외침과 치안대를 찾는 밀수업자들의 목소리, 그리고 불붙은 옷을 벗어 던지며 바다를 향해 달려가는 자들의 비명이 끊이질 않았다.

"저놈들 해방군이다! 이 버러지 같은 새끼들…… 여기가 감히 어딘줄 알고!"

밀수업자들이 뒤늦게나마 무기를 들었다. 운 나쁜 해방군이 여기저기에서 피를 뿌리고 있었다.

"다 죽여버려!"

블라이스는 양손에 칼을 들고 미친놈처럼 소리를 지르며 그 안으로 뛰어들었다.

두건을 쓰긴 했지만, 해방군은 모두 그가 블라이스라는 걸 알고 있었다. 오르테가 사람도 아니면서, 이미 멸망한 북부의 왕국을 재건하고자 희망을 찾기 위해 남부로 왔다는 남자. 그가 그들과 함께 목숨을 걸고 싸우고 있었다.

"이쪽이다!"

해방군이 블라이스의 뒤를 따라 건물 안으로 뛰어들었다.

이날 해방군은 마조람 후작의 가신들이 운영하는 은밀한 사업장을 네 군데 습격했다. 심지어 그것으로 끝난 것도 아니었다. 부상자가 많아 여기까지인가 싶었을 때, 블라이스가 제국에서부터 그와 뜻이 같았다는 동료를 잔뜩 데리고 왔다. 그들은 모두 북부 왕국 출신이라고 했다. 고향이 없어진 자들이란 뜻이었다.

해방군은 몇 번의 습격으로 지칠 대로 지친 뒤였다. 그러나 한껏 달아오른 심장은 식을 줄을 몰랐다.

"놈들이 가장 방심했을 때가 우리에겐 가장 유리할 때다. 나는 이대로 놈들의 저택을 칠 생각이야. 누가 나와 함께하겠나!"

블라이스가 피를 토하며 외친 말에 손들지 않는 자가 없었다.

━━━◆·◆·◆━━━

뭍에서 해방군이 마조람 후작의 세력을 공격할 때, 바다에서는 카루스와 그의 부하들이 드추바 섬 앞에서 해적들을 벌레 쫓듯 쫓아냈다. 이것만은 국왕과 샤트린 공주, 마조람 후작이 원했던 결과였다. 무혈 제독 카루스 란케아는 피 한 방울 흘리지 않고 해적을 몰아냈고, 함대를 나누어 드추바 섬을 중심으로 한 옛 항로를 조사하기 시작했다.

왕국에 배타적이었던 토착민들이 주둔지 건설에 동원된 것은 말할 필요도 없는 일이었다.

　카루스는 오르테가의 국왕에게 이 일을 황제에게 보고할 것이라 말했다. 그러면 황제는 크게 기꺼워하면서 오르테가에 대한 의심을 덜어낼 것이기 때문이었다. 동맹은 굳건해지고, 국왕은 악몽에 시달리지 않아도 되었다.

　신기한 일이었다. 친제국파는 레위시아와 손잡은 카루스 란케아에게 매달리고, 반제국파는 해방군을 앞세운 블라이스에게 도움을 받고 있었다. 이게 모두 한 명의 시녀 때문에 일어난 일이라는 건 아무도 몰랐다.

　그렇게 서로를 속고 속이느라 누가 아군이고 적군인지도 모른 채 시간이 흘렀다.

　여름도 하반기에 접어들었다. 밤이 되면 전보다 조금 시원해진 바람이 불기도 했다. 그러나 오르테가는 여름이 긴 곳이었기에, 아직은 가을을 느끼지 못하는 사람이 더 많았다.

　"저기, 시녀님."

　"왜."

　"귀빈궁에서 사람이 왔는데요……."

　트루디가 조심스러운 말투로 말했다. 율리아는 그녀의 말을 듣자마자 창문으로 시선을 돌려 시간을 확인했다.

　"조금 있으면 저녁 시간인가?"

　"네! 그…… 꼭 오셨으면 한다고, 시녀님을 위해 준비한 게 있다고 전해달라고 하셨어요."

　"알았어."

담백하게 일어나 외출 준비를 하려던 율리아가 트루디를 힐긋 돌아보며 물었다.

"그래서 얼마 받았니."

"네, 네?"

"날 설득하는 조건으로 얼마를 받았냐는 말이야. 지난번에 공주궁에서 온 사람이 금화를 쥐어줬으니 어떻게 해야 하는지도 알았을 거고. 귀빈궁 손님은 네가 하는 말 한마디에 금화를 아낄 사람도 아니고."

"금화 세 개요."

트루디가 방긋 웃었다. 율리아는 그 죄책감 없는 얼굴이 좋았다. 금화 세 개도 하녀들에겐 큰돈이었지만, 그녀는 트루디가 조금 더 탐욕스럽게 굴어도 괜찮다고 생각했다.

"다음엔 열 개 요구해."

"네?"

"사람 봐가면서 요구하란 말이야."

트루디가 격렬하게 고개를 주억거렸다. 그녀의 머릿속에 귀빈궁 손님은 우리 율리아 시녀님과 관계된 일에 금화를 아끼지 않는다는 정보가 새겨졌다.

율리아는 단정하고 평범한 드레스를 입었다. 블라이스 백작을 만나러 가는데 한껏 치장할 이유는 없었다.

시간이 되자 귀빈궁 사람이 율리아를 데리러 왔다. 코코와 알렉사가 가지 말라고 몇 번이나 말했지만, 율리아는 오히려 왕궁 안에서 만나는 것이기에 안전할 거라고 그들을 설득했다.

그녀는 그렇게 귀빈궁 응접실 의자에 앉게 되었다.

블라이스 백작은 아주 바빠 보였다. 율리아를 초대해놓고도 응접실 밖에서 부하들과 한참 동안 대화를 나누는가 싶더니, 음식이 나온 뒤에야 안으로 들어왔다.

그의 몸에서 짙은 향수 냄새가 났다. 율리아는 그가 피 냄새를 감추기 위해 진한 향수를 뿌렸다고 생각했다. 그녀의 시선이 블라이스의 걸음걸이와 자세, 호흡을 면밀하게 훑었다.

"다치셨나 봐요."

"피 냄새가 나? 이거 미안해서 어쩌지."

블라이스가 웃으며 의자에 앉았다. 그는 자신이 다쳤다는 걸 숨기지 않았다. 가벼운 부상으로 보였기에, 율리아는 그에게 관심을 끊고 사무적으로 물었다.

"이번엔 왜 또 불렀는지 말씀하세요."

"이제 식사 정도는 소소하게 같이 해도 되잖아. 아직도 나에 대한 오해가 안 풀렸어?"

"오해가 쌓이는 중이라고 해두죠."

블라이스가 웃음을 터뜨렸다. 늘 그의 말에 딱딱한 대답만 하던 율리아가 처음으로 농담 비슷한 걸 던졌기 때문이었다.

그러나 그의 시야에 잡힌 율리아는 아직도 너무나 멀었다. 눈앞에 있는데, 저 멀리 있어서 체온이 느껴지지 않았다. 아픈 데를 찔러보고, 원하는 것도 쥐여주고, 은근히 유혹하기까지 했는데도 소용이 없었다.

율리아는 자연스러운 태도로 식사를 시작했다. 테이블 위엔 블라이스의 고향인 북부 왕국의 음식이 두어 가지 놓여 있었다. 향이 너무 강해 빵을 반드시 곁들여 먹어야 하는 고기 요리였다.

율리아는 완벽하게 순서를 지켜 식사했다. 접시 위에 얇은 빵을 깔고, 고기를 소량 올렸다. 그러곤 그 위에 삶은 채소를 또 한 겹 쌓아 작게 잘라 먹었다.

블라이스의 입가에 미소가 짙어졌다.

"이걸 좀 볼래."

그가 율리아의 눈앞에 4개의 반지를 내려놓았다. 화려하고 묵직해 보이는 반지였다. 치장을 위한 건 아니고, 도장이거나 증명을 위한 반지로 보였다.

율리아는 그게 마조람 후작의 가신 중 일부 가문의 인장이라는 걸 눈치챘다. 하나를 제외한 3개의 반지에 검은 핏자국이 말라붙어 있었다. 율리아가 식사를 멈추고 반지를 가만히 노려보자, 블라이스가 물수건으로 반지를 하나씩 깨끗하게 닦았다.

"골라."

"이게 뭐죠."

"알면서 묻는 건 그만둬. 마조람 후작의 가신들이잖아. 그동안 나 아주 바빴다고. 너도 들었지? 해방군이 후작의 부하들을 습격했다는 소식."

"그게 나랑 무슨 상관인가요."

"잘 봐. 놈들의 반지야. 가문의 인장이지."

블라이스가 깨끗해진 4개의 반지를 율리아 앞으로 밀었다. 손가락으로 하나씩, 이 반지는 누구의 것이고 언제 죽었으며 어떤 형벌을 내렸는지, 그런 것들을 일일이 설명했다.

"가져."

그는 진심이었다. 율리아는 블라이스가 이 반지들을 정말로 자신에게 선물하려고 한다는 걸 깨달았다.

"당신의 전리품을 왜 나한테 주죠?"

"좋아하는 여자에게 제일 좋은 사냥감을 갖다주고 싶은 건 모든 사냥꾼의 낭만이니까."

"낭만이 아니라 본능이겠죠."

도대체 어떻게 하면 자신이 한 말 중에서 '좋아하는 여자'에 집중하지 않고 다른 부분을 지적하는 거냐며, 블라이스가 또 한 번 웃음을 터뜨렸다.

"진심이 아닌 걸 아니까요. 저는 그런 식의 농담을 좋아하지 않아요."

"나는 네가 좋아, 율리아."

"데네브라 황비께서 서운해하시겠네요."

율리아가 대수롭지 않게 받아쳤다. 그녀가 데네브라 황비를 입에 올리자, 블라이스의 얼굴이 순식간에 차갑게 굳었다가 천천히 풀어졌다.

"레위시아 왕자는 고백했어? 그 왕자는 너무 소심해서 이것저것 고려하느라 영원히 고백 못 할 것 같던데."

"당신이 상관할 일이 아니에요."

율리아는 동요하지 않았다. 그녀에게 블라이스의 방식은 익숙하다 못해 지루할 정도였다. 과거 귀족들의 사생활을 파헤치며 정보를 사고팔았던 그녀는 이런 식의 화법이 지긋지긋했다.

"그럼 우리 카루스 님은 어때."

"백작님."

"그 남자는 말이야. 데네브라 님이 하룻밤 연애의 대가로 작위와

영지, 3천 명의 노예와 군마를 준다고 해도 눈썹 하나 꿈쩍하지 않았어. 바이칸에서 아름답기로 소문난 무희들을 연회장에 꽃잎처럼 뿌려놓고 술을 먹여도 늘 똑같은 얼굴이었지.”

블라이스는 그때 카루스가 인간이 아니거나, 남자가 아닐 거라는 생각을 했다. 율리아는 이번에도 똑같은 반응이었다.

“당신이 상관할 일이 아니에요.”

“그럼 내가 상관할 일을 만들어줘.”

율리아가 얼굴을 살짝 찌푸리며 냅킨으로 입을 닦았다. 꼭 맛있게 식사하는 사람을 자꾸 귀찮게 해서 더 안 먹겠다고 말하는 듯한 몸짓이라, 블라이스가 양손을 들고 몸을 뒤로 물렸다.

“알았으니까 반지나 골라. 다 가져도 되고.”

율리아가 그를 똑바로 바라보았다.

블라이스를 경계하고 있지만, 그가 도움이 된다는 사실은 부정할 수 없었다. 전쟁이 일어나지 않게 막는 건 카루스의 역할이었고, 율리아는 그를 누구보다 신뢰했다.

아마 전쟁은 일어나지 않을 것이다. 그러니까 블라이스를 조종해서 그가 조금 더 가치 있는 사냥감을 가져오도록 해 보는 건 어떨까.

율리아의 눈이 어둡게 가라앉았다. 독으로 가득 채운 늪을 연상케 하는 눈빛이었다.

카루스는 그녀의 과거에 대해 잘 모른다. 그녀가 무슨 짓을 하면서 살아왔는지, 아무것도 몰랐다. 그러니까 그렇게 신사적인 태도로 그녀를 위해주는 것이다.

레위시아도 마찬가지였다. 왕자의 눈에 비친 율리아는 가없은 평민 시녀이며, 그와 우정을 나누는 조력자일 것이다.

'나는 그런 사람이 아니야.'

율리아 아르테는 저주받았다. 어쩌면 마땅히 받아야 할 저주였을지도 모른다.

"저는 남의 전리품을 가지고 으스대는 비겁자가 아니에요."

율리아가 네 개의 반지를 차례대로 집어 들었다. 그녀의 가느다란 손가락이 악기를 다루듯 우아하게 움직였다. 블라이스의 얼굴에 약간의 기쁨과 또 그만큼의 실망이 차올랐다. 그는 율리아가 말로는 싫다고 하면서 반지를 가져갈 거라고 믿었다.

그녀의 소원은 복수였고, 그건 실현 가능성이 작았다. 그러니 블라이스가 해방군을 움직여 마조람을 상처 입히면 속으로라도 기뻐하는 게 옳았다. 하지만 식사를 마치고 자리에서 일어난 율리아는 그 네 개의 반지를 블라이스의 술잔에 버렸다.

붉은 포도주가 반쯤 담긴 유리잔이었다. 율리아는 블라이스를 놀리는 것처럼 반지를 하나씩 차례대로 술잔에 빠뜨리고, 냅킨으로 손을 닦았다. 마치 너 따위가 가져온 걸 손에 쥐었다는 사실조차 부정하겠다는 듯이.

블라이스의 얼굴에 큰 실망과 무한한 기쁨이 자리 잡았다. 그가 벌떡 일어나 율리아의 팔을 움켜쥐었다.

"율리아."

"식사는 이제 됐어요. 북부 음식은 입에 안 맞네요."

"난 진심이야."

"저도 그래요."

그녀의 목소리가 차가웠다. 말투는 담담하고, 눈빛은 메말라 있었다. 어디에도 틈이 보이지 않는 완벽한 철옹성. 무너뜨리긴커녕 침입

할 수도 없는 얼음산의 요새. 북부의 끝에 있다는 얼어붙은 바다.

도대체 이 여자에게 왜 그토록 벗어나고 싶던 고향의 추위가 느껴지는 걸까. 블라이스의 심장이 불규칙하게 뛰었다. 추위 속에 버려진 짐승처럼 애타게 울부짖었다.

"날 좋아하지 않아도 괜찮아."

"놓으세요."

"넌 정말……."

그와의 거리가 너무 가까웠다. 율리아는 블라이스의 눈을 똑바로 응시했다. 그러곤 한 손으로 그의 왼쪽 갈비뼈를 꽉 눌렀다.

"으윽……!"

블라이스가 율리아를 놓고 그 자리에 주저앉았다.

아무리 가벼운 부상이라고 해도 건드리면 아프다. 하물며 피 냄새를 가리기 위해 향수까지 뒤집어쓴 상태라면 상처가 그리 오래되지 않았다는 뜻이니까. 아마도 꿰맨 곳이 터져 피가 줄줄 흐르고 있겠지.

율리아가 주저앉은 블라이스를 오만하게 내려다보며 말했다.

"의사를 불러드릴까요, 백작님."

(다음 권에서 이어집니다)

나쁜 시녀들 2

ⓒ 자야

2024년 5월 10일 초판 1쇄 발행

지은이 자야
펴낸이 김재범
펴낸곳 (주)아시아
출판등록 2006년 1월 27일 제406-2006-000004호
주소 경기도 파주시 회동길 445 (서울 사무소: 서울특별시 동작구 서달로 161-1, 3층)
전자우편 bookasia@hanmail.net

ISBN 979-11-5662-704-3 04810
　　　979-11-5662-697-8 (세트)